D0650834

La vie et moi

Du même auteur
aux Éditions J'ai lu

PS : I LOVE YOU
N° 7706

LA VIE EST UN ARC-EN-CIEL
N° 8221

SI TU ME VOYAIS MAINTENANT
N° 8666

UN CADEAU DU CIEL
N° 9431

De Catherine Noël 2013

Cecelia AHERN

La vie et moi

COMÉDIE

Traduit de l'anglais (Irlande)
par Perrine Chambon et Arnaud Baignot

Titre original :
THE TIME OF MY LIFE

© Cecelia Ahern, 2011

Pour la traduction française :
© Flammarion, 2012

À ma fille chérie, Robin.

« Tu étais bien plus "plussoyante"…
Tu as perdu ta "plussoyance". »

Le Chapelier fou à Alice,
dans le film *Alice au pays des merveilles*, 2010.

1

Chère Lucy Silchester,

Vous avez rendez-vous le lundi 30 mai 2011.

Je n'ai pas lu la suite. Pas besoin, je savais qui était l'expéditeur. Je l'ai su dès que j'ai vu l'enveloppe en rentrant du travail, posée sur le coin de moquette brûlé par les guirlandes électriques quand le sapin de Noël était tombé par terre. Cette moquette, un vieux truc pas cher choisi par mon radin de propriétaire, était grise et usée. On l'avait sans doute piétinée plus souvent que le célèbre taureau en mosaïque de la galerie Victor Emmanuel II à Milan, dont les testicules portent bonheur si vous marchez dessus, paraît-il. On trouvait le même type de revêtement dans l'entreprise où je travaillais, ce qui paraissait plus approprié dans la mesure où il n'était pas fait pour qu'on y marche pieds nus mais adapté à une circulation constante de chaussures cirées se déplaçant d'un bureau à la photocopieuse, de la photocopieuse à la machine à café et de là jusqu'aux escaliers de secours pour s'en griller une vite fait (l'ironie du sort voulant que l'alarme à incendie soit défaillante précisément à cet endroit). J'avais participé à l'effort collectif pour trouver un nouveau coin où fumer, car jusqu'ici, l'ennemi nous avait systématiquement débusqués. Le lieu actuel était facile à repérer : des centaines de mégots s'entassaient par terre après que leurs consommateurs avaient frénétiquement aspiré tout ce qu'ils contenaient de vie pour ensuite les abandonner avec dédain. C'était un lieu sacré, plus vénéré que la machine à café, plus encore que les portes de sortie à dix-huit heures et certainement davantage que le bureau d'Edna Larson, la directrice, une femme qui exigeait le meilleur de nous-mêmes sans rien donner en retour, un peu comme un distributeur de friandises défectueux qui avalait votre pièce sans vous donner votre barre chocolatée.

La lettre était posée là, sur la moquette sale et brûlée. Une enveloppe crème en papier vélin portant mon nom en caractères d'imprimerie, à côté d'un cachet doré représentant trois spirales jointes ensemble.

La triple spirale de la vie. Je savais de quoi il s'agissait parce que j'avais déjà reçu deux lettres semblables et que j'avais cherché le symbole sur Google. Je n'avais pas répondu aux deux premières invitations. Je n'avais pas non plus téléphoné au numéro figurant sur le papier pour décaler le rendez-vous ou l'annuler. J'avais préféré ne plus penser à ces lettres, je n'avais pas envie de les voir revenir sur le tapis (enfin, sur la moquette). Mais je n'avais pas complètement réussi. On n'oublie jamais les choses qu'on voudrait oublier. Elles tournent dans notre tête comme un cambrioleur rôde autour d'une maison pour préparer son prochain coup. Elles sont partout, en costume à rayures noires et blanches, et s'enfuient dès qu'on essaie de leur mettre la main dessus. C'est un jeu de cache-cache incessant entre nous et notre conscience.

Cette lettre ne mentionnait pas les deux premiers rendez-vous dont je n'avais pas tenu compte. Cette façon de fermer les yeux sur mes mauvaises actions me rappelait ma mère.

Je tenais l'élégant papier à lettres par un coin quand j'ai remarqué qu'un côté était tout gondolé. Le chat était passé par là. Ironique, tout de même. Je ne pouvais pas lui en vouloir. Avoir un chat en plein centre-ville dans un immeuble où les animaux étaient interdits et travailler à temps complet signifiait qu'il n'avait jamais l'occasion d'aller se soulager dehors. Dans l'espoir d'atténuer mon sentiment de culpabilité, j'avais décoré l'appartement de photos du monde extérieur : de la verdure, la mer, une boîte aux lettres, des galets, une rue, un parc, d'autres chats et Gene Kelly. Si cette dernière photo était surtout pour mon plaisir personnel, j'espérais que les autres calmeraient ses envies de sortir. Ou de respirer l'air pur, de se faire des amis, de tomber amoureux.

Comme j'étais absente cinq jours par semaine, bien souvent de huit heures à vingt heures (et encore, quand je rentrais), je l'avais dressé pour « éliminer », selon les termes du dresseur de chat, sur du papier afin de l'habituer à utiliser sa litière. Or cette lettre, seul morceau de papier qui traînait par terre, l'avait perturbé. Je l'ai regardé tourner dans un coin de la pièce, l'air embarrassé. Il savait que c'était mal. Cette pensée rôdait dans sa tête, il ne parvenait pas à l'oublier.

Je détestais les chats, mais celui-là, je l'aimais bien. Je l'avais baptisé Monsieur Pan, comme Peter, le célèbre garçon qui peut voler. Monsieur Pan n'était pourtant pas un garçon qui refusait de grandir et, assez bizarrement, il n'avait pas le pouvoir de voler, mais il y avait une sorte de ressemblance, et puis ce nom m'avait paru adéquat, à ce moment-là. Je l'avais trouvé un soir, au fond d'une allée, dans une benne à ordures où il miaulait comme s'il était en grande détresse. Ou peut-être était-ce moi qui n'allais pas bien. Ce que je faisais là relève de la sphère privée, mais il tombait des cordes, je portais un trench beige et, après avoir pleuré ma rupture avec l'homme idéal en buvant trop de tequila, j'avais poursuivi la bête en criant « le chat ! », telle Audrey Hepburn, d'une voix claire mais émue. Le chaton, âgé d'un jour, s'était révélé hermaphrodite. Sa mère, ou son propriétaire, ou les deux, l'avait abandonné. Le vétérinaire m'a informée qu'il possédait plus d'attributs masculins que féminins, toutefois il me semblait qu'en le baptisant, je prenais seule la responsabilité de choisir son sexe. J'ai pensé à mon cœur brisé et à la promotion que j'avais ratée parce que ma patronne me croyait enceinte (c'était au retour des vacances de Noël et mon orgie annuelle avait carrément rivalisé avec les banquets des Tudors) ; j'avais souffert d'affreuses crampes d'estomac pendant un mois ; je m'étais fait peloter par un clochard, un soir dans le train ; et je m'étais fait traiter de garce par un collègue de bureau alors que j'essayais simplement de donner mon avis. J'ai donc décidé que la vie serait plus facile pour le chat si c'était un mâle. Mais je me suis peut-être trompée. De temps en temps, je l'appelais Samantha ou Mary, n'importe quel prénom féminin, et il me regardait avec ce qu'il me faut bien appeler de la gratitude avant de se vautrer dans une de mes chaussures en rêvassant devant mes talons aiguilles et tout cet univers dont on l'avait privé. Enfin, je m'égare. Revenons-en à la lettre.

Il fallait que je me rende au rendez-vous, cette fois. Je ne pouvais pas y échapper. Je ne pouvais pas faire comme si je n'avais rien reçu. Je n'avais pas envie d'énerver davantage l'expéditeur.

Mais qui était donc cet expéditeur ?

Je tenais entre le pouce et l'index la page qui séchait et j'ai penché la tête pour lire une nouvelle fois le papier gondolé.

Chère Lucy Silchester,

Vous avez rendez-vous le lundi 30 mai 2011.
Bien à vous,

Votre Vie.

Ma Vie. Mais oui, bien sûr !

Ma Vie avait besoin de moi. Elle traversait une mauvaise passe et je ne lui avais pas accordé suffisamment d'attention. Je m'étais détournée de l'essentiel, je m'étais occupée d'autres choses : mes amis, mon travail, ma voiture toujours plus mal en point, ce genre de préoccupations. J'avais complètement négligé ma Vie. Et voilà qu'elle m'écrivait, qu'elle me convoquait, et il n'y avait qu'une chose à faire. Aller la rencontrer en personne.

2

J'avais entendu parler de ce genre de choses, c'est pourquoi je n'en faisais pas tout un plat. De toute façon, je ne m'inquiète pas pour un rien, ce n'est pas mon genre. Je ne m'étonne pas facilement non plus. C'est, me semble-t-il, parce que je m'attends à ce que tout puisse arriver. À m'écouter, on pourrait penser que je suis croyante, pourtant ce n'est pas le cas non plus. Je vais le formuler autrement : j'accepte simplement les événements comme ils viennent. Tous les événements. Du coup, ma Vie qui m'écrivait, c'était inhabituel, certes, mais pas surprenant ; c'était surtout contrariant. Je savais qu'elle exigerait toute mon attention dans un avenir proche, or si j'avais reçu ces lettres, c'était précisément parce que je ne savais pas faire ça.

À l'aide d'un couteau, j'ai massacré la glace du *freezer* pour en extraire un hachis Parmentier d'une main gelée. En attendant que retentisse la sonnerie du micro-ondes, j'ai mangé une tranche de pain de mie. Puis un yaourt. Comme le hachis n'était toujours pas prêt, j'ai léché la languette. J'ai estimé que la réception de la lettre me donnait le droit d'ouvrir une bouteille de pinot Grigio à 3,99 €. Couteau en main, je suis repartie à l'attaque du *freezer* tandis que Monsieur Pan courait se réfugier dans une botte en caoutchouc rose à cœurs recouverte de boue séchée datant d'un festival de musique où j'étais allée un été, trois ans plus tôt. J'ai sorti de la glace une bouteille de vin congelée que j'avais oubliée et je l'ai remplacée par la nouvelle bouteille. Celle-là, je n'allais pas l'oublier. Je ne devais pas l'oublier. C'était la dernière qui restait dans le petit placard qui me servait de cave, sur lequel était posé le bocal à cookies. Ce qui m'a rappelé l'existence des cookies. J'en ai donc mangé un, double chocolat, en attendant. Le micro-ondes a sonné. J'ai vidé le hachis dans une assiette, grosse bouillie peu ragoûtante encore froide au milieu, mais je n'avais pas la patience de l'enfourner de nouveau et d'attendre trente secondes supplémentaires. J'ai mangé debout au comptoir, en commençant par les bords, qui étaient chauds.

À une époque, je cuisinais. Je cuisinais presque tous les soirs. Quand je ne le faisais pas, c'était mon petit ami qui s'en chargeait. On aimait bien ça. Nous possédions un vaste appartement dans une ancienne minoterie reconvertie, avec de grandes fenêtres à petits carreaux et de la brique apparente presque partout. Nous avions une cuisine américaine et nous invitions des amis à dîner le week-end. Blake adorait cuisiner, recevoir des amis ou de la famille. Il aimait les conversations, les rires, les odeurs, les atmosphères chaleureuses, les exclamations de plaisir. Il se tenait côté cuisine et racontait une anecdote tout en éminçant un oignon, en arrosant de vin un bœuf bourguignon ou en faisant flamber une omelette norvégienne. Il ne mesurait jamais rien, il savait toujours parfaitement doser les ingrédients. Il dosait tout parfaitement, d'ailleurs. Il écrivait des livres de cuisine et des récits de voyages, il adorait aller à l'étranger et goûter à tout. C'était un aventurier. Le week-end, on ne tenait pas en place, on escaladait telle ou telle montagne, et en été, nous visitions des pays dont je n'avais jamais entendu parler. On a sauté en parachute deux fois et trois fois à l'élastique. Il était parfait.

Et puis il est mort.

Non, je plaisante, il va très bien. Il est vivant. Mauvaise blague, je sais, mais je trouve ça drôle. Non, non, il n'est pas mort. Il est toujours en vie. Toujours parfait.

Mais je l'ai quitté.

Il anime une émission de télévision, maintenant. Nous étions encore ensemble quand il a signé le contrat. Elle est diffusée sur une chaîne de voyages qu'on regardait tout le temps. Parfois je zappe et je tombe sur lui en train de parcourir la Grande Muraille de Chine ou de déguster un *pad thaï*, assis sur un bateau en Thaïlande. Et à la fin de chaque reportage parfaitement mené, toujours parfaitement vêtu (même après une semaine de randonnée, sans douche ni toilettes), il regarde la caméra et dit : « Et si nous voyagions ensemble ? » C'est le titre de l'émission. Durant les jours et les mois qui ont suivi notre déchirante rupture, entre deux sanglots, il me répétait au téléphone qu'il avait choisi ce titre pour moi, que, chaque fois qu'il le prononçait, il s'adressait à moi et à personne d'autre. Il voulait que je revienne. Il m'appelait tous les jours. Puis tous les deux jours. Finalement, il s'est mis à me téléphoner une fois par semaine et je savais qu'il ne vivait que pour cet instant-là. Il a fini par ne plus m'appeler et a commencé à m'écrire de longs e-mails. Il racontait ses voyages, me disait qu'il se sentait déprimé et seul sans moi. Au bout d'un moment, j'ai arrêté de les lire et de lui répondre. Ses messages sont alors devenus plus brefs. Moins d'émotion, moins de détails, mais il me demandait toujours de le retrouver, de revenir vers lui. J'étais tentée, n'allez pas croire le contraire, c'était l'homme idéal, et quand l'homme idéal vous réclame, parfois cela suffit à vous donner envie de répondre oui, du moins dans les moments de faiblesse et de solitude. Mais je ne voulais pas de lui. Je lui ai répété je ne sais combien de fois qu'il n'y avait personne d'autre, mais peut-être aurait-ce été plus facile pour lui si cela avait été le cas. Il aurait pu tourner la page. Je n'avais pas vraiment envie d'être avec quelqu'un d'autre. Je voulais simplement faire une pause. Arrêter de courir dans tous les sens. Je voulais être seule, c'est tout.

J'ai quitté mon boulot, j'en ai trouvé un autre, dans une entreprise spécialisée en appareils électro-ménagers, pour la moitié de mon ancien salaire. Nous avons vendu l'appartement. J'ai loué ce studio, quatre fois plus petit que mes appartements précé-dents. J'ai trouvé un chat. Certains diraient que je l'ai volé, mais quoi qu'il en soit, il/elle m'appartient désormais. Je rends visite à ma famille lorsque j'y suis contrainte et forcée, je sors avec les mêmes amis que lui les soirs où il ne vient pas (mon ex-copain, pas le chat), ce qui arrive souvent vu qu'il voyage beaucoup. Il ne me manque pas et quand c'est le cas, j'allume la télé et me voilà satisfaite. Je ne regrette pas mon ancien boulot non plus. L'argent, un petit peu, mais quand je vois quelque chose qui me plaît dans une boutique ou un maga-zine, je me contente de sortir ou de tourner la page. Je ne regrette pas les voyages. Ni les dîners.

Et je ne suis pas malheureuse.

Pas du tout.

Bon d'accord, j'ai menti.

C'est lui qui m'a quittée.

3

Après avoir vidé la moitié de la bouteille de vin, je me suis sentie non pas assez forte (je n'avais pas besoin de ça, je n'avais pas peur), mais assez concernée par ma Vie pour composer le numéro qui figurait sur la lettre. J'ai mordu dans une barre de chocolat en attendant que mon interlocuteur décroche. Il a répondu à la première sonnerie. Je n'avais pas eu le temps de mâcher ma friandise, encore moins de l'avaler.

— Oh, désolée, ai-je articulé la bouche pleine. Je suis en train de manger du chocolat.

— Il n'y a aucun problème, prenez votre temps, a répondu d'un ton enjoué une femme d'un certain âge qui avait un accent du sud des États-Unis.

J'ai mâché en vitesse, dégluti et fait descendre le tout avec une gorgée de vin. J'ai eu un haut-le-cœur.

Enfin, je me suis raclé la gorge :

— Voilà.

— C'était quoi ?

— Un Galaxy.

— Bubble ou caramel ?

— Bubble.

— Mmm, mes préférés. Que puis-je faire pour vous ?

— J'ai reçu une lettre au sujet d'un rendez-vous pour lundi. Je m'appelle Lucy Silchester.

— Oui, mademoiselle Silchester, j'ai votre dossier. Neuf heures, ça vous convient ?

— Heu, en fait, ce n'est pas pour ça que j'appelle. C'est-à-dire que je ne pourrai pas me libérer pour le rendez-vous, je travaille ce jour-là.

Je m'attendais à ce qu'elle réponde : *Oh, quelle idée aussi de vous demander de venir un lundi, annulons tout ça*, mais elle n'en a rien fait.

— Alors, voyons comment nous pourrions nous arranger. À quelle heure terminez-vous ?

— Dix-huit heures.

— Que dites-vous de dix-neuf heures, dans ce cas ?

— Impossible, c'est l'anniversaire d'une amie et nous allons au restaurant.

— Pendant votre pause déjeuner, alors ? Est-ce qu'un rendez-vous entre midi et deux vous conviendrait ?

— Non, je dois amener ma voiture au garage.

— Bien, reprenons : vous ne pouvez pas venir au rendez-vous parce que vous travaillez toute la journée, vous allez au garage pendant votre pause déjeuner et vous dînez entre amis le soir.

— C'est ça, ai-je répondu en fronçant les sourcils. Est-ce que vous prenez des notes ?

J'entendais un bruit de clavier en fond. J'étais agacée. C'étaient eux qui m'avaient convoquée et non l'inverse. À eux de trouver un créneau.

— Eh bien, mademoiselle, a-t-elle repris avec son accent fleuri (je voyais presque les pétales se détacher de ses lèvres pour atterrir sur le clavier, bloquer les touches et provoquer une surchauffe qui effacerait à jamais de la mémoire mes convocations), visiblement, vous ne connaissez pas le fonctionnement.

Elle s'est arrêtée pour reprendre son souffle et j'ai sauté sur l'occasion pour intervenir.

— Les gens le connaissent, d'habitude ?

Je l'avais interrompue dans sa réflexion.

— Pardon ?

— Quand vous contactez les gens, *quand la Vie des gens les convoque pour un entretien avec elle*, ai-je insisté, est-ce qu'ils connaissent le fonctionnement ?

— Eh bien, a-t-elle répondu d'une voix chantante, certains oui, d'autres non, je crois, mais c'est pour ça que je suis là. Et si c'était lui qui venait vous trouver, est-ce que cela vous faciliterait les choses ? Il suffit que je lui demande.

Il m'a fallu un moment pour réagir.

— Lui ?

— Ah ! ça surprend souvent, a-t-elle gloussé.

— Ce sont toujours des hommes ?

— Non, ça dépend.

— De quoi ?

— Oh, c'est le hasard, mademoiselle, il n'y a pas de raison particulière. De la même façon qu'on ne choisit pas son sexe à la naissance. Est-ce que cela vous pose problème ?

J'ai réfléchi un instant. Je n'avais rien contre.

— Non.

— Alors à quelle heure souhaiteriez-vous qu'il vous rende visite ? a-t-elle demandé en tapotant de nouveau sur son clavier.

— Me rendre visite ? Non ! me suis-je écriée, si fort que Monsieur Pan a sursauté, ouvert les yeux et regardé autour de lui avant de se rendormir. Excusez-moi, mais il ne peut pas venir ici.

— Mais vous venez de me répondre que cela ne posait aucun problème.

— Non, je voulais dire que je n'ai rien contre le fait que ce soit un homme. Je croyais que c'était ça, votre question.

— Enfin, pourquoi aurais-je posé une question pareille ? a-t-elle répliqué en riant.

— Je ne sais pas, moi. Parfois dans les Spa, ils demandent, au cas où vous refuseriez d'avoir un masseur plutôt qu'une masseuse...

Elle a semblé amusée.

— Eh bien, je peux vous garantir qu'il ne massera aucune partie de votre anatomie.

Elle a prononcé ce dernier mot comme si c'était vulgaire. J'ai eu un petit frisson.

— Enfin bref, dites-lui que je suis désolée, mais il ne peut pas venir ici.

J'ai regardé mon misérable studio où je me sentais pourtant bien. C'était ma maison, mon petit taudis à moi. Il ne servait pas à accueillir des invités, des amants, des voisins, des membres de ma famille ni même les pompiers quand la moquette avait brulé, il n'était fait que pour moi. Et Monsieur Pan.

J'étais blottie contre l'accoudoir du canapé, lui-même collé contre l'extrémité du lit à deux places. À droite il y avait la cuisine, à gauche la fenêtre et à côté du lit, une salle de bains. Ce n'était pas plus grand que ça. La taille de mon studio ne me dérangeait pas, il ne me faisait pas honte. Le problème, c'était plutôt son état. Mes affaires étaient éparpillées par terre, comme des points de repère dans mon petit monde. Le studio était trop étroit pour contenir l'ensemble de ma garde-robe d'avant, si bien que mes trop nombreuses paires de chaussures étaient alignées sur l'appui de la fenêtre, mes manteaux et mes robes étaient suspendus à des cintres eux-mêmes accrochés aux deux extrémités de la tringle à rideaux et je les ouvrais ou les fermais comme des rideaux traditionnels selon l'heure de la journée. J'ai déjà mentionné l'état de la moquette, quant au canapé, il monopolisait l'espace séparant la fenêtre du comptoir de cuisine, si bien qu'on ne pouvait pas le contourner et qu'il fallait escalader le dossier pour s'y asseoir. Ma Vie ne pouvait pas me rendre visite au milieu de tout ce bazar. J'étais consciente de l'ironie de la situation.

— Je dois faire nettoyer la moquette, ai-je répondu en soupirant.

Ce n'était pas un mensonge. La moquette avait *réellement* besoin d'un nettoyage.

— Dans ce cas, je vous recommande l'entreprise de nettoyage Magi-moquette ! a-t-elle dit du tac au tac comme dans un spot publicitaire. Mon mari a la fâcheuse manie de cirer ses chaussures dans le salon et cette entreprise de nettoyage est parvenue à rendre la moquette comme neuve, vous n'en croiriez pas vos yeux. Il ronfle, aussi. Si je ne m'endors pas avant lui, impossible de fermer l'œil, alors je regarde les publicités. Une nuit, j'ai vu un homme cirer ses chaussures sur une moquette blanche, exactement comme mon mari, c'est ça qui a attiré mon attention. On aurait dit que c'était fait pour moi. Ils ont enlevé la tache comme par enchantement, Magi-moquette, notez-le !

Elle était tellement enthousiaste que j'ai eu envie d'investir *illico* dans le cirage noir pour tester l'efficacité de cette formidable entreprise. Je me suis mise en quête d'un stylo qui, conformément à la Loi-du-Stylo-Datant-de-la-Nuit-des-Temps, était introuvable quand on avait besoin de lui. Ayant dégotté un marqueur, j'ai cherché un papier. Comme je n'en trouvais pas, j'ai écrit directement sur la moquette, ce qui tombait plutôt bien, finalement.

— Bon, vous n'avez qu'à me dire simplement à quel moment vous pouvez venir le voir, cela nous évitera des complications.

Ma mère avait exceptionnellement convoqué toute la famille le samedi suivant.

— Écoutez, j'ai une réunion de famille samedi, mais je peux me désister, parce que j'ai conscience que ce rendez-vous avec ma Vie est important.

— Oh ! mademoiselle, je vais noter que vous êtes prête à rater ce rendez-vous avec vos proches, mais je crois que vous devriez passer du temps avec votre famille. Dieu sait combien de temps vous pourrez encore profiter d'eux. Nous nous verrons le lendemain. Dimanche. Qu'en dites-vous ?

J'ai poussé une longue plainte. Pas à voix haute, tout bas, un long cri de douleur tout au fond de moi. La date était donc arrêtée. Dimanche, nous allions nous rencontrer, nos chemins allaient se croiser et tout ce en quoi j'avais cru jusqu'alors allait soudain m'échapper, s'éloigner et se métamorphoser. J'avais lu ça dans un magazine où une femme qui avait rencontré sa Vie témoignait. Ils avaient ajouté des photos d'elle avant et après la rencontre, pour le lecteur ignare qui serait incapable de s'imaginer les choses par lui-même. Curieusement, avant de rencontrer sa Vie, ses cheveux n'étaient pas permanentés, mais après, si ; avant, elle ne portait ni maquillage ni fond de teint, mais après, si ; avant, elle portait des leggings, un tee-shirt Mickey et posait dans un éclairage cru, tandis qu'après on la voyait vêtue d'une robe asymétrique drapée, dans une cuisine à l'éclairage soyeux, à côté d'un grand vase rempli de citrons jaunes et verts qui prouvaient que cet événement l'avait rendue plus sensible aux couleurs criardes. Avant, elle portait des lunettes, et après, des lentilles de contact. Je me demandais ce qui l'avait davantage transformée, le magazine ou sa Vie.

Dans un peu moins d'une semaine, j'allais rencontrer ma Vie. Et celle-ci était un homme. Mais pourquoi moi ? Tout allait bien. Je me sentais très bien. Tout dans mon existence se déroulait merveilleusement bien.

Je me suis allongée sur le canapé et j'ai passé en revue la tringle à rideaux pour me trouver une tenue.

4

En ce samedi fatidique que je redoutais avant même d'en avoir entendu parler, j'ai arrêté ma Coccinelle Volkswagen 1984 devant le portail de mes parents. Elle avait toussé pendant tout le trajet nous menant jusqu'à cette propriété d'exception. Je n'avais pas grandi dans cette maison, si bien que je n'avais pas l'impression de rentrer chez moi. Je n'avais même pas l'impression d'être chez mes parents. C'était simplement une maison où ils vivaient quand ils n'occupaient pas leur résidence secondaire. Attendre devant la porte qu'on me donne l'autorisation d'entrer me la rendait plus étrangère encore. J'avais des amis qui, chez leurs parents, remontaient l'allée en voiture sans hésitation, avaient le mot de passe et le code de l'alarme, voire la clé de la maison. Moi, je ne savais même pas où ils rangeaient les tasses à café. Le grand portail remplissait son rôle, à savoir éloigner les vagabonds et les détraqués (ainsi que leur fille). Enfin, personnellement, pour rien au monde je n'aurais essayé de m'introduire dans cette propriété. Le problème en ce qui me concernait, c'était plutôt d'en sortir. Comme pour s'accorder à mon humeur, ma voiture, baptisée Sebastian, le prénom de mon grand-père (amateur de cigares qui avait développé une toux sèche dont il était mort), avait fait des siennes, peut-être parce qu'elle avait compris où nous nous rendions. La route menant chez mes parents à Glendalough était un enchevêtrement de montées, de descentes, de virages et de lacets contournant d'énormes propriétés. Sebastian s'est interrompu dans une quinte de toux. J'ai baissé la vitre pour appuyer sur l'interphone.

— Bonjour, bienvenue au Centre Silchester pour les pervers sexuels, en quoi pourrions-nous satisfaire vos désirs ? a répondu une voix d'homme.

— Oh ! arrête de faire l'andouille.

Il y a eu une explosion de rire à l'autre bout de l'interphone. Deux blondes botoxées à queue-de-cheval qui faisaient leur jogging ont interrompu leur bavardage et m'ont regardée. Je leur ai souri mais dès qu'elles se sont aperçues que je ne présentais aucun intérêt, elles ont détourné le regard et sont reparties en activant leurs petites fesses moulées dans le Lycra.

Le portail a grincé avant de s'ouvrir.

— Allez, Sebastian, on y va.

La voiture a avancé en cahotant, sachant ce qui l'attendait : deux longues heures en compagnie d'une bande d'autos prétentieuses avec qui elle n'avait aucun point commun. Comme nos vies se ressemblaient ! La longue allée de gravier a débouché sur un parking orné d'une fontaine où l'eau jaillissait de la gueule d'un lion. Je me suis garée à distance de la Jaguar XJ vert bouteille de mon père et de sa Morgan + 4 de 1960 qu'il appelait sa « voiture de week-end » et qu'il conduisait en « tenue de week-end », c'est-à-dire avec des gants de cuir rétro et des lunettes protectrices comme Dick Van Dyke dans le film *Chitty Chitty Bang Bang*. Il portait des vêtements en plus de ces accessoires, au cas où vous vous imagineriez quelque chose de tout à fait déplacé. Le 4 × 4 noir de ma mère était garé à côté. Elle voulait une voiture qui requière le minimum d'efforts de la part du conducteur ; celle-ci était dotée de tellement de détecteurs que, si un autre véhicule vous doublait sur l'autoroute, elle émettait un signal sonore indiquant sa dangereuse proximité. Au bout du parking se trouvait l'Aston Martin de mon frère Riley et le Range Rover de Philip, mon autre frère, qu'il avait équipé de tous les accessoires dernier cri, notamment des écrans insérés dans les appuis-tête de sorte que les enfants puissent regarder la télévision en allant à la danse ou au basket.

— Laisse le moteur tourner, j'en ai pour deux heures maximum, ai-je dit à Sebastian en lui donnant une petite caresse.

J'ai regardé la maison. J'ignorais de quand elle datait, mais elle n'était pas « georgewardienne », comme j'avais dit pour plaisanter au repas de Noël des Schubert, ce qui avait amusé mes frères, fâché mon père et rendu ma mère très fière. C'était une demeure imposante, genre manoir, bâtie par Lord Machin qui avait perdu sa fortune au jeu puis vendu la propriété à l'auteur d'un livre célèbre. Cela nous avait obligés à poser une plaque commémorative destinée aux fans de littérature mais qu'en réalité seuls les joggeurs moulés de Lycra remarquaient, contrariés de ne pas avoir la même devant chez eux. Monsieur le Grand Écrivain avait entretenu une relation illicite avec Monsieur le Poète Maudit qui avait construit l'aile est pour conserver son indépendance. L'impressionnante bibliothèque de la maison comprenait des lettres de Lord Machin à son épouse Lady Machin et des mots doux à sa maîtresse Lady Truc, ainsi que des pages originales de Monsieur le Grand Écrivain encadrées au mur. Les œuvres de Monsieur le Poète Maudit étaient rangées dans la bibliothèque, sans protection, entre un atlas et la biographie de Coco Chanel. Il n'avait guère eu de succès, même après sa mort.

Après une aventure tumultueuse, Monsieur le Grand Écrivain avait dilapidé sa fortune en boisson et la maison avait été vendue à une famille bavaroise de brasseurs de bière qui en avait fait sa résidence secondaire. Ils en avaient profité pour ajouter l'aile ouest – remarquable – ainsi qu'un terrain de tennis, qui, à en croire les photographies, n'avait pas plu à leur fils Bernhard, un obèse à l'air triste engoncé dans son costume. On pouvait encore trouver une bouteille de bière originale brassée par la famille dans la vitrine du bar en noyer des Silchester. Les souvenirs de ce passé étaient palpables dans la maison et je me suis souvent demandé ce que mes parents laisseraient comme trace hormis leur intérieur Ralph Lauren.

Deux statues d'animaux à l'air grincheux que je n'avais jamais réussi à identifier m'ont accueillie au pied de l'escalier en pierre menant à la porte d'entrée. Ils ressemblaient à des lions sauf qu'ils avaient des cornes, et croisaient leurs pattes avant, posture ridicule qui m'évoquait une irrésistible envie d'aller aux toilettes, ce qu'on pouvait comprendre après des centaines d'années passées à observer la fontaine. À moins que Ralph Lauren ait traversé une mauvaise phase, j'étais sûre que ces animaux avaient été installés par l'écrivain ivrogne ou le poète dépressif.

La porte s'est ouverte et mon frère Riley m'a gratifiée d'un large sourire.

— Tu es en retard.

— Et toi tu es obscène, ai-je rétorqué en faisant référence à son accueil à l'interphone.

Il a ri.

J'ai gravi les marches d'un pas traînant et je suis entrée dans le hall en marbre noir et blanc où pendait un lustre de la taille de mon studio.

— Quoi, pas de cadeau ? a-t-il lancé pour me taquiner en me serrant longuement dans ses bras.

J'ai soupiré. Il avait beau plaisanter, je savais qu'il avait raison. Ma famille appartenait à une communauté religieuse très stricte baptisée l'Église des Bonnes Manières. Les membres de cette Église s'appelaient les Gens. Pour chaque action entreprise, chaque mot prononcé, on se référait à ce que « les Gens » allaient penser. Parmi les bonnes manières figurait celle d'apporter un présent quand on était invité, même si l'hôte était de votre famille et que vous ne faisiez que passer. De toute façon, on ne faisait jamais que passer. Nous organisions des visites, prenions des rendez-vous, passions des semaines, parfois des mois à tenter de rallier les troupes.

— Qu'est-ce que tu as apporté ? lui ai-je demandé.

— Une bouteille pour papa, son vin préféré.

— Lèche-cul.

— Juste parce que j'ai envie de la boire.

— Il ne l'ouvrira pas. Il préférerait attendre que tous les gens qu'il aime soient morts et enterrés et seulement à ce moment-là, s'enfermer à double tour dans une pièce pour la déboucher. Je parie dix, non, vingt euros.

J'avais besoin d'argent pour l'essence.

— Tu le connais si bien que c'en est presque touchant, mais j'ai confiance en lui. Pari tenu, a-t-il répondu en me tendant la main.

— Et pour maman ?

J'ai jeté un coup d'œil dans l'entrée pour voir si je ne pouvais pas piquer quelque chose à offrir.

— Une bougie et de l'huile pour le bain, que j'ai trouvées chez moi.

— Ah oui, les cadeaux que j'avais offerts à… comment elle s'appelait déjà ? Cette fille que tu as larguée et qui riait comme un dauphin.

— Vanessa ? Tu lui avais offert un cadeau ?

Nous traversions les interminables pièces de la maison, salon après salon. Des canapés où nous n'avions pas le droit de nous asseoir, des tables basses sur lesquelles nous ne posions jamais nos boissons.

— Pour la réconforter de sortir avec toi.

— Visiblement ça ne lui a pas beaucoup plu.

— La garce.

— Ouais, une garce avec un rire de dauphin ! a-t-il surenchéri.

Nous avons fini par arriver à l'arrière de la maison, dans une pièce qui avait été jadis le salon de Lady Machin puis le bureau de Monsieur le Poète Maudit, et où M. et Mme Silchester recevaient désormais leurs invités. C'était une pièce tout en bois avec un bar où l'on servait de la bière à la pression. Le long du comptoir en noyer, dans une vitrine, trônait la bière allemande originale des années 1880 ainsi qu'une photo en noir et blanc de la famille Altenhofen qui posait sur les marches du perron. La pièce était garnie de moelleux tapis couleur saumon, de hautes chaises en cuir et de petites tables. Le plus étonnant était la baie vitrée qui surplombait la vallée et les collines environnantes. Dans le jardin clos entouré par un mur de pierres, il y avait une roseraie de presque deux hectares et une piscine. La porte-fenêtre était ouverte sur d'énormes pavés menant à une fontaine au centre de la pelouse. Non loin de là, la table était dressée, nappe en lin blanc, cristal et argenterie. Dans ma famille, l'informel n'existait pas.

Dire que j'allais gâcher ce joli tableau, dommage...

Ma mère, en tailleur Chanel de tweed blanc et chaussures plates, tentait d'éloigner les guêpes qui menaçaient de s'inviter à sa *garden-party*. Coiffure blonde impeccable, elle affichait son éternel sourire, quoi qu'il se passe autour d'elle. Philip, le propriétaire du Range Rover customisé, docteur en chirurgie réparatrice qui arrondissait ses fins de mois grâce à la chirurgie esthétique, était installé à table. Il discutait avec ma grand-mère assise bien droite dans sa robe de cocktail à fleurs, joues et lèvres rosées, perles autour du cou, mains jointes sur les genoux et chevilles croisées comme une écolière bien sage. Impassible, elle ne regardait pas Philip et sans doute ne l'écoutait-elle pas non plus ; elle surveillait ma mère d'un air désapprobateur.

J'ai lissé ma robe.

— Tu es superbe, m'a lancé Riley qui voulait me donner confiance. Je crois qu'elle a quelque chose à nous annoncer.

— Elle va peut-être nous révéler qu'elle n'est pas notre vraie mère.

— Oh ! vous deux, alors..., a fait une voix derrière nous.

— Edith ! me suis-je exclamée avant même de me retourner.

Edith travaillait comme gouvernante pour mes parents depuis trente ans. Du plus loin que je m'en souvienne, elle avait toujours été à la maison et nous avait mieux élevés que les quatorze nounous qui s'étaient occupées de nous au cours de notre enfance. Elle portait un vase dans une main et un gigantesque bouquet de fleurs dans l'autre. Elle a posé le vase et ouvert les bras pour m'embrasser.

— Oh ! Edith, quelles fleurs magnifiques !

— N'est-ce pas ? Je les ai achetées ce matin, à ce petit marché qui a ouvert...

Elle s'est interrompue pour m'observer d'un air suspicieux.

— Oh ! non, a-t-elle repris en écartant le bouquet. Non, non Lucy, n'y pense pas, tu ne les auras pas. La dernière fois, tu as chipé le gâteau que j'avais fait pour le dessert.

— Je sais, c'était une erreur, je ne recommencerai plus... d'autant plus que maintenant maman me le réclame à chaque fois. Oh ! allez Edith, je peux les regarder quand même, elles sont belles, tellement belles, ai-je insisté en battant les cils.

Résignée, elle m'a tendu le bouquet.

— Maman va adorer, merci !

Elle n'a pas pu s'empêcher de sourire. Même quand nous étions enfants, elle avait du mal à nous sermonner.

— Tu es vraiment incorrigible...

Elle est repartie dans la cuisine. J'étais anxieuse. Riley est sorti et j'ai essayé de lui emboîter le pas avec le bouquet, mais il avançait deux fois plus vite que moi. Quand ma mère a vu son fils chéri approcher, son visage s'est illuminé.

— Lucy, ma chérie, elles sont magnifiques, tu n'aurais pas dû, a-t-elle dit en se tournant vers moi.

Elle exagérait, on aurait cru qu'elle venait de recevoir le titre de Miss Monde.

J'ai fait la bise à ma grand-mère qui s'est contentée de hocher la tête.

— Salut, m'a dit Philip en m'embrassant.

— Il va falloir arrêter ces réunions, lui ai-je soufflé à voix basse, et il a ri.

J'avais l'intention de lui demander des nouvelles des enfants, je savais qu'il le fallait, mais Philip était le genre de personne à pousser le détail si loin qu'il se lançait dans une interminable logorrhée rapportant tout ce que ses enfants avaient fait ou dit depuis la dernière fois qu'on les avait vus. J'aimais beaucoup mes neveux, vraiment, mais pas au point de savoir qu'ils avaient mangé des mangues bio et des dattes séchées au petit déjeuner.

— Je vais les mettre dans l'eau, a repris maman, toujours en admiration devant les fleurs.

— Non, laisse-moi faire, ai-je embrayé, j'ai vu le vase idéal dans la maison.

Riley, qui n'en croyait pas ses oreilles, a secoué la tête.

— Oh, merci ! m'a-t-elle répondu comme si je venais de lui proposer de payer ses factures pour le restant de ses jours.

Elle me regardait avec admiration.

— Tu as changé, tu as fait quelque chose à tes cheveux ? m'a-t-elle demandé.

J'ai immédiatement passé la main dans ma tignasse châtaine.

— Heu... je me suis couchée avec les cheveux mouillés...

Riley a éclaté de rire.

— Oh ! eh bien, c'est très joli.

— Quand on s'endort les cheveux mouillés, on attrape froid, est intervenue ma grand-mère.

— Je n'ai pas attrapé froid.

— Mais tu aurais pu.

— Mais ce n'est pas arrivé.

Silence.

J'ai traversé la pelouse et, comme je n'arrivais pas à monter les marches avec mes chaussures à talons, je les ai enlevées. Les pierres étaient chaudes sous mes pieds nus. Edith avait rangé le vase, mais ça ne me gênait pas de le chercher, ça me passerait le temps. J'ai calculé qu'il ne s'était écoulé que vingt minutes depuis mon arrivée.

— Edith ! ai-je appelé sans grande conviction.

J'ai évité la cuisine alors que je savais bien qu'elle était là-bas.

J'ai retraversé les cinq vastes salles qui donnaient sur le jardin. Deux d'entre elles étaient d'origine, une datait du temps de Monsieur l'Écrivain Ivrogne et les deux dernières ajoutées par la famille de brasseurs allemands. Je suis arrivée dans le hall d'entrée. Là, j'ai remarqué que l'imposante porte à double battant qui menait dans le bureau de mon père était ouverte. C'était là que le Grand Écrivain avait écrit son grand livre. C'était là que mon père parcourait des kilomètres de paperasse. Parfois je me demandais s'il y avait quelque chose d'imprimé sur le papier ou s'il aimait simplement le toucher ; peut-être souffrait-il d'un trouble psychique qui le poussait à regarder, caresser et tourner des pages.

Mon père et moi avions une relation formidable. Il arrivait qu'on pense la même chose au même moment. Quand les gens nous voyaient, ils étaient épatés par notre complicité, par le respect qu'il me portait et par l'admiration que j'éprouvais pour lui. Parfois, au lieu d'aller au travail, il passait me prendre et nous partions à l'aventure. Déjà quand j'étais petite, il me gâtait, moi, sa seule fille. La fille préférée de son papa, comme disait tout le monde. Il m'appelait souvent dans la journée, juste pour prendre des nouvelles, m'envoyait des fleurs et des cartes le jour de la Saint-Valentin pour que je me sente moins seule. C'était vraiment quelqu'un d'unique. Notre relation était vraiment exceptionnelle. Parfois il m'emmenait dans un champ d'orge, par un jour de grand vent, et je portais une robe virevoltante et nous tournions au ralenti et il me poursuivait en courant pour me chatouiller et je tombais au milieu du champ et les épis se déployaient tout autour de moi, balayés par la brise. Comme nous étions heureux !

Bon d'accord, j'ai menti.

Ça a dû se sentir au moment du ralenti dans le champ d'orge. J'ai un peu exagéré sur ce coup-là. En vérité, il pouvait à peine me supporter, et vice-versa. Mais on arrivait à se tolérer, juste ce qu'il fallait pour maintenir l'équilibre mondial.

Bien qu'il ait certainement vu que j'étais à la porte, il n'a pas levé la tête, il s'est contenté de tourner une énième page énigmatique. Il nous avait tellement tenus à l'écart de tout cela que j'étais devenue véritablement obsédée par le contenu de ces pages. À l'âge de dix ans, j'avais réussi à m'introduire de nuit dans son bureau qu'il avait oublié de verrouiller. Quand j'avais enfin pu lire ces papiers, le cœur battant, je n'en avais pas compris un seul mot. Que du jargon juridique. Il était juge à la Haute Cour et en grandissant, je me suis rendu compte qu'il était considéré comme un expert en droit criminel irlandais. Il avait jugé des procès pour meurtre ou viol depuis sa nomination à la Haute Cour vingt ans plus tôt. Un sacré boute-en-train, quoi. Ses points de vue réac sur bien des sujets avaient souvent créé la polémique ; parfois, s'il n'avait pas été mon père, je serais descendue manifester contre lui dans la rue. Ou peut-être précisément parce que c'était mon père. Ses parents étaient des intellectuels, son père enseignait à l'université et sa mère (la vieille dame en robe à fleurs assise dans le jardin) était une scientifique. Enfin, à part créer de la tension dès qu'elle mettait les pieds dans une pièce, je ne savais pas trop quelle était sa spécialité. Je crois qu'elle étudiait certains asticots dans certains sols sous certains climats. Mon père avait remporté le concours d'éloquence des universités européennes, était diplômé de Trinity College Dublin et de la très honorable société de King's Inn, dont la devise, « *Nolumnus Mutari* » (Nous ne changerons pas), en disait long sur son compte. Tout ce que je savais de lui, c'était ce que les plaques fixées au mur de son bureau proclamaient aux visiteurs. Avant, je le voyais comme un être mystérieux dont je percerais un jour le secret. Je pensais qu'à la fin de sa vie, lui devenu vieux et moi, une femme belle, responsable et ambitieuse avec un mari formidable, des jambes démesurément longues et le monde entier suspendu à mes lèvres, nous tenterions de rattraper le temps perdu. Mais il n'y avait pas de mystère : il était tel qu'il était et on ne s'appréciait pas, parce qu'on ne se comprendrait jamais.

Je l'ai observé depuis la porte de son bureau lambrissé, tête baissée, lunettes sur le nez, en pleine lecture. Des murs de livres tapissaient la pièce où régnait une forte odeur de renfermé, de cuir et de tabac même s'il avait arrêté de fumer dix ans plus tôt. J'ai eu une bouffée d'affection pour lui car, tout à coup, il m'a paru vieux. Du moins, assez âgé. Et les gens âgés ressemblaient à des bébés. Quelque chose chez eux les rendait attachants, en dépit de leur égoïsme et de leur ignorance. Comme j'étais plantée là depuis un petit moment à observer la pièce et à m'appesantir sur cette soudaine affection, il m'a semblé normal de lui dire un petit mot. Je me suis donc raclé la gorge en frappant un coup sur la porte, geste qui a fait crisser le plastique protégeant les fleurs. Il a gardé la tête baissée. J'ai pénétré dans le bureau.

J'ai attendu patiemment. Puis impatiemment. Puis j'ai eu envie de lui balancer les fleurs à la figure. Puis de prendre chaque fleur l'une après l'autre, d'arracher les pétales et de les lui jeter au visage. Le relatif bonheur que j'avais éprouvé à la vue de mon père a tourné à la frustration et à la colère. Il rendait toujours les choses difficiles, empêchait toute communication, mettait les gens mal à l'aise.

— Salut ! ai-je lancé comme une gamine de sept ans.

Il n'a pas bougé. Il a fini de lire une page, l'a tournée, et a lu la suivante. Cela n'a peut-être duré qu'une minute, mais ça semblait très long. Il a enfin levé les yeux, enlevé ses lunettes et regardé mes pieds nus.

— J'ai acheté ces fleurs pour maman et toi. Je cherche un vase.

Je crois que cette phrase pouvait rivaliser avec la réplique culte de *Dirty Dancing* : « Je l'ai aidé à porter des pastèques. »

Silence.

— Il n'y en a pas ici.

Dans ma tête, je l'ai entendu ajouter « petite conne ». Même s'il ne jurait jamais, parce qu'il appartenait à cette catégorie de personnes qui disaient « petite sotte », ce qui m'agaçait profondément.

— Je sais bien, mais j'ai eu envie de te dire bonjour au passage.

— Tu restes déjeuner ?

Je me suis demandé comment il fallait l'interpréter. Est-ce qu'il voulait que je reste déjeuner ou non ? Il devait y avoir une signification, toutes ses phrases étaient codées et sous-entendaient généralement que j'étais une imbécile. J'ai cherché quelle pouvait bien être la signification et surtout, la réponse à cette question. Je n'ai pas trouvé, alors j'ai répondu :

— Oui.

— On se verra donc au déjeuner.

Sous-entendu : pourquoi venir me déranger dans mon bureau avec ton « salut ! » ridicule, pieds nus, alors qu'on va se voir au déjeuner, *petite sotte* ? Il a rechaussé ses lunettes pour reprendre sa lecture. J'ai vraiment eu envie de lui envoyer les fleurs à la figure, une à une, mais par respect pour le bouquet d'Edith je suis partie en faisant crisser mes pieds nus sur le sol. En arrivant dans la cuisine, j'ai fait tremper les fleurs dans l'évier, j'ai grignoté et je suis ressortie. Mon père était déjà dehors où il saluait ses fils. Poignées de main fermes, voix graves pour rappeler que « nous sommes des hommes, des vrais ». Après quoi ils ont bâfré quelques cuisses de faisan, trinqué avec leurs gobelets en étain, peloté un ou deux nichons, essuyé leur salive, et roté avant de s'asseoir. Enfin, c'est ce que je me suis imaginé.

— Chéri, tu n'as pas salué Lucy : elle était partie chercher un vase pour le magnifique bouquet qu'elle nous a apporté, a dit ma mère en me souriant comme si j'étais la seule chose qui comptait au monde.

Elle était douée pour ça.

— Nous nous sommes vus à l'intérieur.

— Oh ! très bien, a dit maman en se tournant vers moi. Tu as trouvé un vase ?

J'ai jeté un œil à Edith qui disposait le pain sur la table.

— Oui, celui qui est dans la cuisine, à côté de la poubelle.

J'ai souri à Edith avec insistance, sachant qu'elle comprendrait que j'avais mis les fleurs dans la poubelle, ce qui était faux, mais j'aimais bien la taquiner.

— Là où se trouve ton dîner, m'a-t-elle répondu en souriant tout aussi affectueusement, au grand désarroi de maman qui ne comprenait pas. Du vin ?

Edith a proposé à tout le monde sauf à moi.

— Non merci, je conduis, ai-je répondu quand même, mais Riley prendra un verre de celui qu'il a apporté à notre père.

— Riley conduit, a objecté ce dernier sans s'adresser à personne en particulier.

— Il peut en boire une petite goutte.

— Les gens qui conduisent en état d'ébriété devraient être emprisonnés, a-t-il répondu sèchement.

— Ça ne t'a pas dérangé qu'il boive un verre la semaine dernière, ai-je répliqué.

Je ne cherchais pas la dispute, mais j'en prenais le chemin.

— Mais depuis, un garçon est passé à travers un pare-brise parce qu'un petit sot au volant avait trop bu.

— Mon Dieu, Riley ! Dis-moi que tu n'as pas fait ça ?

C'était de mauvais goût, je sais, mais je crois que je l'ai fait exprès pour embêter mon père, qui s'est mis à parler avec sa mère comme si je n'avais rien dit. Riley a secoué la tête, affligé par mon humour déplacé ou frustré d'avoir perdu son pari. Il a tiré de sa poche un billet de vingt euros. Mon père a observé la transaction d'un air désapprobateur.

— Je lui devais de l'argent, a expliqué mon frère.

Ce que personne n'a cru, vu qu'il était hautement improbable que j'aie prêté de l'argent à quiconque. Une fois de plus, je passais pour une imbécile.

— Bien, a commencé maman en me regardant maintenant que nous étions tous installés. Aoife McMorrow a épousé Will Wilson la semaine dernière.

— Oh ! je suis ravie pour elle ! ai-je répondu avec enthousiasme en fourrant un petit pain dans ma bouche. C'est qui, Aoife McMorrow ?

Riley a éclaté de rire.

— Elle était dans ton cours de claquettes ! a répliqué maman, sincèrement surprise que je puisse avoir oublié ma camarade d'enfance. Et devine qui a eu une petite fille ? Laura McDonald !

— Hi-ha-hi-ha-ho !

Riley et Philip ont gloussé. Pas les autres. Maman a essayé, en vain.

— J'ai rencontré sa mère au marché bio hier, elle m'a montré une photo du bébé. Ma-gni-fique. On en mangerait. Mariée et maman la même année, imagine un peu.

J'ai fait un sourire crispé. J'ai senti le regard de Riley qui me commandait le calme.

— Le bébé pesait quatre kilos et demi, Lucy, quatre et demi, tu te rends compte ?

— Jackson pesait quatre kilos deux, est intervenu Philip. Luke trois kilos huit et Jemima trois kilos neuf.

Nous l'avons tous regardé en feignant l'intérêt et il s'est remis à grignoter son pain.

— C'est une grande joie d'être mère, a-t-elle continué en esquissant une petite moue complice.

Elle m'a regardée avec insistance, trop d'insistance.

— Je me suis mariée à vingt ans, a commenté ma grand-mère comme s'il s'agissait d'une prouesse.

Elle a arrêté de beurrer son pain et m'a regardée droit dans les yeux.

— J'ai terminé mes études à vingt-quatre ans et à vingt-sept, j'étais mère de trois enfants.

J'ai hoché la tête pour indiquer que cela m'impressionnait. Je connaissais l'histoire.

— J'espère qu'ils t'ont donné une médaille.

— Une médaille ?

— C'est une façon de parler. Pour dire qu'on a accompli quelque chose... d'exceptionnel.

J'essayais de faire taire le sarcasme qui ne demandait qu'à sortir. Il était en phase d'échauffement, il me suppliait de le libérer, de le laisser remplacer la politesse et la tolérance.

— Rien d'exceptionnel, simplement ce qu'il fallait faire, Lucy.

Maman est venue à ma rescousse.

— De nos jours, les filles ont souvent des bébés après vingt-cinq ans.

— Mais elle en a trente !

— Seulement dans quelques semaines, ai-je répliqué avec un large sourire.

Le sarcasme était prêt à entrer dans les *starting-blocks*.

— Eh bien, si tu crois que tu peux faire un bébé en deux semaines, tu as beaucoup à apprendre, a rétorqué ma grand-mère en mordant dans son pain.

— Les femmes sont mères plus tard, maintenant, a dit ma mère.

Ma grand-mère a eu une exclamation désapprobatrice.

— Elles font carrière, vous comprenez, a-t-elle insisté.

— Mais ce n'est pas son cas ! Et puis, que crois-tu que je faisais dans mon laboratoire, exactement ? Des petits pains ?

Ma mère était blessée. Elle avait confectionné les petits pains qui étaient sur la table. Elle faisait toujours le pain, tout le monde le savait, en particulier ma grand-mère.

— Tu n'allaitais pas, en tout cas, ai-je marmonné.

Ils m'avaient tous entendue et me regardaient sans sourire. Je n'y pouvais rien, le sarcasme était en piste. Je me suis sentie obligée d'expliquer ce commentaire.

— C'est-à-dire que mon père ne me donne pas l'impression d'avoir été nourri au sein.

Si Riley avait pu écarquiller les yeux davantage, ils seraient sortis de leurs orbites. Il avait du mal à retenir son fou rire. Mon père a attrapé son journal de façon à se soustraire à cette conversation désagréable. Il l'a ouvert d'un coup sec. C'était trop tard, nous l'avions perdu. Perdu derrière un écran de papier.

— Je vais jeter un œil aux entrées, a dit maman à voix basse avant de s'éclipser gracieusement.

Je n'avais pas hérité de la grâce de ma mère. C'était Riley qui avait eu cette chance. Affable et sophistiqué, il incarnait le charme et à trente-cinq ans, c'était un très beau parti. Il avait suivi les traces de mon père et était devenu l'un des avocats les plus compétents en droit criminel. Du moins, c'est ce que j'avais entendu dire. Je n'avais pas eu l'occasion de constater son talent par moi-même, pas encore du moins, mais je n'excluais pas cette possibilité. Cela me réconfortait de savoir que mon grand frère aurait toujours moyen de me libérer de prison. On le voyait souvent aux infos, accompagner au tribunal des types menottés au visage caché sous une capuche. Je ne comptais plus les occasions où je m'étais ridiculisée en public en pointant fièrement la télé et en criant : « C'est mon frère ! », tout ça pour recevoir des regards menaçants parce que je n'avais pas précisé que je ne parlais pas du type en jogging et capuche accusé des pires horreurs mais du beau mec en costume à côté. Ça n'intéressait personne de toute façon. J'étais sûre que Riley avait le monde à ses pieds. Personne ne lui mettait la pression pour se marier, en partie parce que c'était un homme et que dans ma famille, bizarrement, les règles du jeu étaient différentes pour eux, et en partie parce que ma mère l'adorait et trouvait qu'aucune femme n'était assez bien pour lui. Elle ne lui faisait jamais de reproches, mais avait une façon bien à elle de pointer les défauts de telle ou telle femme dans l'espoir de semer le doute dans l'esprit de son fils. Elle était très contente qu'il vive en célibataire dans un quartier chic de la ville et toute heureuse de lui rendre visite de temps en temps. Je crois que s'il avait été gay, elle l'en aurait aimé davantage, car cela aurait définitivement exclu les femmes de la compétition et lui aurait donné l'air cool. Je l'avais entendue le dire une fois.

Ma mère est revenue avec un plateau de canapés au homard et (à cause d'un mémorable incident lors d'un déjeuner chez les Horgan à Kinsale qui avait impliqué une crevette géante tigrée, un camion de pompiers et moi) une part de melon qui m'était destinée.

J'ai regardé ma montre, geste qui n'a pas échappé à Riley.

— Ne nous fais pas languir plus longtemps, maman, qu'est-ce que tu as à nous annoncer ? a-t-il demandé.

Tout le monde est sorti de ses pensées. Quand Riley parlait, on l'écoutait.

— Pas pour moi, je n'aime pas le homard, a lancé ma grand-mère avant même d'être servie.

Ma mère a eu l'air un peu déçue, puis, se rappelant pourquoi nous étions tous réunis, elle s'est tournée vers mon père. Ce dernier continuait à lire son journal sans s'apercevoir que son homard était devant lui. Elle s'est assise, toute guillerette.

— D'accord, c'est moi qui vais leur annoncer, a-t-elle dit comme s'ils s'étaient déjà disputés sur le sujet. Bien, alors, vous le savez, cet été, nous fêterons nos trente-cinq ans de mariage.

Elle nous a adressés à tous ce regard qui signifiait : « Comme le temps passe vite ! »

— Et pour célébrer cet événement, votre père et moi... avons décidé de renouveler nos vœux !

Son excitation était telle que sa phrase s'est terminée sur une note suraiguë. Même mon père a levé la tête puis, remarquant le homard, a plié le journal pour commencer à manger.

— Wouahou ! ai-je fait.

Ces deux dernières années, beaucoup d'amis à moi s'étaient mariés. Il semblait y avoir une épidémie ravageuse : dès que l'un d'eux se mariait, une ribambelle d'autres se fiançaient et les voilà qui sautillaient jusqu'à l'autel en queue-de-pie. J'avais assisté à la transformation de femmes raisonnables et modernes en de véritables hystériques obsédées par les traditions et les stéréotypes qu'elles avaient combattus toute leur vie. J'avais participé maintes fois à ces rituels, vêtue de robes bon marché et peu flatteuses, mais là c'était différent. Il s'agissait de ma mère et cela s'annonçait donc terriblement, effroyablement pire.

— Philip chéri, papa aimerait beaucoup que tu sois son témoin.

Philip a rougi et on aurait dit qu'il avait gagné quelques centimètres supplémentaires. Il a hoché la tête en silence, l'honneur lui coupant la parole.

— Riley chéri, tu voudrais bien me conduire à l'autel ?

— Depuis le temps que j'essaie de me débarrasser de toi ! a répondu Riley, flatté.

Tout le monde a ri y compris ma grand-mère qui ne boudait jamais une blague aux dépens de ma mère. J'ai dégluti avec difficulté, parce que je savais ce qui allait arriver. Je le savais. Elle s'est tournée vers moi et tout ce que j'ai vu, c'était cette bouche, cet énorme sourire qui prenait tout son visage, comme s'il avait avalé ses yeux et son nez.

— Ma puce, tu voudrais bien être ma demoiselle d'honneur ? Tu pourrais te coiffer comme aujourd'hui, c'est ravissant.

— Elle attrapera froid.

— Mais elle n'a pas attrapé froid ce matin.

— Mais tu voudrais qu'elle risque un rhume ?

— On pourrait faire confectionner des jolis mouchoirs dans le même tissu que sa robe, au cas où…

— Pas s'il s'agit du genre de tissu que tu avais pour ta première robe de mariée.

Voilà, nous y étions arrivés : la fin de ma vie telle que je l'avais toujours connue.

J'ai regardé ma montre.

— Dommage que tu doives partir bientôt, on a tellement de choses à organiser. Tu crois que tu pourrais revenir demain pour que nous passions en revue tous les préparatifs ? m'a demandé ma mère, à la fois excitée et nerveuse.

C'était le dilemme : ma Vie ou ma famille. Aucun des deux ne donnait envie.

— Je ne peux pas.

Ma réponse fut accueillie par un long silence. Les Silchester ne refusaient pas une invitation, c'était considéré comme grossier. On décalait des rendez-vous et on se mettait en quatre pour répondre présent à toutes les invitations, quitte à engager un sosie ou à voyager dans le temps afin de tenir chaque promesse qu'on avait pu faire ou même que quelqu'un d'autre avait faite en votre nom sans vous consulter.

— Pourquoi donc, ma chérie ?

Maman essayait de se montrer compréhensive, mais ses yeux trahissaient sa déception.

— Eh bien, je peux peut-être passer, mais j'ai un rendez-vous à midi et je ne sais pas combien de temps ça va durer.

— Un rendez-vous avec qui ? a-t-elle demandé.

Bon, il allait bien falloir que je leur dise tôt ou tard.

— J'ai rendez-vous avec ma Vie.

J'ai lâché ça l'air de rien et je m'attendais à ce qu'ils se demandent de quoi je parlais. Je m'attendais à ce qu'ils me posent des questions, me jugent, à devoir leur expliquer que c'était un hasard qui touchait n'importe qui, un peu comme une convocation pour être juré au tribunal, qu'ils ne devaient pas s'inquiéter, que tout allait bien dans ma vie, très bien.

— Ça alors ! s'est exclamée ma mère d'une voix suraiguë. Oh, mon Dieu, je n'y crois pas !

Elle a regardé autour d'elle.

— Quelle surprise, non ?! Nous sommes tous très étonnés ! Mon Dieu, pour une surprise… !

Mon regard s'est d'abord porté sur Riley. Visiblement mal à l'aise, tête baissée, il caressait sa fourchette en appuyant doucement du bout des doigts sur chacune des dents, l'air méditatif. Puis j'ai observé Philip, dont les joues avaient rosi. Ma grand-mère tournait la tête comme s'il y avait une odeur désagréable et qu'elle rejetait la faute sur ma mère. Je ne pouvais pas regarder mon père.

— Vous le saviez déjà.

— Ah bon ? s'est exclamée ma mère, toute rouge.

— Vous êtes tous au courant.

Elle s'est affaissée sur sa chaise, accablée.

— Qui vous l'a dit ?

J'avais élevé la voix. Les Silchester n'élevaient jamais la voix.

Personne ne voulait répondre.

— Riley ?

Il a fini par se redresser en esquissant un sourire.

— On a dû signer, Lucy, c'est tout, pour donner notre accord.

— Quoi ? Tu étais au courant ?!

— Ce n'est pas sa faute, ma puce, il n'a rien à voir là-dedans, c'est moi qui lui ai demandé. Il fallait au moins deux signatures.

— Et qui est la deuxième ? Vous avez tous signé ?

— Ne hausse pas le ton, jeune fille, m'a sermonnée ma grand-mère.

J'avais envie de lui balancer un petit pain à la figure et de la forcer à avaler tous les canapés au homard, ce qui a dû se voir car Philip a appelé tout le monde au calme. Je n'ai pas entendu la suite de la conversation, j'étais déjà en train de traverser la pelouse (en marchant vite, sans courir, les Silchester ne s'enfuyaient pas en courant) pour m'éloigner d'eux le plus vite possible. Bien entendu, j'ai quitté la table en m'excusant, je ne me souviens plus exactement de ce que j'ai dit, j'ai marmonné que j'avais un rendez-vous et les ai poliment abandonnés. C'est seulement après avoir refermé la porte d'entrée derrière moi, descendu les marches du perron pour atteindre le gravier que je me suis aperçue que j'étais pieds nus. J'ai avancé tant bien que mal jusqu'à Sebastian en retenant des cris de douleur et j'ai démarré sur les chapeaux de roue. Sebastian a crachoté jusqu'au portail comme pour dire « bon débarras », mais ma grande sortie s'est arrêtée là, vu que le portail électrique était fermé, et que j'étais prisonnière. J'ai baissé ma vitre et appuyé sur l'interphone.

— Lucy, a répondu Riley, allez, ne fais pas ta mauvaise tête.

— Laisse-moi sortir, ai-je dit dans l'interphone sans regarder l'écran.

— Elle a fait ça pour toi.

— N'essaie pas de me faire croire que tu n'y es pour rien.

— OK, d'accord. Nous avons fait ça pour toi.

— Pourquoi ? Je vais bien. Tout va bien.

— C'est ce que tu dis tout le temps.

— Parce que c'est tout le temps vrai ! Maintenant ouvre le portail !

5

Dimanche. Ça m'avait oppressée tout le week-end comme si j'avais été prise dans les griffes maléfiques de ce gorille géant au sommet de cette tour. J'avais passé la nuit à imaginer un tas de scénarios de « rendez-vous avec ma Vie ». Certains se déroulaient très bien, d'autres moins bien, l'un d'entre eux était une vraie comédie musicale. Nous parlions de tout avec ma Vie, dans cette atmosphère propre au rêve qui n'avait plus aucun sens une fois réveillé, et à présent que je l'étais, je me sentais épuisée. J'ai donc refermé les yeux très fort et me suis obligée à faire un rêve coquin avec ce bel inconnu dans le train. Ça n'a pas fonctionné : ma Vie faisait sans cesse irruption entre nous comme un parent strict prenant sur le fait une ado délurée. Le sommeil ne voulait pas venir, ma tête tournait déjà à plein régime et échafaudait des plans : choses intelligentes à dire, reparties saillantes, remarques spirituelles, idées pertinentes, moyens d'annuler le rendez-vous sans paraître mal élevée, mais surtout elle anticipait la tenue que j'allais porter. Sur ce, j'ai ouvert les yeux et me suis redressée. Monsieur Pan s'est tourné dans son panier avant de me fixer du regard.

— Bonjour, Hilary.

Et il s'est mis à ronronner.

Qu'avais-je envie de dire à ma Vie à propos de moi ? Que j'étais intelligente, spirituelle, charmante, séduisante, que j'étais une femme élégante au goût très sûr. Je voulais que ma Vie sache que j'étais tout cela à la fois, que je n'avais aucun problème. J'ai passé en revue mes vêtements sur la tringle à rideaux. Je les avais disposés tout le long afin d'empêcher la lumière de passer. J'ai observé mes chaussures posées en dessous. J'ai regardé ensuite par la fenêtre pour prendre connaissance du temps, ai de nouveau observé mes chaussures, puis mes vêtements. Je ne savais pas comment m'habiller. Il fallait passer par la penderie. J'ai ouvert la porte pour fouiller à l'intérieur mais avant qu'elle ne soit entièrement ouverte celle-ci a touché le bord du lit. Ça n'avait pas importance, c'était suffisant. Comme l'ampoule de la penderie était grillée depuis un an environ, je suis allée chercher la torche à côté de mon lit afin de m'éclairer.

Je me suis imaginée en tailleur-pantalon ajusté, veste smoking avec épaulettes genre années 1980, débardeur noir et talons de 8,5 cm. Cela m'a fait penser à Jennifer Aniston en couverture d'un récent *Grazia*, et ma Vie, elle, penserait : fille détendue, relax, qui prend néanmoins sa vie au sérieux et le porte sur elle. Cette tenue pouvait également laisser penser que quelqu'un était décédé et que j'allais aux obsèques, mais j'espérais que ma Vie, elle, ne penserait pas à la mort.

J'ai laissé Monsieur Pan, assis sur un escarpin à bout ouvert, regarder Gene Kelly en tenue de marin dans *Un jour à New York* en me promettant de le sortir dans quelques jours. Une fois dans l'ascenseur j'ai entendu ma voisine de palier sortir de chez elle. J'ai martelé le bouton pour que les portes se referment au plus vite, mais sans succès : une basket a fait irruption à l'intérieur de la cabine.

— Juste à temps, a-t-elle dit en souriant.

Les portes se sont écartées et la poussette a fait son entrée. Elle l'a manœuvrée dans l'espace confiné et le volumineux sac à langer qu'elle portait sur l'épaule m'a presque réexpédiée dans le couloir.

— Ça me prend chaque jour de plus en plus de temps pour sortir de chez moi !

Elle s'est essuyé le front.

Je lui ai souri, gênée qu'elle m'adresse ainsi la parole (nous ne nous étions jamais parlé) puis j'ai fixé mon attention au-dessus d'elle sur les numéros d'étages qui défilaient tandis que nous descendions.

— Est-ce qu'il vous a dérangée la nuit dernière ?

J'ai regardé à l'intérieur de la poussette :

— Non.

Elle a eu l'air très surprise.

— Il m'a tenue éveillée la moitié de la nuit à crier. J'étais persuadée que tout l'immeuble allait venir frapper à ma porte. Il fait ses dents, le pauvre, ses joues sont toutes rouges.

J'ai de nouveau regardé dans la poussette. Je n'ai rien dit.

Elle s'est mise à bâiller.

— Mais bon, au moins le temps est agréable cet été ; il n'y a rien de pire que d'être coincé chez soi avec un bébé.

— Oui, ai-je répondu quand les portes se sont enfin ouvertes. Passez une bonne journée.

Et j'ai filé en courant avant qu'elle n'ait la possibilité de continuer la conversation à l'extérieur.

J'aurais sans doute pu me rendre à pied jusqu'aux bureaux où je devais rencontrer ma Vie, mais j'ai préféré prendre un taxi parce que le bel inconnu ne serait pas dans le train à cette heure et que je ne pouvais pas compter sur Sebastian pour m'emmener quelque part après notre excursion de la veille dans les montagnes. En plus de ça, je ne savais pas très bien où j'allais et il était impensable de rencontrer sa Vie avec des ampoules aux pieds et des auréoles sous les bras. L'immeuble était visible à un kilomètre : une épouvantable bâtisse, une tour marron, oppressante, sur pilotis, avec des fenêtres en métal, un type d'architecture qui évoquait le style Lego des années 1960, acceptable à cette époque. Nous étions dimanche et l'endroit était désert. Le parking en sous-sol n'abritait qu'une seule voiture avec un pneu crevé. La seule qui ne pouvait pas sortir. Le poste de sécurité était inoccupé, la barrière relevée. C'était si laid, si triste, que personne n'aurait été chagriné si la chose tout entière avait été transportée sur une autre planète. À l'intérieur, l'immeuble sentait à la fois l'humidité et le désodorisant à la vanille. Un bureau d'accueil dominait le vaste hall d'entrée ; il était si haut que je pouvais à peine discerner la cime d'une chevelure bouffante et laquée qui s'étirait vers l'arrière. En me rapprochant, j'ai découvert que ce que j'avais pris pour du désodorisant était en réalité un parfum. Une femme se passait du vernis rouge sang sur les ongles ; une couche si épaisse que cela formait une pâte visqueuse. Elle regardait *Columbo* sur une petite télévision posée sur le bureau.

« Juste une chose... », a lancé Columbo.

— Et voilà, a-t-elle gloussé à mon intention mais sans me regarder. Il sait qu'il l'a tué, vous pouvez en être sûre.

C'était l'Américaine à qui j'avais parlé au téléphone. Quand Columbo a demandé au meurtrier un autographe pour sa femme, elle s'est tournée vers moi.

— Que puis-je faire pour vous ?

— Nous nous sommes parlé au téléphone cette semaine, mon nom est Lucy Silchester et j'ai rendez-vous avec ma Vie ! ai-je répondu en riant.

— Ah oui ! je me souviens maintenant. Lucy Silchester. Avez-vous déjà contacté l'entreprise de nettoyage de moquette ?

— Heu... non, pas encore.

— Eh bien, il faudrait vraiment que vous le fassiez.

Elle a glissé une carte de visite vers moi. Je ne savais pas vraiment si elle l'avait apportée tout spécialement pour moi ou si, enthousiasmée par cette entreprise, elle en avait une valise entière pour en distribuer au premier venu.

— Vous me promettez de les contacter ?

Amusée par son obstination, je lui ai fait un signe affirmatif de la tête.

— Je vais le prévenir que vous êtes arrivée.

Elle a décroché le combiné.

— Lucy est là.

J'ai tendu l'oreille pour entendre sa voix, mais sans succès.

— Oui, très bien, je vous l'envoie.

Puis m'adressant la parole :

— Prenez l'ascenseur et montez jusqu'au dixième étage. Prenez à droite, ensuite à gauche et puis vous le verrez.

J'allais partir mais je me suis arrêtée.

— Comment est-il ?

— Oh, ne vous inquiétez pas. Vous n'avez pas peur tout de même ?

J'ai fait un geste dédaigneux de la main.

— Non. De quoi aurais-je peur ?

Et puis j'ai lâché un rire que n'importe qui dans un rayon de cinq kilomètres aurait traduit comme de l'angoisse et me suis dirigée vers l'ascenseur.

J'avais dix étages pour me préparer avant de faire ma grande entrée. J'ai arrangé ma coiffure, me suis redressée, j'ai pris un air sexy en pinçant les lèvres de façon sensuelle et ingénue ; j'ai glissé une main dans ma poche. C'était parfait. Mon allure générale reflétait exactement ce que je voulais montrer de moi.

Quand les portes se sont écartées j'ai découvert un siège en cuir déchiré sur lequel reposait un magazine féminin tout froissé, sans couverture, et plus loin une porte en bois au milieu d'un mur vitré où pendaient négligemment des stores romains. Après avoir franchi la porte, je me suis retrouvée dans une pièce de la taille d'un terrain de football, véritable labyrinthe de bureaux séparés par des cloisons grises. Partout, des tables de travail minuscules, de vieux ordinateurs, des sièges abîmés, des photos d'enfants, de chats et de chiens punaisées, des tapis de souris personnalisés, des stylos avec des trucs roses et poilus au bout, des photos de vacances en fond d'écran, des cartes d'anniversaire, toutes sortes de peluches et des *mugs* multicolores sur lesquels on pouvait lire des blagues pas drôles. Tout un tas de choses dont les gens s'entouraient pour faire de leur sordide espace d'un mètre carré un coin où ils se sentaient chez eux. Cela ressemblait exactement à mon bureau et immédiatement j'ai eu le réflexe d'aller photocopier n'importe quoi pour perdre du temps à ne rien faire.

J'ai traversé ce dédale de bureaux en regardant à droite et à gauche, me demandant ce que j'allais bien pouvoir découvrir. J'essayais de garder un air détendu et avenant même si j'étais frustrée que mon grand rendez-vous avec ma Vie ait lieu dans cet endroit sordide. Et puis tout à coup je l'ai vu. Coincé derrière un bureau en piteux état, penché sur un misérable bloc-notes sur lequel il s'évertuait à griffonner avec un stylo qui ne voulait manifestement pas marcher. Il portait une veste grise froissée, une chemise et une cravate de la même couleur avec une triple spirale imprimée dessus. Ses cheveux poivre et sel étaient ébouriffés et il portait une barbe de plusieurs jours. Il a relevé la tête, m'a regardée, a posé son stylo, s'est levé avant de s'essuyer les mains sur sa veste qui y ont laissé des empreintes humides. Des cernes noirs soulignaient ses yeux injectés de sang et il n'arrêtait pas de renifler. Il avait l'air de quelqu'un qui n'avait pas dormi depuis des années.

— Est-ce que vous êtes… ?

J'ai fait mine d'être enjouée.

— Oui, a-t-il répondu sans enthousiasme. Bonjour Lucy.

Il m'a tendu la main.

Je me suis rapprochée de lui à grands pas, en feignant d'être terriblement excitée par ce moment. Je lui ai serré la main, lui ai adressé le plus beau sourire possible pour lui montrer que j'allais bien, que tout allait parfaitement. Sa poigne était molle. Sa paume moite. Sa main s'est libérée rapidement de la mienne.

— Eh bien voilà, ai-je lancé avec un enthousiasme exagéré tout en m'asseyant.

Puis, d'un air mystérieux afin de capter son attention :

— Nous nous rencontrons enfin ! Comment allez-vous ?

On pouvait vraiment dire que j'en faisais des tonnes. La pièce était trop grande, trop vide, trop terne, trop déprimante pour parler de la sorte mais je ne pouvais pas m'en empêcher.

— Comment je me sens, à votre avis ?

Il a posé cette question d'un ton brusque. Très brusque à vrai dire. J'étais stupéfaite. Je ne savais pas quoi répondre. Ce n'était pas ainsi que les gens se parlaient. Où était passée cette manière de feindre que nous nous appréciions l'un l'autre, que nous étions heureux de nous retrouver ici, que nous serions ravis de nous revoir ? J'ai regardé autour de moi dans l'espoir que personne n'avait écouté.

— Il n'y a personne d'autre ici. Les gens ne travaillent pas le dimanche. Ils ont une vie.

Je me suis retenue de répondre sèchement :

— Mais les vies d'autres personnes ne travaillent-elles pas dans cet immeuble également ?

Il m'a regardée comme si j'étais stupide.

— Non. Je loue simplement cet endroit. Je n'ai aucune idée de ce qu'ils font ici.

Il m'a montré les bureaux vides. De nouveau, j'étais stupéfaite. Les choses n'étaient pas censées se dérouler de cette manière.

Il s'est passé les mains sur le visage d'un air fatigué.

— Je ne voulais pas être agressif.

— Eh bien, c'est raté.

— Je suis désolé.

— Vous n'avez pas l'air.

Silence.

— Écoutez...

Il s'est penché vers moi et j'ai eu un mouvement de recul malgré moi. Il avait mauvaise haleine. C'était un moment plutôt embarrassant. Il a soupiré avant de continuer :

— Imaginez un ami qui a toujours été là pour vous et vous pour lui et qu'il arrête de vous voir comme il en avait l'habitude, parce que les gens ont d'autres choses à faire, comme vous pouvez le comprendre, et qu'il est de moins en moins présent malgré tous vos efforts. Et puis soudain, un jour, plus rien, il ne donne plus de nouvelles. Alors vous décidez de lui écrire mais il ne répond pas, alors vous lui écrivez de nouveau mais il ne répond toujours pas, alors vous lui écrivez une troisième fois et il prend tout juste le temps de venir au rendez-vous, car voyez-vous, il a déjà trop à faire avec son travail, ses amis et sa voiture. Comment est-ce que vous vous sentiriez ?

— Je suppose que vous faites référence à moi dans votre petite démonstration, mais c'est ridicule, ai-je répondu en riant. Ça n'a vraiment rien avoir. Je ne traiterais jamais un ami de cette façon.

Il m'a souri d'un air narquois.

— En revanche vous agiriez de la sorte avec votre Vie.

J'ai ouvert la bouche mais rien n'est sorti.

— Bon, commençons par le commencement, a-t-il déclaré en appuyant sur le bouton marche de l'ordinateur.

Rien ne s'est passé. L'ambiance était bizarre, tendue, détestable tandis qu'il s'énervait de plus en plus contre l'ordinateur. Il a appuyé sur le bouton encore et encore, a vérifié la prise, l'a débranchée, l'a rebranchée.

— Vérifiez peut-être le…

— Je n'ai pas besoin de votre aide, merci. S'il vous plaît, enlevez vos mains de…

— Laissez-moi juste…

— Mettez ce câble ici…

— Ce serait super si vous pouviez…

— Voilà.

Je me suis rassise. L'ordinateur s'est mis à ronronner.

— Merci, m'a-t-il dit après avoir repris son souffle.

Ce n'était pas sincère.

— D'où sort cette machine… des années 1980 ?

— Oui, il date à peu près de la même époque que votre veste, m'a-t-il répondu, le regard vissé sur l'écran.

— C'est puéril.

J'ai serré les deux pans de ma veste contre moi. J'ai croisé les bras et les jambes et ai regardé ailleurs. C'était un cauchemar, pire que tout ce que j'avais pu imaginer. Ma Vie était un vrai con en plus d'être aigri.

— Comment aviez-vous imaginé ce rendez-vous ? m'a-t-il demandé, rompant le silence.

— Je ne savais pas comment ça se passerait, ai-je rétorqué, encore vexée.

— Mais vous aviez bien dû vous imaginer quelque chose ?

J'ai haussé les épaules et j'ai repensé à une de ces images où nous étions ensemble, ma Vie et moi, en train de faire du canoë dans un endroit pittoresque, lui pagayant, moi lisant un recueil de poèmes ; j'arborais un joli chapeau de soleil et portais une robe Cavalli que j'avais vue un jour dans une revue que je n'avais pas les moyens de m'offrir – la revue tout comme la robe. Je me suis imaginée ensuite dans les pages d'un magazine, répondant à des questions sur ma vie, le visage entièrement maquillé, permanente, lentilles de contact, robe asymétrique drapée, bel éclairage. Et peut-être même avec un vase rempli de citrons jaunes et verts à côté de moi. J'ai poussé un soupir avant de le regarder à nouveau.

— J'avais pensé à une sorte de séance de thérapie. Vous m'auriez posé des questions sur mon travail, sur ma famille, si j'étais heureuse, ce genre de choses.

— Avez-vous déjà participé à une séance de thérapie ?

— Non.

Il m'a regardée fixement.

J'ai soupiré.

— Bon, oui, une fois. Quand j'ai quitté mon travail. Ça s'est passé à peu près à l'époque où j'ai plaqué mon petit ami et où j'ai acheté mon nouvel appartement.

Il n'a pas cillé.

— Vous avez été virée. Votre petit ami vous a quittée et vous avez loué un studio.

Je lui ai adressé un léger sourire.

— Juste pour vous tester.

— Ça faciliterait les choses si vous arrêtiez de mentir.

— Ce ne sont pas des mensonges si le résultat est le même.

Il a repris des couleurs, du moins autant qu'il lui était possible. En bref, il a eu un regain d'énergie.

— Expliquez-moi ça.

— OK, eh bien si je disais que j'ai gagné à la loterie ce serait un mensonge éhonté parce que je n'ai visiblement pas d'argent et j'aurais tout de même dû vivre ma vie comme si j'étais millionnaire, ce qui serait compliqué, à vrai dire ; mais quand je dis que j'ai quitté mon travail, ça n'a aucune importance parce que je ne travaille plus là-bas, je n'ai donc pas à faire semblant de m'y rendre tous les jours. Quand je dis que j'ai acheté un nouvel appartement, ce n'est pas un mensonge parce que je ne vis effectivement plus dans l'ancien mais dans un nouveau.

— Et l'autre chose que vous avez dite.

— Quelle autre chose ?

— À propos de votre petit ami.

— Eh bien c'est pareil.

À ma grande surprise, j'ai eu du mal à en parler parce que je savais qu'il voulait que j'en parle.

— Dire que... je l'ai largué revient au même que de dire... vous voyez... que c'est lui...

— Qui vous a quittée.

— Heu, oui.

— Parce que...

— Parce que le résultat est le même.

— C'est-à-dire...

— Que nous ne sommes plus ensemble.

Et sur ce, j'ai eu les larmes aux yeux malgré moi. Ce n'était rien de dire que j'étais morte de honte. Je ne me rappelais pas la dernière fois que j'avais pleuré à cause de Blake ; j'avais tourné la page. C'était difficile à expliquer mais c'est comme quand quelqu'un n'arrête pas de vous demander si quelque chose ne va pas, et qu'à force vous finissez par vous sentir mal, vous vous mettez en colère et vous avez envie de frapper cette personne. La même chose était en train de se produire : il voulait me faire dire ces mots, que je les dise tout haut afin que je passe pour une idiote en admettant qu'il avait raison. Ça a marché et je me suis sentie triste pour cette personne qu'il pensait que j'étais. Mais je n'étais pas cette personne. J'allais bien. Tout allait très bien.

Je me suis essuyé les yeux avant que les larmes ne coulent.

— Je ne suis pas triste, ai-je lancé avec colère.

— OK.

— C'est vrai !

— Très bien, a-t-il fait en haussant les épaules. Bon, parlez-moi de votre travail.

— J'adore mon travail. Il m'apporte énormément de satisfaction. J'aime travailler en équipe, la communication avec le public, les projets innovants autour de l'environnement. J'ai le sentiment de faire quelque chose d'utile, d'aider les gens, de tisser des liens, de les aiguiller sur la bonne voie, de faire en sorte qu'ils soient bien guidés. Bien sûr le grand avantage...

— Excusez-moi de vous interrompre. Pouvons-nous juste préciser ce que vous faites ?

— Oui.

Il a baissé la tête et s'est mis à lire :

— Vous traduisez des modes d'emploi pour votre entreprise.

— Oui.

— Et cette entreprise fabrique des réfrigérateurs, des cuisinières, des fours, ce genre de matériel.

— Oui, c'est la plus grande entreprise d'électroménager en Europe.

— D'accord, continuez.

— Merci. Où en étais-je ? Ah oui, bien sûr, le grand avantage de mon métier, ce sont les gens avec qui je travaille. C'est le genre de personnes qui me poussent et me motivent à aller toujours plus loin, non seulement dans mon domaine professionnel mais également dans la vie.

— OK.

Il a passé une main sur son front qui pelait.

— Ces gens avec qui vous travaillez sont les mêmes personnes que vous surnommez en privé : Graham « le Gland », Quentin « le Clignotant », Louise « la Fouineuse », Mary « la Souris », Steve « la Saucisse » et Edna « Face-de-thon ».

J'ai gardé un visage serein. J'étais plutôt impressionnée par l'inventivité des surnoms.

— Oui.

Il a soupiré.

— Lucy, vous êtes de nouveau en train de mentir.

— Pas du tout. Ils me donnent vraiment envie d'être quelqu'un de meilleur... de meilleur qu'eux en tout cas. Ils me donnent vraiment envie d'aller toujours plus loin, le plus loin possible d'eux. Vous voyez. Ce n'est pas un mensonge. Le résultat est le même.

Il s'est penché en arrière, m'a dévisagée et a passé sa main sur sa barbe de plusieurs jours.

— D'accord, vous voulez que je vous dise vraiment ce que je pense de ce travail ou du travail en général ? Très bien. Je ne suis pas ce genre de personnes qui s'investit corps et âme dans son travail ; il ne compte pas pour moi au point de faire des heures supplémentaires bénévolement ni au point de me lier d'amitié avec des gens avec qui je passe déjà le plus clair de mon temps et à qui je n'aurais jamais adressé la parole dans la vraie vie. Je fais ce travail depuis deux ans et demi parce que j'apprécie l'abonnement gratuit au club de gym, même si leur équipement est pourri et que la salle pue jusqu'au plafond la transpiration, ça me fait économiser de l'argent. Je suis contente de mettre à profit ma connaissance des langues que j'ai étudiées à fond pendant cinq ans. Je n'ai pas beaucoup d'amis qui parlent allemand, italien, français, néerlandais et espagnol avec moi.

J'essayais de l'impressionner.

— Vous ne parlez pas espagnol.

— Bon, c'est vrai, monsieur le rabat-joie, mais mes employeurs, eux, ne le savent pas !

— Et que se passera-t-il quand ils le découvriront ? Est-ce qu'on vous mettra encore à la porte – comme la dernière fois ?

Je l'ai ignoré et j'ai poursuivi mon laïus.

— Mon boulot n'est pas ma « passion », comme le disent beaucoup de gens qui n'ont que ça dans leur vie. Je fais le travail pour lequel je suis payée, point. Je ne suis pas une droguée du travail.

— Vous n'êtes pas une employée dévouée ?

— Est-ce que vous préconisez que je me tue à la tâche ?

— Je dis juste que ça demande un peu de persévérance, voyez-vous, l'aptitude à s'impliquer à fond dans quelque chose.

— Et les alcooliques alors ? Vous les admirez également ? Je n'ai qu'à en devenir une, comme ça vous pourrez être fier de ma persévérance.

— Nous nous éloignons de notre propos, a-t-il répliqué, agacé. Et si nous disions tout simplement que vous manquez de volonté, de persévérance, de dévouement ?

Ça faisait mal.

— Donnez-moi un exemple, ai-je rétorqué en croisant les bras.

Il a pianoté sur son clavier.

— Quelqu'un sur votre lieu de travail a été victime d'une crise cardiaque. Vous avez raconté à l'équipe de secours que vous étiez sa plus proche parente et que vous pouviez donc quitter le travail plus tôt pour les suivre dans l'ambulance.

— On a pensé à une crise cardiaque et je me suis inquiétée pour lui.

— Vous avez demandé au conducteur de l'ambulance de vous déposer dans votre rue.

— Il a eu une crise d'angoisse ! Cinq minutes après il allait très bien.

— Vous faites les choses à moitié, vous perdez du temps, vous ne terminez jamais rien qui ne soit pas une bouteille de vin ou une barre de chocolat. Vous changez d'avis continuellement. Vous ne vous engagez pas dans ce que vous faites.

Bon là, il m'a vraiment blessée. Non seulement parce que c'était dur à entendre, mais aussi et surtout parce que c'était la vérité.

— J'ai eu une relation avec un homme pendant cinq ans, est-ce que ce n'est pas s'engager ?

— Il vous a quittée il y a trois ans.

— Je prends simplement le temps de me retrouver. De me connaître et toutes ces âneries.

— Est-ce que vous êtes sûre de bien vous connaître ?

— Bien sûr. Je m'aime tellement que j'ai prévu de passer le reste de ma vie avec moi.

Il a souri.

— Du moins, passer le prochain quart d'heure, a-t-il ajouté.

J'ai regardé l'horloge.

— Il reste quarante-cinq minutes.

— Vous partirez plus tôt. Comme d'habitude.

Ma gorge s'est serrée.

— Bon, alors ?

— Alors rien. Je voulais juste vous le faire remarquer. Voulez-vous que je vous donne quelques exemples ?

Il a tapé sur le clavier avant même que j'aie eu le temps de répondre.

— Le repas de Noël chez vos parents. Vous partez toujours avant le dessert. L'année dernière vous êtes même partie avant le plat principal, un nouveau record.

— Je devais me rendre à une fête.

— Que vous avez quittée très tôt.

J'étais bouche bée.

— Personne n'a rien remarqué.

— Eh bien, c'est là que vous avez tort. Encore une fois. Ce n'est pas passé inaperçu.

— Qui c'est qui l'a remarqué ?

— « Qui est-ce qui l'a remarqué », m'a-t-il corrigée tout en tapant sur les touches du clavier.

J'avais envie de me lever et de partir mais je ne voulais pas lui faire ce plaisir. Je suis donc restée assise et j'ai regardé tout autour de moi en feignant l'indifférence. Une attitude qui traduisait précisément l'inverse.

Au bout d'un moment il a arrêté de taper sur le clavier.

J'ai tourné la tête vers lui.

Il souriait. Il s'est remis à taper.

— C'est ridicule.

— Je vous ennuie peut-être ?

— Pour tout dire, oui.

— Eh bien comme ça vous savez ce que je ressens.

Il a arrêté de taper.

— Melanie.

Il s'agissait de ma meilleure amie.

— Oui ?

— Vous l'avez mise en rogne en partant très tôt de la fête.

— Personne ne dit « mettre en rogne ».

— Je cite : « Elle aurait pu faire un effort et rester jusqu'à la fin pour changer. »

J'étais légèrement embarrassée. Il y avait bien dû y avoir quelques fois où j'étais restée jusqu'à la fin.

— Ses vingt et un ans.

— Eh bien quoi ?

— C'est la dernière fois que vous êtes restée jusqu'à la fin d'une de ses soirées. En fait, ils ne sont pas arrivés à vous faire partir, n'est-ce pas ? Vous avez passé la nuit là-bas.

Il s'est remis à taper sur le clavier : tap, tap, tap.

— Avec son cousin.

Tap.

— Bobby.

— Elle s'en fichait.

Tap, tap, tap.

— Je cite : « Comment est-ce qu'elle peut me faire un coup pareil pour mon anniversaire ? Mes grands-parents dorment ici, tout le monde est au courant. J'ai honte. »

— Elle ne m'a rien dit.

Il a simplement haussé les épaules.

— Quel est le problème ? Pourquoi on parle de ça ?

— Parce qu'ils en parlent, eux.

Tap, tap, tap.

— Votre frère Riley : « Je suis désolé qu'elle soit partie, maman. Tu veux que j'aille lui parler ? »

— C'est bon. J'ai compris.

— « Non, mon chéri. Je suis sûre qu'elle a autre chose de plus important à faire. » Hier, vous avez quitté la table, pendant le déjeuner chez vos parents, au bout de trente-deux minutes et ce, d'une façon pour le moins spectaculaire.

— Hier c'était différent.

— Pourquoi était-ce différent ?

— Parce qu'ils m'ont trahie.

— Comment ont-ils pu vous trahir ?

— En apposant leur signature en bas de l'audit sur ma vie.

Il a souri.

— C'est une bonne analogie. Mais s'ils ne l'avaient pas fait, vous ne seriez pas ici, avec moi.

— Oui, et regardez comment tout ça dégénère.

Silence.

— Bon, venons-en au fait. L'objet de ce rendez-vous est de me dire que je pars prématurément des fêtes et des déjeuners ?

Ce n'était pas si grave, je n'avais qu'à m'expliquer. Expliquer tout simplement pourquoi je partais à chaque fois et où j'allais ensuite et tout ça se terminerait plus vite que prévu.

Il s'est mis à rire.

— Pas vraiment. Je me suis simplement écarté de mon sujet.

Il a jeté un coup d'œil à sa montre.

— Nous n'avons pas assez de temps pour tout traiter. Pouvons-nous organiser un prochain rendez-vous ?

— Il nous reste encore une demi-heure.

— Pas plus de cinq minutes si vous usez de votre stratégie habituelle pour fuir.

— Bon, allez, continuons.

Il s'est penché en avant.

— OK. Qu'est-ce que vous faites ?

— Comment ça, qu'est-ce que je fais ? Je suis assise ici en train de perdre mon temps à vous parler, voilà ce que je fais.

À partir de ce moment, il a arrêté de prendre des notes et m'a fixée du regard.

— Vous vous levez tous les matins à sept heures à l'exception des samedis et dimanches où vous vous levez à une heure de l'après-midi.

— Et alors ?

— Vous prenez une barre de céréales dans votre placard, un cappuccino au Starbucks au bout de votre rue, vous achetez le journal, parfois vous allez au travail en voiture, d'autres fois vous prenez le train, vous faites les mots croisés. Vous arrivez au bureau entre neuf heures et neuf heures et demie et vous ne vous mettez au travail qu'à partir de dix heures. Vous faites une pause-café et cigarette à onze heures, même si vous ne fumez pas, mais vous pensez que c'est injuste que les fumeurs aient davantage de pauses que les autres. Vous vous arrêtez à treize heures pour déjeuner pendant une heure environ. Vous vous installez dans un coin et faites vos mots croisés. Vous revenez toujours à votre bureau avec du retard. Il faut attendre quatorze heures trente pour que vous vous remettiez au travail, mais le reste de l'après-midi vous vous y consacrez sérieusement. Vous terminez votre journée à dix-huit heures.

— Pourquoi me racontez-vous des choses que je connais déjà ?

J'ai fait comme si de rien n'était mais en réalité j'avais été troublée d'entendre tout ça. C'était gênant de savoir que les petits trucs que je faisais en secret étaient pris en note par quelqu'un et que ces informations étaient ensuite rentrées dans un ordinateur pour divertir un pauvre employé de bureau complètement stressé.

— Vous allez tous les jours au club de gym après le travail. Vous êtes censée courir sur le tapis pendant vingt minutes mais vous vous arrêtez toujours au bout de dix-sept ; ensuite vous faites encore du sport pendant une demi-heure. Vous sortez de temps en temps au restaurant avec des amis, mais vous préférez généralement rester chez vous, et vous partez toujours tôt. Vous vous couchez et faites des mots croisés. Vous vous levez à sept heures du matin.

Silence.

— Vous voyez où je veux en venir ?

— J'ai un faible pour les mots croisés ? Et alors ? C'est quoi votre problème ?

Il s'est redressé sur son siège, m'a de nouveau dévisagée avec son air fatigué.

— Et vous, quel est le vôtre ?

J'avais la gorge serrée.

— Quelle repartie !

— C'était juste une question. Bon, je crois que je vais devoir tourner ça autrement. Voici ce qui va se passer : une fois que vous aurez quitté ce bureau, une demi-heure avant la fin de notre entretien, vous ferez tout votre possible pour oublier notre conversation. Avec succès. Je ne serai plus rien dans votre esprit qu'un type rasoir et contrariant qui vous aura fait perdre votre temps et vous retournerez vivre votre vie de la même façon qu'auparavant.

Il s'est arrêté de parler. J'ai attendu la suite mais il n'a rien ajouté. J'étais bouleversée. Il ne pouvait pas penser ça. Et tout à coup, j'ai compris.

— Vous mentez.

— Ce n'est pas un mensonge si le résultat est le même.

Je ne voulais pas connaître la réponse mais j'ai quand même demandé :

— Alors, quelle est votre conclusion ?

— Eh bien, vous serez toujours aussi seule, aussi triste et vous vous ennuierez toujours autant qu'avant notre rencontre, sauf que cette fois ce sera pire puisque vous en serez consciente. Vous en serez consciente chaque seconde de votre vie.

Sur ce, j'ai attrapé mon sac et je suis partie. Avec exactement une demi-heure d'avance, comme il l'avait prévu.

6

Les Silchester ne pleurent pas. C'est ce que m'avait dit mon père quand j'avais cinq ans, le jour où on avait ôté les roulettes de mon vélo et que j'étais tombée. Il m'avait accompagnée le long de l'allée qui menait à la maison. J'aurais aimé qu'il marche plus près de moi mais je n'avais pas osé lui dire parce que je savais qu'il aurait été déçu. J'étais déjà consciente de ça à cinq ans. J'avais eu plus de peur que de mal. J'avais levé les bras vers mon père pour qu'il vienne m'aider mais je m'étais finalement mise debout toute seule comme il le voulait. Je me souviens encore de ses paroles : « Pousse le vélo avec ta jambe. Lève-toi maintenant et arrête de geindre Lucy, debout. » Je m'étais levée, traînant la jambe comme si elle nécessitait une amputation, jusqu'à ce qu'on m'ordonne d'arrêter. Je voulais un câlin mais je n'avais pas osé le réclamer parce que ça ne lui aurait pas plu, même si je savais tout au fond de moi que ce n'était pas quelque chose de mal. C'était sa manière de faire et je l'avais toujours acceptée. Dès l'âge de cinq ans. J'ai rarement pleuré et en ai rarement ressenti l'envie à part quand Blake m'a quittée et quand ma Vie m'a rappelé cet épisode.

Tout s'est terminé rapidement. Nous étions ensemble depuis cinq ans, nous passions notre temps à discuter, à nous amuser, à faire un tas d'activités ensemble. Nous avions parlé mariage et tout ce genre de choses et même si nous n'étions pas encore prêts à passer à la vitesse supérieure, il était évident que nous finirions par le faire. Ensemble. Quand nous serions plus mûrs. Mais pendant que nous gagnions en maturité, je l'ai perdu. Pas d'un seul coup : c'est arrivé petit à petit. Il était de moins en moins présent chaque jour. Physiquement, il était bien là, nous étions toujours ensemble, mais il semblait être ailleurs, même quand nous nous trouvions dans la même pièce. Un jour, il m'a demandé de m'asseoir et nous avons eu une petite discussion, petite discussion qui venait après une longue conversation. Et puis notre histoire s'est terminée.

À l'époque, il venait de commencer une nouvelle émission pour la télévision et il s'était mis à voyager tout seul. C'était sans doute plus pratique comme ça, du moins c'est ce que je m'étais dit à ce moment-là, mais peut-être qu'il y avait autre chose. Peut-être qu'il était en quête de quelque chose qu'il n'arrivait pas à trouver avec moi. Aujourd'hui, j'imagine de temps en temps qu'il voyait quelqu'un d'autre mais je n'ai absolument aucune raison de croire à cette théorie.

Il avait fait un séjour en Finlande et à son retour on aurait juré qu'il venait de marcher sur la lune ou de vivre une expérience mystique. Il n'arrêtait pas de parler de sérénité, de silence, de paix, à quel point il se sentait en symbiose avec tout ce qui l'entourait dans cet environnement polaire. Il me répétait sans cesse que je ne me rendais pas compte, que je ne pouvais pas comprendre de quoi il parlait. Je lui disais que je comprenais, que je comprenais le calme, l'évidence, l'extase qu'engendre un moment exceptionnel. Oui, je comprenais vraiment. Je n'avais pas utilisé les mêmes mots que lui, mes yeux ne brillaient pas comme si j'avais entrevu les portes du paradis, néanmoins oui, je comprenais ce qu'il ressentait.

— Lucy, tu ne comprends pas, crois-moi, tu ne peux pas comprendre.

— Qu'est-ce que ça veut dire, tu ne peux pas comprendre ? En quoi je suis si différente des autres pour ne pas comprendre un foutu moment d'extase ? On n'a pas besoin d'aller à Katmandou pour trouver la paix intérieure ; certaines personnes la trouvent ici, dans cette ville. En prenant un bain moussant. Avec un livre. Et un verre de vin.

C'est ensuite que nous avons eu notre petite discussion. Pas immédiatement après. Cela a pris quelques jours, peut-être même quelques semaines ; bref, cela a pris du temps. Suffisamment de temps pour digérer que j'étais très différente de lui d'après ses dires, quelqu'un qui ne comprenait pas sa sensibilité intérieure. Je n'avais jamais ressenti ça auparavant. J'ai toujours su que nous étions différents, mais je ne savais pas qu'il le savait. Cela peut sembler sans importance mais quand on commence à y penser, on n'arrête plus. Quand je voyageais, je voyageais pour découvrir de nouveaux lieux ; lui, pour découvrir de nouvelles facettes de lui-même. J'imagine que dans ces cas-là, c'est difficile d'être avec une personne qui est déjà complètement épanouie.

Ensuite nous avons agi de façon stupide et je me suis retrouvée dans une situation que je n'en finis pas de regretter. Bien sûr, j'étais triste. J'étais très triste, j'étais si triste que je me suis tournée vers la religion : la religion « silchesterienne » qui se préoccupe de ce que les gens pourraient penser. Si cela pouvait m'aider à me sentir mieux, nous pouvions dire aux gens que c'était moi qui l'avais quitté, m'avait-il proposé. Si j'avais été la personne à peu près lucide que je suis aujourd'hui je n'aurais jamais accepté cette proposition. Mais je l'ai fait. Quand mes amis ou ma famille abordaient ce sujet, je disais : « Ça ne marchait tout simplement plus, il fallait que je le quitte. » De cette façon, on ne me posait pas trop de questions. En revanche, si je leur avais avoué que c'était lui qui m'avait quittée, on se serait apitoyé sans fin sur mon sort, on aurait essayé de se mettre à ma place, de comprendre ce que j'avais fait de travers, les fautes que j'avais commises et finalement ils n'auraient plus osé me parler de lui.

Le fait que ce soit moi qui l'aie quitté rendait les choses plus faciles. Enfin, ce n'était pas si facile parce que, du coup, je devais entendre tout un tas d'anecdotes sur lui en faisant comme si ça ne me touchait pas ; comme quand je le voyais à la télévision. Et chaque fois que j'étais en colère contre lui, je devais supporter d'entendre que je n'avais aucune raison de l'être, et combien lui devait souffrir, le pauvre, et ce gros mensonge se retournait contre moi.

Comme j'avais fini par porter toute seule le poids de ce gros mensonge, ma douleur s'était transformée en colère, puis en apitoiement. Et parce que je n'avais pas eu l'attention nécessaire qui m'aurait aidée à dépasser cette épreuve, je m'étais retrouvée complètement isolée avec mon secret. Au début je traînais ce fardeau avec moi partout et à cause de certaines circonstances que je révélerai peut-être plus tard, je me suis fait virer d'un travail tout à fait respectable et très bien payé. Mais avouer aux gens que j'avais été virée signifiait leur dire également pourquoi et je ne pouvais pas le faire parce que, après tout ce temps, ç'aurait été franchement bizarre de révéler tout à coup un mensonge de cette ampleur. J'avais donc dit à tout le monde que j'avais démissionné et la suite n'avait été qu'une série d'affreux mensonges. Oui, ce n'était rien d'autre que d'affreux mensonges et peu importe que le résultat fût le même ou non.

Je n'avais rien d'autre à ajouter sur le sujet parce que finalement j'étais plutôt heureuse du nouveau cours qu'avait pris ma vie. Si ma Vie avait essayé de me rencontrer deux ans auparavant, j'aurais compris, parce qu'à l'époque je me sentais au plus bas ; mais ce n'était plus le cas à présent, plus du tout. J'étais tombée de très haut pour me retrouver dans une situation précaire qui pouvait encore se dégrader, mais j'étais très heureuse, je me sentais très bien même et tout allait bien, tout allait parfaitement bien.

Quand je suis repassée par le hall, l'Américaine avait disparu. J'ai déposé sur son bureau la barre chocolatée que j'avais apportée pour elle (celle dont nous avions parlé au téléphone) et je suis sortie de l'immeuble en essayant de ne plus penser à ce type contrariant qui m'avait fait perdre mon temps. Sans succès. Ce pauvre type qui incarnait ma vie, je n'arrivais pas à l'oublier. À ce moment précis, je n'avais aucune distraction qui m'aurait permis de penser à autre chose : pas de voiture à réparer, pas d'e-mail à envoyer, aucune paperasserie à faxer, aucun membre de ma famille à qui téléphoner, pas d'ami à réconforter. Je commençais donc à ressentir une légère angoisse. Ma Vie venait de me dire que j'allais finir seule et malheureuse.

Je ne savais pas ce qu'on était censé faire quand on vous apprenait ce genre de choses. Je n'en avais vraiment aucune idée. Il ne m'avait pas précisé comment éviter cette situation et tout ce que je voulais c'était lutter contre ça, comme quelqu'un qui apprend qu'il est atteint d'une grave maladie mais refuse de l'accepter, parce qu'il n'en ressent aucun des symptômes. En voyant un bar au coin de la rue, j'ai pensé à une solution. J'aimais boire un café, cela faisait partie pour moi des petits plaisirs de la vie ;

je me suis donc dit que si j'allais en prendre un je me sentirais moins seule et plus heureuse. À l'intérieur, je me suis faufilée jusqu'à la seule table libre. J'étais contente d'entendre parler tout autour de moi : la rumeur m'empêcherait de réfléchir à ma situation. J'ai commandé un café et suis retournée m'asseoir, satisfaite de pouvoir écouter les conversations. J'avais besoin de me changer les idées. Tout allait bien dans ma vie. Tout allait très bien. J'étais une femme célibataire avec un travail sympa.

J'avais besoin de penser à autre chose, à n'importe quoi. La porte s'est ouverte, une cloche a retenti et la moitié des gens attablés ont relevé la tête. Quelques secondes après, les hommes sont retournés à leur conversation tandis que les femmes restaient bouche bée devant le plus bel homme que j'aie jamais vu en chair et en os. Il a parcouru des yeux l'intérieur du café avant d'avancer dans ma direction.

— Salut, a dit le beau gosse avec un sourire en posant ses mains sur la chaise en face de moi. Vous êtes toute seule ?

— Pardon ?

— Est-ce qu'il y a quelqu'un assis ici ? Il n'y a plus de place dans le café. Ça vous dérange si je me joins à vous ?

En réalité, il y avait une place libre derrière moi mais je n'allais pas le faire remarquer. L'homme avait un très beau visage, un nez, des lèvres, des yeux et un menton proches de la perfection.

Je n'arrivais pas à croire que ma famille avait comploté dans mon dos. Pourquoi ma Vie avait-il voulu me rencontrer ? Il y avait des tas de gens qui se trouvaient malheureux après la fin d'une relation. Ce n'était quand même pas un cas d'urgence. J'étais passée à autre chose, je vivais ma vie. Je n'avais pas peur de faire de nouvelles rencontres. Je n'étais pas accrochée au passé. Qu'est-ce qu'ils pensaient qui n'allait pas chez moi ?

— Pas du tout.

J'ai avalé le reste de mon café tandis qu'il s'installait.

— En fait, vous pouvez même prendre toute la table, je dois aller retrouver mon petit ami.

Il a eu l'air déçu mais m'a remerciée d'un signe de tête.

Bon d'accord, j'ai menti.

Mais peu importe : l'avenir allait me prouver que ça ne changerait rien au résultat.

7

— Nous nous sommes levés à quatre heures et demie du matin, a-t-il déclaré d'une voix haletante, des gouttes de sueur coulant de chaque côté de son visage bronzé et mal rasé. Il nous a fallu une heure et demie pour aller de l'hôtel au Machu Picchu. Pour atteindre le site avant l'aube, nous avons quitté Wiñay Wayna à cinq heures et demie.

Il avait un tee-shirt bleu marine dont les manches mettaient en valeur ses biceps. Sa poitrine, son dos et ses bras étaient couverts de sueur. Il portait un bermuda beige et des chaussures de marche. Ses jambes étaient bronzées et musclées comme tout le reste de son corps. Il y a eu un long plan où on le voyait grimper le sentier et j'ai mis sur pause.

Monsieur Pan a sauté à côté de moi sur le canapé.

— Salut, Mary.

Il s'est mis à ronronner.

— Il fait le chemin de l'Inca aujourd'hui. Nous devions y aller ensemble. Voyons qui l'accompagne...

J'ai observé attentivement les filles autour de lui. Elle n'était pas là. J'ai appuyé sur lecture.

— Comme vous pouvez le voir le chemin s'élève dans la montagne, disparaît dans une forêt de nuages et débouche sur un escalier quasi vertical d'une cinquantaine de marches qui grimpe jusqu'à Intipunku : la porte du Soleil.

Plusieurs plans se sont succédés, montrant son visage, ses chaussures, son sac à dos, le paysage, ses lunettes de soleil.

— Nous y sommes, a-t-il lancé en adressant un sourire radieux à la caméra.

Il a regardé au loin, a enlevé ses lunettes qui ont révélé ses beaux yeux et son visage s'est illuminé :

— Wouah !

J'ai fait un arrêt sur image et j'ai souri. Je savais qu'il était sincère, qu'on n'avait pas tourné vingt fois la scène pour avoir son meilleur profil. Je savais qu'il était au paradis à cet instant précis et bizarrement, j'avais l'impression que je vivais ce moment avec lui. Exactement comme avant. Un panoramique a suivi et j'ai alors découvert ce qu'il voyait :

— Et voici le Machu Picchu dans toute sa gloire. C'est superbe. Magnifique.

Il y a eu un plan large de lui admirant la vue. J'ai de nouveau mis sur pause et ai observé les filles autour de lui. *Elle* n'était pas là. J'ai appuyé sur lecture. La dernière séquence nous le montrait avec un tee-shirt propre sur le dos, identique au précédent, assis et l'air reposé pour lancer la conclusion. Il a brièvement récapitulé son voyage avant d'ajouter :

— Et n'oubliez pas, le bonheur c'est une façon de voyager, pas le but du voyage.

Ensuite il a souri. Et quel sourire ! Quels yeux, quels cheveux, quels bras, quelles mains. Je me souvenais de ses bras autour de moi, quand il dormait à mes côtés, se douchait avec moi, cuisinait pour moi, me touchait, m'embrassait. Et puis, quand il a cessé de me serrer contre lui.

— Et si nous voyagions ensemble ? a-t-il conclu avec un clin d'œil et le générique est apparu.

— D'accord, ai-je murmuré.

J'avais une grosse boule dans la gorge et de nouveau cette horrible sensation au creux de l'estomac. À la fin du programme ma peine était la même qu'au premier jour. J'ai attendu que la douleur s'estompe avant d'examiner les noms au générique. Le nom de cette fille était encore là. J'ai pris mon ordinateur portable et me suis connectée à Facebook pour vérifier son statut. Célibataire.

J'étais parano, j'en avais conscience. Mais cette paranoïa était fondée, la plupart du temps. D'ailleurs c'était plutôt de l'instinct et l'instinct, lui, ne se trompait généralement pas. Cela faisait déjà presque trois ans mais apparemment ils n'étaient pas ensemble. J'ignorais à quel point elle pouvait être présente dans sa vie en tant qu'assistante de production : je ne connaissais rien à l'univers de la télévision.

Le jour où il a signé le contrat pour lancer son nouveau programme nous sommes allés rencontrer l'équipe. Dès que je l'ai vue je me suis tout de suite méfiée. Ce n'était rien d'autre que ce genre de pressentiment qu'une fille peut ressentir vis-à-vis d'une autre. Et quand nous nous sommes séparés lui et moi, j'ai immédiatement pensé à cette fille au point que c'en est presque devenu une obsession. Je ne pouvais pas m'en empêcher. Elle s'appelait Jenna. C'était une garce. Et toutes les fois que j'entendais ce prénom je pensais à elle et je détestais immédiatement l'innocente personne qui le portait. Elle était originaire d'Australie et je détestais toutes les personnes qui venaient de ce pays. C'était bizarre ce qui m'arrivait ; je ne la connaissais même pas et j'aimais bien l'Australie auparavant, mais j'ai fini par détester tout ce qui pouvait se rapporter à elle de près ou de loin.

Juste pour me faire du mal, je les ai imaginés en train de faire l'amour au sommet de la montagne aussitôt que la caméra avait cessé de tourner. Je me suis demandé ensuite avec qui il passait la nuit sous sa minuscule tente et dans les dortoirs des petits hôtels surpeuplés. Ces espaces ne devaient pas offrir suffisamment de place pour dormir à deux dans le même lit. J'imaginais Jenna s'introduire dans sa tente au beau milieu de la nuit, toute nue. Il essayait de résister à la tentation mais il n'y arrivait pas parce que c'était un homme et qu'il était complètement gonflé à bloc après sa marche en montagne ; et puis, le contact avec la nature avait aiguisé son appétit sexuel.

Chaque fois que je regardais cette émission, je les imaginais ensemble. J'avais fait une recherche sur Google pour savoir en quoi consistait le métier d'assistante de production. Je ne savais pas si elle travaillait avec lui sur le terrain ou simplement dans les bureaux. Ça faisait une grosse différence : soit ils passaient toutes leurs journées ensemble, soit leurs chemins ne se croisaient que rarement. Quelquefois, je jetais un coup d'œil sur les noms qui défilaient au générique pour être certaine qu'il n'y avait pas quelqu'un d'autre susceptible de se glisser dans son lit. Mais après avoir mené ma petite enquête, j'en étais venue à la conclusion que la seule fille qui aurait pu lui plaire était cette Jenna, la garce australienne.

Mon téléphone portable s'est mis à sonner et m'a sortie de ma rêverie. C'était encore Riley. Depuis le déjeuner de la veille, il avait tenté de me joindre neuf fois et ma mère deux fois. Les Silchester n'ignoraient pas les gens, ne se mettaient pas dans tous leurs états et ne faisaient pas d'histoires ; je leur avais donc envoyé à chacun un texto qui spécifiait que j'étais injoignable et que je les rappellerais aussi vite que possible. Ce n'était pas un mensonge. Je ne savais simplement pas sur quel pied danser. Je ne pouvais pas être en colère contre eux : ils avaient juste essayé de m'aider. Mais je ne pouvais pas non plus bavarder avec eux comme si de rien n'était. Cela m'avait blessée qu'ils croient que j'avais besoin d'aide à ce point et abasourdie qu'ils ne soient pas venus m'en parler directement. J'avais toujours été discrète sur ma vie privée, même avec Riley. Même si nous étions très complices pendant les réunions de famille, cela n'en faisait pas pour autant mon meilleur ami : c'était mon frère et il y avait des choses qu'un frère n'avait pas besoin, ni même envie, de savoir.

J'ai ignoré l'appel et immédiatement après la dernière sonnerie, j'ai envoyé un texto poli qui expliquait que j'étais sortie avec des amis. Il m'a répondu tout de suite :

Alors c'est que tu n'as pas éteint ta télé, parce que je suis derrière ta porte.

Je me suis levée d'un bond, tout comme Monsieur Pan qui, contrairement à son habitude, est allé se cacher dans la salle de bains.

— Riley ?

— Oui.

J'ai soupiré.

— Tu ne peux pas entrer.

— OK. Est-ce que tu peux sortir ?

J'ai entrouvert la porte pour qu'il ne puisse pas se glisser à l'intérieur, ni voir quoi que ce soit. Il a tenté de jeter un coup d'œil. J'ai immédiatement repoussé la porte.

— Est-ce que tu es avec quelqu'un ?

— Oui. Un super beau mec avec une énorme érection est allongé sur mon lit et m'attend, si tu veux venir voir.

— Lucy.

Il semblait peiné.

— Je blague.

— Il n'y a personne d'autre alors ?

— Si, il y a quelqu'un.

Ce n'était pas un mensonge. Monsieur Pan m'attendait.

— Ah, pardon. Est-ce que c'est... ?

— Ma Vie ? Non. Je suis allé le voir à son bureau un peu plus tôt dans la journée.

— *Le* voir ?

— Oui.

— Bizarre.

— Oui.

— Comment ça s'est passé ?

— Bien. Il était sympa. Il voulait juste me rencontrer et discuter un peu, c'est tout. Je n'aurais sans doute pas à le revoir.

— Vraiment ?

— C'est si surprenant ? ai-je répondu d'un ton brusque.

— Donc tout va bien ?

— Oui. Selon lui, il n'était vraiment pas nécessaire que nous nous rencontrions.

— Vraiment ?

— Oui, c'est un peu comme ces contrôles d'alcoolémie effectués au hasard, sauf que là c'était ma vie qu'on contrôlait. Ils m'ont choisie complètement au hasard, malheureusement pour moi.

— Ah, d'accord.

Silence.

— En fait je suis venu ici parce que j'ai trouvé ça.

Il a tiré une paire de chaussures de derrière son dos.

— Je fais le tour du royaume pour découvrir à qui elles appartiennent.

J'ai souri.

— Je peux ?

Il s'est agenouillé, a soulevé mon pied, a vu que je portais des chaussettes bizarres mais n'a rien dit, malgré une envie évidente. Il m'a regardée avec une surprise feinte.

— Et maintenant, est-ce que nous allons vivre heureux et avoir beaucoup d'enfants ?

Il a froncé les sourcils, s'est penché contre le chambranle de la porte et m'a regardée.

— Qu'est-ce qu'il y a, Riley ?

— Rien.

— Tu n'es pas venu jusqu'ici simplement pour me rapporter mes chaussures. Qu'est-ce qu'il y a ?

— Rien, a-t-il répété, c'est juste que...

Je sentais qu'il allait dire quelque chose de sérieux.

— C'est juste que j'ai rencontré quelqu'un qui travaillait avec toi il y a quelques années chez Quinn et Downing et cette personne m'a raconté certaines choses...

Il m'a observée. J'ai essayé de faire celle qui ne comprenait pas et il a changé de tactique.

— Probablement fausses.

Il s'est éclairci la gorge.

— Qui c'était ?

— Gavin Lisadel.

Il m'a observée encore plus attentivement.

J'ai écarquillé les yeux.

— Le plus grand raconteur de bobards avec qui j'aie jamais travaillé.

En réalité, un type qui avait une excellente réputation.

— J'ai entendu dire qu'il colportait tout un tas d'histoires farfelues sur mon compte. Mais il ne faut pas y prêter attention : il raconte n'importe quoi. Il paraît qu'il a trompé sa femme avec un homme pendant des années, donc tu sais...

C'était un homme heureux dans sa vie de couple d'après ce que je savais. Je venais de détruire son excellente réputation en moins d'une minute mais je m'en moquais : il avait détruit la mienne également. Toutefois, j'ai vite regretté mes paroles à l'encontre de cet homme qui n'était pas du genre à mentir et j'ai rapidement ajouté :

— Mais tout le monde l'apprécie et en plus c'est quelqu'un de très conscencieux dans son travail.

Riley a hoché la tête d'un air peu convaincu et il a changé de ton.

— Je n'arrive toujours pas à croire que tu aies dit de papa qu'il n'avait pas l'air d'avoir été nourri au sein.

Il a éclaté de rire et j'ai fait comme lui avant d'ajouter :

— Tu crois que ça en valait la peine ? Ces vieux nichons desséchés ?

Il a secoué la tête, dégoûté rien qu'à l'idée.

La porte de ma voisine d'en face s'est ouverte et elle est apparue, l'air contrit.

— Salut Lucy, je suis vraiment désolée, mais pourriez-vous parler un peu moins fort ? C'est juste que... oh, bonjour, a-t-elle dit à l'intention de Riley.

— Pardon, s'est-il excusé, je m'en vais.

— Non, excusez-moi de demander ça, mais c'est juste que j'ai...

Elle a fait un geste en direction de son appartement.

— Vous vous ressemblez beaucoup. Est-ce que vous êtes le frère de Lucy ?

— Oui. Riley.

Ils se sont serré la main, ce qui m'a embarrassée parce que je ne me souvenais même pas du nom de ma voisine. Je l'avais oublié immédiatement après notre première rencontre et je trouvais gênant de lui redemander. Je ne lui adressais donc jamais vraiment la parole : je me contentais juste d'un « Salut » ou d'un « Bonjour ». J'avais dans l'idée qu'elle s'appelait Ruth mais je n'avais jamais osé me lancer.

— Moi c'est Claire.

Voilà qui dissipait mes doutes.

— Bonjour Claire.

Riley lui avait répondu de la façon la plus charmante et séduisante qui soit, genre « je suis un homme sur qui vous pouvez toujours compter », ce qui m'a mise mal à l'aise ; mais Claire, qui n'était pas dupe de son petit jeu, a abrégé la conversation en lançant un rapide au revoir.

— Ça ne peut pas marcher à tous les coups, Riley.

Il m'a de nouveau regardée sérieusement.

— Mais ne t'inquiète pas, cela arrive à tout le monde.

— Non, ce n'est pas ça...

— Quoi, Riley ?

— Rien, a-t-il coupé court avant de se diriger vers l'ascenseur.

— Merci pour les chaussures.

Il ne s'est pas retourné. Il a juste fait un signe de la main et a disparu. Avant de refermer ma porte, ma voisine, dont j'avais déjà oublié le prénom, a ouvert la sienne et m'a lancé :

— Si vous voulez passer pour boire un café ou pour autre chose, surtout n'hésitez pas. Je suis toujours à la maison.

— Heu... D'accord.

Je me suis sentie gênée. Cela faisait au moins un an que nous nous connaissions et la plus longue conversation que nous avions jamais eue avait été notre petit échange dans l'ascenseur. Avant, elle ne disait pas un mot quand on se croisait. Maintenant qu'elle était coincée chez elle, ma voisine avait sans doute besoin de parler.

— Merci. Heu... pareillement.

Je n'ai rien trouvé de plus à dire, j'ai donc refermé la porte.

Seulement je n'avais aucune envie qu'elle passe pour prendre un café, pas plus que je ne désirais que mon frère vienne chez moi. Il n'était jamais venu auparavant, ni lui ni aucun membre de ma famille. Aucun de mes amis non plus. C'était mon territoire.

Mais ça commençait à devenir l'horreur ici, même pour moi : il fallait absolument faire nettoyer la moquette. J'aurais préféré le faire moi-même et ne pas avoir à en parler au propriétaire. Je ne voulais pas qu'il voie les traces de brûlures et qu'ensuite il me fasse payer les dégâts. J'ai cherché sur la moquette l'endroit où j'avais noté le nom de l'entreprise et j'ai immédiatement composé le numéro des renseignements avant de changer d'avis. C'était inouï ce qui se passait. J'étais en train de faire quelque chose qui avait besoin d'être fait et je sentais le poids de ce fardeau à chaque étape. On m'a mise en relation avec l'entreprise et j'ai attendu qu'on réponde. J'avais envie de raccrocher. Ce n'était pas seulement de passer ce coup de fil qui m'ennuyait, c'était tout ce qui allait s'ensuivre : je devrais prendre un jour de congé pour rester à la maison, attendre que quelqu'un arrive des heures après l'heure prévue et lui montrer toutes les petites taches que je voulais qu'il fasse disparaître. Ce serait la honte. Cela n'en finissait pas de sonner à l'autre bout du fil. À un moment donné j'ai cru qu'on allait répondre mais la sonnerie a repris de plus belle. J'étais sur le point de raccrocher et de laisser tomber quand un homme a répondu.

— Allô ?

Il y avait un bruit de fond. Comme s'il se trouvait dans un pub. J'ai dû éloigner le téléphone de mon oreille.

— Excusez-moi juste une minute.

La voix a crié quelque chose à quelqu'un et j'ai eu envie de lui crier à mon tour qu'on m'avait communiqué un mauvais numéro ; d'une part, parce que j'avais changé d'avis – je ne voulais pas être enquiquinée chez moi par un inconnu – d'autre part, parce que je commençais vraiment à penser qu'il s'agissait d'une erreur. J'ai cherché la carte de visite que m'avait remise l'Américaine pour voir si le numéro correspondait à celui affiché sur l'écran. De toute façon, avec le brouhaha à l'autre bout du fil il n'aurait rien entendu.

— Juste une minute.

— Pas de problème, ai-je hurlé bien que je sois dans une pièce silencieuse.

Finalement le bruit s'est amenuisé, j'ai entendu des pas et un rire au loin.

— Allô ? Vous êtes toujours là ?

Je me suis laissée tomber sur le canapé.

— Oui, bonjour.

— Excusez-moi pour l'attente, qui est à l'appareil ?

— Heu, je pense que vous n'allez pas être très content vu l'effort que vous avez fait pour sortir mais je crois que je n'ai pas le bon numéro.

— Après tout ça ! a-t-il dit en riant.

— Oui, je suis désolée.

J'ai enjambé le canapé et je me suis retrouvée dans la cuisine. J'ai jeté un œil à l'intérieur du frigo. Rien à manger comme d'habitude.

J'ai entendu craquer une allumette à l'autre bout du fil, suivie d'une profonde inspiration.

— Désolé, une mauvaise habitude. Ma sœur m'a dit que si je reprenais la cigarette je rencontrerais quelqu'un.

— Moi je fais semblant d'être une fumeuse au travail pour avoir plus de pauses.

J'étais surprise d'avoir dit ça à haute voix.

— Et si quelqu'un découvre que vous ne fumez pas ?

— Je me mettrai à fumer.

Il a ri.

— C'est aller un peu loin juste pour avoir une pause.

— Je ferais n'importe quoi pour une pause.

— Comme composer un mauvais numéro ?

— Oui, par exemple.

— Vous me dites votre prénom ou ce n'est pas le genre de choses que vous faites après avoir composé un mauvais numéro ?

— Ça ne me pose aucun problème. Je m'appelle Gertrude.

— C'est joli, Gertrude, a-t-il répondu avec une pointe d'ironie.

— Merci.

— Moi, je m'appelle Giuseppe.

— Enchantée, Giuseppe. Comment va Pinocchio ?

— Oh, vous savez, à part raconter des bobards et faire le fanfaron…

— Toujours la même chose, quoi.

Même si c'était plus agréable qu'une conversation avec mon père, j'ai soudain pris conscience de la bizarrerie de la situation.

— Bon, je ferais mieux de vous laissez retourner au pub.

— En fait, je suis à un concert d'Aslan.

— J'adore Aslan !

— Nous sommes dans Vicar Street, vous devriez venir.

— C'est qui « nous » ?

— Tom et moi.

— Hélas, nous nous sommes brouillés Tom et moi ; ça ferait bizarre si je me pointais.

— Même s'il s'excusait ?

— Il ne s'excusera jamais, vous pouvez en être sûr.

— Tom commet toujours des impairs, il ne faut pas faire attention. J'ai un billet en trop, je peux le laisser à l'entrée, si vous voulez…

Il m'intriguait.

— Je pourrais être une femme mariée, édentée, borgne et mère de dix enfants.

— Mon Dieu, vous êtes une femme ?

Je me suis mise à rire.

— Bon, alors, vous venez ?

— Ça vous arrive souvent d'inviter des inconnus à sortir ?

— Quelquefois.

— Et ils acceptent ?

— C'est arrivé une fois : une femme mariée, édentée, borgne et mère de dix enfants.

— Est-ce que le groupe a chanté *Down on Me* ?

— Le concert n'a pas encore commencé. C'est votre chanson préférée ?

— Oui.

J'ai ouvert le *freezer*. Poulet au curry et hachis Parmentier. Le poulet au curry était périmé depuis une semaine ; le hachis Parmentier était limite. J'ai pris le poulet et ai planté une fourchette à travers le film protecteur.

— Est-ce que vous les avez déjà vus en concert ?

— Non, mais c'est sur ma liste de choses à faire.

— Qu'est-ce qu'il y a d'autre sur votre liste ?

— Préparer le dîner.

— Vous visez haut, j'aime ça. Vous voulez bien me dire votre prénom maintenant ?

— Non. Vous voulez me dire le vôtre ?

— Don.

— Don comment ?

— Lockwood.

J'ai eu un temps d'arrêt. Monsieur Pan, remarquant mon changement d'attitude, s'est levé d'un bond et a cherché autour de lui quelle pouvait être la menace.

— Allô ? Vous êtes encore là ?

— Vous avez bien dit Don Lockwood ?

— Oui, pourquoi ?

J'étais sidérée.

— C'est une blague ?

— Pas du tout. C'est mon nom de baptême. Enfin, pour dire la vérité, ils m'ont appelé Jacinta avant de découvrir que j'étais un garçon. Et je peux vous assurer que j'en suis bien un. Pourquoi ? C'est à moi que vous vouliez parler finalement ?

J'ai marché de long en large dans la cuisine. J'en avais oublié le poulet au curry. Je ne croyais pas aux coïncidences mais c'était tout de même extraordinaire.

— Don Lockwood... c'est incroyable... c'est le nom que porte le personnage incarné par Gene Kelly dans *Chantons sous la pluie*.

— Je vois. Et vous êtes une fan de Gene Kelly et/ou de ce film, et vous n'en revenez pas de cette coïncidence.

— C'est incroyable.

Je me suis mise à rire.

— Ne me dites pas qu'on ne vous l'a jamais fait remarquer.

— Je peux vous assurer qu'aucune personne de moins de quatre-vingt-cinq ans ne m'en a fait la remarque jusqu'ici.

— Pas même un de vos inconnus ?

— Non plus.

— Quel âge avez-vous ? ai-je demandé tout à coup par crainte de parler à un ado et que la police soit en route.

— J'ai trente-cinq ans trois quarts.

— Je n'arrive pas à croire que pendant toutes ces années personne ne vous a fait la remarque.

— Sans doute parce que la plupart des gens que je rencontre n'ont pas cent ans comme vous.

— Je n'ai pas encore tout à fait cent ans.

— Ah. Je vois. Trente ? Quarante ? Cinquante ?

— Trente.

— C'est de pire en pire après, vous pouvez me croire.

Il n'a rien ajouté, moi non plus et tout à coup ça n'avait plus rien de naturel : nous étions deux inconnus qui se parlaient par erreur et qui voulaient raccrocher.

Je me suis lancée la première :

— C'était sympa de parler avec vous, Don. Merci pour l'offre du billet.

— Au revoir, madame la mariée édentée, a-t-il dit et nous avons ri tous les deux.

J'ai raccroché et je suis allée ensuite me regarder dans le miroir de la salle de bains : j'étais radieuse, on aurait dit ma mère.

Mon sourire s'est vite évanoui quand j'ai pris conscience que je venais de parler à un parfait inconnu. Peut-être qu'ils avaient raison, peut-être que je ne savais plus trop où j'en étais. Je suis allée me coucher tôt et à minuit et demi mon téléphone m'a réveillée en sursaut. C'était un numéro que je ne connaissais pas ; j'ai donc ignoré l'appel et attendu la fin de la sonnerie pour me recoucher. Quelques secondes plus tard le téléphone a de nouveau sonné. J'ai décroché en espérant qu'il ne s'agissait pas de mauvaises nouvelles. Je n'entendais rien que du brouhaha. En éloignant le téléphone de mon oreille, j'ai entendu la musique, le chant, et j'ai finalement reconnu la chanson. Il m'appelait, Don Lockwood m'appelait pour que je puisse l'entendre.

« *If you think your life's a waste of time, if you think your time's a waste of life, come over to this land, take a look around.* » (Si tu penses que tu perds ton temps, si tu penses que tu perds ta vie, viens donc par ici et regarde autour de toi.)

Je me suis allongée pour l'écouter. À la fin du morceau, j'ai attendu de pouvoir lui parler, mais il a raccroché aussitôt.

J'ai souri et je lui ai envoyé un texto.

Merci.

Il m'a répondu sans attendre.

Une chose en moins sur votre liste. Bonne nuit.

J'ai relu ces mots plusieurs fois avant d'enregistrer son numéro dans mon téléphone. Don Lockwood. Rien que de le voir là me donnait le sourire.

8

Une semaine plus tard, je me suis réveillée à sept heures du matin d'une humeur massacrante. Je crois que c'est l'adjectif qui convient. En l'espace de huit jours, il ne s'était rien passé d'intéressant dans ma vie. Dès que j'ai ouvert les yeux, j'ai su que j'étais de mauvais poil. L'appartement empestait la salade de crevettes que j'avais laissée sur le comptoir. Le chat l'avait renversée par terre et avait pataugé dans la sauce. Je commençais à me sentir profondément agacée. Avant même d'ouvrir les yeux, j'ai pressenti qu'une nouvelle enveloppe avait atterri sur la moquette. Et je pouvais même dire qu'on l'y avait déposée récemment, parce que Monsieur Pan n'avait pas encore pissé dessus.

J'avais reçu une lettre tous les jours depuis ma rencontre avec ma Vie le dimanche précédent. Je n'en avais absolument pas tenu compte et n'avais pas l'intention de changer d'attitude. J'ai enjambé l'enveloppe comme un enfant dédaigne un jouet qui ne l'intéresse pas. Monsieur Pan a manifestement compris qu'il avait fait une bêtise et que j'étais mal lunée, parce qu'il a gardé ses distances. J'ai pris une douche, attrapé une robe sur la tringle à rideaux et quelques minutes plus tard, j'étais prête. J'ai donné à manger à Monsieur Pan et, pour la deuxième semaine consécutive, je suis partie sans regarder le contenu de l'enveloppe.

— Bonjour, Lucy, m'a dit la voisine au moment où je sortais de chez moi.

Drôle de coïncidence. J'aurais presque pu croire qu'elle m'avait guettée derrière la porte.

— Bonjour, ai-je répondu.

J'ai cherché tant bien que mal à me souvenir de son nom, en vain. Je lui ai tourné le dos pour verrouiller ma porte.

— Ça vous embêterait de me rendre un service ?

Sa voix tremblait. Je me suis immédiatement retournée. Elle avait les yeux rouges comme si elle avait pleuré toute la nuit. Je me suis radoucie et j'ai mis ma mauvaise humeur en veilleuse.

— Est-ce que vous pourriez déposer ça en bas, à la réception, pour moi ? Un coursier doit venir le récupérer, mais il refuse de monter à l'étage. Le petit dort, donc je ne peux pas le laisser...

— Bien sûr, sans problème, ai-je répondu en saisissant le sac de sport qu'elle me tendait.

Elle s'est essuyé les yeux en me remerciant du bout des lèvres.

— Tout va bien ?

— Oui, merci, j'ai juste...

Sa voix a tremblé de nouveau tandis qu'elle essayait de se calmer. Elle s'est redressée, s'est éclairci la gorge, mais ses yeux se sont emplis de larmes.

— Ma mère a été emmenée à l'hôpital hier. Ça n'annonce rien de bon.

— Je suis désolée de l'apprendre.

Elle a secoué la main pour dissimuler sa gêne en contenant ses larmes.

— J'ai pensé qu'elle pouvait avoir besoin de deux ou trois choses. Enfin, de quoi peut-on avoir besoin quand on est...

Elle n'a pas terminé sa phrase.

— Vous n'avez pas le droit de lui rendre visite ?

— Si, si. Mais je ne peux pas me déplacer, avec…, a-t-elle expliqué en désignant l'appartement.

— Oh.

Je savais ce que j'étais censée répondre, mais je n'étais pas sûre de vouloir le dire, pas sûre qu'il faille le dire.

— Si vous avez besoin d'une baby-sitter pour…

J'hésitais à dire « lui », « elle » ou « le bébé ».

— Conor, a-t-elle complété en s'éclaircissant la gorge une nouvelle fois. C'est très gentil à vous de proposer, mais je n'aime pas le laisser…

— Bien sûr, je comprends très bien, ai-je répondu immédiatement, soulagée. Je vais déposer le sac en bas pour vous.

Elle m'a de nouveau remerciée dans un murmure. J'étais devant l'ascenseur quand elle a repris, plus distinctement :

— Lucy, si je change d'avis, si j'ai besoin de vous, en cas de… d'urgence, comment je peux vous contacter ?

— Oh, eh bien, vous pouvez attendre que je revienne, vers dix-neuf heures…

Je voyais très bien où elle voulait en venir et je n'avais aucune envie de la suivre dans cette direction. Je savais que ça n'apporterait que des problèmes.

— Ou m'envoyer un e-mail…

Je l'ai regardée, son visage était bouleversé. Sa mère était peut-être en train de mourir et je lui proposais de m'écrire un mail.

— Ou alors m'appeler.

Elle a paru soulagée.

Après lui avoir donné mon numéro, je suis montée dans l'ascenseur. Une fois dehors, je suis passée prendre un cappuccino chez Starbucks au bout de la rue et acheter le journal. Comme je devais amener Sebastian au garage, je suis allée au travail en voiture, si bien que j'ai raté l'inconnu du train.

À l'aide de mon passe, j'ai franchi les portiques de sécurité de l'immeuble où se trouvait mon bureau. Mantic était situé en périphérie, dans un bâtiment récent dont l'architecture faisait penser à un vaisseau extraterrestre. Dix ans plus tôt, cette entreprise qui employait mille deux cents personnes s'était relocalisée en Irlande et avait fusionné les différents départements dans l'espoir d'accroître sa productivité ; mais le loyer exorbitant avait réduit les profits, si bien qu'elle avait dû se séparer d'une centaine d'employés. Son nom venait du grec et signifiait « divinatoire », ce qui était ironique vu les problèmes qu'elle rencontrait, toutefois cela ne faisait rire personne. La période actuelle semblait plutôt stable ; on nous avait rassurés sur notre sort, mais la plupart des employés accusaient encore le coup d'un licenciement aussi massif. Nous étions entourés par les affaires de ceux qui nous avaient quittés, et malgré la compassion que nous ressentions pour eux, nous avions tout de même apprécié de récupérer des bureaux mieux placés ou des fauteuils plus confortables.

J'avais été surprise qu'on ne m'ait pas virée en premier. Je travaillais comme traductrice au département des modes d'emploi, lequel comprenait six personnes. Traduire des manuels pour une entreprise d'appareils électroménagers en allemand, français, espagnol, néerlandais et italien pouvait paraître assez facile, et ça l'était, sauf que je ne parlais pas espagnol. Enfin, disons que je le parlais, mais pas très bien. Je déléguais donc cette partie de mon travail à une personne de ma connaissance qui, elle, parlait cette langue, parfaitement bien même, puisqu'elle était originaire de Madrid. Cela ne la gênait pas de me rendre service, et en échange, je lui offrais une bouteille de *poteen* à Noël. Cet arrangement m'avait convenu jusqu'alors même si ce n'était pas une personne de confiance : elle prenait son temps et me rendait toujours le travail à la dernière minute, ce qui était pour moi un véritable supplice.

J'avais étudié le commerce et les langues vivantes avant d'obtenir un mastère en commerce international. J'avais travaillé un an à Milan puis un an en Allemagne et j'étais diplômée d'une école de commerce parisienne. J'avais pris des cours du soir en néerlandais pour le plaisir, quant à la femme qui allait devenir mon alibi espagnol, je l'avais rencontrée lors d'un enterrement de vie de jeune fille à Madrid. Bien que je n'aie pas étudié la médecine comme Philip ou le droit comme Riley, je crois que mon père était un tout petit peu fier de mes diplômes universitaires et de ma connaissance des langues. Enfin, jusqu'à ce que je change de travail et qu'il perde le peu de respect qu'il avait pour moi.

La première personne que je rencontrais au bureau chaque matin, c'était la Fouineuse, officiellement baptisée Louise. C'était l'administratrice, elle se mariait dans un an et avait commencé à planifier ses noces avant même d'être sortie du ventre de sa mère. Quand Face-de-thon, la patronne, avait le dos tourné, la Fouineuse découpait des photos dans des magazines afin de créer une mosaïque d'images pour ce grand jour. Sans être une femme extrêmement profonde, je n'étais pas non plus complètement superficielle et j'étais fatiguée par ses bavardages futiles qui ne prenaient jamais en compte les goûts de son futur mari. Elle ne cessait d'interroger les gens sur « le plus beau jour de leur vie ». Non seulement c'était un vrai moulin à paroles, mais elle dévorait chacun de vos mots à peine était-il prononcé. Les conversations avec elle devenaient de véritables interrogatoires. Ses questions étaient toujours intéressées, destinées à lui permettre de prendre une décision sans jamais se préoccuper de la vie des autres. Elle fronçait le nez quand quelque chose lui déplaisait, mais quand une réponse lui convenait, elle courait à son bureau sans attendre la fin de la phrase afin d'ajouter cette nouvelle découverte à ses recherches. Elle m'était terriblement antipathique et ses tee-shirts moulants qui arboraient des logos ridicules et révélaient ses poignées d'amour me la rendaient plus détestable encore. Ce sont les petits détails qui font germer les graines de la haine. À l'inverse, les petites choses que je détestais le plus chez Blake (comme le fait qu'il grince des dents pendant son sommeil) étaient finalement celles qui me manquaient le plus. Je me demandais si ça dérangeait cette garce de Jenna.

Ce jour-là, la Fouineuse portait une veste de blazer et un tee-shirt noir avec une photo de Shakespeare légendée : « Le QI avant le cul ». Parfois je me demandais même si elle en comprenait le sens.

— Bonjour, Lucy.

— Bonjour, Louise.

Je lui ai souri en attendant qu'elle pose sa première question inattendue de la journée.

— Est-ce que tu es déjà allée en Égypte ?

J'y étais allée avec Blake. On avait fait la totale : balade à dos de chameau dans le Sahara, visite aux pharaons, plongée dans la mer Rouge, croisière sur le Nil. Toutefois, la Fouineuse demandait cela par pur intérêt, et non pour partager avec moi mes merveilleux souvenirs.

— Non, désolée, ai-je répondu.

Elle a fait une petite moue déçue. Je me suis dirigée vers mon bureau, j'ai jeté mon gobelet à la poubelle, accroché mon manteau et suis allée faire du café. Le reste de l'équipe était entassé dans la kitchenette.

— Qu'est-ce qui se passe ? Une réunion secrète ?

— Bonjour, princesse, m'a lancé Graham le Gland. Du café ?

— C'est bon, je vais le faire.

Je me suis faufilée pour atteindre la bouilloire si bien que j'ai été obligée de le frôler. J'ai envisagé un instant de lui donner un coup de genou à l'entrejambe. Graham était le dragueur de service, un type qui avait trop regardé *Mad Men*, toujours à l'affût d'une aventure au bureau. Marié et père de famille, bien entendu. Les cheveux lissés en arrière, la mèche enduite de brillantine pour imiter ses amis publicitaires de Madison Avenue, il empestait tellement l'après-rasage qu'on savait toujours s'il était dans le coin. Ses avances salaces ne me flattaient pas le moins du monde. J'aurais pu être attirée par lui si j'avais éprouvé l'envie de passer une nuit avec Pépé le Putois, et si ses avances n'étaient pas dirigées vers tout ce qui ressemblait plus ou moins à une femme à un kilomètre à la ronde. Pour sa défense, il avait sans doute été séduisant par le passé, avant que son engagement à long terme avec la même femme (laquelle voulait absolument tout partager avec lui sans pour autant essayer de le comprendre réellement) n'ait éteint sa flamme.

J'ai rempli la bouilloire.

— Tu es au courant ? m'a demandé Mary la Souris, qui semblait toujours parler plus bas que la moyenne.

Ses yeux étaient presque deux fois plus gros que son visage, miracle étonnant de la nature. Son nez et sa bouche étaient minuscules, d'où son surnom.

— De quoi ?

— Attends, attends, inutile d'effrayer Lucy, elle vient juste d'arriver.

Ça, c'était Quentin, alias le Clignotant, à cause de son tic : il clignait des yeux toutes les dix secondes, fréquence qui augmentait en réunion ou lorsqu'il parlait en public. Il était sympathique quoiqu'un peu ennuyeux, et ne me posait aucun problème. Il s'occupait du graphisme des modes d'emploi, ce qui nous amenait à travailler en étroite collaboration.

— On est convoqués dans le bureau d'Edna ce matin, a dit la Souris, le visage figé, les yeux s'affolant dans tous les sens comme un rongeur apeuré.

— Qui t'a dit ça ?

— Louise l'a appris par Brian, du marketing. Il y a une réunion dans chaque département.

— Brian Murphy ou Bryan Kelly ? a demandé Steve la Saucisse.

Le surnom de Steve allait de soi : il ressemblait à une saucisse.

— Quelle importance ? a demandé la Souris, les yeux écarquillés.

— Brian Murphy s'écrit avec un *i* et Bryan Kelly avec un *y*, ai-je expliqué en sachant parfaitement que la question n'était pas là.

Le Gland a rigolé derrière moi, ce qui m'a fait plaisir. J'adorais qu'on rie à mes blagues, je l'avoue.

— Non, je veux dire, ça change quoi ? a-t-elle demandé timidement.

— Brian Murphy est un connard, pas Bryan Kelly, a expliqué le Gland.

— Je les ai toujours trouvés respectables l'un comme l'autre, a commenté le Clignotant avec sérieux.

La Souris a entrouvert la porte.

— Louise ?

La Fouineuse nous a rejoints dans la minuscule cuisine.

— Qu'est-ce qui se passe ?

— C'est Brian Murphy ou Bryan Kelly qui t'a parlé de la réunion ?

— Qu'est-ce que ça peut faire ?

— Bryan Kelly est un connard, ai-je rétorqué en inversant volontairement les noms.

Seul le Gland a souri, les autres ne s'en étant pas aperçus.

— Et apparemment, pas Brian Murphy, a continué la Souris. Alors c'était qui ?

— C'est lequel Brian Murphy ? a demandé la Fouineuse. Le rouquin ou le chauve ?

J'ai levé les yeux au ciel et préparé mon café en vitesse avant de gagner la sortie en jouant des coudes.

— Quoi qu'il en soit, ça signifie de nouveaux licenciements, non ? ai-je lancé à la cantonade.

Personne ne m'a répondu. Perdus dans leurs pensées, ils regardaient tous dans le vide.

— Je suis sûr que tout ira bien, a fini par dire le Clignotant. Inutile de s'inquiéter.

Mais ils étaient déjà tous inquiets, alors je les ai laissés là pour retourner à mon bureau faire des mots croisés.

Quelconque, manquant d'originalité ou de personnalité.

J'ai regardé autour de moi.

Banal.

Quand Face-de-thon est arrivée, j'ai planqué les mots croisés sous un tas de papiers en faisant semblant de me concentrer sur de nouveaux manuels. Elle a traversé la pièce, laissant derrière elle un mélange d'odeur de cuir et de parfum. Edna Larson dirigeait notre département, et elle ressemblait beaucoup à un poisson. Le front haut, l'implantation des cheveux reculée, elle avait les yeux globuleux et les pommettes saillantes, ce que soulignait un peu plus son autobronzant. Face-de-thon est entrée dans son bureau et j'attendais qu'elle ouvre ses stores. Elle ne l'a pas fait. Les autres guettaient, eux aussi. Alors, au bout d'un moment, à force d'attendre cette réunion qui ne venait pas, nous avons compris que ce n'était qu'une rumeur. Cela a donné lieu à un débat sur la fiabilité de Bryan Kelly contre celle de Brian Murphy.

La matinée s'est déroulée comme d'habitude. Je suis allée faire une pause cigarette à la sortie de secours parce que j'avais la flemme de descendre jusqu'en bas. Bien que je ne fume pas, j'ai été obligée de prendre une cigarette parce que Graham m'accompagnait. J'ai décliné ses invitations à déjeuner et à dîner. Pensant sans doute que j'avais peur de m'engager, il m'a proposé une alternative, que j'ai également refusée : une nuit d'amour sans lendemain. Ensuite j'ai travaillé pendant une heure avec le Clignotant sur le manuel du nouveau super four à vapeur que nous n'aurions jamais les moyens de nous offrir, même d'occasion. Edna n'avait toujours pas ouvert ses stores et Louise avait gardé les yeux rivés sur les fenêtres de son bureau, y compris pendant qu'elle parlait au téléphone.

— Ça doit être personnel, a annoncé cette dernière sans s'adresser à personne en particulier.

— Quoi donc ?

— Edna. Elle doit avoir des problèmes personnels.

— Ou bien elle est en train de danser à poil en écoutant *Footloose* à fond sur son iPod, ai-je répliqué.

Graham a regardé vers les fenêtres, plein d'espoir, formulant déjà de nouvelles propositions dans sa tête.

Le téléphone de Louise a sonné. Elle a répondu d'une voix haut perchée de standardiste qui contrastait avec sa monotonie habituelle, mais son enthousiasme s'est vite évanoui. On a tout de suite compris que quelque chose n'allait pas. Tout le monde a arrêté de travailler pour fixer son attention sur elle. Elle a raccroché lentement, les yeux écarquillés.

— Tous les départements viennent d'avoir leur réunion. Bryan Kelly est viré.

Il y a eu un long silence.

— Voilà ce qu'on récolte quand on est un connard, ai-je commenté à voix basse.

Graham est le seul à avoir compris la blague. Certes, je n'aurais jamais couché avec lui, mais il riait à mes plaisanteries et pour ça, je le respectais.

— C'est Brian Murphy le connard, a répondu Louise.

Je n'ai rien dit.

— Qui t'a appelée ? a demandé Steve la Saucisse.

— Brian Murphy.

Là, on a tous éclaté de rire, on ne pouvait pas s'en empêcher. Nous partagions pour la première fois un fou rire, alors que l'heure était grave pour eux. Je dis « pour eux » parce que moi, ça m'était égal. Je ne me sentais ni inquiète ni anxieuse parce que je n'avais rien à perdre. Une indemnité de licenciement aurait même été appréciable, toujours mieux que de partir sans rien comme la dernière fois. Edna a enfin ouvert la porte de son bureau et elle est apparue, les yeux rouges. Elle nous a regardés l'un après l'autre l'air désolé. Moi, je ne ressentais rien, j'étais complètement indifférente. Elle s'est éclairci la voix et a dit :

— Steve, je peux vous voir s'il vous plaît ?

Steve s'est avancé sous nos regards horrifiés. L'heure n'était plus à la rigolade. Plus tard, quand il est ressorti, nous l'avons regardé partir comme on dit au revoir à un ex-petit ami. Il a emballé ses affaires en silence, les larmes aux yeux : la photo de sa famille, son mini panneau de basket avec son mini ballon, son *mug* qui proclamait « Steve prend son café noir avec un sucre », et son Tupperware contenant les lasagnes que sa femme avait cuisinées pour le déjeuner. Puis, après nous avoir serré la main, au Clignotant et à moi, après avoir donné une tape dans le dos de Graham, pris Mary dans ses bras et fait une bise à Louise, il est parti. Il ne restait plus qu'un bureau vide, comme s'il n'avait jamais été là. À la suite de ça, nous avons tous travaillé en silence. Edna n'a pas ouvert ses stores de la journée et je n'ai pas pris d'autre pause cigarette, en partie par respect pour Steve, mais surtout parce que c'était lui que j'avais l'habitude de taxer. Je n'ai pas pu m'empêcher de me demander à quel moment l'un de nous jetterait son dévolu sur son bureau qui était bien mieux éclairé.

À l'heure du déjeuner, j'ai apporté ma voiture au garage pour la deuxième semaine consécutive. Là-bas, on m'a donné une nouvelle enveloppe provenant de ma Vie, ce qui n'a fait qu'empirer ma mauvaise humeur.

En revenant à mon bureau, je m'apprêtais à m'asseoir quand j'ai sursauté.

— Qu'est-ce qui se passe ? a demandé Graham, amusé.

— Qui a mis ça là ? ai-je demandé en soulevant l'enveloppe posée sur la table. Qui a mis ça sur mon bureau ?

Tout le monde gardait le silence. Je me suis tournée vers Louise.

— On était à la cantine, a-t-elle répondu en haussant les épaules. On n'a rien vu. Mais j'en ai eu une aussi, pour toi.

Elle s'est avancée et m'a tendu une enveloppe.

— Moi aussi, a renchéri Mary qui a demandé à Louise de me donner son enveloppe.

— Il y en avait une sur mon bureau également, a dit le Clignotant.

— Tiens, j'avais l'intention de te la donner plus tard, a ajouté Graham en sortant à son tour une enveloppe de sa poche intérieure.

— Qu'est-ce que c'est ? a demandé Louise en ramassant toutes les enveloppes pour me les passer.

— C'est personnel.

— Et ce papier, c'est quoi ? Il est joli.

— Trop cher pour des faire-part, ai-je répondu sèchement.

Elle a tourné la tête, le sujet ayant perdu tout son intérêt.

En comptant la lettre que j'avais reçue ce matin-là et celle qu'on m'avait donnée au garage, il m'avait écrit sept fois dans la journée. J'ai attendu que tout le monde se remette au travail pour composer le numéro qui figurait sur les lettres. Je m'attendais à ce que l'Américaine me réponde, mais c'est lui qui a décroché.

Il ne m'a même pas laissé le temps de dire bonjour et m'a directement demandé :

— Est-ce que j'ai enfin réussi à attirer votre attention ?

— Oui, ai-je répondu en essayant de garder mon calme.

— Cela fait une semaine. Vous n'avez donné aucune nouvelle.

— J'ai été occupée.

— Par quoi ?

— Des tas de choses, mince alors, est-ce que je suis obligée de tout raconter dans les moindres détails ?

Il a gardé le silence.

— Très bien, ai-je capitulé avant de réciter d'une voix mortellement monotone. Lundi je me suis levée et je suis allée au travail. J'ai apporté ma voiture au garage. J'ai dîné avec une amie. Je me suis couchée. Mardi je suis allée au travail, j'ai récupéré ma voiture, je suis rentrée chez moi, je me suis couchée. Mercredi je suis allée au travail, je suis rentrée, je me suis couchée. Jeudi je suis allée au travail, j'ai fait des courses au supermarché, je suis rentrée, je suis allée à un enterrement et je me suis couchée. Vendredi je suis allée au travail, puis je suis allée chez mon frère garder ses enfants pour le week-end. Je suis rentrée chez moi dimanche. J'ai regardé *Un Américain à Paris,* je me suis demandé pour la énième fois si j'étais la seule à vouloir que Milo Roberts et Jerry Mulligan se mettent ensemble. Ce matin je me suis levée et je suis venue au travail. Vous êtes content ?

— Que d'aventures ! Vous croyez vraiment qu'en vivant comme un robot vous allez me faire disparaître ?

— Je ne crois pas vivre comme un robot et de toute façon, quoi que je fasse, vous ne disparaissez pas. Quand j'ai déposé ma voiture au garage aujourd'hui, Keith, le mécanicien, m'a remis une de vos lettres qui avait déjà été ouverte. Il m'a proposé sans détour de coucher avec lui pour résoudre mes problèmes. Je vous remercie.

— Au moins, je vous aide à rencontrer des hommes.

— Je n'ai pas besoin de votre aide pour ça.

— Sauf que vous n'arrivez pas à les garder...

C'était bas et je crois qu'il le savait.

— Alors, quand est-ce qu'on se revoit ? a-t-il repris.

J'ai soupiré.

— Écoutez, je ne crois pas que ça va marcher entre nous. C'est peut-être bénéfique pour certaines personnes, mais pas pour moi. J'aime avoir mon indépendance et m'occuper de mes petites affaires sans qu'on soit sans arrêt sur mon dos. Donc je crois qu'il serait plus raisonnable de nous en tenir là.

Je m'impressionnais moi-même. Quel ton, quelle fermeté ! Ça me donnait envie de me séparer de moi-même, ce qui, aussi bizarre que ça puisse paraître, était exactement en train de se passer. J'essayais de rompre avec moi.

Il était redevenu silencieux.

— Enfin, c'est pas comme si on passait notre temps à se marrer. On ne s'apprécie même pas. Non, vraiment, je crois qu'il vaut mieux ne pas se revoir.

Il ne répondait rien.

— Allô ? Vous êtes toujours là ?

— À peine.

— Je n'ai pas le droit de passer des coups de fil personnels au travail, il faut que j'y aille, maintenant.

— Vous aimez le base-ball, Lucy ?

— Je n'y connais rien, ai-je répondu en levant les yeux au ciel.

— Savez-vous ce que c'est qu'une balle courbe ?

— Ouais, une balle, c'est le truc qu'on lance à celui qui a la batte.

— Synthétique, comme toujours. Plus précisément, il s'agit d'un type de lancer qui donne à la balle une trajectoire plongeante.

— Ça a l'air compliqué.

— En effet. C'est la raison pour laquelle on l'utilise. Pour prendre le batteur par surprise.

— Ne vous inquiétez pas, le guitariste sera toujours là pour le prévenir !

— Vous ne me prenez pas au sérieux.

— Parce que vous me parlez d'un sport américain dont je ne sais rien et que je suis en plein travail. Je commence vraiment à me faire du souci pour votre santé mentale.

— Je m'apprête à vous en lancer une, s'est-il contenté de répondre, amusé.

— Hein ? Vous allez me lancer quoi ? ai-je demandé en regardant autour de moi. Vous êtes ici ? Il est interdit de jouer au ballon à l'intérieur, vous devriez le savoir.

Silence.

— Allô ? Allô ?

Ma Vie m'avait raccroché au nez.

Quelques instants plus tard, Edna a ouvert la porte de son bureau. Elle n'avait plus les yeux rouges mais semblait fatiguée.

— Ah, Lucy, vous êtes là. Je peux vous voir un moment, s'il vous plaît ?

Les yeux de la Souris se sont écarquillés un peu plus. Le Gland m'a regardée avec tristesse ; qui allait-il harceler à présent ?

— Oui, bien sûr.

J'ai senti tous les regards me suivre jusque dans le bureau.

— Asseyez-vous, vous n'avez pas de souci à vous faire.

— Merci.

Je me suis assise en face d'elle, qui s'était posée à l'angle de son bureau.

— Avant tout, j'ai reçu ça pour vous, a-t-elle commencé en me tendant une enveloppe.

Je lui ai pris la lettre des mains, agacée.

— Ma sœur a reçu ce genre de choses, aussi, a-t-elle poursuivi sans me lâcher du regard.

— Ah oui ?

— Elle a quitté son mari et elle habite à New York, maintenant.

Son visage a changé d'expression en évoquant sa famille, mais elle ressemblait toujours à un poisson.

— C'était un pauvre type. Elle est vraiment heureuse, aujourd'hui.

— Tant mieux pour elle. Elle n'aurait pas été interviewée dans un magazine, par hasard ?

— Non, je ne crois pas, pourquoi ? a-t-elle voulu savoir en fronçant les sourcils.

— Non, pour rien.

— Si je peux faire quoi que ce soit... pour que vous vous sentiez mieux ici, dites-le-moi, d'accord ?

— Oui, merci Edna, mais ça va bien, vraiment. Je crois qu'il y a eu une erreur informatique, ou quelque chose comme ça.

— Bien. Enfin, si je vous ai convoquée dans mon bureau, c'est parce que Augusto Fernández, le grand patron du bureau allemand, vient nous rendre visite demain et je me demandais si vous pouviez le prendre en charge et le présenter à l'équipe. Il faut lui montrer qu'il est le bienvenu et que nous travaillons sérieusement.

Je ne comprenais pas bien.

— Il ne parle pas vraiment anglais, a-t-elle précisé.

— Ah bon ! L'espace d'un instant, j'ai cru que vous me demandiez de coucher avec lui.

C'était quitte ou double, mais elle a éclaté de rire.

— Lucy, vous êtes un vrai miracle ! C'est exactement ce dont j'avais besoin, merci ! Bien. Je sais que vous aimez prendre votre déjeuner à l'extérieur, mais demain ce serait bien si vous restiez, au cas où il arrive à ce moment-là. Michael O'Connor lui fera visiter les bureaux, évidemment, mais ce serait bien de l'accueillir personnellement dans notre petite équipe. Vous pourriez lui expliquer ce que fait chacun d'entre nous et lui dire que nous travaillons tous très dur. Vous voyez ?

Elle me regardait avec insistance. Comme pour dire : « S'il vous plaît, ne le laissez pas virer d'autres personnes. » C'était agréable de savoir qu'elle se souciait de nous.

— Pas de problème, je vois très bien.

— Comment se sentent les autres, sinon ?

— Comme s'ils venaient de perdre un ami.

Edna a poussé un soupir. Je sentais qu'elle avait été mise sous pression. J'ai quitté le bureau. Les autres étaient massés autour du bureau de la Souris comme des pingouins regroupés pour se tenir chaud. Ils m'ont regardée avec appréhension, pâles, redoutant qu'on m'ait virée.

— Est-ce que quelqu'un aurait un carton dont il ne se sert pas ?

Il y a eu un concert de murmures affligés.

— Non, je plaisante. Mais ça fait plaisir de savoir que vous ne vous en fichez pas.

J'ai souri et ils se sont détendus, mais je voyais que je les avais contrariés. Et puis tout à coup, j'ai repensé à ce qu'avait dit Edna et quelque chose m'a frappée. J'ai donné un petit coup à la porte de son bureau et suis entrée.

— Edna, ai-je dit avec anxiété.

Elle a levé les yeux.

— Augusto, il vient de...

— Du siège, en Allemagne. Ne le dites pas aux autres, je ne voudrais pas qu'ils s'inquiètent un peu plus.

Soulagement.

— Bien sûr ! C'est juste qu'il n'a pas un nom typiquement allemand, ai-je ajouté en souriant.

Je me suis dirigée vers la porte.

— Pardon, Lucy, je viens seulement de comprendre. Il est espagnol.

J'ai continué à sourire, mais intérieurement, je pleurais. J'étais inquiète, très inquiète : non seulement mes compétences en espagnol se limitaient à commander une tournée de Slippery Nipples et demander où se trouvait la boîte de nuit la plus proche, mais j'avais un vocabulaire extrêmement réduit. Mes collègues ne le savaient pas, ils comptaient sur moi pour lécher les bottes du grand patron afin qu'il ne pense pas à nous lors de la prochaine vague de licenciements. C'est seulement quand je me suis assise à mon bureau et que j'ai vu la pile d'enveloppes posée dessus que j'ai compris le sens de notre conversation téléphonique.

Lui et ses analogies. Ma Vie venait de me lancer une balle courbe.

9

— Il a fait le chemin de l'Inca la semaine dernière, vous l'avez vu ? a demandé mon ami Jamie au reste de la table.

Nous étions au Bistrot à Vin, dans le centre, notre lieu de rendez-vous habituel. Le serveur gay qui faisait semblant d'être français et s'occupait de nous habituellement avait pris la commande. Et comme d'habitude, nous étions sept autour de la table, réunis ce soir-là pour l'anniversaire de Lisa. Avant que Blake se mette à voyager dans le monde entier, nous étions huit. Cela dit, les autres parlaient tellement de lui ce soir que c'était comme s'il était là, en face de moi. Ça faisait vingt minutes qu'ils en discutaient et comme je sentais que la conversation allait durer et qu'on nous avait servi le plat principal, j'avais résolu de me goinfrer de salade. Chez les Silchester, on ne parlait pas la bouche pleine, donc je me contentais d'intervenir en hochant la tête ou en levant un sourcil. Ils débattaient de l'émission de la veille, consacrée à l'Inde. Je l'avais regardée en espérant que Jenna attrape la *turista*. Ils ont évoqué ce que Blake avait dit ou vu et les vêtements qu'il portait. Ensuite, ils se sont gentiment moqués de son commentaire final un peu ridicule et de son petit clin d'œil à la caméra. Personnellement, c'était mon moment préféré, mais je n'ai rien dit.

— Qu'est-ce que tu en as pensé, Lucy ? m'a demandé Adam.

J'ai pris le temps de mâcher puis d'avaler ma salade.

— Je ne l'ai pas vue, ai-je répondu avant d'engloutir une nouvelle feuille.

— Oh... a fait Chantelle. Elle joue les indifférentes !

J'ai haussé les épaules.

— Tu l'as déjà regardée ? m'a demandé Lisa.

— Non, je ne suis même pas sûre de capter cette chaîne.

— Mais si, tout le monde la capte, a rétorqué Adam.

— Ah bon ! alors... ai-je dit en souriant.

— Vous aviez prévu de faire ce voyage ensemble, non ? a-t-il insisté en me regardant droit dans les yeux.

Sous ses airs blagueurs, Adam était encore très peiné que son meilleur ami se soit fait larguer trois ans plus tôt. S'il ne m'avait pas systématiquement prise pour cible, j'aurais admiré sa loyauté. Je ne sais pas comment Blake s'était débrouillé, ce qu'il lui avait raconté ni combien de larmes de crocodile il avait versé sur son épaule, toujours est-il que pour Adam, j'étais devenue l'ennemi public numéro un. Je le savais, et Adam savait que je savais, mais les autres, eux, semblaient l'ignorer totalement. La paranoïa me gagnait peu à peu.

— Oui, ai-je répondu à Adam, on avait prévu d'y aller pour ses trente ans.

— Et à cause de toi il a dû y aller tout seul, méchante fille ! a plaisanté Lisa.

— Avec une équipe télé ! a surenchéri Melanie.

— Et un tube d'autobronzant, vraisemblablement, a ajouté Jamie, ce qui a fait rire toute la tablée.

Et Jenna. La garce australienne.

Je me suis contentée de hausser les épaules une nouvelle fois.

— Voilà ce qu'on récolte quand on me cuisine des œufs au plat le matin plutôt que des œufs pochés. Une fille ne peut pas accepter qu'on rate son petit déjeuner au lit.

Tout le monde a ri, sauf Adam. Il m'a fusillée du regard. J'ai avalé encore un peu de salade et étudié l'assiette de Melanie pour voir ce que je pouvais lui voler. Comme d'habitude, elle était pleine. J'ai piqué dans une tomate cerise qui m'occuperait pendant au moins vingt secondes. La tomate a explosé dans ma bouche et je me suis étranglée avec les pépins. Pas très classe. Melanie m'a servi un verre d'eau.

— Finalement c'était pas si mal, ses trente ans, on a fini à Las Vegas, a dit Adam.

Les garçons se sont regardés en haussant les sourcils, sachant qu'ils ne révéleraient jamais ce qui s'était passé pendant ce petit week-end de folie. Le cœur serré, j'ai imaginé Blake dans un bar, une strip-teaseuse léchant du Pernod sur ses abdos et avalant une olive logée dans son nombril. Mon imagination me jouait des tours.

Mon téléphone a émis une brève sonnerie. Le nom de Don Lockwood s'est affiché à l'écran. Depuis qu'il m'avait fait écouter la chanson d'Aslan une semaine plus tôt, j'avais cherché comment réagir mais n'avais rien trouvé. J'ai ouvert le texto et une photo est apparue. Elle représentait un personnage en porcelaine, une vieille femme décrépite portant un bandeau sur l'œil. Le texto disait :

— *J'ai pensé à vous en voyant ça.*

Négligeant la conversation, j'ai immédiatement rédigé une réponse.

— *Vous auriez pu me demander la permission avant de prendre ma photo ! J'aurais fait mon plus beau sourire.*

— *Vous n'avez pas de dents, rappelez-vous.*

J'ai fait un grand sourire et ai pris une photo de mes dents. J'ai appuyé sur « envoyer ».

Melanie m'a regardée bizarrement.

— À qui tu écris ?

— À personne, je vérifiais juste que je n'avais pas de salade entre les dents, ai-je répondu spontanément, trop spontanément même.

Je devenais bonne à ce petit-jeu-là.

— Il suffisait de me demander. Sans rire, tu écrivais à qui ?

— C'était juste un faux numéro.

Ce n'était pas un mensonge. Je me suis baissée pour attraper mon sac et ai posé vingt euros sur la table.

— Les amis, c'était super, mais il faut que j'y aille.

— Oh ! non, on a à peine commencé à discuter ! a protesté Melanie.

— On n'a fait que ça ! ai-je répondu en me levant.

— Mais on n'a pas parlé de toi.

— Qu'est-ce que tu veux savoir ?

Le serveur gay m'a demandé avec son faux accent français où était mon manteau et me l'a apporté.

Melanie était un peu décontenancée par ma réaction.

— Eh bien, je voulais simplement savoir ce qui se passe dans ta vie, mais tu t'en vas déjà, donc on n'a pas le temps d'en parler.

Le serveur m'a aidée à enfiler mon manteau. Je voulais savoir pourquoi il se faisait passer pour un Français, alors je lui ai dit : « *Il y a eu une grande explosion. Téléphonez aux pompiers et sortez du bâtiment, s'il vous plaît*[1] », pour tester sa réaction. Il m'a regardée sans comprendre puis s'est éclipsé avant que j'aie le temps de le démasquer façon *Scooby Doo*.

---

1. En français dans le texte.

— De toute manière, on n'a pas besoin d'avoir beaucoup de temps pour parler de moi, parce qu'il ne se passe rien dans ma vie. Crois-moi. On se verra la semaine prochaine, je viendrai à une de tes soirées et on pourra tout se raconter, OK ?

Melanie était une DJ très en vogue. Son nom de scène était DJ Darkness, parce qu'elle voyait rarement la lumière du jour (et accessoirement, que c'était une Arménienne belle à couper le souffle).

Elle a souri et m'a prise dans ses bras en me caressant le dos avec affection.

— Ce serait génial, mais on sera obligées de hurler pour s'entendre ! Je m'inquiète un peu pour toi, c'est tout.

Je me suis raidie. Elle a dû le sentir parce qu'elle m'a immédiatement lâchée.

— Comment ça, tu t'inquiètes pour moi ?

Elle a eu l'air tout penaud.

— Ce n'est pas une insulte, ça t'a blessée ?

— Eh bien, je ne sais pas trop, ça dépend de ce que ça veut dire.

Tout le monde nous écoutait à présent. J'ai essayé de garder un ton léger, mais je voulais savoir ce qu'elle entendait par là. Elle n'avait jamais rien dit de pareil, alors pourquoi maintenant ? Pourquoi tout à coup les gens se faisaient-ils du souci pour moi ? Elle m'avait reproché de toujours partir avant la fin des soirées, et je n'arrêtais pas d'y penser. Est-ce qu'il y avait d'autres choses qu'elle n'aimait pas chez moi ? Soudain, je me suis demandé s'ils n'étaient pas tous dans le coup, si mes amis n'avaient pas eux aussi signé le même formulaire que ma famille. Je les ai dévisagés. Ils semblaient inquiets.

— Quoi ? ai-je fait en souriant. Pourquoi vous me regardez comme ça ?

— Personnellement, j'espérais que vous alliez vous battre, a répondu David. Une bagarre ! Pince-la, griffe-la, crève-lui les yeux !

— Arrache-lui ses vêtements, pince-lui les tétons ! a renchéri Jamie.

— Je ne peux pas lui arracher ses vêtements, elle n'en porte presque pas ! ai-je répliqué.

Tout le monde a ri.

— Je voulais juste savoir pourquoi elle s'inquiète pour moi, c'est tout. Est-ce que quelqu'un d'autre ici s'en fait pour moi ?

Ils ont répondu tour à tour et je ne me suis jamais sentie autant aimée.

— Chaque jour, quand tu prends le volant de cette voiture… a dit Lisa.

— Ce qui m'inquiète, c'est que tu sois capable de boire plus que moi, a ajouté David.

— Je suis préoccupée par ta santé mentale, a commenté Jamie.

— Moi je trouve que ce manteau avec cette robe, c'est très inquiétant, a dit Chantelle.

— Super, autre chose ? ai-je fait en riant.

— Non, moi je ne m'en fais pas du tout pour toi, a annoncé Adam.

Les autres n'ont visiblement pas interprété cette remarque comme moi.

— Alors, sur cette note joyeuse, je me sauve ! Je me lève tôt demain. Joyeux anniversaire Lisa. Salut, bébé !

J'ai embrassé son gros ventre.

Et je suis partie.

J'ai pris le bus pour rentrer chez moi. Sebastian avait une fuite et passait donc la nuit au garage, sous surveillance médicale.

Ma sonnerie de téléphone a retenti.

— *Quelles canines impressionnantes ! Envoyez-moi d'autres photos pour reconstituer le puzzle. Si ça ne gêne pas votre copain ??*

— *Trop facile.*

— *Ce n'est pas une réponse.*

— *Si, mais pas celle que vous attendiez.*

— *Vous faites quoi demain ?*

— *Je me fais virer...*

— *C'est pas votre semaine... Je peux me rendre utile ?*

— *Vous parlez espagnol ?*

— *C'est obligatoire pour sortir avec vous ?*

— *Trop facile, encore. Bref. Obligatoire pour garder mon boulot : la traductrice d'espagnol ne parle pas un mot d'espagnol.*

— *Ah, dur dur. Estoy buscando a Tom. Je cherche Tom. Ça peut servir en Espagne. C'est tout ce que je sais.*

Plus tard, alors que j'étais dans mon lit à écouter une cassette pour apprendre l'espagnol, j'ai reçu un nouveau texto.

— *Doucement mais sûrement, je vous perce à jour. Pas édentée, pas mariée. Un bandeau sur l'œil et dix enfants ? Peut-être. Demain, j'enquête.*

J'ai enclenché le flash de mon téléphone et j'ai photographié mes yeux. J'ai dû m'y reprendre à plusieurs fois pour que ce soit réussi. J'ai envoyé. J'ai attendu sa réponse, téléphone en main. Rien. Peut-être que j'avais dépassé les bornes. Plus tard ce soir-là, mon téléphone a bipé.

— *Vous m'avez montré les vôtres...*

Une photo est apparue, représentant une oreille parfaite.

J'ai souri. Puis j'ai fermé les yeux et me suis endormie.

10

J'ai avalé une bouchée de ma salade aux trois haricots dans laquelle je ne pouvais identifier que deux variétés de haricots. Je mangeais à mon bureau pour la première fois depuis deux ans et demi. Louise avait récupéré un grand fauteuil de directeur (après les licenciements, c'était devenu monnaie courante). Ils jouaient à Mastermind, version bureau. C'était au tour du Clignotant de faire le candidat et il avait choisi comme sujet « La série *Coronation Street* : événements majeurs, 1960-2010 ». La Souris balançait à toute vitesse des questions trouvées sur Internet et Louise gérait le chronomètre. Jusque-là, il s'en était bien tiré : il avait passé trois fois et accumulé quinze points. Quant à Graham, la tête dans les mains, il fixait son sandwich ouvert, d'où il enlevait régulièrement un cornichon.

— Je ne comprends pas pourquoi tu ne leur demandes pas « sans cornichon ». Tu fais ça tous les jours, a remarqué Louise.

— Concentre-toi sur le chrono ! s'est exclamée la Souris, en pleine panique, avant d'ajouter à toute allure : en 1971, comment Valerie Barlow a-t-elle quitté la série ?

La réponse du Clignotant a fusé tout aussi rapidement :

— Elle s'est électrocutée avec un sèche-cheveux cassé !

D'une minute à l'autre, M. Fernández allait pénétrer dans ce bureau et j'allais devoir révéler à tout le monde que je ne parlais pas un mot d'espagnol. Rien que d'y penser, j'étais profondément embarrassée. Le plus surprenant, c'était que je m'en voulais de les laisser tomber, chose qui ne m'avait jamais traversé l'esprit auparavant. Mais plus notre groupe se rétrécissait, plus il ressemblait à une famille à problèmes ; j'avais beau avoir l'impression de ne pas en faire partie, les épreuves nous avaient en réalité rapprochés. Sans éprouver d'affection particulière les uns pour les autres, nous voulions protéger notre département et, d'une certaine façon, je les avais tous trahis. J'avais songé à me défiler en prétendant être malade ou carrément avouer mon incompétence à Face-de-thon afin d'éviter d'humilier mon équipe en public (même si, en privé, ça aurait été tout aussi humiliant pour moi). Finalement je n'en avais rien fait. Je voulais essayer de prendre ma Vie à son propre piège. Je m'étais mis en tête d'apprendre l'espagnol en une nuit et du coup, après avoir admiré l'oreille de Don Lockwood, je m'étais plongée dans les livres. J'avais découvert à trois heures du matin qu'en effet apprendre une langue en si peu de temps était impossible.

Graham, qui avait enfin ôté tous les cornichons, a mordu dans sa baguette. Il regardait le jeu se dérouler d'un air las. C'était dans ces moments-là qu'il me plaisait : quand il ne cherchait pas à se faire passer pour quelqu'un d'autre. Il a tourné la tête vers moi et nous avons échangé un regard de profond ennui. Puis il m'a fait un clin d'œil et j'ai instantanément ressenti du dégoût pour lui.

— OK, à mon tour, a dit Louise en poussant presque le Clignotant du fauteuil.

Troublé, celui-ci s'est levé en rajustant ses lunettes.

— Bravo ! l'ai-je félicité.

— Merci.

Il a remonté son pantalon, l'air très fier de lui.

— Quel est ton sujet ? a demandé la Souris à Louise.

— « Les pièces de Shakespeare », a répondu cette dernière très sérieusement.

Graham, qui s'apprêtait à mordre dans son sandwich, s'est figé. Nous l'avons tous regardée.

— Non, je plaisante. « La vie de Kim Kardashian ».

On a tous ri de bon cœur.

— Tu as deux minutes. Top, c'est parti ! De qui Robert Kardashian, le père de Kim, a-t-il été l'avocat lors d'un procès controversé dans les années 1990 ?

— O.J. Simpson ! a-t-elle répondu tellement vite qu'on distinguait à peine les mots.

Le Clignotant s'est assis à côté de moi pour observer.

— Qu'est-ce que tu manges ? m'a-t-il demandé.

— Une salade aux trois haricots, mais regarde, je ne trouve que deux variétés de haricots.

Il s'est penché pour observer mon déjeuner.

— Haricot rouge, haricot blanc... tu n'as pas déjà mangé le troisième ?

— Non, j'en suis sûre et certaine, je m'en serais aperçue.

— À ta place, je la ramènerais.

— Mais j'en ai déjà mangé la moitié...

— Ça vaut le coup d'essayer quand même. Combien tu l'as payée ?

— Trois euros cinquante.

Il a secoué la tête l'air ahuri.

— Oui, moi je la ramènerais.

J'ai arrêté de manger et nous nous sommes de nouveau concentrés sur le jeu.

— Dans quelle série Kim Kardashian déménage-t-elle pour ouvrir un magasin de vêtements avec sa sœur ?

— *Kourtney and Kim Take New York* ! Leur magasin s'appelle Dash !

— Tu ne récoltes pas des points supplémentaires en donnant plus d'informations, a grommelé Graham.

— Chut ! a-t-elle fait en gardant un œil sur le chrono.

J'ai entendu Michael O'Connor parler dans le couloir : d'une voix forte et assurée, il présentait à Augusto l'environnement banal que constituait mon lieu de travail. Edna a dû l'entendre elle aussi parce qu'elle est sortie de son bureau et a hoché la tête à mon intention. Je me suis levée et j'ai lissé ma robe en espérant que ce coton infroissable aux motifs printaniers allait m'aider à parler espagnol. Edna a accueilli Michael O'Connor et m'a laissée présenter Augusto au reste de l'équipe.

Je me suis éclairci la voix et me suis avancée vers lui.

— *Señor Fernández, bienvenido.*

Nous avons échangé une poignée de main. Il était très beau, ce qui n'a fait qu'accentuer ma gêne. Nous nous sommes regardés un moment en silence.

— Hum, hum.

J'avais la tête complètement vide. Toutes les phrases que j'avais apprises à la dernière minute s'étaient envolées.

— *¿Hablas español ?* m'a-t-il demandé.

— Mmm mmm.

Il a souri.

J'ai fini par me rappeler un truc :

— *¿Cómo está usted ?*

— *¿Bien, gracias, y usted ?*

Il parlait vite et ça ne sonnait pas exactement comme sur ma cassette, mais j'ai quand même identifié quelques mots. Je me suis lancée, en essayant de parler encore plus vite que lui.

— Heu... *Me llamo*... Lucy Silchester. *Mucho gusto encantado.*

Ensuite, il a parlé longuement et rapidement, en donnant beaucoup de détails. Tantôt souriant, tantôt sérieux, il parlait avec les mains à la manière d'un homme d'État. J'ai hoché la tête et souri aux mêmes moments que lui. Puis il s'est tu, attendant une réponse.

— OK. *¿Quisiera bailar commigo ?* (Voulez-vous danser avec moi ?)

Il a plissé le front. Derrière lui, j'ai aperçu Graham fourrer en hâte son sandwich dans un tiroir, comme si déjeuner au bureau à midi allait le priver de son emploi. Comme il avait éparpillé des cornichons partout, j'ai jugé préférable de me diriger d'abord vers le bureau du Clignotant. Ça bouleversait mes plans ; dans ma tête, j'avais prévu de commencer par Graham. Désormais, je devais sauter directement au deuxième paragraphe du topo que j'avais appris par cœur. Le Clignotant s'est levé et a remonté ses lunettes, fier comme un paon.

— Je suis Quentin Wright, enchanté, s'est-il présenté en clignant plusieurs fois des yeux.

Quentin m'a regardée. Je me suis tournée vers Augusto. Rien ne me venait.

— *Quentin Wright*, ai-je dit en prenant une espèce d'accent espagnol.

Ils se sont serré la main.

Augusto a dit quelque chose. J'ai regardé le Clignotant la gorge serrée.

— Il voudrait savoir ce que tu fais ici.

— Tu es sûre ? a-t-il répondu en fronçant les sourcils.

— Heu, ben oui !

Il a eu l'air un peu surpris puis s'est lancé dans une longue tirade, expliquant où il avait travaillé auparavant et que c'était un honneur pour lui de faire partie de cette entreprise. C'était touchant, mais j'avais envie de l'interrompre à la fin de chaque phrase. J'ai regardé Augusto en souriant.

— Heu… *un momento por favor… España es un país maravilloso… Me gusta el español.*

Augusto a regardé le Clignotant, qui m'a regardée à son tour.

— Lucy, a-t-il dit avec un ton accusateur.

Je transpirais. Je sentais mon corps devenir brûlant. Je n'avais pas le souvenir de m'être sentie aussi… embarrassée.

— Heu…

J'ai jeté un œil dans la pièce en espérant trouver une excuse pour leur fausser compagnie et puis, une fois de plus, Gene Kelly est venue à ma rescousse. Je me suis rappelé le texto de Don Lockwood :

— *Estoy buscando a Tom.* (Je cherche Tom.)

— Lucy, a répété Quentin tout nerveux, en clignant des yeux beaucoup plus fréquemment que d'habitude. Qui est Tom ?

— Enfin, tu sais bien qui es Tom ! lui ai-je répondu en souriant. Il faut que je le trouve, il est impératif de le présenter à M. Fernández.

Je me suis tournée vers Augusto et j'ai répété :

— *Estoy buscando a Tom.*

Je me suis dirigée vers la porte. J'avais la tête qui tournait. Je me suis arrêtée net en entendant des hurlements qui provenaient du couloir. J'étais tellement soulagée qu'une diversion se produise que je me demandais si c'était vraiment réel. Quand j'ai vu les autres réagir à leur tour, j'ai su que je n'inventais rien. Edna et Michael O'Connor ont interrompu leur conversation et ce dernier est allé jeter un œil pour voir ce qui se passait. On a entendu de nouveaux cris, des voix d'hommes en colère. Puis des bruits de bagarres, des respirations haletantes comme s'ils en venaient aux mains. Et puis soudain, tout s'est précipité. Edna a dit quelque chose à Michael O'Connor qui a rapidement refermé la porte pour nous protéger de ce mystérieux danger ; la Souris et la Fouineuse se sont instinctivement serrées l'une contre l'autre ; le Gland s'est rapproché d'elles pour les rassurer. Edna avait l'air d'avoir vu un fantôme, et je me suis dit : ça y est, c'est la fin. Michael O'Connor s'est avancé vers Augusto, l'a empoigné fermement par le bras et l'a emmené dans le bureau d'Edna avant de refermer la porte derrière eux. Nous nous retrouvions en première ligne.

— Edna, qu'est-ce qui se passe ?

Elle était toute blanche, semblait perdue et ne savait manifestement pas quoi faire. Les cris se sont rapprochés et intensifiés. Il y a eu un bruit sourd comme si un corps heurtait le mur qui nous séparait du couloir, suivi par un hurlement de douleur. Nous avons sursauté. Tout à coup, Edna s'est rappelé que c'était elle la chef :

— Tout le monde sous les bureaux. Maintenant.

— Edna, qu'est-ce qui...

— Maintenant, Lucy ! a-t-elle crié.

Tout le monde a obéi.

De là où j'étais, je voyais Mary tapie sous sa table, qui se balançait d'avant en arrière en pleurant. Non loin de là, Graham essayait de se rapprocher d'elle pour la consoler et la calmer. Je ne voyais pas Louise, qui était à l'autre bout de la pièce. Quant au Clignotant, il était toujours aussi calme, assis par terre les yeux fixés sur une photo de sa femme et de ses enfants, celle où ils étaient en pique-nique. Il portait son fils sur les épaules et sa femme avait leur fille dans les bras. Il était moins chauve sur la photo et paraissait plus heureux, ceci expliquant peut-être cela. J'ai risqué un regard dans la pièce et j'ai vu Edna, debout, s'efforçant de respirer lentement, rajustant sa veste mécaniquement toutes les cinq secondes. Tantôt elle regardait la porte d'un air déterminé comme si rien ne pouvait l'affaiblir, tantôt elle se décourageait et se remettait à tirer sur sa veste. Et moi, qu'est-ce que je faisais ? Moi, je fixais des yeux ma salade aux trois haricots que j'avais renversée par terre dans la précipitation et je l'analysais scrupuleusement à la recherche de la troisième variété de haricots. Haricot blanc, tomate, maïs, poivron, haricot rouge, haricot blanc, oignon rouge, salade, haricot rouge, tomate. C'était tout ce que j'avais trouvé à faire pour empêcher mon corps et mon esprit de céder à la panique.

Les cris et les coups ont redoublé. On a vu des gens courir le long de la fenêtre, des femmes avec leurs chaussures à la main, des hommes en bras de chemise. Tout le monde fuyait, alors pourquoi pas nous ? Ma question a très vite obtenu une réponse. Quelqu'un se dirigeait sans hésitation vers notre bureau. Une silhouette familière poursuivie par un groupe de vigiles. La porte s'est ouverte.

C'était Steve. La Saucisse.

Il tenait à la main son attaché-case. Sa veste était déchirée à l'épaule et il saignait du front. J'étais tellement sous le choc que je ne pouvais pas parler. J'ai tourné la tête vers le Clignotant mais celui-ci avait caché son visage dans ses mains et ses épaules tremblaient. Il pleurait en silence. J'ai d'abord ressenti un soulagement : ce n'était que Steve. Je m'apprêtais à bondir de sous mon bureau pour aller le saluer quand il a jeté sa mallette et poussé un bureau devant la porte pour bloquer l'accès. En dépit de son physique, il se déplaçait rapidement et s'est mis à empiler des chaises sur le bureau. Une fois satisfait, il a attrapé sa mallette et s'est dirigé vers son ancienne place, haletant.

— Je m'appelle Steve Roberts et je travaille ici ! s'est-il mis à hurler. Je m'appelle Steve Roberts et je travaille ici ! Vous ne pouvez pas me mettre dehors !

Quand les autres ont compris de qui il s'agissait, ils sont lentement sortis de leur cachette.

Graham a été le premier à se mettre debout.

— Steve, enfin, qu'est-ce que tu...

— Ne m'approche pas, Graham ! a-t-il crié.

Il respirait très fort. Il saignait du nez et le sang dégoulinait sur son menton et sa chemise.

— Ils ne peuvent pas m'enlever mon travail. Tout ce que je veux, c'est revenir travailler. C'est tout. Maintenant, recule. Toi aussi, Mary, et toi aussi, Louise. Je suis sérieux !

Quentin était toujours sous son bureau. Je me suis montrée.

— Steve, s'il te plaît, arrête, lui ai-je demandé d'une voix tremblante. Tu vas t'attirer plein de problèmes. Pense à ta femme et à tes enfants.

— Oui, pense à Teresa, a insisté Graham d'une voix douce. Allez... Tu ne voudrais pas la décevoir.

Steve a semblé se calmer un peu, ses épaules se sont détendues, son regard s'est radouci. Toutefois, ses yeux le trahissaient : il avait l'air en transe, incapable de fixer son attention sur quoi que ce soit.

— Steve, je vous en prie, n'aggravez pas votre cas. Tout peut se régler maintenant, a ajouté Edna.

Cette phrase a fait tilt : comme si on avait appuyé sur un bouton, il s'est ranimé. Il l'a fusillée du regard et a failli lui jeter sa mallette au visage. Mon cœur s'est accéléré.

— Non, ça ne pourrait pas être pire, Edna, vous ne pouvez pas savoir ce que je vis, a-t-il répondu la voix pleine de fiel. Vous n'en avez aucune idée. J'ai cinquante ans, et aujourd'hui, une petite jeunette de vingt ans m'a dit que personne ne voudrait m'embaucher. Moi qui n'ai jamais été absent, sauf le jour de la naissance de ma fille. Je vous ai donné le meilleur de moi-même. Toujours.

— Je sais. Croyez-moi...

— Menteuse ! a-t-il hurlé, complètement hors de lui.

Son visage était écarlate et ses veines saillantes.

— Je m'appelle Steve Roberts et je travaille ici !

Il s'est assis à son bureau. Il a essayé d'ouvrir sa mallette mais ses mains tremblaient tellement qu'il n'y arrivait pas. Il a tapé du poing sur le bureau en criant. Nous avons sursauté.

— Graham, ouvre-la !

Graham s'est exécuté et a ouvert l'attaché-case marron que Steve avait tous les jours avec lui en venant au travail. Puis, sagement, il s'est reculé de quelques pas. Steve en a sorti son *mug* qui disait « Steve prend son café noir avec un sucre », mais il l'a posé si brutalement sur le bureau qu'il l'a presque cassé. Il a ressorti son mini panneau de basket et la photo de ses enfants. Cette fois, il n'avait pas emmené son déjeuner. Sa femme n'avait pas prévu qu'il vienne travailler aujourd'hui. Ses affaires étaient posées en désordre sur le bureau, pas comme avant. Rien n'était plus comme avant.

— Où est mon ordinateur ? a-t-il demandé calmement.

Personne n'a répondu.

— Où est mon ordinateur ?! a-t-il répété, en hurlant, cette fois.

— Je ne sais pas, a répondu Edna d'une voix mal assurée. Ils sont venus le prendre ce matin.

— « Ils » ? Qui ça « ils » ?

Des coups ont retenti sur la porte du bureau : c'était le service de sécurité. La porte était complètement bloquée. Sans le faire exprès, Steve avait placé une des chaises de façon à coincer la poignée. J'entendais des voix qui parlaient rapidement à l'extérieur. Les gens s'inquiétaient, pas tant pour nous que pour les deux chefs qui étaient enfermés ici. J'espérais pour ma part que Steve n'allait pas découvrir leur présence. L'agitation dans le couloir ne faisait que l'énerver davantage. Le brouhaha qui filtrait derrière la porte devenait de plus en plus fort et nous nous attendions au pire. Steve commençait à paniquer.

— Bon, eh bien, donnez-moi votre ordinateur, a-t-il commandé.

— Quoi ? a fait Edna, décontenancée.

— Allez dans votre bureau et apportez-moi votre ordinateur ! Ou mieux encore : je vais prendre votre bureau, vous n'y voyez pas d'inconvénient, hein ? Comme ça ce sera moi le patron et ils pourront pas me renvoyer, OK ? Peut-être que c'est moi qui vous virerai ! Edna ! Vous êtes virée, putain ! Qu'est-ce que vous en dites ?

C'était extrêmement perturbant de voir un collègue péter les plombs comme ça. Edna ne le quittait pas des yeux, elle a déglluti avec difficulté sans savoir quoi répondre. Ses deux supérieurs hiérarchiques, à qui il revenait de décider de notre sort, se cachaient dans son bureau.

— Vous ne pouvez pas entrer, a-t-elle fini par articuler. J'ai fermé la porte à l'heure du déjeuner, et je ne trouve plus la clé.

Elle n'avait pas l'air naturel ; nous savions tous, Steve y compris, qu'elle ne disait pas la vérité.

— Pourquoi est-ce que vous me mentez ?

— Je ne mens pas, Steve, vous ne pouvez vraiment pas entrer.

— Mais c'est mon bureau ! a-t-il crié en se rapprochant d'elle. C'est mon bureau et vous devez me laisser entrer. Après ça vous n'aurez plus qu'à remballer vos affaires et foutre le camp d'ici !

Il était intimidant. Nous étions six, sans compter les deux cachés dans le bureau d'Edna, mais nous étions tous impuissants. Nous étions figés sur place, morts de peur face à cet homme qu'on croyait connaître.

— Steve, il ne faut pas entrer là-dedans, a dit Graham.

Steve l'a regardé sans comprendre.

— Pourquoi, qui est là ?

— Personne. N'entre pas, OK ?

— Il y a quelqu'un, hein, c'est ça ? Qui ?!

Graham a secoué la tête.

— Quentin, qui est là ?

C'est seulement à ce moment-là que je me suis aperçue que Quentin était sorti de sous son bureau.

— Dites-leur de sortir, a-t-il ordonné à Edna.

Elle se tordait les mains.

— Je ne peux pas ! a-t-elle lâché, le courage l'abandonnant complètement.

— Quentin, ouvre-moi cette porte.

Quentin m'a regardée, mais je ne savais pas quoi faire.

— Ouvre cette putain de porte !

Quentin s'est précipité vers la porte, l'a ouverte tout doucement et, sans regarder à l'intérieur, est retourné se mettre à l'abri derrière son bureau.

Steve s'est approché et a jeté un œil à l'intérieur. Et puis il a éclaté de rire. Un rire non pas joyeux mais effrayant, presque démentiel.

— Sortez de là ! a-t-il hurlé aux deux hommes cachés dans le bureau.

— Écoutez, monsieur… a entamé Michael O'Connor en jetant un coup d'œil à Edna.

— Roberts, a-t-elle murmuré sans le vouloir.

— Vous ne connaissez même pas mon nom ! a glapi Steve, le visage cramoisi et barbouillé de sang. Il ne sait même pas comment je m'appelle ! Hier vous avez foutu ma vie en l'air et vous ne savez pas qui je suis ! Je m'appelle Steve Roberts et je travaille ici !

— Calmons-nous, monsieur Roberts. Ouvrez la porte et dites à tout le monde dehors que nous allons bien et ensuite on pourra discuter de tout ça.

— Qui c'est celui-là ? a demandé Steve en montrant Augusto.

— C'est... Il ne parle pas anglais, monsieur Roberts.

— Je m'appelle Steve ! a-t-il beuglé une nouvelle fois. Lucy !

J'ai failli faire un arrêt cardiaque.

— Viens là. Tu parles plusieurs langues étrangères, demande-lui qui il est.

Je n'ai pas bougé. Quentin m'a lancé un regard plein d'inquiétude et j'ai compris qu'il savait.

— C'est Augusto Fernández, du siège allemand, il nous rend visite aujourd'hui, ai-je répondu d'une petite voix.

— Augusto... j'ai entendu parler de vous. C'est vous qui m'avez viré ! a dit Steve en hurlant de plus belle. Vous êtes le salopard qui m'a viré ! Eh ben vous allez le regretter ! Il s'est jeté sur lui comme s'il voulait lui casser la figure.

Michael O'Connor a voulu l'empoigner, mais Steve lui a donné un violent coup de poing dans le ventre qui l'a mis par terre. J'ai entendu sa tête cogner contre le bureau. Steve, lui, n'a pas eu l'air de le remarquer. Il s'est posté devant Augusto. Nous nous attendions à ce qu'il lui donne un coup de tête, qu'il le défigure, bref, qu'il règle son compte à cet Espagnol au bronzage impeccable. Mais non.

— S'il vous plaît, rendez-moi mon travail, a-t-il demandé d'une voix si douce que ça m'a brisé le cœur.

Du sang avait dégouliné sur ses lèvres si bien qu'il lançait des petits postillons rouges en parlant.

— S'il vous plaît.

— Il ne peut pas faire ça, monsieur Roberts, a lancé Michael depuis le bureau d'Edna.

— Si, il peut me rendre mon travail, hein, Augusto ? Lucy, dis-lui que je veux revenir.

— Heu...

J'ai essayé de trouver quelque chose à dire, de me rappeler ce que j'avais appris, mais je ne savais rien du tout.

— Lucy !! a-t-il rugi.

À ce moment-là, il a plongé la main dans sa poche. J'ai cru qu'il allait en sortir un mouchoir. Cela n'aurait pas été anormal, vu qu'il avait le visage en sang. Mais au lieu de ça, il a sorti un pistolet. Tout le monde a crié et s'est jeté au sol, sauf moi parce que le pistolet était pointé dans ma direction. Je n'osais plus cligner des yeux.

— Dis-lui de me rendre mon travail.

Il s'est approché de moi et tout ce que je voyais, c'était cette chose noire qui me visait. La main de Steve tremblait. Il avait le doigt sur la détente et il tremblait tellement que j'avais peur qu'il appuie sans le vouloir. Je ne sentais plus mes jambes.

— S'il me laisse revenir, je le libère. Dis-lui.

Je ne pouvais pas. Il s'est avancé encore un peu, si bien que le pistolet n'était plus qu'à quelques centimètres de mon visage.

— Dis-lui !

— Mais putain, pose cette arme ! a crié Graham d'une voix terrorisée.

Tous les autres se sont mis à crier à leur tour. Je sentais que j'allais craquer. J'avais peur que tout ce brouhaha n'accentue la folie de Steve. J'avais les larmes aux yeux et les lèvres qui tremblaient.

— S'il te plaît, Steve, ne fais pas ça. S'il te plaît, arrête.

— Ne pleure pas, Lucy, a-t-il dit en reprenant confiance en lui. Contente-toi de faire ton boulot : dis à ce type que je veux qu'il me rende mon travail.

J'avais du mal à articuler tellement je tremblais.

— Je ne peux pas.

— Mais si.

— Non, Steve.

— Allez, Lucy, fais ce qu'il te demande, m'a encouragée Graham. Dis-le.

Dans le couloir, les coups ont cessé. J'étais perdue, je ne m'étais jamais sentie aussi désemparée. Je me suis dit que, derrière la porte, on nous avait abandonnés. Livrés à notre sort.

— Je ne peux pas.

— Fais ce que je te demande, Lucy ! a hurlé Steve en approchant le pistolet de mon visage.

— Merde, Steve, je ne peux pas ! Je ne parle pas espagnol, OK ?

L'espace d'un instant, tout le monde m'a regardée l'air ahuri, comme si cette révélation était plus choquante que le reste. Puis ils se sont rappelé qu'il y avait plus grave et ont tous fixé de nouveau leur attention sur Steve.

Ce dernier ne me quittait pas des yeux, aussi surpris que les autres. Puis il s'est arrêté de trembler et son regard s'est assombri.

— Et c'est moi qu'ils ont viré ?

— Je sais, Steve, je suis vraiment désolée.

— Je ne méritais pas ça.

— C'est vrai.

Sur ce, tandis que Michael essayait de se mettre debout et que les autres étaient tapis dans un coin, Quentin s'est levé. Steve a fait volte-face et pointé le pistolet dans sa direction.

— Bon Dieu, Quentin, baisse-toi ! a crié Graham.

Mais au lieu de lui obéir, Quentin s'est tourné vers M. Fernández qui était recroquevillé par terre, terrorisé et, d'une voix ferme, avec un accent espagnol qui paraissait parfait, il s'est mis à lui parler. Augusto s'est levé lentement. Il lui a répondu calmement d'un ton assuré et convaincant, même si nous n'avions pas la moindre idée de ce qu'il racontait. Au beau milieu de cette folie, ils conversaient avec le plus grand calme. Tout à coup, le bruit d'une perceuse a retenti derrière la porte. On s'occupait enfin de nous. La poignée a commencé à bouger. Steve avait l'air de moins en moins sûr de lui.

— Qu'est-ce qu'il a dit ? a-t-il demandé à Quentin.

Il s'était calmé et on l'entendait à peine à cause du bruit de la perceuse.

Quentin a traduit la réponse d'Augusto en clignant des yeux tous les trois mots.

— Il est vraiment désolé que tu aies perdu ton travail. C'est sans doute une erreur informatique, et dès qu'il le pourra, il passera un coup de fil au siège pour qu'ils te reprennent. Il s'excuse d'avoir causé autant de problèmes à toi et ta famille et il fera tout son possible pour que tu reviennes au plus vite. Ton attitude aujourd'hui montre que tu es très impliqué dans ton travail et que l'entreprise peut être fière d'avoir un employé comme toi.

Steve a relevé la tête, empli de fierté.

— Merci.

Il s'est avancé vers Augusto et a tendu sa main ensanglantée. Ils ont échangé une poignée de main.

— Merci beaucoup. C'est un honneur de travailler pour vous.

Augusto a hoché la tête, à la fois soulagé et méfiant.

Sur ce, la poignée a cédé, la porte s'est ouverte, le bureau a valdingué à travers la pièce et trois hommes ont bondi sur Steve.

Dès que j'ai eu un moment de libre, j'ai décroché mon téléphone.

Il a répondu.

— D'accord, ai-je dit, encore sous le choc. Je veux bien qu'on se revoie.

11

Nous avons prévu de nous retrouver le lendemain au Starbucks de mon quartier. Je n'avais pas envie de le rencontrer le jour où s'était produit l'incident au bureau. À part Monsieur Pan, j'aurais aimé ne voir personne et rester au lit ce jour-là, mais ma mère avait appris par les médias ce qui s'était passé et elle s'inquiétait beaucoup. Mon père aussi était mort d'inquiétude. Ma mère avait contacté le tribunal pour le prévenir que quelqu'un avait pénétré avec une arme sur mon lieu de travail et mon père avait alors demandé la suspension de l'audience en cours. En route vers la maison, il avait dépassé la limite de vitesse pour la première fois de sa vie. Ma mère et lui s'étaient ensuite retrouvés dans la cuisine, où ils avaient mangé de la tarte aux pommes et bu du thé, pleurant et se réconfortant l'un l'autre en se remémorant leur petite Lucy qu'ils aimaient tant comme si j'avais été tuée au bureau ce jour-là.

Bon d'accord, j'ai menti.

Je ne savais pas vraiment comment mon père avait vécu tout ça – il avait probablement pensé que ce genre de choses ne pouvait arriver qu'à moi, vu mon métier et les gens ordinaires avec qui je travaillais – mais je n'étais pas pressée de le savoir. J'ai refusé de venir chez eux et ai menti en leur assurant que j'allais très bien. Mon frère a donc décidé de passer me voir à l'improviste.

— Ton carrosse t'attend, a-t-il dit après que j'ai ouvert la porte.

— Riley, je vais bien, lui ai-je répondu d'un ton peu convaincant.

— Je n'en suis pas sûr. Tu as une sale tête.

— Merci.

— Allez, prends quelques affaires et viens chez moi. Maman nous attend là-bas.

J'ai poussé un gémissement.

— Non, s'il te plaît, j'ai déjà passé une assez mauvaise journée comme ça.

— Mets-toi un peu à sa place, a-t-il répondu sérieusement pour une fois, ce qui m'a contrariée. Elle s'inquiète pour toi. C'est passé en boucle aux informations.

— D'accord. Attends-moi ici.

J'ai refermé la porte puis ai essayé de réunir quelques affaires, mais sans succès : je n'arrivais pas à me concentrer. Finalement, après avoir retrouvé mes esprits, j'ai attrapé mon manteau. Quand je suis sortie, j'ai découvert que Riley discutait avec ma voisine dont je ne me rappelais pas le nom. Il était à ses côtés et semblait m'avoir complètement oubliée ; je me suis raclé la gorge, de manière appuyée, ce qui a raisonné dans le couloir et attiré son attention. Il m'a regardée, agacé que je l'interrompe.

— Bonjour, Lucy, a-t-elle dit.

— Comment va votre mère ?

— Pas très bien, a-t-elle répondu en fronçant les sourcils.

— Est-ce que vous êtes allée la voir ?

— Non.

— Oh. Eh bien, si vous décidez de le faire, je suis ici au cas où…

Elle m'a remerciée d'un signe de tête.

— Ta voisine a l'air sympa, a déclaré mon frère une fois dans la voiture.

— Ce n'est pas ton genre.

— Qu'est-ce tu veux dire ? Je n'ai pas de genre.

— Oh ! si, tu en as un. Le genre blonde sans cervelle.

— C'est faux. Je les aime aussi brunes.

Nous avons ri.

— Est-ce qu'elle t'a parlé de son bébé ?

— Non.

— Tiens, c'est intéressant.

— Est-ce que tu veux me décourager ? Parce que si c'est le cas, me dire qu'elle a un bébé ne marchera pas. Je suis sorti une fois avec une femme qui avait deux enfants.

— Ah, donc elle t'intéresse.

— Peut-être un peu.

J'ai trouvé ça bizarre. Nous sommes restés silencieux et j'ai repensé à Steve qui pointait son pistolet sur mon visage. Je n'avais pas envie de savoir à quoi Riley pensait.

— Où est sa mère ?

— À l'hôpital. Je ne sais pas lequel et je ne sais pas ce qu'elle a, mais c'est grave.

— Pourquoi n'est-elle pas allée la voir ?

— Parce qu'elle ne veut pas laisser son bébé.

— Est-ce que tu lui as proposé de le garder ?

— Oui.

— C'est gentil de ta part.

— Je ne suis pas complètement mauvaise.

— Je n'ai jamais pensé que tu l'étais, a-t-il affirmé en tournant la tête de mon côté.

J'ai continué de regarder droit devant moi.

— Pourquoi n'emmène-t-elle pas le bébé avec elle à l'hôpital ? Je ne comprends pas.

J'ai haussé les épaules.

— Allez dis-le-moi, je sais que tu sais !

— Non, je ne sais pas.

J'ai regardé par la fenêtre.

— Il a quel âge, son bébé ?

— Je n'en sais rien.

— Allez, Lucy !

— Je n'en sais vraiment rien. Elle met ça dans la poussette.

Il m'a regardée.

— Ça ?

— Les petites filles et les petits garçons se ressemblent. Je suis incapable de faire la différence avant qu'ils aient dix ans.

Riley s'est mis à rire.

— Sa mère n'apprécie pas qu'elle élève son enfant toute seule ? C'est ça ?

— Un truc dans le genre, ai-je répondu en essayant de penser à autre chose qu'au pistolet pointé sur mon visage.

Riley vivait dans la banlieue de Dublin, à Ringsend, où il occupait un appartement de grand standing sur Grand Canal Dock, avec vue sur Boland's Mills.

— Lucy ! a lancé ma mère visiblement inquiète, aussitôt que j'ai franchi la porte d'entrée.

J'ai gardé mes bras dans le dos tandis qu'elle me serrait fortement contre elle.

— Ne t'inquiète pas, maman. Je n'étais même pas dans le bureau. J'avais une course à faire à ce moment-là et j'ai tout raté.

— Vraiment ? a-t-elle demandé l'air soulagé.

Riley m'observait, ce qui me mettait mal à l'aise. Il avait agi bizarrement ces derniers jours ; pas comme le frère que je connaissais et que j'aimais, mais davantage comme quelqu'un qui me jugeait.

— Tiens, je t'ai apporté ça.

Je lui ai offert un paillasson que je venais de piquer devant la porte du voisin de Riley. On pouvait y lire « Bonjour ! » et il paraissait neuf.

Maman a ri.

— Oh ! Lucy, tu es si drôle, merci beaucoup.

— Lucy ! a lancé mon frère avec colère.

— Oh ! ne t'inquiète pas Riley, ça ne m'a pas coûté trop cher.

Je lui ai donné une tape dans le dos et ai avancé dans l'appartement.

— Ray n'est pas là ?

Ray était le colocataire de Riley, un médecin. Comme ils travaillaient à des heures complètement opposées, ils se voyaient rarement. Mais quand maman le croisait, elle flirtait sans aucune gêne avec lui. Un jour, elle m'avait demandé s'il était le petit ami de Riley. Elle rêvait d'avoir un fils homosexuel branché pour rester éternellement la seule femme de sa vie.

— Il travaille, a répondu Riley.

— Vous ne prenez jamais le temps pour un petit tête-à-tête ? ai-je demandé en essayant de ne pas rire.

Riley semblait avoir envie de me tirer les cheveux, exactement comme il le faisait quand nous étions enfants. J'ai rapidement changé de sujet :

— Ça sent bon, qu'est-ce que c'est ?

— De l'indien ! a dit ma mère avec enthousiasme. Nous ne savions pas ce que tu voulais, alors nous avons commandé la moitié de leur carte.

Maman était tout excitée d'être chez son fils célibataire où elle pouvait faire des choses exotiques comme manger indien, regarder *Top Gear*[1] et s'amuser avec la télécommande de la cheminée électrique. Il n'y avait aucun restaurant indien à proximité de la maison de mes parents ; de toute façon, mon père n'aurait pas été du genre à prendre la voiture rien que pour ça et il ne regardait que CNN. Nous avons ouvert une bouteille de vin et nous sommes attablés

---

1. Émission diffusée par la BBC, consacrée aux voitures et au sport automobile (*N.d.T.*).

près de la baie vitrée qui donnait sur la rivière. La vue était magnifique sous le clair de lune.

— Bien, a fait ma mère.

À son ton, j'ai senti qu'elle voulait aborder les choses sérieuses.

— Comment se passent les préparatifs du renouvellement de vos vœux de mariage ? ai-je lancé avant qu'elle ne s'apprête à parler.

— Oh... Il y a beaucoup à dire. Je suis en train de chercher un lieu où nous réunir.

Je l'ai écoutée pendant vingt minutes me parler de tout un tas de choses sans intérêt concernant la logistique, telles que la forme du chapiteau de réception, son nombre d'ouvertures, etc.

— Combien de personnes vont venir ? ai-je demandé tandis qu'elle énumérait une liste de lieux envisageables pour les festivités.

— Pour l'instant, quatre cent vingt personnes.

— Combien ?

J'ai failli m'étrangler avec mon vin.

— Oh, la plupart sont des collègues de ton père. Vu ses responsabilités, c'est délicat d'inviter les uns et pas les autres. Les gens s'offusquent vite... souvent à raison d'ailleurs, a-t-elle ajouté.

— Eh bien, n'invitez personne alors.

— Mais enfin, Lucy, je ne peux pas faire ça, m'a-t-elle répondu en souriant.

Mon téléphone s'est mis à sonner et le nom de Don Lockwood s'est affiché sur l'écran. Malgré moi, j'ai rougi comme une adolescente.

Ma mère a regardé Riley d'un air interrogateur.

— Excusez-moi, je vais répondre dehors.

Je suis allée sur le balcon et me suis éloignée le plus possible pour éviter toute indiscrétion.

— Allô ?

— Alors, vous vous êtes fait virer aujourd'hui ?

— Non. Pas encore, du moins. En fait le type espagnol ne savait pas qui était Tom. Mais merci quand même de m'avoir dépannée.

— Bizarre, il m'est arrivé la même chose en Espagne. Tom est un mystère. En tout cas, les choses auraient pu être bien pires : vous auriez pu vous trouver dans ce bureau où le gars a piqué une crise.

Je n'ai rien répondu. J'ai d'abord pensé qu'il voulait me piéger avant de me raviser : comment aurait-il pu savoir ? Il ne connaissait pas mon véritable nom, pas plus qu'il ne savait où je travaillais.

— Allô ? Vous êtes toujours là ?

— Oui, ai-je répondu doucement.

— Ah, tant mieux. J'ai cru que j'avais dit une bêtise.

— Non, pas du tout, c'est juste que... en fait, ça s'est passé dans mon bureau.

— Vous êtes sérieuse ?

— Oui. Malheureusement.

— Mon Dieu. Vous allez bien ?

— Mieux que lui en tout cas.

— Est-ce que vous avez vu qui c'était ?

— La Saucisse, ai-je répondu en regardant Boland's Mills.

— Pardon ?

— Je l'ai surnommé « la Saucisse ». C'était l'homme le plus gentil de l'immeuble et il a pointé un pistolet sur ma tête.

— Merde. Est-ce que ça va ? Vous n'êtes pas blessée ?

— Ça va.

En réalité, je n'allais pas très bien, mais il ne pouvait rien y faire.

— C'était juste un pistolet à eau ; nous l'avons découvert plus tard quand ils... l'ont maîtrisé et mis à terre. Le pistolet appartenait à son fils. Il avait dit à sa femme qu'il allait reprendre son travail.

C'était rien qu'un pauvre pistolet à eau. Mais j'ai eu la peur de ma vie.

— C'est normal. Vous ne pouviez pas savoir, non ? a-t-il dit avec douceur. Et s'il avait appuyé sur la détente, vous auriez eu les cheveux tout mouillés.

Je n'ai pas pu m'empêcher de rire.

— Mon Dieu, et moi qui ne pensais qu'à me faire virer... Lui a risqué sa vie pour récupérer son poste.

— Et vous, vous avez failli avoir les cheveux mouillés. Je ne vous ai jamais vue avec les cheveux mouillés. Je ne vous ai même jamais rencontrée. Est-ce que vous avez des cheveux au moins ?

— Des cheveux châtains, ai-je répondu en riant.

— Hmm, une autre pièce du puzzle.

— Et votre journée à vous, Don ?

— En rien comparable à la vôtre, c'est certain. Laissez-moi vous inviter à prendre un verre, ça vous ferait du bien. Je pourrais vous raconter ma journée en tête à tête.

Je suis restée silencieuse.

— Nous pourrions nous retrouver dans un endroit où il y a des gens et que vous auriez choisi ; venez avec dix gars musclés si vous préférez. Je précise que je n'ai pas d'attirance pour les types musclés, ni les hommes en général. Je vous l'ai proposé pour vous rassurer. Malin, non ?

J'ai souri.

— Merci, mais je ne peux pas. Mon frère et ma mère me retiennent en otage.

— Vous avez déjà donné aujourd'hui... Bon, une autre fois alors. Ce week-end ? Vous découvrirez que je ne suis pas seulement quelqu'un qui a une jolie oreille gauche.

— Vous avez l'air d'être quelqu'un de très bien, Don. Mais je me sens un peu déboussolée.

— Bien sûr que vous l'êtes. N'importe qui le serait après ce que vous avez vécu.

— Non, ce n'est pas seulement à cause de cette journée ; je me sens un peu perdue ces derniers temps.

Je me suis passé une main sur le visage et j'ai soudain pris conscience que je ne savais vraiment plus où j'en étais.

— Je passe plus de temps à parler de choses importantes avec un inconnu qu'avec ma propre famille.

Il s'est mis à rire et j'ai entendu sa respiration. Ça m'a donné un frisson. J'avais l'impression qu'il se tenait juste à côté de moi.

— C'est plutôt bon signe, non ? Allez ! S'il s'avère que je ne suis rien d'autre qu'un gros machin moche que vous n'avez aucune envie de revoir, vous pourrez partir et je ne vous dérangerai plus. En revanche, si c'est vous le gros machin moche, vous pouvez être certaine que je ne chercherai pas à vous revoir. Mais peut-être cherchez-vous à rencontrer un gros moche ? Si c'est le cas, ça ne sert à rien de venir me voir, parce que je ne le suis pas.

— Je ne peux pas Don, désolée.

— Je n'arrive pas à croire qu'on se quitte alors que je ne connais même pas votre prénom.

— Je vous l'ai déjà dit, c'est Gertrude.

— Gertrude, a-t-il répété avec une pointe de déception. OK. Mais n'oubliez pas que c'est vous qui m'avez appelé en premier.

— C'était un mauvais numéro, ai-je dit en riant.

— Bon d'accord. Je vous dérangerai plus. Je suis content de savoir que vous allez bien.

— Merci, Don. Au revoir.

Après avoir raccroché, je me suis penchée à la balustrade pour regarder le miroitement des lumières de l'appartement dans l'eau noire. Mon téléphone a émis un bip.

Un cadeau d'adieu.

C'était une photo de très beaux yeux bleus. Je les ai regardés jusqu'à ce que j'aie l'impression de les voir cligner.

Quand je suis rentrée, ma mère et mon frère ne m'ont pas posé de questions sur ce coup de téléphone. Mais quand Riley est allé chercher les clés de la voiture pour me ramener chez moi, ma mère en a profité pour qu'on ait une petite discussion toutes les deux.

— Lucy, je n'ai pas eu l'occasion de te parler après que tu as quitté le repas la semaine dernière.

— Je sais, je suis désolée d'être partie si vite. Le repas était très bon. Mais je me suis souvenue à la dernière minute que je devais voir quelqu'un.

Elle a froncé les sourcils.

— Vraiment ? J'ai cru que c'était parce que j'avais signé les documents pour que tu rencontres ta vie.

— Non, ce n'était pas ça ! l'ai-je interrompue. Rien à voir. Je ne me rappelle pas ce que c'était, mais c'était important. J'ai tout bonnement oublié que j'avais déjà quelque chose de prévu ce jour-là ; tu sais à quel point je peux être tête en l'air parfois.

— Ah, d'accord. J'étais persuadée que tu étais en colère contre moi.

Elle m'a regardée avec attention.

— Tu sais, tu peux me le dire si c'était le cas.

Qu'est-ce qu'elle racontait ? Les Silchester ne disaient pas ce genre de choses.

— Mais je ne l'étais pas. Je sais bien que tu t'inquiétais juste pour moi.

— Oui, a-t-elle répondu avec soulagement. Je n'ai pas su quoi faire pendant un moment. J'ai laissé passer des semaines avant de me décider. Je me suis dit que si quelque chose n'allait pas, tu viendrais m'en parler. Même si je sais que tu préfères parfois parler à Edith plutôt qu'à ta mère parce qu'elle est douée pour ce genre de choses.

Elle a souri timidement avant de s'éclaircir la voix.

C'était un moment très gênant. Elle attendait peut-être que je lui affirme le contraire mais comme je n'en étais pas sûre, je n'ai rien ajouté. Où était passé mon talent pour mentir quand j'en avais besoin ?

— Finalement, après en avoir parlé avec ton père, j'ai décidé de signer.

— Il t'a dit de signer ?

J'avais posé la question aussi calmement que possible mais je me sentais bouillir à l'intérieur. Qu'est-ce qu'il savait de ma vie ? Il ne m'avait jamais posé aucune question sur moi, jamais montré le moindre intérêt...

Ma mère m'a interrompue dans mes pensées.

— Non, en fait il trouvait que c'était des âneries mais je n'étais pas d'accord avec lui. Je me suis demandé quel mal cela pourrait faire. Tu vois ? Si ma Vie voulait me rencontrer, je crois que je trouverais cela plutôt excitant. Ce doit être un moment extraordinaire !

J'étais impressionnée qu'elle n'ait pas suivi l'avis de mon père. Intriguée et surprise également qu'elle désire rencontrer sa Vie. J'aurais plutôt pensé que c'était la dernière chose dont elle avait envie. Qu'est-ce que « les gens » en penseraient ?

— Mais surtout j'avais peur que ce soit ma faute. Je suis ta mère et s'il y avait quelque chose qui n'allait pas, alors...

— Tout va très bien, maman !

— Oui, bien sûr, je me suis mal exprimée, je suis désolée. Je voulais dire...

— Je sais ce que tu voulais dire, ai-je répliqué calmement, et ce n'est pas de ta faute. S'il y avait quelque chose qui n'allait pas, tu ne serais pas responsable. Tu n'as rien fait de mal.

— Merci Lucy.

Son visage s'est détendu. Jamais je n'avais imaginé qu'elle pouvait se sentir coupable du cours qu'avait pris ma vie. Je pensais juste que c'était mon travail qui la préoccupait.

— Alors, a fait ma mère avec entrain, comment est-elle ?

— C'est un homme. Je l'ai rencontré la semaine dernière.

— Un homme ?

— Ça m'a surprise moi aussi.

— Est-ce qu'il est beau ? a-t-elle demandé en gloussant.

— Maman c'est dégoûtant, c'est ma Vie !

— Bien sûr.

Elle a tenté de dissimuler son sourire mais à son expression je pouvais voir qu'elle pensait à un éventuel mariage. N'importe quel homme aurait fait l'affaire pour être son beau-fils ; ou peut-être songeait-elle à caser Riley avec lui.

— Il n'est pas beau du tout ; en fait, il est même très laid.

Je lui ai dit qu'il transpirait sans arrêt, qu'il avait mauvaise haleine et qu'il s'essuyait le nez sur sa veste froissée.

— Mais sinon tout va bien. Nous allons très bien. Je ne pense pas qu'il veuille me revoir.

Ma mère a de nouveau froncé les sourcils.

— Tu en es sûre ?

Elle est partie un instant et est revenue avec un sac rempli de lettres avec les spirales de la vie imprimées dessus. Mon nom figurait sur les enveloppes mais elles avaient été adressées chez mes parents.

— Nous en avons reçu une chaque jour la semaine dernière. Et encore une hier matin.

— Tiens, il a dû perdre mon adresse. Pas étonnant que je n'aie rien reçu.

J'ai secoué la tête en riant.

— Un des gros problèmes de ma Vie, c'est le manque d'organisation.

Ma mère m'a souri d'un air plutôt triste.

Riley est sorti de sa chambre, les clés de la voiture en main, et a remarqué l'enveloppe que je tenais.

— Bon alors, on fait ça maintenant ?

Il a ouvert un tiroir dans l'entrée et est revenu vers nous avec une pile de courriers dans les mains. Il les a jetés sur la table avant de manger un *papadum*.

— Fais-moi plaisir, sœurette, arrête d'ignorer ta Vie. Ces lettres envahissent ma boîte !

Au début, j'étais plutôt indifférente envers ma Vie ; mais à présent, après la journée que je venais de passer, j'étais en colère, et ces lettres envoyées à ma famille n'arrangeaient rien. Je devais le voir le lendemain au Starbucks. J'avais insisté pour qu'il ne vienne pas dans mon appartement. Edna m'avait appelée pour me dire de prendre une journée de repos et j'en étais plutôt contente : non seulement parce que c'était une journée de travail en moins mais surtout parce que je me sentais vraiment embarrassée par la façon dont on avait découvert que je ne parlais pas espagnol. Me mettre volontairement dans cette situation pour me forcer à venir le voir était plus qu'ignoble. Il nous avait mis en danger, mes collègues et moi, dans ce bureau. Ma colère était telle que j'attendais avec impatience mon second rendez-vous avec ma Vie.

Le lendemain, tandis que je passais en revue un certain nombre de choses méchantes à lui dire, mon téléphone a sonné. C'était un numéro que je ne connaissais pas et je n'ai donc pas répondu. Mais il s'est remis à sonner, sans discontinuer. Quelqu'un a ensuite frappé violemment à la porte. Je me suis précipitée pour aller ouvrir. C'était ma voisine, dont je ne me rappelais toujours pas le prénom, qui semblait complètement paniquée.

— Je m'excuse de vous déranger. C'est ma mère. Mon frère vient de m'appeler. On me demande de venir immédiatement à l'hôpital.

— Pas de problème.

J'ai pris mes clés et ai fermé la porte derrière moi. Ma voisine tremblait.

— C'est bon maintenant, vous pouvez aller la voir.

— Je n'ai jamais laissé le bébé avant...

— Tout se passera bien, faites-moi confiance.

Elle m'a conduite dans son appartement avec nervosité et m'a bombardée de recommandations.

— J'ai préparé son biberon ; réchauffez-le avant de le lui donner. Il boira seulement si c'est assez chaud. Il faut lui donner à manger à sept heures et demie. Il aime regarder *Dans le jardin des rêves* avant d'aller au lit. Vous n'avez qu'à appuyer sur lecture. Il s'endort presque aussitôt. Il ne dormira pas sans Ben. C'est le pirate en peluche qui se trouve ici. S'il se réveille et qu'il pleure, chantez « Fais dodo, Colas mon p'tit frère » ça le calmera.

Elle m'a tout montré, les tétines, les peluches, le stérilisateur au cas où je ferais tomber le biberon et que j'aie besoin d'en préparer un autre. Elle a regardé sa montre.

— Il faut que j'y aille maintenant.

Mais elle s'est ravisée.

— Peut-être que je ne devrais pas, peut-être que je devrais rester.

— Allez-y. Tout va très bien se passer ici.

— Oui, vous avez raison.

Elle a enfilé son manteau en hâte et a ouvert la porte.

— Bon. Je n'attends personne. Vous ne ferez pas venir des amis ou qui que ce soit, n'est-ce pas ?

— Bien sûr que non.

— Vous avez bien mon numéro de portable ?

— Je l'ai mémorisé, ai-je répondu en montrant mon téléphone.

— D'accord. Merci.

Elle s'est penchée sur le parc pour bébés.

— Au revoir, mon chéri. Maman rentrera vite, a-t-elle dit les larmes aux yeux avant de partir.

Je me retrouvais dans une situation embarrassante. J'ai essayé de joindre ma Vie mais sans succès. Sa secrétaire ne répondait pas non plus, ce qui signifiait qu'elle avait terminé sa journée et qu'il était déjà en route pour notre rendez-vous. J'ai attendu que ce soit l'heure pour téléphoner au Starbucks.

— Allô ? a répondu un homme apparemment en plein stress.

— Bonjour, j'avais rendez-vous avec quelqu'un mais j'ai besoin de lui dire...

— Son nom ? m'a-t-il interrompu.

— Heu, en fait je ne connais pas son nom mais il porte un costume, a sans doute l'air un peu stressé et fatigué...

— Hé ! vous ! Il y a quelqu'un qui veut vous parler.

J'ai entendu le téléphone passer dans une autre main.

— Allô ?

— Salut ! ai-je lancé avec entrain. Vous ne croirez jamais ce qui vient d'arriver.

— J'espère que vous n'appelez pas pour annuler, a-t-il répliqué aussitôt. J'espère que vous avez simplement du retard, ce qui est déjà très agaçant, pour tout dire.

— Je suis en retard, mais pas pour la raison que vous imaginez.

— Et qu'est-ce que j'imagine selon vous ?

— Que je ne m'intéresse pas à vous, ce qui est faux. Enfin pas tout à fait, mais en tout cas ce n'est pas la raison pour laquelle j'annule. Ma voisine m'a demandé de garder son bébé. Sa mère est très malade et elle a dû se rendre en urgence à l'hôpital.

Il y a eu un silence avant qu'il ne me réponde :

— Cela ressemble à une fausse excuse du genre « mon chien a mangé mes devoirs ».

— Ce n'est pas un mensonge !

— Comment s'appelle votre voisine ?

— Je ne m'en souviens pas.

— C'est le pire mensonge que vous ayez jamais inventé.

— Parce que ce n'en est pas un ! Si j'avais voulu mentir j'aurais inventé un prénom comme... Claire. D'ailleurs, je crois bien que c'est son prénom. Oui c'est ça, elle s'appelle Claire.

— Vous avez bu ?

— Non. Je fais du baby-sitting.

— Où ?

— Dans son appartement. En face de chez moi. Mais vous ne pouvez pas venir ici. Elle m'a interdit de faire entrer des inconnus.

— Je ne serais pas un inconnu si vous veniez à nos rendez-vous.

— Oui, eh bien, on ne va pas la punir pour les erreurs que j'ai commises.

Il a raccroché moins énervé qu'au début de notre conversation. J'espérais qu'il me croyait. Je me suis installée dans le rocking-chair et je regardais Makka Pakka sur son dirigeable dans *Dans le jardin des rêves* tout en repensant aux événements de la journée, quand j'ai entendu qu'on frappait chez moi pour la deuxième fois ce soir-là.

J'ai ouvert et j'ai vu ma Vie qui se tenait devant mon appartement.

— Vous êtes venu vérifier ?

Il s'est retourné.

— Vous vous êtes rasé ! Vous n'avez plus l'air aussi malheureux que l'autre jour.

Il a regardé par-dessus mon épaule.

— Alors, où est le bébé ?

— Vous ne pouvez pas entrer. Ce n'est pas chez moi ici, je n'ai pas le droit.

— Bon, mais vous pouvez au moins me montrer le bébé. Parce que je vous connais : vous auriez pu commettre une effraction simplement pour vous cacher. Et ne me regardez pas comme ça, c'est exactement ce que vous feriez.

J'ai soupiré.

— Je ne peux pas vous montrer le bébé.

— Amenez-le juste devant la porte. Je ne le toucherai pas.

— Je ne peux pas vous le montrer.

— Montrez-moi ce bébé, a-t-il répliqué. Montrez-moi ce bébé ! Montrez-le-moi !

— Taisez-vous ! Il n'y a pas de bébé.

— Je le savais.

— Non, vous ne savez rien du tout, ai-je rétorqué avant d'ajouter à voix basse : elle croit qu'il y a un bébé, mais il n'y en a pas. Il y en a eu un, mais il est mort. Elle agit comme s'il était toujours là. Mais il n'y a pas de bébé.

Il a eu l'air hésitant et a regardé par-dessus mon épaule.

— Je vois tout un tas de trucs pour bébé par terre.

— C'est vrai. Elle sort la poussette parfois, mais celle-ci est toujours vide. Elle croit qu'il fait ses dents et qu'il pleure toute la nuit mais je n'entends rien. Il n'y a pas de bébé ici. J'ai regardé les photos et je pense qu'il avait à peu près un an quand il est mort. Ici même.

J'ai pris une photo sur la console dans le couloir et la lui ai montrée.

— Qui est cet homme ?

— C'est son mari, mais je ne l'ai pas vu depuis au moins un an. À mon avis, il ne pouvait plus supporter de la voir comme ça.

— Eh bien, c'est déprimant.

Il m'a rendu la photo et nous sommes restés silencieux un moment. Ma Vie a rompu la minute de silence.

— Vous devez rester ici même s'il n'y a aucun bébé ?

— Si je partais et qu'elle revenait, je ne pourrais pas lui dire que c'est parce qu'il n'y avait pas de bébé, ce serait cruel.

— Donc vous ne pouvez pas sortir et moi je ne peux pas entrer. Quelle ironie !

Il a souri et pendant un court un instant il a eu l'air séduisant.

— Nous n'avons qu'à parler ici, alors.

— C'est ce que nous faisons déjà.

Nous nous sommes assis l'un en face de l'autre. Un voisin est sorti de l'ascenseur, a jeté un œil sur nous, avant de traverser le couloir. Nous nous sommes regardés en silence.

— Les gens peuvent vous voir, alors ?

— Vous pensez que je suis un fantôme ? a-t-il demandé en levant les yeux au ciel. Je suis peut-être invisible pour vous, mais je peux vous assurer que les autres font attention à moi. Les autres gens veulent apprendre à me connaître.

— D'accord, d'accord, monsieur le susceptible.

— Vous êtes prête à discuter ?

— Je suis en colère contre vous, ai-je répondu presque immédiatement, en me rappelant soudain tout ce que j'avais prévu de lui dire.

— Pourquoi ?

— Pour ce que vous avez fait subir à tous ces gens hier !

— Ce que je leur ai fait subir, moi ?

— Oui. Ils ne méritaient pas de se retrouver sur la trajectoire de votre... de votre balle courbe ou je ne sais quoi.

— Attendez une minute, vous pensez que j'ai manipulé ces gens et que je suis responsable de ce qui est arrivé hier ?

— Eh bien... Ce n'est pas le cas ?

— Non ! Vous me prenez pour qui ? Ne répondez surtout pas à ça. Tout ce dont je suis responsable, c'est de la venue d'Augusto Fernández. Je n'ai rien à voir avec l'autre gars dont je ne sais même pas le nom.

— Steve, ai-je dit avec fermeté. Steve Roberts.

Il m'a regardée d'un air amusé.

— Ah, contrairement à la semaine dernière, vous faites maintenant preuve de loyauté. Quel surnom lui aviez-vous donné déjà ? La Saucisse ?

J'ai regardé ailleurs.

— Je ne suis pas à l'origine de ça. Vous seule êtes responsable de votre vie et de ce qui vous arrive, comme tout le monde. Ni vous ni moi n'avons quelque chose à voir avec ce qui est arrivé là-bas. Vous vous sentiez coupable.

Comme ce n'était pas une question, je n'ai rien répondu. J'ai pris ma tête dans mes mains.

— J'ai mal au crâne.

— Parce que vous réfléchissez. Ça ne vous était pas arrivé depuis un moment.

— Mais vous avez dit que vous étiez responsable pour Fernández. Vous vous êtes immiscé dans sa vie !

— Je n'ai rien fait de tel. J'ai synchronisé vos vies. J'ai fait en sorte que vos chemins se rencontrent afin de vous aider tous les deux.

— En quoi cela l'a-t-il aidé ? Ce pauvre homme a eu un pistolet pointé sur sa tête et il aurait pu s'en passer.

— Ce pauvre homme a eu un pistolet à eau pointé sur sa tête et il s'en remettra.

— Comment ?

— Je ne sais pas. L'avenir nous le dira.

— Et peu importe qu'il s'agissait en fait d'un pistolet à eau, ai-je grogné.

— Peu importe, en effet. Ça va ?

Je suis restée silencieuse.

— Hé !

Il a étiré la jambe et m'a gentiment chatouillé du bout du pied.

— Oui. Non. Je ne sais pas.

— Ah ! Lucy, a-t-il dit en soupirant.

Il s'est levé et m'a prise dans ses bras. J'ai voulu le repousser mais il m'a serrée encore plus fort. Finalement je l'ai serré à mon tour, ma joue collée contre le tissu bon marché de sa veste qui sentait le renfermé. Il a ensuite fait semblant d'essuyer ses larmes. Sa gentillesse le rendait un peu plus sympathique. Il m'a tendu un mouchoir.

— Attention ! a-t-il dit alors que je me mouchais bruyamment, vous allez réveiller le bébé !

Nous nous sommes mis à rire.

— C'est pitoyable, non ?

— Cela dépend de ce que vous entendez par là.

— On me menace avec un pistolet à eau... Je garde un bébé qui n'existe pas...

— Vous discutez en tête à tête avec votre Vie...

— En plus ! Et ma Vie est une personne en chair et en os. On ne peut pas faire plus bizarre.

— Ça pourrait l'être. Nous n'en sommes qu'au début.

— Pourquoi sa Vie ne prend pas soin d'elle ? C'est si triste de voir ça.

J'ai fait un geste en direction des jouets qui jonchaient le sol de l'appartement derrière moi.

Il a haussé les épaules.

— Je n'ai pas à m'immiscer dans la vie des autres. Vous seule me concernez.

— Sa Vie doit refuser de voir la vérité en face.

— Un peu comme vous.

J'ai soupiré.

— Vous êtes à ce point malheureux ?

Il a fait un signe affirmatif de la tête et a regardé ailleurs le temps de se calmer.

— Je n'arrive pas à comprendre pourquoi les choses vont si mal pour vous. Je vais bien.

— Non, vous n'allez pas bien, a-t-il répliqué en secouant la tête.

— Bon, d'accord, je ne me réveille pas tous les matins en chantant *Y'a de la joie* mais je ne fais pas comme si certaines choses existaient alors qu'elles n'existent pas.

— Vraiment ? a-t-il dit d'un air amusé avant d'ajouter : si vous vous cassez la jambe, vous avez mal et vous allez donc à l'hôpital. Sur place, on vous fait une radio pour voir la fracture, d'accord ?

J'ai hoché la tête.

— Si vous avez mal aux dents, vous vous rendez chez le dentiste qui cherche à l'aide d'une caméra ce qui ne va pas pour traiter le problème, d'accord ?

J'ai de nouveau hoché la tête.

— Ce sont des choses courantes dans notre société moderne. Vous êtes malade, vous vous rendez chez le médecin pour avoir des antibiotiques. Vous vous sentez déprimée, vous en parlez avec un psy qui vous prescrira éventuellement des antidépresseurs. Vous avez de plus en plus de cheveux blancs, vous faites une coloration. Avec votre vie, vous prenez quelques mauvaises décisions, manquez quelquefois de chance, mais vous n'avez pas d'autre choix que de continuer, d'accord ? Personne ne peut savoir qui vous êtes vraiment à l'intérieur ; si vous ne le voyez pas, si une radio et une caméra ne peuvent pas vous le montrer, alors on conclut qu'il n'y a rien. Mais je suis là. Je suis l'autre partie de vous. La radiographie de votre existence. Le reflet de votre image. Je suis le reflet de votre mal-être, de votre tristesse. Vous comprenez ?

Ce qui expliquait la mauvaise haleine, la transpiration excessive et la coupe de cheveux ratée. J'ai retourné tout ça dans ma tête.

— Oui, mais c'est plutôt injuste pour vous.

— C'est exactement là où je voulais en venir : à mon tour d'être heureux maintenant. Vous voyez, cela me concerne autant que vous. Plus vous vivez votre vie, plus je me sens heureux ; plus vous vous épanouissez et meilleure est ma santé.

— Votre bonheur dépend donc de moi.

— Je préfère nous voir comme formant un duo. Vous êtes Lois Lane et moi votre Superman, vous êtes Minus et moi Cortex.

— La radiographie de ma jambe cassée.

Nous avons souri et j'ai senti que c'était le moment de faire une trêve.

— Est-ce que vous avez discuté avec votre famille de ce qui s'était passé ? Je suis sûr qu'ils se sont inquiétés.

— Vous savez bien que je l'ai fait.

— Je pense que ce serait mieux si on prétendait que je ne sais rien du tout.

— D'accord. J'ai vu ma mère et Riley hier. Je suis allée chez lui. Nous avons mangé indien et ma mère a insisté pour me préparer un chocolat chaud comme elle l'avait fait une fois quand j'étais petite et que j'étais tombée.

J'ai ri.

— Vous avez passé un bon moment, on dirait.

— Oui.

— Est-ce que vous avez parlé des événements d'hier ?

— Je leur ai dit que j'étais ailleurs à ce moment-là et que je n'avais pas assisté à la scène.

— Pourquoi avez-vous dit ça ?

— Je ne sais pas. Pour ne pas les inquiéter.

— Mais bien sûr, a-t-il fait sur un ton sarcastique. Ce n'était pas pour les protéger ; mais pour vous protéger. En évitant d'en parler, vous évitiez d'admettre que vous ressentiez quelque chose. Parce que cela vous fait peur.

— Je ne sais pas. Peut-être. Tout ce que vous dites a l'air si compliqué, je ne réfléchis pas de cette façon.

— Voulez-vous connaître ma théorie ?

— Allez-y.

J'ai posé mon menton dans ma main.

— Il y a quelques années quand Blake... quand vous l'avez quitté...

J'ai souri.

— Vous avez commencé à mentir à tout le monde, et ce faisant, vous avez commencé à vous mentir également.

— C'est une théorie intéressante, mais je ne sais pas si cela est vrai ou faux.

— Eh bien, nous verrons. Aussitôt que vous arrêterez de mentir aux autres, ce qui sera plus difficile que vous ne le pensez d'ailleurs, vous commencerez à apprendre la vérité sur vous, ce qui sera également plus difficile que vous ne le pensez.

Je me suis massé le front en regrettant de m'être fourrée dans cette situation.

— Bon alors, comment on procède ?

— Vous me laissez passer du temps avec vous.

— D'accord. Des rendez-vous hebdomadaires ?

— Non, je veux dire, je viens travailler avec vous, je rencontre vos amis, ce genre de choses.

— Je ne peux pas faire ça.

— Pourquoi pas ?

— Je ne peux pas vous inviter à dîner chez mes parents, ni sortir avec vous entre amis. Ils vont me regarder comme si j'étais un phénomène de foire.

— Vous avez peur qu'ils apprennent des choses sur vous ?

— Si ma Vie, c'est-à-dire vous, s'assoit à la même table que la mienne, ils vont pratiquement tout savoir.

— Pourquoi est-ce si effrayant ?

— Parce que c'est privé. Vous êtes ma Vie privée. Personne ne trimballe sa Vie à un dîner.

— Vous découvrirez que la plupart des gens que vous aimez agissent exactement comme ça. Mais ce n'est pas le problème. L'important c'est que nous avons besoin de passer plus de temps ensemble.

— Ça me va, mais je veux juste que nous ne passions pas du temps ensemble en compagnie de ma famille ou de mes amis. Mettons ça à part.

— Mais c'est ce que vous faites déjà. Personne ne sait rien de vous.

— Et ce n'est pas près d'arriver.

Il est resté silencieux.

— Vous allez faire en sorte que cela arrive de toute façon, c'est ça ?

Il a hoché la tête.

J'ai soupiré.

— Je ne mens pas à tout le monde, vous savez.

— Je sais. Le mauvais numéro.

— Vous voyez ? Un autre truc bizarre.

— Pas vraiment. Les mauvais numéros sont parfois les bons, a-t-il conclu avec un sourire.

12

Il voulait commencer par voir l'endroit où je vivais. En franchissant la porte de mon studio, il espérait sans doute accéder à une part secrète de moi-même alors qu'en réalité il allait seulement avoir accès à un appartement mal entretenu qui sentait le poisson pourri. Nous ne comprenions pas les métaphores de la même façon, ce qui ne facilitait pas les choses. Nous en discutions quand Claire est arrivée. Elle a regardé d'un œil méfiant cet inconnu qui était assis avec moi dans le couloir. Je me suis levée immédiatement.

— Je ne l'ai pas laissé entrer.

Son visage s'est détendu et elle l'a regardé.

— Vous devez penser que je suis impolie.

— Pas du tout. Je suis juste étonné que vous l'ayez laissée entrer, elle.

Elle a souri.

— Je lui suis très reconnaissante de ce qu'elle a fait pour moi.

— Comment va votre mère ? a-t-il demandé.

Je savais qu'il voulait vérifier mon alibi. Mais le visage défait de ma voisine prouvait à lui seul mes dires.

— Son état est stable... pour le moment. Comment va Conor ?

— Heu... Il dort.

— Est-ce qu'il a bu son biberon ?

— Oui.

Je l'avais vidé dans l'évier.

L'air satisfait, elle a fouillé dans son sac pour trouver son porte-monnaie et m'a tendu de l'argent.

— Pour vous remercier de votre gentillesse.

J'avais vraiment envie de le prendre. Vraiment. Sebastian avait besoin d'une bonne réparation, la moquette attendait toujours d'être nettoyée, j'aurais pu m'offrir un brushing ou autre chose qu'un repas passé au micro-ondes, mais ma Vie me surveillait et j'ai donc renoncé.

— Je ne peux pas prendre cet argent, me suis-je forcée à dire. Ça m'a fait plaisir, vraiment.

Le moment fatidique est finalement arrivé : j'ai ouvert la porte de mon studio. D'un signe de la main, je l'ai invité à entrer en premier. Il avait l'air enthousiaste. Moi pas du tout. Je l'ai suivi. Honteuse de l'odeur, j'espérais qu'il serait assez poli pour ne pas m'en faire la remarque. Monsieur Pan s'est étiré avant d'avancer à la rencontre de notre invité, d'un pas nonchalant et hypnotique comme s'il voulait flirter. Il a regardé ma Vie et s'est précipité entre ses jambes, la queue dressée.

— Vous avez un chat, a-t-il dit en s'agenouillant pour le caresser.

Monsieur Pan était ravi de toute cette attention.

— Il s'appelle Monsieur Pan. Monsieur Pan je te présente... Qu'est-ce que je dis ?

— Eh bien, que je suis votre Vie.

— Je ne peux pas vous présenter aux gens de cette façon, nous devons réfléchir à un nom.

Il a haussé les épaules.

— Choisissez.

— OK, Engelbert.

— Je ne veux pas qu'on m'appelle Engelbert.

Il a regardé autour de lui les nombreuses photos encadrées de Gene Kelly et le poster de *Chantons sous la pluie* sur la porte de la salle de bains.

— Appelez-moi Gene.

— Vous ne pouvez pas vous appeler comme ça.

J'avais déjà suffisamment de Gene dans ma vie. Il y avait le seul et l'unique, et un certain Don Lockwood à qui j'avais demandé de ne pas me rappeler.

— Qui est l'autre gars à côté de lui ? a-t-il demandé.

— Donald O'Connor, il incarne Cosmo Brown.

Ma Vie a pris un accent américain des années 1950 :

— Eh bien alors, appelez-moi Cosmo Brown.

— Je ne vais pas vous présenter aux gens par ce prénom.

— C'est ça ou rien, poupée.

— Bon, d'accord. Je vous fais la visite maintenant.

Je me tenais devant la porte d'entrée à la manière d'une hôtesse de l'air et j'avais les bras écartés comme si j'allais montrer les consignes de sécurité.

— À ma gauche, la salle de bains. L'ampoule est cassée. Si vous voulez y aller, allumez la lumière de la hotte de ventilation dans la cuisine pour voir quelque chose. À ma droite se trouve la cuisine. Un peu plus loin sur ma gauche, il y a la chambre et un peu plus loin sur la droite, il y a le salon. La visite est terminée.

Je me suis inclinée. Il pouvait tout voir de l'endroit où il se tenait, il n'avait qu'à tourner la tête.

Il a embrassé les lieux du regard.

— Alors, qu'en pensez-vous ?

— Ça sent le poisson. Et qu'est-ce que c'est que cette tache là-bas ?

J'ai soupiré. Il avait vite oublié la politesse, ce principe sur lequel était bâtie toute ma vie.

— C'est de la salade de crevettes. Monsieur Pan l'a renversée par terre et a ensuite marché dedans. OK ?

— OK, mais je voulais parler de ça.

Il m'a montré l'inscription sur la moquette.

— Oh ! ça, c'est le nom de l'entreprise de nettoyage.

— Ah oui, bien sûr.

Il m'a regardée en souriant.

— Je ne vous demande pas pourquoi c'est écrit par terre. Appelez-les en tout cas.

Il s'est dirigé ensuite vers mon placard et a farfouillé dans mes provisions. Monsieur Pan était sur ses talons, le traître. Ma Vie s'est assis sur le comptoir et a mangé bruyamment des cookies, ce qui m'a un brin agacée, parce que je les avais prévus en guise de repas.

— La moquette est répugnante ; vous devez absolument les appeler.

— Je n'ai pas le temps de rester à la maison pour les accueillir. Ce genre de choses, c'est toujours pénible.

— Demandez-leur de venir le week-end et s'ils ne peuvent pas, il y a toujours de fortes chances pour que vous soyez virée demain.

— Je croyais que vous deviez m'aider à aller mieux ?

— Je croyais que vous vouliez vous faire virer.

— C'est vrai. Mais je voulais des indemnités de licenciement, pas me faire virer simplement parce que je ne parle pas espagnol.

— Ce n'est pas rien quand même, vous êtes censée être leur spécialiste en traduction.

— Je parle cinq autres langues !

— Peut-être, mais vous ne dites pas la vérité.

Il a ri avant d'engouffrer un cookie entier dans sa bouche.

Je l'ai regardé de la tête aux pieds avec dégoût.

— Vous avez des *moobs*.

— Qu'est-ce que c'est ?

— Allez voir sur Internet.

Il a pris son iPhone.

— D'accord. Vous de votre côté, passez un coup de fil à l'entreprise, la moquette est franchement dégueu. Elle n'a pas été correctement nettoyée depuis que vous avez emménagé, voire plus longtemps. Elle est couverte de peaux mortes, de cheveux, d'ongles vous ayant appartenu ou non, de poils de chat et de je ne sais quelle bestiole ou bactérie qui se développe dessus. À chaque fois que vous respirez, vous inhalez tout ça dans vos poumons.

Écœurée, j'ai essayé de saisir son téléphone mais il l'a serré dans sa main avec fermeté.

— C'est le mien, utilisez le vôtre. Et puis je suis en train de chercher *moobs* sur Google.

J'ai retenu ma respiration et j'ai appelé les renseignements pour qu'ils me mettent directement en relation avec l'entreprise. J'espérais sans trop y croire tomber une nouvelle fois sur Don, mais ce n'est pas lui qui a décroché. C'était un homme d'un certain âge du nom de Roger. En deux minutes j'ai arrangé un rendez-vous pour dimanche. J'ai raccroché en me sentant fière de ce que j'avais accompli. Mais ma Vie n'avait pas l'air d'avoir envie de me féliciter : il me regardait avec colère.

— Quoi ?

— *Moobs*, ce sont des seins d'homme en argot anglais.

J'ai ri.

— J'ai l'impression que vous vous laissez un peu aller, non ?

— C'est à vous qu'il faut dire ça.

— Je fais du sport cinq jours par semaine !

— Ce qui explique sans doute pourquoi nous sommes encore debout, a-t-il dit en descendant du comptoir pour aller s'asseoir sur le canapé.

— Je ne peux pas m'empêcher de remarquer votre apparence. Vous avez l'air si... sale. Vous devriez changer de look. Vous n'avez rien d'autre comme vêtements dans votre penderie ?

— Nous ne sommes pas dans *Clueless*, Lucy, je ne suis pas votre copine. Vous n'allez pas passer la journée à me manucurer les ongles, à me coiffer et ensuite tout ira bien.

— Peut-être une épilation totale alors ?

— Vous êtes dégoûtante, j'ai vraiment honte d'être votre Vie.

Il a mordu dans un autre cookie et a fait un geste de la tête en direction de mon lit.

— Personne ne le partage avec vous ?

— C'est assez gênant de parler de ça avec vous.

— Parce que je suis un homme ?

— Parce que… Je ne crois pas que ce soit important. Et oui. Parce que vous êtes un homme. Mais je ne suis pas quelqu'un de prude.

J'ai enjambé le dossier du canapé pour venir le rejoindre.

— La réponse est non, personne n'est jamais venu ici mais ça ne veut pas dire qu'il ne se passe jamais rien.

— C'est dégoûtant !

J'ai levé les yeux au ciel.

— Je n'ai pas dit dans ce lit. Je voulais dire dans ma vie.

— Attendez une minute, a-t-il dit en souriant.

Il a sorti son iPad de son sac.

— Vous voulez parler d'Alex Buckley, a-t-il lu, un agent de change que vous avez rencontré dans un bar. Vous aimiez bien sa cravate, il aimait bien vos seins, mais il ne l'a pas dit ouvertement. Du moins pas à vous ; il en a touché un mot à son collègue Tony qui lui a suggéré : « Pourquoi tu ne te la fais pas ? » Charmant. Plus tard, il vous a confié, je cite : « Je dois avoir un problème parce que je ne peux pas m'empêcher de te regarder. »

Il a éclaté de rire.

— Ça marche sur vous ce genre de phrases ?

— Non.

J'ai retiré une plume qui dépassait du coussin que j'avais sur mes genoux. Monsieur Pan qui me regardait faire s'est approché pour jouer avec.

— Mais les verres qu'il m'a offerts, si. Il était quand même sympa.

— Vous êtes allée chez lui, a-t-il lu avant de prendre un air dégoûté, mais je ne pense pas que ce soit nécessaire de rentrer dans les détails. Bla, bla, bla, ensuite vous êtes partie avant le petit déjeuner. C'était il y a dix mois.

— Ça ne fait pas dix mois... Ça fait...

J'ai compté dans ma tête.

— Enfin, ce n'était pas il y a dix mois.

— La dernière fois que vous êtes passée à l'action... enfin en dehors de votre appartement, a-t-il déclaré d'un air faussement réprobateur.

— Arrêtez avec ça ! Oui, je suis un peu difficile : je ne peux pas coucher avec n'importe qui.

— C'est vrai qu'Alex Buckley, l'agent de change, celui qui aimait vos seins, était différent...

J'ai ri.

— Vous voyez bien ce que je veux dire.

— C'est peu dire que vous êtes difficile.

Il a repris un air sérieux.

— Ce n'est pas simplement que vous êtes difficile. C'est que vous n'avez pas tourné la page avec Blake.

— N'importe quoi, j'ai tourné la page ! ai-je protesté comme l'aurait fait une adolescente de mauvaise humeur.

— Faux. Si vous aviez tourné la page, vous n'auriez pas eu besoin de boire autant quand vous étiez en compagnie d'autres hommes. Si vous aviez vraiment tourné la page, vous seriez passée à autre chose, vous auriez rencontré quelqu'un d'autre.

— Je vous ferais remarquer qu'être épanouie n'a rien à voir avec le fait de rencontrer un homme. C'est, avant tout, se sentir bien avec soi.

Je me suis retenue de rire en disant ça.

— « Sois fidèle à toi-même », a-t-il déclamé en opinant du chef. C'est juste, mais si vous êtes incapable de rencontrer quelqu'un d'autre parce que vous êtes accrochée au passé, c'est qu'il y a un problème.

— Qui vous dit que c'est moi le problème ? Je suis ouverte à toutes propositions.

Je lui ai pris les cookies des mains.

— Et le type du café alors, le dimanche où nous nous sommes vus ? Je l'ai pratiquement lancé sur vous et vous l'avez à peine regardé. « Je dois aller retrouver mon petit ami », a-t-il dit en m'imitant.

J'en ai eu le souffle coupé.

— C'était un coup monté ?

— Je devais voir si vous alliez si mal que ça.

— Je m'en doutais. Il était trop beau pour être honnête ; c'était un acteur.

— Ce n'était pas un acteur. Vous n'avez pas compris. J'ai synchronisé vos vies. J'ai fait en sorte que vos chemins se rencontrent pour qu'il se passe quelque chose.

— Mais rien ne s'est passé, vous avez donc échoué, ai-je répondu d'un ton brusque.

— Il s'est passé quelque chose. Après que vous l'avez repoussé, il est retourné vers sa petite amie dont il s'était séparé mais qui lui manquait énormément. Votre réaction le lui a fait comprendre.

— Comment osez-vous vous servir de moi de cette façon ?

— Me servir de vous ? Comment les choses de la vie arrivent-elles à votre avis ? Événements et coïncidences doivent se produire d'une façon ou d'une autre. La vie est une succession d'événements et d'accidents et vous pensez qu'il n'y aucune raison à ça ? Si tout cela n'avait aucune raison d'être, quel en serait le but, alors ? Pourquoi certaines choses surviennent-elles à votre avis ? Il y a des conséquences à tout ce que vous dites et pour chaque personne que vous rencontrez Lucy, croyez-moi.

Il a secoué la tête avant de mordre dans un nouveau cookie.

— Mais c'est le problème, je ne savais pas qu'il y en avait une.

— Une quoi ?

— Une raison !

Il a froncé les sourcils, perplexe.

— Lucy, il y a toujours une raison.

Je n'étais pas convaincue.

— Avec qui d'autre m'avez-vous *synchronisée* ?

— Dernièrement ? Pas grand monde, à part cette gentille dame américaine à la réception. Vous avez l'air surpris. En tout cas si je suis là aujourd'hui c'est grâce à elle : c'est elle qui m'a décidé à vous donner une nouvelle chance après notre dernier rendez-vous. Vous pouvez la remercier.

— Comme si vous n'étiez pas prêt à tout pour me revoir !

— Je ne l'étais pas, je vous assure. Mais quand vous lui avez laissé la barre de chocolat, j'ai vraiment vécu un moment à la Willy Wonka.

— Qu'est-ce que vous voulez dire par là ?

— Eh bien, vous vous souvenez quand Slugworth demande à Charlie de voler un paquet de bonbons inusables et qu'en échange il propose de protéger sa famille ? Charlie refuse et Wonka découvre alors que c'est vraiment un honnête garçon.

— Vous avez raconté la fin...

— Arrêtez, vous l'avez vu vingt-six fois ! Bon, en tout cas c'était très attentionné de votre part d'avoir laissé la barre de chocolat pour Mme Morgan.

— Elle avait dit qu'elle aimait ça, alors...

— Ça m'a rappelé votre bon cœur, votre générosité, qu'il n'y avait jamais eu aucun souci de ce côté-là. Si seulement vous m'accordiez davantage d'attention.

J'étais bouleversée. À part cet homme à la mauvaise haleine, à la veste froissée, à l'air malheureux et fatigué qui réclamait un peu d'amour, personne ne m'avait jamais parlé de la sorte.

— Pourquoi avoir engagé cette femme ? Pour que je puisse avoir une autre chance avec vous ?

Il a eu l'air surpris.

— Je n'avais jamais envisagé les choses de cette façon.

Il s'est tout à coup mis à bâiller.

— Où est-ce que je dors ?

— Où vous dormez habituellement.

— Je pense que je devrais rester ici, Lucy.

— OK, pas de problème, ai-je répondu calmement. Je serai chez mon amie Melanie si vous me cherchez.

— Ah oui, Melanie qui en a marre de vous voir partir à chaque fois si tôt.

Il a de nouveau tapoté sur son iPad.

— Cette même Melanie qui a dit juste après votre départ du restaurant l'autre jour : « Elle cache quelque chose, je suis impatiente de lui parler en tête à tête pour savoir quoi. »

Il a eu l'air très content de lui. J'étais horrifiée. Un tête-à-tête avec Melanie n'était pas ce dont j'avais besoin pour le moment et je ne voulais pas retourner chez mon frère et rester avec lui et ma mère.

— Vous pouvez dormir sur le canapé, ai-je soupiré, avant de me diriger vers mon lit.

Il a dormi sur le canapé avec Monsieur Pan sous une couverture poussiéreuse. Je l'avais dénichée tout en haut de l'armoire tandis qu'il m'éclairait à l'aide de la lampe torche qui ne cessait d'émettre un petit bruit agaçant. Pas très fort, mais agaçant :

un petit bruit répétitif comme celui que produisait l'horloge de mon grand-père et qui m'empêchait de dormir, jusqu'au jour où j'avais fourré mon oreiller à l'intérieur du mécanisme et que j'en avais ensuite reporté la faute sur Riley.

Ma Vie ronflait tellement fort que pour la première fois depuis très longtemps je ne suis pas arrivée à dormir. Me remémorant l'affaire de l'horloge, j'ai tenté de jeter un oreiller sur lui, mais j'ai raté ma cible et ai failli causer une attaque à Monsieur Pan.

Quand j'ai regardé le réveil pour la dernière fois, il affichait 23 h 04. J'ai été réveillée à six heures par ma Vie qui, après avoir pris une douche, est sorti pour revenir un instant plus tard en faisant tellement de bruit qu'il aurait pu réveiller tout l'immeuble. Comme je savais qu'il le faisait exprès pour me déranger, j'ai volontairement gardé les yeux fermés dix minutes supplémentaires. L'odeur de cuisine m'a finalement incitée à me lever. Il était assis au comptoir et mangeait une omelette. Ses manches de chemise étaient retroussées, ses cheveux mouillés et coiffés en arrière. Il avait l'air différent. Il avait l'air propre.

— Bonjour, a-t-il lancé.

— Wouah ! Vous n'avez plus mauvaise haleine.

Il a paru blessé.

— Vos petites phrases ne m'atteignent pas, a-t-il fait en retournant à son journal. Je vous ai préparé du café et vos mots croisés.

J'ai été surprise et touchée par l'attention.

— Merci.

— Et je vous ai acheté une ampoule pour la salle de bains. Vous pouvez l'installer toute seule en revanche.

— Merci.

— L'omelette est encore chaude.

Sur le comptoir il y avait une omelette jambon fromage.

— Merci beaucoup. C'est vraiment très gentil de votre part, ai-je dit en souriant.

— De rien.

Nous avons mangé en silence en regardant la télévision ; un homme et une femme y évoquaient pêle-mêle des ragots, des sujets d'actualité, une étude sur l'acné des adolescents. Je n'ai pas remplacé l'ampoule : cela aurait demandé trop d'efforts et pris encore du temps sur une matinée bien entamée après le petit déjeuner. Je me suis douchée en vérifiant sans arrêt que ma Vie n'était pas devant la porte entrouverte à me reluquer comme un pervers. Je me suis habillée dans la salle de bains. Quand je suis sortie, il était prêt ; il portait sa veste froissée et un sac à dos sur les épaules. Tout s'était étonnamment bien passé avec lui. Cela devait cacher quelque chose : il y avait toujours anguille sous roche.

— Eh bien, je crois que le moment est venu de nous dire au revoir pour la journée, ai-je dit avec espoir.

— Je viens travailler avec vous.

J'étais anxieuse de me rendre au bureau ; non seulement parce que j'allais retrouver tout le monde après l'incident mais surtout parce que ma Vie m'accompagnait. J'espérais que la sécurité me débarrasserait d'au moins un problème. J'ai fait glisser mon passe et la barrière de sécurité s'est ouverte pour me laisser entrer. Ma Vie était juste derrière moi et je l'ai entendu émettre un petit gémissement comme si la barrière s'était refermée sur lui. Je n'ai pas pu m'empêcher de rire.

— Hé vous ! a crié le vigile au poste de sécurité.

Ils étaient devenus très circonspects après ce qui s'était passé avec Steve.

J'ai regardé ma Vie en prenant un air désolé.

— Écoutez, je vais être en retard, je dois me dépêcher. On se retrouve pour le déjeuner, OK ?

Il était pantois.

Je me suis précipitée vers l'ascenseur en essayant de me fondre dans la masse comme si j'étais poursuivie. Tandis que j'attendais j'ai observé le vigile, deux fois plus costaud que ma Vie, s'avancer vers lui avec l'air de vouloir en découdre. Ma Vie a alors tiré de son sac à dos une feuille de papier. Le vigile l'a saisie comme s'il s'agissait d'un bout de poisson pourri et l'a lue. Il m'a ensuite regardée, a de nouveau jeté un œil sur le document, a regardé ma Vie avant de le lui rendre et est retourné à son bureau. La barrière s'est ouverte.

Ma Vie m'a souri d'un air suffisant et nous avons pris l'ascenseur bourré à craquer sans échanger un mot. L'équipe habituelle était déjà dans le bureau, formant un petit groupe compact. Ils parlaient visiblement de moi parce que aussitôt que je suis entrée ils ont levé la tête et se sont tus. Tous les regards se sont tournés vers ma Vie avant de revenir se poser sur moi.

— Bonjour Lucy, a fait la Fouineuse. C'est ton avocat ?

— Pourquoi ? Tu en cherches un pour le mariage ? ai-je répondu avec méchanceté.

Graham n'a pas ri, ce qui m'a un peu déstabilisée ; il riait toujours à mes blagues pourries. Je me suis demandé si cela signifiait qu'il allait arrêter de me harceler sexuellement, ce qui m'a également inquiétée. Ma réponse à Louise n'avait pas été sympa mais je n'avais pas su quoi répliquer. J'avais eu du temps pour réfléchir à un moyen de présenter ma Vie aux gens, mais à part dire qu'il s'appelait Cosmo, ce qui engendrerait d'inévitables questions, je n'avais pas eu d'autres idées. J'aurais pu inventer un très bon mensonge. J'aurais pu inventer plusieurs excellents mensonges ; par exemple, que c'était un malade en phase terminale qui souhaitait vivre ses dernières heures en ma compagnie, que c'était un cousin éloigné, ou un étudiant qui voulait découvrir le monde du travail, ou bien un ami avec des problèmes psychiatriques qu'on avait autorisé à sortir pour la journée, ou encore un journaliste qui écrivait un article sur la vie des femmes en entreprise et qu'il m'avait choisie comme sujet d'étude. Tout le monde aurait cru à ces explications mais ma Vie n'aurait pas du tout apprécié. Je cherchais le mensonge parfait, que ma Vie aurait approuvé, même si je savais que dans toute l'histoire du monde, il n'y en avait jamais eu de parfait et qu'il n'y en aurait jamais aucun. Edna m'a sauvée de tous ces regards braqués sur moi en me convoquant dans son bureau. Elle allait sans doute me poser un tas de questions, mais au moins, ce serait en tête à tête. J'ai souri aux autres, l'air désolé de devoir les quitter. Avant d'entrer, je me suis tournée vers ma Vie et ai murmuré :

— Vous voulez bien attendre ici ?

— Non, je viens avec vous, a-t-il répondu à voix haute.

Je suis entrée dans le bureau d'Edna et me suis assise devant la table circulaire qui se trouvait près de la fenêtre. Dans un vase mince et effilé il y avait une rose blanche artificielle. Sur une étagère derrière le bureau se trouvait une copie d'*Ulysse* ; deux choses qui m'avaient toujours ennuyée chez elle, d'une part parce que je détestais les fleurs artificielles et d'autre part, parce que j'étais à peu près certaine qu'elle n'avait jamais lu *Ulysse* ; elle l'avait posé sur son étagère juste pour faire bien. Elle a fixé ma Vie du regard.

— Bonjour, a-t-elle fait d'une façon qui signifiait : « Qui êtes-vous ? »

— Madame Larson, mon nom est...

Il m'a regardée et j'ai vu ses lèvres se contracter comme s'il réprimait un sourire.

— Cosmo Brown. J'ai un document à vous montrer qui m'autorise à accompagner partout Lucy Silchester. Il comporte des clauses de confidentialité signées par moi-même, qui ont été estampillées et authentifiées par un notaire. Vous pouvez être assurée que je serai discret sur ce que j'apprendrai à propos de l'entreprise au cours de cette conversation ; en revanche, je me réserve le droit de discuter de tout ce qui a trait à la vie personnelle de Lucy.

Elle a pris le document pour le lire.

— Très bien monsieur Brown, installez-vous.

— Je vous en prie, appelez-moi Cosmo, a-t-il répondu en souriant pour me faire enrager.

Elle s'est adressée à lui.

— Je voudrais évoquer au cours de cette entrevue les événements qui ont eu lieu la semaine dernière. Je pense que vous êtes au courant de ce qui s'est passé avec Steve Roberts.

Ma Vie a hoché la tête.

— Excusez-moi, devez-vous vous adresser à lui quand vous parlez de moi ?

J'ai regardé ma Vie.

— Est-ce que c'est à vous qu'elle doit s'adresser ?

— Elle peut parler à qui bon lui semble, Lucy.

— Mais elle n'est pas obligée de vous parler.

— Non, elle n'est pas obligée.

— OK.

Je me suis tournée vers Edna.

— Vous n'êtes pas obligée de vous adresser à lui.

— Merci, Lucy. Où en étais-je ?

Elle s'est de nouveau tournée vers lui.

— Ce dont nous allons discuter ne concerne pas l'incident avec Steve ; mais si elle avait des interrogations à ce sujet, ce qui ne serait pas surprenant, je suis la personne à qui en parler en tant que supérieure hiérarchique.

— Heu… Excusez-moi, mais je suis là. Ne faites pas comme si j'étais absente.

Elle m'a regardée d'un œil dur et menaçant et finalement, j'ai regretté qu'elle ne s'adresse plus à ma Vie.

— J'ai souhaité cette entrevue pour discuter de ce que nous avons découvert lors de l'incident, à savoir qu'en réalité vous ne parliez pas un mot d'espagnol.

— Je parle espagnol ! J'étais juste sous pression. J'avais un pistolet braqué sur moi et je n'arrivais pas à réfléchir correctement.

Edna a eu l'air soulagé et elle s'est adoucie.

— C'est bien ce que je pensais, Lucy, et c'est ce que j'espérais entendre. Moi-même, j'arrivais à peine à réfléchir pendant l'incident. Comme vous pouvez le comprendre je dois officiellement…

— Excusez-moi de vous interrompre…, est intervenu ma Vie.

Je l'ai observé les yeux écarquillés.

— Je ne crois pas que vous soyez autorisé à intervenir.

Je me suis tournée vers Edna.

— Est-ce qu'il peut intervenir ? Il est juste censé être un témoin et non prendre part à…

— Non, non, je suis parfaitement autorisé à pendre part à la conversation, m'a-t-il répondu avant de se tourner vers Edna.

— Je confirme que Lucy ne parle pas espagnol.

J'étais abasourdie. Edna a écarquillé les yeux.

— Excusez-moi, avez-vous dit qu'elle « parlait » ou qu'elle « ne parlait pas » espagnol ?

— Je vous ai confirmé qu'elle ne parlait pas espagnol.

Il avait répondu lentement en insistant sur le « pas ».

— Elle, a-t-il dit en me désignant pour que nous soyons tous certains qu'il ne s'agissait pas de la rose artificielle sur la table, est incapable de parler espagnol. J'ai bien peur que vous ne soyez de nouveau déçue. Je me devais toutefois de vous dire la vérité.

Il m'a ensuite regardée d'un air qui signifiait : alors, qu'est-ce que vous en pensez ? Je m'en sors plutôt pas mal, non ?

J'étais sans voix. Ma Vie m'avait donné un coup de poignard dans le dos. Edna est également restée muette d'étonnement un moment avant de reprendre la parole.

— Cosmo, je pense que vous vous rendez compte de la gravité de la situation.

J'ai senti des gouttes de sueur couler sur mon front.

— Oui, a-t-il confirmé.

— Lucy travaille ici depuis deux ans et demi comme traductrice de modes d'emploi. Je suis préoccupée par le fait que son incompétence en espagnol ait pu mettre en danger les clients qui ont acheté les produits et fragilisé l'avenir de la compagnie. Ce que je voudrais bien comprendre, c'est qui est à l'origine des traductions en espagnol ? Est-ce qu'elles sont fiables ? Est-ce que la traduction a été effectuée en utilisant un simple dictionnaire ?

— Les modes d'emploi des appareils sont l'œuvre d'une femme espagnole de confiance et ses traductions sont irréprochables, ai-je répondu rapidement.

— Ça, vous n'en savez rien, a répliqué ma Vie.

— Personne ne s'est jamais plaint, ai-je insisté, fatiguée de ses trahisons à répétition.

— Ça non plus, vous n'en savez rien, a rétorqué Edna.

Ma Vie a approuvé d'un signe de tête.

— Qui est la personne qui a fait le travail pour vous ? a demandé Edna, incapable de cacher sa stupéfaction.

— Quelqu'un de confiance...

— Vous l'avez déjà dit, a interrompu ma Vie.

— Une Espagnole qui travaille dans le milieu des affaires, ai-je continué. J'ai tout simplement sous-traité, il ne s'agissait en aucun cas d'être malhonnête ; je sais que personne n'a prononcé ce mot mais c'est comme si on me faisait sentir que je l'étais.

J'ai tenté de reprendre l'avantage.

— Je vous assure en revanche que je parle parfaitement toutes les autres langues. Ce n'est pas un mensonge, dites-le-lui.

J'attendais que ma Vie vienne à mon secours mais il a simplement levé les mains.

— Je ne pense pas que ce soit mon rôle ici.

Ma gorge s'est serrée et j'ai dit à voix basse :

— S'il vous plaît, laissez-moi garder mon poste. Peut-être que Quentin pourrait s'occuper des traductions en espagnol. Tout cela restera en interne, c'est parfaitement possible et il n'y a aucun souci à se faire. Je m'excuse profondément de ne pas vous avoir dit l'entière vérité...

— D'avoir menti, a repris ma Vie.

— De ne pas avoir dit l'entière vérité, ai-je continué.

— D'avoir menti. Vous avez menti ! a-t-il insisté en me regardant.

— Écoutez, qui ne ment pas dans son CV ? ai-je répondu d'un ton brusque. Tout le monde fait ça. Demandez-leur donc derrière cette porte s'ils n'ont jamais menti et ils vous répondront tous qu'ils ont un jour transformé un peu la vérité. Je parie que vous l'avez fait aussi, ai-je ajouté en regardant Edna. Vous avez dit que vous aviez travaillé à Global Maximum pendant quatre ans alors que tout le monde sait qu'en vérité vous n'y avez travaillé que deux ans, et la moitié de ce temps comme assistante de direction et non pas comme directrice comme vous l'avez fait croire.

Edna a écarquillé les yeux et moi aussi quand j'ai réalisé les paroles que je venais de prononcer.

— Mais ça ne veut pas dire que vous avez menti, cela signifie juste que tout le monde transforme un peu la vérité. Cela ne remet pas en cause votre talent à accomplir quoi que ce soit, ou ce que j'ai accompli, ou non...

— Bon, je crois que j'en ai assez entendu pour aujourd'hui, a lancé Edna en se massant les tempes. Je vais devoir en référer au plus haut niveau.

— Non, s'il vous plaît, ne faites pas ça !

J'ai agrippé son bras.

— Ne faites pas ça, s'il vous plaît. Il n'y a pas à s'inquiéter. Vous savez très bien que la section juridique n'aurait laissé passer aucun mode d'emploi si elle avait découvert, ne serait-ce qu'un pour cent d'erreur. Tout est vérifié continuellement et les traductions sont toujours relues par quelqu'un d'autre. Ne vous inquiétez pas. Et même dans le pire des cas, vous n'avez rien à craindre parce que vous ne saviez rien de tout ça. Personne ne savait.

— Quentin ne savait rien ? a-t-elle demandé en fronçant les sourcils.

— Pourquoi ?

— Répondez-moi simplement, Lucy, est-ce que Quentin était au courant ?

J'étais étonnée par la question.

— Personne n'était au courant.

— Mais il le savait mardi, quand Steve vous a demandé de traduire. Il devait savoir, au moment où il est sorti de sous la table.

— Je pense que tout le monde a compris à ce moment-là, c'était évident que je ne parlais pas un mot d'espagnol.

— Je crois que vous êtes de nouveau en train de mentir, a-t-elle dit.

— Non, je ne mens pas. Enfin pas tout à fait. Je pense que Quentin l'a découvert un peu plus tôt quand...

Edna a secoué la tête.

— Qu'est-ce que vous me cachez encore, Lucy ?

— Non, non, écoutez, l'ai-je interrompue, il a dû le découvrir quelques minutes plus tôt quand j'ai essayé de parler avec Augusto Fernández.

Elle ne m'écoutait plus vraiment. Elle avait renoncé.

— Je ne sais plus...

Elle a classé ses papiers avant de se lever.

— Je ne sais plus quoi penser. Franchement, vous me surprenez, Lucy. S'il y avait quelqu'un sur qui je pensais vraiment pouvoir compter dans ce... Enfin, bref, je n'en reviens pas.

Elle s'est tournée vers ma Vie.

— Je pensais la même chose de ma sœur jusqu'à ce qu'elle se retrouve dans la même...

Elle a cherché les bons mots pour décrire ma situation.

— La même fâcheuse posture.

Ma Vie a hoché la tête avec compréhension.

Elle a soupiré.

— Quentin savait, ne savait pas, vous ne semblez pas être très sûre de vous sur ce point.

— Si, si, je suis sûre... s'il vous plaît...

— Je pense que nous avons assez perdu de temps comme ça, a-t-elle dit. Retournez vers vos collègues pendant que je réfléchis à tout ce qui s'est dit ici. Merci, Lucy. Merci, Cosmo.

Elle nous a serré la main à chacun et j'ai vite été reconduite à la porte. Je suis retournée à mon bureau, choquée par ce qui venait de se produire. Ma Vie est allé s'asseoir derrière le bureau vide en face du mien. Il s'est mis à tapoter sur la table.

— Et maintenant qu'est-ce vous voulez faire ? a-t-il demandé. Vous avez besoin que j'aille photocopier quelque chose ?

— Je n'arrive pas à croire ce que vous avez fait, ai-je dit. Je n'arrive pas à croire que vous m'ayez fait un coup pareil. Je croyais que nous formions une équipe. Vous m'avez délibérément trompée pour que je passe ensuite pour une idiote.

J'ai élevé la voix malgré moi et tout le monde m'a regardée.

— Je sors fumer une cigarette, ai-je lancé avant de quitter la pièce la tête haute, sous le regard attentif de mes collègues.

Avant de partir, j'ai entendu ma Vie déclarer d'une voix forte :

— Elle ne fume pas. Elle fait juste semblant pour prendre davantage de pauses.

J'ai claqué la porte derrière moi.

13

Je me suis réfugiée à la sortie de secours, nouvelle cachette des fumeurs, après les toilettes pour handicapés du deuxième étage et la salle réservée au personnel d'entretien. Deux autres personnes se trouvaient déjà là : un homme et une femme, chacun dans son coin, silencieux. Ça n'avait rien à voir avec la terrasse d'un pub ou d'un club, où tous les fumeurs se parlaient, unis par l'euphorie d'une soirée. Nous étions sur notre lieu de travail et la seule chose qui nous amenait ici, outre le besoin de nicotine, c'était la volonté de nous soustraire aux conversations. Nous venions là pour nous reposer, fatigués de devoir travailler avec des idiots. Du moins avec des gens qu'on considérait comme tels parce qu'ils ne lisaient pas dans nos pensées et que nous devions donc constamment leur exposer nos idées tout en restant polis (même si, au fond de nous, nous n'avions qu'une envie : leur taper la tête contre le mur). Ici, ce genre de politesse n'était pas de rigueur. Chacun arrêtait de réfléchir et se fermait aux autres en toute impunité, satisfait, concentré sur l'inspiration et l'expiration de la fumée. Sauf moi. Moi, je n'avais pas cessé de réfléchir et je ne fumais pas.

J'ai entendu la porte s'ouvrir derrière moi. Je n'ai pas pris la peine de me retourner. Je me fichais pas mal qu'on découvre la nouvelle cachette et qu'on nous prenne tous en flagrant délit. Un nouveau crime ajouté à mon casier, qu'est-ce que ça pouvait bien me faire ? L'homme et la femme, en revanche, ont dissimulé leurs cigarettes dans leurs mains, sans penser que la fumée qui s'en échappait risquait de les trahir et se sont retournés brusquement pour voir qui arrivait. Ce qu'ils ont vu n'a pas eu l'air de les inquiéter, mais ils ne se sont pas détendus pour autant : il ne s'agissait donc pas du patron, mais pas non plus d'un collègue qu'ils connaissaient. L'homme a tiré une dernière fois sur sa cigarette avant de rentrer, cette irruption inattendue lui ayant coupé l'envie de fumer. La femme n'a pas bougé et s'est contentée d'examiner le nouveau venu de la tête aux pieds, comme elle l'avait fait avec moi quand j'étais arrivée. Pour ma part, j'ai continué à regarder droit devant. Je me fichais de qui ça pouvait bien être, ou plutôt, je savais très bien de qui il s'agissait.

— Salut, a-t-il lancé en s'approchant si près de moi que nos épaules se sont frôlées.

— Je ne vous adresse plus la parole, ai-je répondu sans tourner la tête.

Comprenant que l'échange promettait d'être intéressant, la femme a décidé de terminer tranquillement sa cigarette.

— Je vous avais prévenue, c'est plus difficile que ça en a l'air. Mais ne vous inquiétez pas, on va y arriver.

— Vraiment ? ai-je répondu avant de demander à la femme : excusez-moi, est-ce que je pourrais vous emprunter une cigarette ?

— Je crois qu'elle veut dire : vous *prendre* une cigarette. Il est clair qu'elle ne pourra pas la rendre une fois consommée, a ajouté ma Vie.

Elle a eu l'air agacée mais m'en a tendu une tout de même. C'est ce que font les gens dans ce type de situations, parce qu'ils sont polis, même si dans leur tête, ils vous insultent.

J'ai inspiré. Puis j'ai toussé.

— Vous ne fumez pas, m'a-t-il rappelé.

J'ai inspiré de nouveau en essayant cette fois de réprimer ma toux.

— Et si vous me disiez simplement pourquoi vous êtes tellement en colère ?

— Pourquoi ? ai-je répondu en me tournant enfin vers lui. Vous êtes abruti ou quoi ? Vous savez très bien pourquoi. À cause de vous, j'ai eu l'air d'une parfaite imbécile dans le bureau. Vous m'avez fait passer pour... pour...

— Pour une menteuse, peut-être ?

— Écoutez, j'avais une super idée. Je contrôlais la situation. Vous étiez censé rester là et observer, c'est tout, c'est ce que vous aviez dit.

— Je n'ai jamais dit ça.

— Quelqu'un l'a fait.

— Non, vous l'avez supposé.

Je bouillais intérieurement.

— Alors dites-moi, c'était quoi votre super idée ? Mentir une fois de plus et soudain, comme par magie, apprendre l'espagnol en une nuit ?

— Mon prof de français à l'école pensait que j'avais de grandes aptitudes pour les langues.

— Et votre prof d'éducation civique, lui, disait : « Peut mieux faire », a-t-il rétorqué en regardant au loin. J'ai eu raison d'agir comme ça.

Nous sommes restés silencieux. La fumeuse a reniflé.

— Bon d'accord, j'aurais dû dire la vérité. Mais on peut sûrement s'y prendre mieux que ça. Vous ne pouvez pas débouler dans ma vie et rectifier tous les petits mensonges que j'ai racontés. Vous ferez quoi quand vous rencontrerez mes parents ? Vous révélerez toutes mes petites cachotteries ? Ils vont faire une crise cardiaque. Vous allez leur dire qu'au lieu de bosser sur un exposé, j'ai organisé une fête le soir où ils allaient aux quarante ans de ma tante

Julie ? Que Colin, leur neveu préféré, a sauté une fille dans leur lit ? Que Fiona a traversé le jardin à poil après avoir fumé les dernières miettes de haschich ? Et que non, désolée, je n'avais pas renversé mon bol de soupe par terre, c'était Melanie qui avait vomi et je n'aurais pas dû laisser le chien le manger ? Ah ! et au fait, Lucy ne parle pas espagnol !

Je me suis arrêtée pour reprendre ma respiration.

— Parce que même vos parents croient que vous parlez espagnol ? m'a-t-il demandé, abasourdi.

— Ils m'ont payé un séjour dans le pays, qu'est-ce que j'étais censée leur dire ?

— La vérité ? Ça ne vous a pas effleurée ?

— Leur avouer que j'étais gogo danseuse dans une boîte et non réceptionniste dans un hôtel comme ils le croyaient ?

— Mouais, peut-être pas.

— Enfin, à ce compte-là, on n'a jamais fini ! Et puis je ne vous comprends pas : un jour vous me dépannez d'une ampoule et le lendemain, vous allez dire à mon père que j'aimerais qu'il redescende sur terre et qu'il arrête de se croire supérieur aux autres ? Vous pourriez avoir un minimum de délicatesse. Vous êtes censé m'aider à arranger les choses, pas me faire virer ni me brouiller définitivement avec ma famille. Il nous faut une stratégie.

Il a gardé le silence un moment. Je voyais qu'il réfléchissait à ce que j'avais dit et je m'attendais à ce qu'il me sorte une de ses analogies en retour. Au lieu de quoi il a simplement déclaré :

— Vous avez raison. Je suis désolé.

J'ai fait semblant d'enjamber la rambarde de sécurité. Ma Vie et la fumeuse se sont précipités sur moi, pensant que j'étais sérieuse.

— Merci, ai-je dit à la femme, un peu embarrassée.

Elle a dû penser que c'était le bon moment pour s'éclipser, car elle est partie.

— Mais je ne regrette pas ce que j'ai fait, simplement la façon dont je m'y suis pris. Nous allons en effet établir une stratégie à l'avenir.

J'ai apprécié qu'il accepte de reconnaître ses torts. Et, par respect pour lui, j'ai jeté ma cigarette après avoir pris une dernière bouffée. Malheureusement, il n'avait pas terminé. J'ai examiné mon mégot pour voir s'il n'y avait pas moyen de le récupérer.

— Je ne pouvais pas vous écouter mentir en restant les bras croisés, Lucy. Et quoi qu'on décide pour l'avenir, il est hors de question que vous continuiez à raconter n'importe quoi. Ça me donne des brûlures d'estomac.

— C'est vrai ?

— Oui, juste là.

Il s'est massé le ventre.

— Oh ! mince alors, je suis désolée.

Il a grimacé de douleur.

— Votre nez vient de s'allonger, Pinocchio, m'a-t-il lancé.

J'ai fait semblant de le pousser.

— Et si vous me laissiez dire la vérité ? ai-je proposé. Quand je sentirai que c'est le bon moment ?

— J'ai bien peur que toute une vie ne suffise pas, à ce rythme !

— Je vais finir par leur dire, petit à petit. Quand je le jugerai opportun. On n'a qu'à se mettre d'accord : je ne raconte plus de mensonges à partir de maintenant et vous, vous m'accompagnez et vous observez.

— Comment allez-vous faire pour ne plus mentir ?

— Je peux m'arrêter de mentir si je veux, quand même ! Je ne suis pas malade, non plus.

— Pourquoi vous ne mentez pas au type du téléphone ?

— Qui ça ?

— Vous savez très bien qui. Vous voyez, vous recommencez, a-t-il remarqué, amusé. Instinctivement, vous niez tout en bloc.

J'ai préféré faire comme si je n'avais rien entendu.

— Je lui ai dit d'arrêter de m'appeler.

— Pourquoi ? Il est marié ?

Il était content de sa remarque, mais je n'ai pas réagi.

— Non, c'était trop bizarre, c'est tout.

— Dommage.

— Mmm... ai-je fait sans bien savoir si j'étais d'accord avec lui. Alors, on fait comme ça ? J'arrête de mentir et vous observez ?

Je lui ai tendu la main.

— J'aimerais ajouter quelque chose.

— Ça m'aurait étonnée, ai-je soupiré en baissant la main.

— Chaque fois que vous mentez, je dis une vérité. D'accord ?

Il m'a tendu la main à son tour.

J'ai réfléchi à cette proposition et elle ne me plaisait pas. Je ne pouvais pas jurer en toute honnêteté que je n'allais plus jamais dire un seul mensonge. Tout ce que je pouvais faire, c'était essayer, et espérer qu'il ne révèle pas des horreurs à mon sujet. Mais si j'acceptais, au moins la balle serait dans mon camp et il arrêterait de se comporter comme un éléphant dans un magasin de porcelaine.

— OK, ai-je fini par répondre.

Sur ce, on s'est serré la main.

Quand je suis revenue dans le bureau, l'ambiance était tendue. Les autres ne savaient pas s'ils devaient m'en vouloir ou non, tout comme ils ne parvenaient pas vraiment à en vouloir à Steve. Nous avons travaillé en silence et mis de côté tous les sujets qui nécessitaient discussion, en les rangeant dans le dossier « à régler quand la situation sera redevenue normale », entre la pochette « à classer » et la chemise « à signer ». Ma Vie était assis au bureau d'en face, ce qui ne posait pas de problème dans la mesure où j'étais persuadée qu'à part Edna personne ne se souvenait de l'employé qui avait occupé ce poste avant. Il avait été emporté par la première vague de licenciements, l'année précédente. Je n'avais aucun contact avec ce collègue. À cette époque, mes préoccupations principales consistaient à me tenir à distance des regards vicieux de Graham et à me réchauffer, car j'étais assise sous la ventilation. Bien évidemment, Augusto Fernández n'avait pas tenu sa promesse de rendre son poste à Steve, si bien que son bureau était resté inoccupé. Si ma Vie avait jeté son dévolu sur cette place-là, tout le monde s'en serait ému. La blessure n'avait pas encore cicatrisé. Ma Vie a passé la journée à taper sur son ordinateur, à prendre des notes et à m'observer. Il voulait être sûr que je ne mente pas, ce qui était facile pour moi vu que personne n'était enclin à communiquer.

Je me suis mise à repenser à Don Lockwood, au fait que je ne lui mentais pas. Je ne savais pas pourquoi j'agissais comme ça avec lui, mais la réponse la plus évidente, c'était que je ne le connaissais pas. Avec un parfait inconnu, la vérité n'avait aucune importance.

Mais alors, pourquoi en avait-elle davantage avec les autres ?

J'ai pris mon téléphone pour passer les photos en revue : j'ai observé celle où on voyait ses yeux et j'ai zoomé plusieurs fois en inspectant le moindre détail, comme une fan obsédée. Son iris bleu avait des reflets vert d'eau. J'ai fait de la photo mon fond d'écran. J'ai posé le téléphone sur mon bureau, ses yeux dirigés vers moi. Ils étaient impressionnants.

— Pourquoi vous souriez ? m'a demandé ma Vie.

— Quoi ? ai-je sursauté. Bon sang, vous m'avez fait peur, arrêtez de m'espionner.

— Je n'espionne pas, j'observe.

— Eh bien…

Je m'apprêtais à répondre « pour rien », mais je n'avais pas envie de mentir.

— Je regardais des photos.

Satisfait que je dise la vérité, ma Vie a décidé de faire une pause et s'est dirigé vers la cuisine. Graham l'a suivi des yeux. Puis il a regardé autour de lui pour s'assurer que tout le monde restait à son bureau, et il lui a emboîté le pas. Je fixais la porte du regard, attendant que l'un des deux sorte, mais au bout de cinq minutes, rien ne s'est produit. J'ai commencé à m'inquiéter. Ma Vie était enfermé dans la kitchenette avec Graham le Gland. J'espérais que ce dernier n'allait pas flirter avec lui. C'était impossible, mais cette pensée me dégoûtait quand même. Je me suis postée devant l'armoire à dossiers que Louise avait stratégiquement placée à côté de la porte de la cuisine et j'ai fait semblant de chercher un document pour pouvoir écouter leur conversation.

— Alors elle a menti sur son CV, a dit Graham.

— Oui, a répondu ma Vie.

Il était en train de manger quelque chose. Il a raclé le pot avec sa cuiller et j'en ai déduit que c'était un yaourt. Ceux de Louise, qui suivait un régime Weight Watchers et avalait à longueur de journée des yaourts qui contenaient plus de sucres qu'un beignet.

— Tiens, tiens. Bon. Et elle a menti sur la cigarette.

— Oui, a-t-il répété.

— Vous savez que je fume, a précisé Graham.

— Non, je l'ignorais, a répondu ma Vie que cette information laissait manifestement indifférent.

— Parfois, Lucy et moi, nous allons fumer ensemble… dans la cachette.

Il a prononcé cette phrase à voix basse, sur ce ton que prennent les hommes pour évoquer leurs prouesses sexuelles, qui, en général, ne sont que de purs fantasmes.

— Oui, la sortie de secours, a dit ma Vie en parlant normalement pour bien montrer qu'il n'avait aucune envie d'entrer dans ses confidences.

— Je me suis dit qu'elle en pinçait peut-être pour moi. Qu'elle se faisait passer pour une fumeuse juste pour qu'on soit ensemble.

Il a lâché un petit gloussement grivois sans mentionner le fait que c'était toujours lui qui me suivait pour aller fumer, et non l'inverse.

— Vous croyez ? a fait ma Vie qui raclait toujours son pot de yaourt.

— Eh bien, c'est difficile à dire, les autres sont toujours dans les parages. Vous en pensez quoi ? Est-ce qu'elle vous a parlé de moi ? Même si elle n'a rien dit, vous devez être au courant, non ? Allez-y, racontez-moi.

— Oui, je sais à peu près tout.

J'étais contrariée que le Gland connaisse ma Vie. C'était suffisamment désagréable qu'il me drague sans qu'il jette en plus son dévolu sur lui.

— Alors, à votre avis, elle serait partante ?

— Partante ?

Il avait terminé son yaourt.

— Je vais être honnête avec vous : elle a refusé mes avances plusieurs fois, mais je suis marié, et pour Lucy, je sais que c'est sacré. Mais je sens quand même quelque chose entre nous... Elle vous a parlé de moi ?

J'ai entendu le couvercle de la poubelle grincer, le sac plastique se froisser, le pot de yaourt atterrir dans les ordures, la cuiller dans l'évier. Puis, ma Vie pousser un long soupir.

— Graham, je peux vous assurer que Lucy ne vous souhaite pas de mal et que parfois, elle vous trouve sympa. Mais au fond d'elle, elle pense que vous êtes un connard fini.

J'ai souri, refermé l'armoire et suis retournée à ma place sans un bruit. J'ai compris à ce moment-là que, malgré sa trahison, je pouvais lui faire confiance. L'équipe, et Graham en particulier, a travaillé en silence le reste de l'après-midi et je n'ai pas été virée. Ce soir-là, dans mon lit, j'ai su que ma Vie ne dormait pas parce que la pièce était silencieuse. Je me suis repassé le film de la journée et me suis remémoré ce que nous avions dit, ma Vie et moi. Je suis parvenue à une conclusion.

— Vous aviez prévu tout ça, non ? ai-je demandé dans le noir.

— Quoi donc ?

— Vous saviez ce que vous faisiez, dans le bureau d'Edna. Vous avez fait en sorte que je réagisse, que je propose de dire la vérité moi-même, non ?

— J'ai l'impression que vous analysez trop les choses, Lucy.

— J'ai raison ?

Silence.

— Oui.

— Et maintenant, qu'est-ce que vous mijotez ?

Il n'a pas répondu. C'était peut-être mieux comme ça.

14

Je regrettais d'avoir proposé à Melanie de la retrouver le lendemain soir. Non seulement parce que les ronflements de ma Vie m'avaient empêchée de fermer l'œil, mais aussi parce que ce rendez-vous faisait partie des choses que j'éludais depuis longtemps. Pour me faire pardonner d'être partie avant la fin du dîner la semaine précédente, j'avais promis à Melanie de venir à sa prochaine soirée. Il se trouve que cette soirée avait lieu dans le club le plus cool du moment. Il était tellement cool qu'il n'avait pas de nom, si bien que tout le monde l'appelait « le club sans nom de Henrietta Street », ce qui était assez comique. Il s'agissait d'un club privé, ou plutôt, qui aurait bien voulu l'être ; en réalité, tous ceux qui pouvaient se l'offrir étaient les bienvenus, une fois qu'ils s'étaient acquitté du droit d'entrée exorbitant (il fallait bien payer la facture des centaines de radiateurs placés sur la terrasse pour faire croire aux Dublinois qu'ils étaient à Hollywood). Le week-end, on favorisait les plus *glamour*, mais en semaine, n'importe qui pouvait entrer. Nous étions vendredi, l'heure était donc au *glamour*, malheureusement pour ma Vie. J'avais entendu dire que le club attirait de moins en moins de clients, ce que certains interprétaient comme un signe des temps. Là encore, quelle ironie ! Ce club s'était installé dans ce qui était autrefois l'un des pires bidonvilles d'Europe : un quartier de bâtisses géorgiennes déla-brées que les riches avait délaissé au profit de la banlieue. Les gens s'entassaient à quinze dans une seule pièce. Les seules toilettes, qui servaient pour tout l'immeuble, se trouvaient à l'extérieur, au milieu du bétail. Voilà ce qui, pour moi, constituait un signe des temps.

J'ai appuyé sur la sonnette située à côté de la grande porte rouge. Je m'attendais à ce qu'un nain sorte d'une petite ouverture. Ça n'est pas arrivé. Un type au crâne chauve comme une boule de bowling est apparu. Vêtu de noir, il reluquait les filles comme s'il était sommé de se trouver une épouse sous peine de se voir marié de force à une ogresse par son méchant père. Visiblement, je lui convenais, mais ma Vie ne lui plaisait pas. C'était logique, conforme aux règles du monde de la nuit : on n'était pas censé emmener sa Vie en soirée. On était censé la laisser à la maison, rangée dans la salle de bains entre la laque et le fond de teint, tous ces apprêts qui nous aidaient à nous faire passer pour quelqu'un d'autre.

La boule de bowling a dévisagé ma Vie avec un air de profond dégoût. Une fois de plus, ce dernier a plongé la main dans sa poche pour en sortir le document qui lui donnait le droit de me suivre par-tout.

— Non, lui ai-je dit en l'arrêtant d'un geste.

— Pourquoi ?

— Pas ici, ai-je expliqué avant de me tourner vers le vigile. Est-ce que vous pourriez aller chercher Melanie Shahakyan, s'il vous plaît ?

— Qui ça ?

— DJ Darkness. On est des amis.

— Vous vous appelez comment ?

— Lucy Silchester.

— Et lui ?

— Cosmo Brown, a-t-il répondu d'une voix forte.

Je n'ai même pas eu besoin de le regarder pour savoir qu'il trouvait ça hilarant.

— Son nom n'est pas sur la liste, mais ça devrait être précisé que je viens accompagnée.

— Il n'y a rien d'indiqué.

Il parlait comme si son bloc-notes contenait tous les mystères de l'univers. Je me demandais ce que le bloc-notes en question pensait des théories mayas sur la fin du monde prévue en 2012. Ou peut-être le sujet n'était-il pas sur la liste et ne comptait donc pas. Il a observé ma Vie de la tête aux pieds. Ce dernier s'en fichait, il était négligemment appuyé contre la barrière et semblait s'amuser de ce spectacle.

— Il doit y avoir une erreur. Vous pouvez aller chercher Melanie ?

— Il faut que je ferme la porte. Vous pouvez attendre à l'intérieur, mais lui ne peut pas entrer.

— C'est bon, on attend ici, ai-je soupiré.

Toute seule, je pouvais entrer dans le club. Avec ma Vie, non. Quel monde absurde. Des groupes passaient à côté de nous et j'entendais des bribes de leurs conversations : si tout le monde était jugé à la même enseigne, j'étais prête à parier que le club serait bientôt vide. Cinq minutes plus tard, la porte s'est ouverte et Melanie est apparue dans une robe à pans noire, les avant-bras ornés de bracelets. Ses cheveux tirés en une queue-de-cheval haute faisaient ressortir ses pommettes d'ébène semblables à celles d'une reine d'Égypte.

— Lucy !

Elle a ouvert les bras pour m'embrasser.

— Tu es venue accompagnée ?

J'ai fait un pas de côté pour qu'elle voie ma Vie et nous nous sommes engouffrés dans le club. Melanie l'a dévisagé rapidement, si rapidement que j'ai été la seule à pouvoir m'en apercevoir. Ma Vie, lui, n'a rien remarqué, occupé qu'il était à retirer sa veste froissée. Il l'a tendue à la femme en charge des vestiaires qui l'a saisie avec le majeur. Ça voulait tout dire. Ma Vie a remonté ses manches de chemise. Il n'était pas si mal.

— Petite cachottière ! m'a lancé Melanie.

— C'est pas ce que tu crois, vraiment.

— Ah... bon, a-t-elle répondu, un peu déçue avant de le saluer. Bonjour, je suis Melanie.

Ma Vie lui a adressé un grand sourire.

— Salut Melanie, enchanté de vous rencontrer. J'ai beaucoup entendu parler de vous. Je m'appelle Cosmo Brown.

— Cool ! Comme dans...

— Le film, oui. C'est la première fois qu'il vient, il est très excité alors fais-nous visiter ! me suis-je exclamée en feignant l'enthousiasme.

Ravie, Melanie a avancé dans le club. Partout où nous allions, les hommes se retournaient sur son passage. Dommage, parce que c'était une cause perdue. Elle avait fait son *coming out* à l'âge de seize ans. Pour moi, à l'époque, c'était l'aubaine : quand les hommes comprenaient qu'elle n'était ni intéressée ni même ouverte à la négociation, ils se rabattaient sur moi, ce qui ne me dérangeait pas car je n'étais pas trop difficile.

Le club avait été conçu selon les quatre éléments de la vie. Nous sommes arrivés à une porte qui portait le chiffre cinq. Ma Vie m'a lancé un regard interrogateur.

— Le cinquième élément, ai-je expliqué.

— Qui est... l'amour ?

— C'est romantique, mais non, a répondu Melanie en ouvrant la porte et en lui adressant un clin d'œil. L'alcool !

Une danseuse nue (à l'exception de pompons au bout des seins) posait dans une coupe de champagne géante. Je m'attendais à ce que Melanie passe immédiatement aux platines, ce qui couperait court aux questions, du moins les réduirait à un échange monosyllabique. Mais il était encore tôt et elle ne commençait pas avant minuit. Nous nous sommes donc installés à une table.

— Alors, comment vous êtes-vous rencontrés ? a-t-elle demandé.

— On travaille ensemble, ai-je répondu.

Il m'a jeté un regard qui voulait dire : « On s'est mis d'accord, ne l'oubliez pas. »

— Enfin, en quelque sorte... ai-je rectifié.

— Vous travaillez à Mantic ?

— Non, a-t-il répondu.

— Non ! ai-je répété en riant. Il ne travaille pas là-bas. Il... Heu... il n'est pas d'ici.

J'ai cherché un signe d'approbation de ma Vie. Techniquement, ce n'était pas un mensonge. Je voyais qu'il réfléchissait à la question.

Il a fini par hocher la tête, mais ses yeux disaient : « Vous jouez avec le feu. »

— Cool ! a fait Melanie. Mais vous vous connaissez d'où, alors ?

— C'est mon cousin, ai-je explosé. Il est malade. Au stade terminal. Il passe la journée avec moi parce qu'il doit écrire un article sur les femmes d'aujourd'hui. C'est sa dernière volonté.

Je ne pouvais pas m'en empêcher.

— Vous êtes cousins ? s'est-elle étonnée.

Ma Vie s'est mis à rire.

— De tout ce qu'elle a dit, c'est ça qui vous surprend le plus ?

— Parce que je croyais les avoir tous rencontrés ! Mais vous savez, je connais Lucy depuis toujours et je sais quand elle ment !

Si seulement...

— Vous ne pouvez pas vous retenir, hein ? m'a dit ma Vie. D'accord, à mon tour alors.

Il s'est penché vers Melanie et j'ai serré les dents. Elle a souri de façon séduisante.

— Lucy n'aime pas votre musique, lui a-t-il confié avant de se redresser.

Le sourire de Melanie s'est évanoui et elle s'est reculée sur sa chaise. J'ai enfoui mon visage dans mes mains.

— Bon, je vais aller commander les boissons, a suggéré ma Vie. Lucy ?

— Un mojito, ai-je répondu.

— Moi aussi.

— Parfait.

— Dites-leur de les mettre sur mon compte, a précisé Melanie sans le regarder.

— C'est bon, je ferai une note de frais ! a-t-il répondu avant de se diriger vers le bar.

— C'est qui cet horrible petit bonhomme ? m'a-t-elle demandé.

J'ai battu en retraite. Je ne pouvais pas lui dire la vérité maintenant.

— Melanie, je n'ai jamais dit que je n'aimais pas ta musique. J'ai dit que je ne la comprenais pas, c'est différent. Il y a des rythmes, des sons, tout un tas de trucs qui ne me parlent pas.

Elle m'a regardée et a cligné des yeux plusieurs fois puis, comme si je n'avais rien dit, m'a redemandé :

— Lucy, qui est ce type ?

Je me suis de nouveau cachée derrière mes mains. C'était mon nouveau truc. Si je ne pouvais pas voir les gens, ils ne me voyaient pas non plus. Puis j'ai posé sur la table mon téléphone avec la photo des yeux de Don pour y trouver du courage.

— OK, d'accord, je vais te le dire. Cet homme, c'est ma Vie.

— C'est trop romantique ! s'est-elle exclamée en écarquillant les yeux.

— Non, enfin, c'est vraiment ma Vie. J'ai reçu une lettre provenant de l'Agence de la Vie il y a quelque temps et voilà. C'est lui.

— Tu déconnes ? C'est ta Vie ?

Nous nous sommes retournées en même temps vers lui. Il était au bar, hissé sur la pointe des pieds pour attirer l'attention du serveur. J'ai eu envie de disparaître sous terre.

— Il est... wouahou... eh ben... il est...

— Déprimant, ai-je terminé. Tu l'as traité d'horrible petit bonhomme.

Ses yeux de Bambi se sont emplis d'inquiétude.

— Tu es déprimée, Lucy ?

— Moi ? Non ! Pas du tout.

Ce n'était pas un mensonge. Je ne me *sentais* pas déprimée, simplement un peu malheureuse depuis que ma Vie avait décidé de révéler au grand jour tous mes défauts.

— Lui, par contre...

— Explique-moi comment ça fonctionne.

— Je suis Minus et lui Cortex. Ou plutôt, il est la radio et moi l'os cassé, ai-je tenté d'expliquer en m'embrouillant un peu. Il est le nez, et moi Pinocchio, oui, voilà, c'est ça.

— Qu'est-ce que tu racontes ?

— Bon, ai-je soupiré. Il m'accompagne partout. Voilà.

— Pourquoi ?

— Pour m'observer et essayer d'arranger certaines choses.

— Pour qui ? Pour toi ?

— Et pour lui.

— Quel genre de choses ? Qu'est-ce qui ne va pas ?

J'ai cherché une réponse qui ne soit pas un mensonge, mais j'avais la tête vide. Melanie ne lisait *jamais* les journaux et n'écoutait pas les infos, donc elle ne pouvait pas être au courant de l'incident au bureau.

— Eh bien, il s'est passé un truc au boulot l'autre jour. Un gars qui travaille avec moi s'est fait virer et est revenu armé d'un pistolet. Ne t'inquiète pas, c'était un pistolet à eau, mais on ne le savait pas. Bref, ça a secoué tout le monde et ça a entraîné deux ou trois petits changements, alors ma Vie est là pour m'aider pendant un moment.

Je pouvais difficilement être plus vague.

Tout à coup, une alarme s'est déclenchée non loin de nous. J'ai cru qu'il allait falloir évacuer les lieux et j'ai secrètement remercié le ciel de m'offrir cette diversion. Mais j'ai fini par comprendre : une serveuse s'avançait vers nous. Sur son plateau, à côté de nos verres, était posée une voiture-jouet qui imitait le bruit d'une sirène de police américaine.

— Ça, c'est fin... ai-je murmuré.

— Salut ! a lancé la serveuse. Votre ami préfère boire son cocktail au bar.

— Merci.

Melanie l'a regardée de la tête aux pieds en lui adressant le sourire le plus charmeur possible. Quand la serveuse est repartie, elle m'a confiée :

— C'est une nouvelle. Elle est canon.

— Jolies jambes, ai-je commenté.

Le jour où Melanie m'avait annoncé qu'elle était lesbienne, quand nous étions adolescentes, ça m'avait perturbée, même si j'avais essayé de le cacher. Ce n'était pas de l'homophobie, c'était simplement que nous partagions tout (vestiaires, salles de bains, toilettes en soirée, ce genre de choses). Quand elle m'avait informée qu'elle préférait les femmes, je ne savais plus comment me comporter. Un soir, dans un bar, je m'étais ruée aux toilettes en m'enfermant à double tour. Elle avait alors annoncé haut et fort (toute la queue en avait profité) qu'elle n'était pas le moins du monde attirée par moi. Résultat, je m'étais sentie encore plus mal. Comment ça, « pas le moins du monde » ? Elle ne m'aurait même pas laissé une petite chance ? Il était

200

fort possible que je me tourne vers les femmes un jour ou l'autre et sa détermination m'ennuyait.

Nous avons siroté nos boissons. J'espérais que nous allions changer de sujet de conversation tout en sachant qu'il n'y avait aucune chance pour que cela se produise.

— Alors, qu'est-ce qui s'est passé ? m'a demandé Melanie en reprenant la conversation là où nous en étions restées.

— Oh ! rien, j'ai eu quelques ennuis, c'est tout.

— Quel genre ? a-t-elle voulu savoir, étonnée.

— J'ai écrit un petit mensonge sur mon CV...

Elle a éclaté de rire.

— Qu'est-ce que tu as mis ?

Elle trouvait ça amusant, mais je savais que ça ne durerait pas. Je redoutais ce qui allait suivre. Je m'apprêtais à sortir un bon gros bobard quand ma Vie nous a rejointes, comme par hasard.

Melanie l'a regardé, pleine d'admiration.

— Lucy m'a dit que vous étiez sa Vie.

Ce dernier a eu l'air ravi que j'aie dit la vérité.

— Bravo, Lucy.

— C'est génial ! Je peux vous serrer dans mes bras ?

Sans attendre sa réponse, elle l'a enlacé de ses longs bras souples. Ma Vie était aux anges. Il a fermé les yeux.

— Attendez ! Je vais prendre une photo ! s'est-elle exclamée.

Elle a sorti son téléphone et a posé avec ma Vie. Il a souri et ses dents paraissaient jaunes à côté du sourire enjôleur de Melanie.

— Celle-là, elle sera pour Facebook. Dites donc, Lucy était en train de me raconter qu'elle avait menti sur son CV.

Tout sourire, elle s'est penchée vers moi pour écouter mes confidences.

— Vraiment ? a fait ma Vie.

Il était de plus en plus impressionné. Je cumulais les bons points.

— Oui… heu… j'ai raconté que je parlais une langue étrangère qu'en fait, je ne parle pas.

J'ai dit ça l'air de rien, en espérant qu'on allait tous rigoler un bon coup et passer à autre chose. Mais je me doutais bien que la chance n'était pas de mon côté.

Melanie a une fois de plus éclaté de rire.

— Quelle langue ? Le swahili ou un truc comme ça ?

— Heu… pas exactement…

J'étais de plus en plus gênée.

— Mais quelle langue alors ? Franchement, Cosmo, je dois toujours lui tirer les vers du nez !

— L'espagnol.

Elle a légèrement froncé les sourcils.

— Tu rigoles ? Tu le parles encore moins bien que moi !

— Eh oui !

J'ai souri. J'avais vraiment envie de changer de sujet, mais je ne voyais pas comment m'y prendre tout en ayant l'air naturel.

— Et s'ils te demandent de traduire en espagnol, comment tu vas faire ?

Elle me mettait à l'épreuve, je le sentais.

— Ils me l'ont déjà demandé. Plein de fois. Nos modes d'emploi sont en anglais, français, néerlandais, italien.

— Et espagnol, a-t-elle complété.

— C'est ça.

Elle a aspiré dans sa paille sans me quitter des yeux.

— Alors comment tu as fait ?

Elle commençait à se douter de la réponse. Ou peut-être qu'elle avait déjà compris. Ou alors j'étais complètement parano. Mais je savais que c'était de l'instinct et non de la paranoïa. Dans tous les cas, c'était mal parti pour moi.

— J'ai demandé un petit coup de main.

Ma Vie nous a dévisagées l'une après l'autre, pressentant qu'il allait se passer quelque chose sans savoir exactement quoi. Je m'attendais à ce qu'il sorte son ordinateur pour vérifier, mais il est resté assis poliment.

— À qui ?

Elle ne bougeait plus. Elle était tendue. Elle attendait confirmation.

— Melanie, je suis désolée.

— Réponds à ma question.

— La réponse est oui et je suis désolée.

— Tu as demandé à Mariza ?

— Oui.

Elle m'a regardée droit dans les yeux, sous le choc. Même si elle l'avait senti venir, elle n'arrivait pas à y croire. J'ai cru qu'elle allait me jeter son cocktail au visage, mais elle a ravalé sa colère. Elle semblait profondément blessée.

— Tu as été en contact avec Mariza ?

Mariza avait été l'amour de sa vie, elle lui avait brisé le cœur et nous avions tous été sommés de la détester pour le restant de ses jours. Et c'est ce que j'avais fait. Jusqu'à ce qu'elle m'envoie un e-mail un jour pour avoir des nouvelles de Melanie. J'avais d'abord agi en amie et lui avais répondu avec froideur que Melanie allait très bien. Et puis la situation avait changé, et j'avais eu besoin de ses services.

— Juste un tout petit peu. Pour des traductions, c'est tout, rien de personnel.

— Rien de personnel ?

— OK, peut-être un peu. Elle me demandait tout le temps de tes nouvelles. Je lui ai dit que tu voyageais dans le monde entier, que tu avais beaucoup de succès, que tu rencontrais plein de gens. Je ne lui ai jamais rien dit que tu n'aurais pas voulu qu'elle sache, je te promets. Elle s'inquiétait pour toi.

— Tu parles. Ça fait combien de temps que tu bosses là-bas ?

— Deux ans et demi...

J'étais terriblement gênée que cette scène se déroule sous les yeux de ma Vie. Qu'elle se déroule tout court, à vrai dire.

— Alors depuis deux ans et demi, tu es en contact avec elle. Lucy, j'arrive pas à le croire.

Elle s'est levée et a commencé à faire les cent pas avant de venir se poster devant moi.

— Comment tu te sentirais si j'avais été en contact avec un de tes ex depuis deux ans et demi sans rien te dire ? Pendant que toi, tu n'avais aucune nouvelle de cette personne ? Le nombre de fois où je me suis demandé comment elle allait, où elle était ! Et toi tu savais, pendant tout ce temps, et tu n'as rien dit ! Comment tu te sentirais si je te faisais ça ?

Ma Vie m'a regardée avec insistance. Il voulait que je réagisse, que je parle de Blake. Je ne pouvais pas courir le risque de le laisser me trahir pile à ce moment-là. Surtout pas. Mais je ne pouvais pas mentir non plus.

— Je comprends. Je serais terriblement blessée aussi. Mais vous parlez tout le temps de Blake...

Elle m'a regardée comme si j'étais débile.

— Ça n'a rien à voir ! Blake n'a pas subitement décidé du jour au lendemain de te briser le cœur en mille morceaux. C'est toi qui l'as quitté. Tu ne peux pas savoir ce que je ressens.

Ma Vie me fusillait du regard. Parler maintenant ou se taire à jamais. Je préférais la seconde option.

Elle s'est interrompue, craignant de dépasser les bornes.

— J'ai besoin de prendre l'air.

Elle a pris son paquet de cigarettes sur la table et est sortie.

— Vous êtes content de vous ? ai-je demandé à ma Vie.

— Je me sens un peu mieux.

— Plus je vous rends heureux, plus je m'attire des ennuis. En quoi ça peut être bénéfique pour moi ?

— Pour l'instant, vous ne vous en rendez pas compte, mais vous verrez, ça finira par payer. Vos amis ont besoin de vous connaître un peu mieux.

— Ils me connaissent déjà.

— Vous ne savez même pas qui vous êtes, alors comment eux pourraient-ils le savoir ?

— Quel philosophe !

J'ai attrapé mon sac.

— Où allez-vous ? m'a-t-il demandé.

— Je rentre.

— Mais on vient d'arriver.

— Elle n'a pas envie que je reste.

— Elle n'a jamais dit ça.

— Mais c'est évident.

— Alors faites-vous pardonner.

— Comment ?

— En restant. Vous partez toujours avant la fin.

— Je reste et on fait quoi ?

Il a haussé les sourcils.

— On danse.

— Je ne vais pas danser avec vous.

— Allez...

Il s'est levé et m'a forcée à l'imiter. J'ai voulu résister mais il était trop fort.

— Je ne danse pas ! ai-je protesté en essayant de me dégager.

— Mais avant, vous aimiez ça. Avec Blake, vous avez remporté le concours Dirty Dancing deux années de suite.

— Oui, eh bien ! je ne danse plus. Il n'y a personne sur la piste, on va avoir l'air ridicule. Et pas question que je me colle contre vous.

— Dansez comme si personne ne vous regardait.

Mais tout le monde nous regardait, y compris Melanie qui était revenue et se tenait dans l'ombre, furieuse contre moi. Révéler ce secret m'avait libérée d'un poids dont j'ignorais même la présence auparavant. Ma Vie essayait de danser comme John Travolta dans un mélange bizarre de *Pulp Fiction* et de *Stayin' Alive*. On aurait dit un oncle éméché pendant un mariage. Mais il était heureux et ça m'a redonné le sourire. Alors j'ai fait un petit numéro à la Uma Thurman et j'ai dansé avec lui comme si personne ne nous regardait, et nous avons continué jusqu'à la fermeture du club. Il était convaincant. Quand ma Vie savait ce qu'il voulait, rien ne pouvait l'arrêter.

15

— Alors, parlez-moi de votre papa, m'a demandé ma Vie le lendemain matin.

Nous étions assis sur un banc, dans un parc, où nous buvions des cafés à emporter. Nous observions Monsieur Pan qui poursuivait des papillons, tout heureux de gambader dans l'herbe. La dernière fois qu'il avait pu faire ça, c'était le jour où je l'avais ramené chez moi.

— Avant toute chose, nous ne l'appelons jamais « papa » en public, ai-je rectifié. Il nous l'a expressément demandé dès que nous avons été en âge de parler. À part ça, il n'y a pas grand-chose à dire.

— Sincèrement ?

— Ben oui.

Ma Vie s'est tourné vers la vieille dame assise à côté de lui.

— Excusez-moi madame, le petit ami de cette jeune femme l'a quittée, mais ils ont décidé de faire croire aux gens que c'était l'inverse.

— Oh ! a répondu la grand-mère, qui a eu l'air de se demander s'il parlait de quelqu'un qu'elle connaissait.

— Je n'en crois pas mes oreilles, ai-je grommelé.

— Vous mentez, je dis une vérité.

— Je n'ai pas menti, je n'ai vraiment pas grand-chose à dire sur mon père.

— Lucy, est-ce que vous pensez réellement que je suis là sans raison ? Une fois que j'aurai trouvé ce qui ne va pas chez vous, je m'en irai. Vous ne me verrez plus, imaginez comme vous serez heureuse ! Il est donc dans votre intérêt de coopérer, même si vous jugez que ma question n'a pas de raison d'être.

— Quels problèmes entendez-vous régler exactement ?

— Je n'en sais rien, je suis en pleine exploration chirurgicale pour l'instant. J'examine toutes les zones pour déterminer la source du problème.

— Ah, vous êtes l'endoscope et moi l'anus.

Il a fait une grimace.

— Nous avons un sérieux problème de métaphore.

Nous avons échangé un sourire.

— Vous avez dit, si je ne m'abuse, que votre père avait besoin de redescendre sur terre et qu'il prenait tout le monde de haut. Nous pouvons peut-être commencer par là.

— Ce n'est pas exactement ce que j'ai dit. J'ai dit qu'il se sentait supérieur aux autres.

— Je paraphrasais.

— On ne s'est jamais entendus, c'est tout. Avant, on faisait un effort, par politesse, mais maintenant même ça, c'est trop demander. Est-ce que vous êtes là parce que j'ai des problèmes avec mon père ? Parce que si c'est le cas, je vous arrête tout de suite : si j'en souffrais vraiment, je passerais mon temps à essayer de lui plaire et je tenterais constamment de donner le meilleur de moi-même. Vous voyez bien qu'on en est loin. Il n'arrive même pas à m'énerver assez pour que je me dépasse. Notre problème de communication n'est rien d'autre qu'une perte de temps.

— Vous avez raison. Vous êtes l'échec incarné. Vous n'avez pas de problème avec votre père.

Nous avons éclaté de rire.

— Bah ! il ne m'aime pas beaucoup, voilà. C'est aussi simple que ça. Rien à examiner, rien à soigner. Il ne m'a jamais vraiment aimée.

— Qu'est-ce qui vous pousse à croire ça ?

— Il me l'a dit.

— Il n'a pas pu dire ça !

— Si, et vous le savez très bien. Quand je me suis fait virer de mon précédent boulot, pour lui, ça a été la goutte d'eau qui a fait déborder le vase. Ce qui est absurde vu que jusque-là, je réussissais plutôt bien dans la vie, donc le vase était vide, techniquement. En fait, il n'aurait même pas dû y avoir débordement puisque je ne lui ai pas dit que j'étais virée. J'ai prétexté que j'avais démissionné à cause d'un désaccord sur la politique environnementale de mon entreprise. On s'est disputés, je lui ai dit que je savais bien qu'il me détestait, et il a répondu, je cite : « Lucy, je ne te déteste pas, mais je ne t'aime pas beaucoup. » Alors vous voyez, hein ! je ne suis pas parano. Sortez votre petit ordinateur et vérifiez donc par vous-même.

— Il voulait dire : « en ce moment ».

— Oui, sûrement, le problème, c'est que le moment dure toujours.

— Pourquoi vous a-t-on virée ?

Nous y arrivions enfin.

— Vous connaissez la RSE ? ai-je demandé en soupirant.

Il a froncé les sourcils et fait non de la tête.

— RSE : responsabilité sociétale des entreprises. C'est un concept en vertu duquel les entreprises intègrent un certain nombre de préoccupations dans leurs activités, à savoir : la personne humaine, l'environnement et la concurrence loyale. C'est une sorte d'éthique d'entreprise qui vise à mettre au cœur du système l'intérêt public en soutenant les acteurs locaux et le développement durable et en refusant certaines pratiques qui, bien que légales, nuisent au salarié. L'idée générale, c'est que l'entreprise réalise davantage de bénéfices en travaillant de concert avec ceux qui l'entourent, même si certains récusent cette théorie. Moi, je trouve que ce concept tient la route. Je travaillais pour une multinationale qui aurait dû prendre tout ça en compte ; ça n'a pas été le cas et j'ai contesté leur décision.

— Mais qu'est-ce qui s'est passé, concrètement ? Vous avez découvert qu'on avait jeté du papier dans la poubelle à plastique ?

— Non. Je n'entrerai pas dans les détails mais, en gros, j'ai fait connaître mes opinions au P-DG qui m'a virée *illico*.

Ma Vie a hoché la tête en réfléchissant à ce que je venais de dire. Et puis il s'est mis à rire, à rire du fond du cœur, si fort que la vieille dame assise à côté de lui a sursauté.

— Ah ça, c'était drôle ! Merci.

— Mais je vous en prie, ai-je répondu en buvant une gorgée de café.

J'attendais la suite.

— Vous allez voir, ça valait le coup, a-t-il déclaré avant de se tourner vers la vieille dame. Vous savez, madame, parfois elle ne lave pas ses soutiens-gorge pendant plusieurs semaines.

J'ai retenu un cri de protestation. La dame s'est levée pour partir.

— Bien, alors, où avez-vous déniché ce bobard ? m'a-t-il demandé.

— Sur Wikipedia. Une nuit où je ne dormais pas, je suis allée sur Internet dans l'espoir de trouver une bonne histoire.

— Pas mal. C'est ce que vous avez raconté à tout le monde ?

— Oui. Personne ne m'a jamais demandé quelles étaient les pratiques de l'entreprise avec lesquelles je n'étais pas d'accord. J'avais prévu d'évoquer des décharges sauvages, mais c'était un peu facile et un peu ringard.

Il s'est remis à rire, puis s'est arrêté.

— Vous n'avez pas sorti ça à votre père, quand même ?

— Si ! Il s'est avéré qu'il connaissait déjà la vérité, mais il m'a laissée faire mon numéro jusqu'au bout avant de le révéler. Il est le seul à savoir ce qui s'est réellement passé. D'où la dispute.

— Comment l'a-t-il su ?

— Il est juge, et j'ai appris que c'était un tout petit monde.

— Ah. Allez-vous me dire ce qui s'est vraiment passé ?

J'ai vidé mon gobelet d'un trait et je l'ai lancé vers la poubelle la plus proche. J'ai raté mon coup. J'ai soupiré profondément comme si je portais le poids du monde sur mes épaules, je me suis levée pour le mettre dans la poubelle et me suis rassise sur le banc.

— Je suis allée chercher un client à l'aéroport alors que j'avais bu. Je me suis perdue, on a tourné en rond pendant une heure si bien qu'il a raté sa réunion et pour finir, je l'ai déposé à l'hôtel, mais ce n'était pas le bon. Ils m'ont virée, on m'a retiré mon permis pendant un an, du coup j'ai vendu ma voiture et loué un appartement en ville pour pouvoir me déplacer à vélo.

— Ce qui est cohérent, vu votre conscience écologique.

J'ai hoché la tête.

— Bien pensé.

— Merci.

— Donc en bref, vous avez menti à votre père, il l'a découvert et vous lui en voulez de s'être mis en colère contre vous ?

J'ai réfléchi à cette conclusion. J'ai eu envie de protester, de me justifier, de raconter toutes ces années où j'avais dû subir ses remarques méprisantes et son arrogance. Cela avait grandement contribué à détériorer nos relations, il ne s'agissait pas simplement d'une dispute, c'était plus compliqué que ça. Mais il y avait trop de choses à expliquer, je ne savais pas par où commencer, je n'avais ni le temps, ni l'énergie, ni l'envie de me plonger dans la multitude de détails à exposer. Alors, parce que c'était plus facile, j'ai hoché la tête de nouveau.

— Le problème, c'est que vos mensonges sont construits sur d'autres mensonges plus anciens ! Vous mentez une fois, vous devez mentir une deuxième fois. Si vous révélez un tout petit bout de vérité, tout s'effondre. Alors vous continuez à mentir, par exemple, le fait de prétendre parler espagnol est lié à Melanie et à son ex-copine.

J'ai approuvé.

— Si vous dites qu'on vous a virée on va vous demander pourquoi. Réponse ? Parce que vous aviez bu. Pourquoi aviez-vous bu ? Parce que Blake venait de vous quitter, vous étiez dans tous vos états, c'était votre jour de repos, vous n'aviez pas les idées claires, vous avez vidé une bouteille de vin. Votre entreprise vous a appelée alors même que vous étiez en congé, et vous a demandé de récupérer Robert Smyth à l'aéroport pour une grosse réunion. L'enjeu était important, vous veniez déjà de perdre votre petit ami, vous n'aviez pas envie de perdre votre boulot par-dessus le marché, alors vous avez sauté dans votre voiture et, l'alcool vous montant à la tête, vous avez fait n'importe quoi. Résultat, vous avez perdu votre boulot, votre permis et votre voiture.

Toute ma vie résumée en une série de mensonges tous plus honteux les uns que les autres. C'était pathétique.

— Si vous saviez déjà tout ça, à quoi bon demander ?

— Pour découvrir ce que votre dossier ne peut pas me dire.

— Et alors, qu'est-ce que vous avez découvert ?

— Que vous n'êtes pas irresponsable. Vous êtes simplement malheureuse.

Les Silchester ne pleuraient pas, mais ça ne voulait pas dire qu'ils n'avaient jamais envie de pleurer. À ce moment-là, j'en avais très envie, mais je me suis retenue. Nous sommes restés longtemps sans parler, toutefois ce silence n'était pas gênant. Il faisait un temps magnifique, le parc était animé, il n'y avait pas un brin de vent, tout était calme, les gens paressaient sur l'herbe, ils lisaient, mangeaient, bavardaient, comme nous en somme. Tout le monde profitait de ce moment. Il a fini par rompre le silence.

— Je crois cependant que vous passez votre temps à essayer de lui déplaire. Ce qui est déjà quelque chose, a-t-il conclu.

Il a dit ça sans transition, comme si ça lui passait simplement par la tête. J'ai fait semblant de ne pas comprendre ce qu'il voulait dire, mais je comprenais très bien.

Ce soir-là, c'était l'anniversaire de Chantelle et nous étions donc tous invités à nous retrouver au Bistrot à Vin. On ne s'offrait jamais de cadeau dans ces occasions, on préférait payer son repas à la personne concernée. Avant, on se retrouvait chaque semaine chez Blake et moi, mais après notre rupture nous avions élu ce restaurant, où l'on mangeait bien pour pas cher. Ma Vie m'a retrouvée au bout de ma rue. À ma grande surprise, il portait un jean et, sous sa veste froissée, une chemise en lin toute propre. Des dents en meilleur état, une nouvelle tenue, je faisais donc des progrès. Je n'arrêtais pas de bâiller : ses ronflements m'empêchaient toujours de dormir la nuit, mais il n'y avait pas que ça. J'étais également terriblement anxieuse, ce qui ne lui a pas échappé.

— Ne vous inquiétez pas, ça va bien se passer.

— Bien sûr que si, je m'inquiète ! Je n'ai pas la moindre idée de ce que vous allez leur dire.

— Je ne dirai rien, je me contenterai d'observer. Mais si vous mentez, je dirai une vérité.

Ce qui me rendait anxieuse. Mes amitiés étaient bâties sur des mensonges. J'ai bâillé de nouveau.

— Faites attention à Adam. C'est le meilleur ami de Blake et il me déteste.

— Je suis sûr que c'est faux.

— Faites attention, c'est tout.

— OK.

Je me suis élancée d'un pas rapide, ce qui n'était pas évident en talons aiguilles. J'avais l'impression d'être dans un rêve et de courir tout en faisant du surplace. Hors d'haleine, je lui ai fait un petit *briefing*.

— Lisa est enceinte, il lui reste un mois environ et elle a les mains et le visage tout gonflés, alors évitez de la fixer des yeux et essayez de la supporter. Son mari s'appelle David, c'est lui qui la supporte à temps complet. Lisa sortait avec Jamie il y a longtemps et David et Jamie sont copains, du coup, parfois, c'est un peu bizarre entre eux, mais en général ça va. Ils n'ont pas été infidèles ni rien, donc pas besoin de s'en occuper.

— OK, je vais essayer de ne pas m'occuper de Jamie et David. Si à un moment vous trouvez que je m'intéresse trop à leurs vies passionnantes, n'hésitez surtout pas à intervenir.

— Vous savez, le sarcasme est le degré zéro de l'esprit.

— Et pourtant, c'est tellement drôle !

— Chantelle va certainement vous faire des avances (elle drague tout ce qui bouge quand elle a un verre dans le nez), alors si vous sentez qu'on vous caresse le genou sous la table, c'est elle. Mary, la copine d'Adam, est photographe, elle s'habille tout le temps en noir et je ne lui fais pas confiance.

— Parce qu'elle porte du noir ?

— Ne dites pas n'importe quoi. Parce qu'elle est photographe, bien sûr.

— Ah bon ! eh bien ! heureusement que je suis le seul à dire n'importe quoi.

— Elle cherche toujours à voir les choses sous un autre angle. Toutes les choses. Par exemple si je dis : « J'ai fait des courses aujourd'hui », elle va me demander : « Pourquoi ? Où ça ? Tu as peur des magasins ? C'est à cause de ton enfance ? Comment était la lumière ? »

J'avais prononcé ces dernières phrases d'une voix lente et caverneuse et ma Vie a éclaté de rire.

— Elle complique tout. Bref, qui nous reste-t-il ? Eh bien... moi. Moi, je sens que cette soirée est mal partie.

Je me suis arrêtée devant le restaurant pour le regarder droit dans les yeux.

— Je vous en prie, ne forcez pas mes amis à me haïr.

— Lucy, donnez-moi la main.

Je n'avais pas envie.

— Non, vous avez les mains moites, ai-je répliqué.

J'ai jeté un œil dans le restaurant. Ils étaient tous là. J'étais la dernière, comme d'habitude.

— Génial, on est en retard...

— Si ça peut vous consoler, vous serez la première à partir.

— Vous êtes médium, aussi ?

— Non, mais vous partez toujours avant la fin. Et je n'ai pas les mains moites, d'abord, a-t-il ajouté sans vraiment s'adresser à moi.

Il m'a touché la paume.

— Vous voyez ?

En effet, elles étaient sèches. J'étais décidément en bonne voie. Malheureusement, je n'en ressentais pas les effets.

— Lucy, regardez-moi. Calmez-vous. Vos amis ne vont pas vous haïr plus qu'avant. Je plaisante, ne me regardez pas comme ça. Honnêtement, je n'essaierai jamais de monter vos amis contre vous. C'est promis. Maintenant respirez profondément.

Nous avons avancé, et il me tenait toujours la main. Je me suis calmée, puis mon regard a croisé celui d'Adam, qui nous dévisageait depuis l'intérieur. J'ai lâché la main de ma Vie et je me suis sentie de nouveau au bord de la panique. Dès que nous sommes entrés et que le serveur au faux accent français m'a vue, il n'a même pas essayé de cacher sa peur.

— *Bonjour*, lui ai-je dit en lui tendant ma veste. *D'accord, tu peux rester près de moi tant que tu ne parles pas de la chaleur qu'il fait ici*[1].

Il m'a adressé un grand sourire complètement forcé et a attrapé deux menus.

— Par ici, nous a-t-il fait en imitant l'accent français.

— Qu'est-ce que vous lui avez raconté ?

Je n'ai pas répondu, trop concentrée à afficher un large sourire à l'intention de mes amis qui n'en tenaient pas compte car ils avaient tous les yeux rivés sur ma Vie. Tout le monde était là, sauf Melanie. Elle s'était envolée le matin même pour Ibiza où elle mixait avec P. Diddy. Je me suis installée à l'extrémité de la table et j'ai regardé le siège vide où Blake avait l'habitude de s'asseoir. Ma Vie s'est assis à côté de moi, à la place de Melanie. Ils nous regardaient tous.

— Salut tout le monde ! Je vous présente...

---

1. En français dans le texte.

J'ai hésité un instant, mais j'espérais que personne ne s'en était aperçu.

— Cosmo Brown, a-t-il complété. Je suis un ami de Lucy, je suis en ville pour quelque temps.

Je l'ai regardé avec surprise, puis je me suis tournée vers les autres pour voir s'ils gobaient ça. Pourquoi pas, après tout ? Ils ont hoché la tête et se sont présentés l'un après l'autre, les hommes se penchant sur la table pour lui serrer la main. Adam l'a observé avec méfiance tandis que Mary le dévisageait, sans doute à la recherche d'une lumière indiquant un traumatisme d'enfance.

— Cosmo, a répété Lisa en caressant son ventre. J'aime bien ce nom.

— Oui, a dit David par politesse, mais il était clair que ce prénom lui déplaisait complètement.

— Alors, c'est un garçon ! s'est exclamée Chantelle.

— Non, a répondu Lisa.

Les autres ont poussé des cris, si bien que Lisa a dû élever la voix.

— On ne sait pas, je vous l'ai dit, mais si c'est un garçon, Cosmo serait un joli prénom. Oh ! là, là ! il faut toujours répéter les choses sans arrêt, avec vous.

Elle s'est plongée dans la lecture du menu.

— Alors, vous vous connaissez depuis combien de temps ? nous a demandé Adam.

Intéressant comme première question. Je l'ai interprétée comme : « Alors, depuis quand tu couches avec Lucy dans le dos de Blake ? »

J'ai regardé ma Vie en espérant qu'il n'allait pas tout révéler, mais il a tenu sa promesse.

— Pfiou ! Depuis... toujours ! a-t-il répondu en riant.

— Depuis toujours ? a répété Adam en haussant les sourcils. Vous êtes à Dublin pour combien de temps ?

— Je ne sais pas encore, a-t-il répondu en ôtant son horrible veste. Ça dépend, je vais voir comment les choses avancent.

— Vous travaillez ?

— D'une façon générale ou en ce moment ?

— Ici, à Dublin.

— Je suis là pour affaires et pour le plaisir, a répondu ma Vie en souriant si largement que sa réponse n'a pas paru du tout brutale.

Il savait y faire ; des bribes d'informations par-ci par-là valaient mieux qu'un gros mensonge. Je devais en prendre de la graine. Cela dit, ça n'a pas eu l'air de fonctionner sur Adam, qui voulait absolument tout savoir sur ma Vie.

— Et vous faites quoi comme métier ?

— Ne vous inquiétez pas, rien de dangereux ! a répondu ma Vie en secouant les mains.

Tout le monde a ri, sauf Adam qui semblait agacé. Mary a posé la main sur sa cuisse comme pour lui commander de se calmer. Elle me détestait, elle aussi. Après ma séparation avec Blake, elle ne m'avait pas appelée une seule fois, ce qui prouvait bien que nous étions copines simplement à cause de nos copains. C'était vexant et en même temps, j'étais contente de ne plus être obligée d'aller voir des expos photo bizarres, genre « Arrêt sur image : un regard unique et original sur la nature ».

— Je plaisante, a ajouté ma Vie. Je suis auditeur.

J'ai serré les lèvres pour retenir mon sourire. C'était une référence évidente à notre première rencontre, quand j'avais comparé son travail à un audit sur ma vie. Il a posé le bras sur le dos de ma chaise, un geste inconscient, protecteur, qu'Adam a sans doute interprété autrement parce qu'il m'a regardée comme si j'étais la dernière des traînées.

— Voilà ce qu'on devait faire ! s'est tout à coup exclamée Lisa. Les formulaires ! Tu les as signés ?

Elle regardait David.

— Non, j'ai oublié.

— Je les ai laissés dans la cuisine à côté du téléphone, exprès pour que tu les voies, merde !

— Je les ai vus, j'ai juste oublié de signer.

Lisa était toute rouge.

— On fera ça en rentrant, l'a rassurée David. On est samedi de toute façon, ça ne change pas grand-chose.

— Hier on était vendredi quand je t'ai demandé de les signer, putain ! a-t-elle répondu, agressive.

David a lancé à Jamie un regard las.

— Alors comme ça, Blake est rentré ! a lâché ce dernier pour détendre l'atmosphère.

J'ai dressé l'oreille, comme toujours, mais comme je ne voulais pas qu'on remarque mon intérêt pour Blake, j'ai fait mine de lire le menu. J'ai lu « Soupe du jour » treize fois d'affilée.

— Cosmo, vous connaissez Blake ?

— Blake.

Ma Vie m'a regardée. Mon cœur battait la chamade.

— Mais oui, le pauvre garçon qu'elle a cruellement quitté... bourreau des cœurs ! a plaisanté Chantelle. On ne lui permettra jamais de l'oublier !

J'ai haussé les épaules comme si cela ne m'atteignait pas.

— Franchement, je crois que toutes les femmes devraient réagir comme toi après une séparation, a commenté Lisa. Vous vous souvenez comment j'étais, moi ?

Tout le monde a acquiescé. Personne n'avait oublié les coups de fil dramatiques de Lisa, en pleine nuit. Elle pleurait, se lamentait qu'elle ne pouvait pas être seule, il fallait la rassurer, lui dire que non, elle ne faisait pas une crise cardiaque, qu'elle était simplement angoissée. Jamie a souri avec affection en se remémorant leur relation. Lisa et lui ont échangé un regard qui a mis David mal à l'aise.

— Eh bien, voyons les choses du bon côté, ai-je dit en essayant de sourire malgré mon manque d'assurance. Au moins, on s'est séparés avant l'effondrement du marché immobilier et on a tiré une bonne somme de notre vente.

Somme que j'avais dépensée.

— On n'arriverait jamais à vendre cet appartement aujourd'hui, ai-je conclu.

— Oh, j'adorais cet appart ! a fait Chantelle.

Moi aussi.

— Non, il faisait trop chaud, là-dedans, ai-je dit d'un air désapprobateur.

Je revoyais Blake traverser l'appartement nu. Il avait toujours trop chaud, et au lit, c'était une vraie fournaise. J'ai regardé le menu. « Soupe du jour chaude. » Chaude, chaude, chaude.

— Je ne l'ai jamais rencontré, a fini par répondre ma Vie.

— Il est cool, a commenté Adam.

— Bien sûr, c'est votre meilleur ami.

— Comment ça ?

— Est-ce que je peux prendre la commande ? a demandé le serveur qui arrivait à point nommé.

Au cours de ce dîner, j'ai appris beaucoup de choses au sujet de Blake. Sa dernière émission était diffusée cette semaine et il passait le reste de l'été ici. Il avait ouvert un centre de sport et d'activités en plein air, à – tenez-vous bien – Bastardstown[1], dans le comté de Wexford. On avait parlé de monter un truc comme ça ensemble. C'est bien simple, tout ce qu'on avait prévu de faire ensemble, il le faisait tout seul. J'ai regardé de nouveau le menu en cli-

---

1. Bastardstown, littéralement « ville de salauds », est une localité située au sud de l'Irlande. (*N.d.T.*)

gnant des yeux. « Soupe du jour. » « Soupe du jour. » « Soupe du jour. »

— Vous aviez parlé d'ouvrir un centre comme ça ensemble, non ? a insisté Adam.

— Eh oui ! ai-je répondu, blasée. Je devrais peut-être lui faire un procès pour m'avoir volé mon idée.

Tout le monde a souri, sauf Adam, bien sûr. Lisa a passé sa commande avec le ton autoritaire qu'elle avait adopté depuis peu et en changeant tous les ingrédients des plats pour les adapter à son régime alimentaire. Un peu nerveux, le serveur s'est éclipsé pour demander en cuisine si ses désirs étaient réalisables. Un instant plus tard, le chef en personne (un vrai Français) est venu nous trouver. Très poliment, il a informé Lisa qu'il ne pouvait pas réaliser le feuilleté au chèvre sans chèvre parce que ce ne serait plus qu'un bout de pâte feuilletée et qu'en plus, ils étaient déjà préparés.

— Parfait, a conclu Lisa sèchement. Je vais prendre du pain, alors.

Elle a claqué le menu sur la table.

— Une assiette de pain, vu que je ne peux rien manger d'autre ici. Sauf que non, en fait, il y a des noix dans le pain, donc je ne peux pas.

— Je suis désolé, s'est excusé David, tout rouge. Elle est très fatiguée.

— Ne t'excuse pas pour moi, ça va ! a répliqué Lisa. Ça n'a rien à voir avec la fatigue, c'est juste qu'on est super mal assis sur ces putains de chaises !

Elle a fondu en larmes.

— Merde ! a-t-elle articulé. Je suis désolée, j'ai quelque chose dans l'œil.

Elle a terminé sa phrase d'une voix suraiguë.

— Lisa, a dit doucement Jamie en pointant le menu. Regarde, ils ont des poivrons rôtis, là. Tu adores ça. Tu peux en commander, non ?

David semblait un peu embêté.

— Oh, ça alors ! Tu te rappelles ? a demandé Lisa à Jamie en esquissant un sourire.

— Ben oui, c'est bien pour ça que je t'en parle ! a répondu ce dernier.

Je suis sûre que David les imaginait en train de faire l'amour sur un lit de poivrons rôtis. La vérité était sans doute qu'un jour, ils s'étaient empiffrés de poivrons dans un restaurant, les petits coquins.

— D'accord, a soupiré Lisa en rouvrant le menu.

Nous sommes tous revenus à notre conversation pendant que Lisa passait en revue la totalité de la carte avec le chef.

— Alors, vous logez où ? a demandé Chantelle.

Elle ne le draguait pas encore ; d'une part, elle n'en était qu'à son deuxième verre de vin, d'autre part, elle ignorait si on était ensemble ou pas.

— Je suis hébergé par Lucy, a répondu ma Vie.

Je me suis efforcée de ne pas regarder Adam.

— Incroyable ! a-t-elle répondu. Elle ne nous a jamais laissés entrer chez elle, c'est un grand mystère. Vous avez vu l'intérieur, alors dites-nous, c'est comment ?

— Arrête, je ne cache rien du tout, suis-je intervenue en riant.

— Du porno, c'est ça ? a demandé Jamie une fois le chef parti. Je suis sûr qu'elle a un penchant pour les magazines porno et qu'elle aime bien les laisser traîner.

— Non, c'est sans doute plus excitant que ça, a renchéri Chantelle. Dites-moi qu'elle cache un homme enchaîné, parce que c'est ce que je m'imagine depuis trois ans.

J'ai éclaté de rire.

— Elle nous a bien caché quelqu'un, en tout cas, a dit Adam en prenant un morceau de pain.

Personne n'a relevé sa remarque. Ils avaient pourtant tous bien entendu, mais je me demandais pourquoi personne ne réagissait. Personne, sauf ma Vie.

— Pardon ? a fait ce dernier.

J'ai tout de suite regretté qu'il ait entendu, parce que je n'aimais pas ce ton. C'était le même ton qu'avait pris Blake le jour où un gars m'avait reluquée dans un bar, avant de lui casser la figure. Et Adam était content parce qu'il n'attendait que ça depuis ma séparation avec Blake.

— Oh ! allez ! a insisté Adam. Vous vous connaissez depuis combien de temps ? Depuis toujours, vraiment ? Moi je dirais depuis deux ans, au moins, non ? Et, autant que je me souvienne, Lucy était avec Blake il y a deux ans.

Il parlait avec désinvolture, en souriant, mais je savais qu'il bouillait, je voyais la fumée lui sortir par les narines.

— Adam ! a fait Lisa, outrée.

— Oh ! merde ! j'en ai marre de vos manières, vous prenez toujours des pincettes avec elle comme si c'était la reine d'Angleterre.

— Parce que ça ne nous regarde pas, est intervenue Chantelle qui n'en croyait pas ses oreilles.

— Blake est notre ami, s'est défendu Adam.

— Et Lucy aussi, a fait Lisa en le regardant avec insistance.

— Oui, mais à cause d'elle, il n'est pas là ce soir, et ça, ça nous regarde.

— S'il n'est pas là, c'est parce qu'il fait le métier dont il a toujours rêvé, qui lui demande d'être constamment à l'étranger. Calme-toi, a dit Jamie pour ma défense.

Jamie était en colère, je le voyais. J'avais envie de lui faire un gros bisou, mais surtout, je cherchais une excuse pour quitter la table immédiatement. Tout cela avait pris des proportions qui me mettaient très, très mal à l'aise.

— Et si on changeait de sujet ? a proposé David.

Le serveur s'est approché pour prendre ma commande. Il sentait que le moment était gênant pour moi et ça avait l'air de le réjouir. Ils avaient tous les yeux rivés sur moi, attendant que je dissipe le malentendu.

— Une soupe du jour. S'il vous plaît.

Adam a levé les yeux au ciel.

— Voilà, elle recommence ! Elle ne répond jamais aux questions, comme si tout était un grand mystère !

— Je voudrais simplement savoir quelle est la soupe du jour, ai-je dit pour essayer de changer de sujet.

— Courge musquée et maïs, a répondu le serveur.

Adam a grommelé quelque chose que je n'ai pas entendu, ce qui était aussi bien vu que mes genoux tremblaient déjà après cette longue suite d'insultes émanant d'un prétendu ami. Avec lui, j'avais l'habitude, mais cette fois il n'essayait même pas de dissimuler sa haine. Tout le monde s'en rendait compte, je n'étais pas parano.

— Hé ! Adam, ne parle pas d'elle comme ça, l'a sermonné Jamie, très sérieux.

Tout le monde était devenu subitement très sérieux.

— Je ne sais même pas pourquoi on parle de ça. C'était il y a, quoi, trois ans ? a demandé David.

— Deux, ai-je répondu calmement. Deux ans et onze mois.

Et dix-huit jours.

Jamie m'a regardée.

— Ouais, bon, c'était il y a longtemps, ils sont sortis ensemble, ils se sont séparés, ils ont tourné la page, ils vont rencontrer quelqu'un d'autre. C'est pas parce que deux personnes sont sorties ensemble qu'on va rester bloqués là-dessus pendant des siècles, a déclaré David.

Tout le monde a compris qu'il parlait de son propre cas, du fait que Lisa et Jamie avaient eu une histoire. Il a bu une gorgée d'eau. Jamie avait les yeux rivés sur son assiette. Lisa a pris un morceau de pain et a entrepris d'ôter les noix.

— J'ai juste dit tout haut ce que tout le monde ici pense tout bas, s'est défendu Adam.

J'ai avalé ma salive avec difficulté.

— Attendez, vous pensez *tous* que j'ai trompé Blake ?

C'était une première. Je les ai regardés tour à tour.

Chantelle paraissait gênée.

— Tout ça a été tellement soudain... et puis après tu es devenue tellement secrète...

— Je refuse de participer à cette discussion, a décrété David qui fuyait mon regard.

— J'en ai parlé une fois, a admis Lisa, mais honnêtement, ça ne m'empêche pas de dormir la nuit.

— Rien ne t'empêche de dormir, a commenté David sans réfléchir.

Lisa l'a fusillé du regard.

Jamie n'a pas prêté attention à eux et m'a regardée droit dans les yeux.

— Je ne pense absolument pas que tu aies trompé Blake. Tu as parfaitement le droit de rompre avec qui tu veux, quand tu veux. Je ne dis pas ça pour vous, a-t-il ajouté à l'intention de ma Vie. On n'a aucun droit de te demander des comptes, ça ne nous regarde pas. Adam est bourré, il raconte n'importe quoi.

— Hé ! il n'est pas bourré ! a protesté Mary.

— OK, il raconte juste n'importe quoi, a plaisanté Jamie.

Mais personne n'a ri, pas même lui, parce que ce n'était pas une plaisanterie.

— Mary ? lui ai-je demandé. Qu'est-ce que tu en penses ?

— Tu as changé du tout au tout, Lucy. Avec Blake, tout allait bien et du jour au lendemain, tu l'as quitté et tu es devenue, comme Chantelle a dit, très secrète. Enfin, a-t-elle ajouté en regardant ma Vie, ne le prenez pas mal, mais c'est la première fois qu'on entend parler de vous, je suis surprise qu'elle vous ait même invité.

— On est juste amis, ai-je dit, extrêmement mal à l'aise.

— Alors maintenant, on est censé gober que ce type est « juste un ami » ? a demandé Adam à Jamie.

— Qu'est-ce que ça peut foutre ? Pourquoi tu en fais tout un plat ? a explosé Jamie.

— Parce que Blake est son meilleur ami et qu'Adam est loyal et que le pauvre Blake n'a jamais su ce qu'il avait fait de mal, a entamé Mary.

Mais je l'ai interrompue. Je ne voulais pas en entendre davantage. Je ne pouvais pas, sinon j'allais briser toutes les règles des Silchester en même temps.

— Ouais, pauvre Blake, ai-je commenté en me levant.

Ma voix tremblait. Les Silchester ne pleuraient pas et ils ne se mettaient surtout pas en colère, mais là j'étais à deux doigts de le faire.

— Pauvre petit Blake, forcé à vivre une vie misérable, à faire le tour du monde alors que moi je me la coule douce avec mon super boulot, mon super appartement mystérieux et mon amant secret.

J'ai attrapé mon sac. Ma Vie s'est levé à son tour.

— Et tu as raison, Adam, Cosmo et moi, on n'est pas juste amis. Il est beaucoup plus que ça. Toi, tu étais censé être mon ami et tu n'as jamais été là pour moi.

Sur ce, je suis partie. Avant la fin. Une fois dehors, j'ai marché jusqu'à ce que le restaurant soit hors de ma vue. Et puis, à un moment, je me suis arrêtée dans un coin, sous un porche et là, j'ai sorti un mouchoir et j'ai envisagé de briser les règles. J'ai attendu, consciente qu'il devait y avoir tout un stock de larmes, un stock de plusieurs années qui ne demandait qu'à couler. Mais comme rien n'est venu, j'ai froissé mon mouchoir et je l'ai remis dans ma poche. Je n'allais pas pleurer à ce moment-là, pas à cause d'eux. Mes larmes avaient leur fierté.

Ma Vie est apparu, l'air soucieux. Quand il a vu que j'allais bien, il m'a dit :

— D'accord, vous avez peut-être raison.

— Il me déteste.

— Non, je voulais parler de l'attitude de Jamie et David envers Lisa : ils sont juste trop cool, en fait ! a-t-il dit en parlant comme une jeune fille branchée.

Il a réussi à me faire sourire.

— Même si je ne suis pas sûr que ce soit vrai, a-t-il commenté, mais c'est le dernier de mes soucis. Vous avez froid ?

Je frissonnais car la soirée était fraîche.

— Allez, a-t-il dit doucement.

Il a retiré sa veste et me l'a posée sur les épaules en gardant un bras autour de moi comme pour me protéger. Et, sous la lumière orangée des lampadaires, nous sommes rentrés à la maison.

16

— Qu'est-ce que vous voulez faire aujourd'hui ? ai-je demandé à ma Vie.

Nous étions assis sur le canapé à profiter tranquillement de la matinée. Les journaux du week-end étaient éparpillés sur le sol, tout chiffonnés après que nous avions lu nos pages préférées et rejeté celles qui ne nous intéressaient pas. Nous avions discuté et ri ensemble de certaines d'entre elles. Je me sentais parfaitement bien en sa compagnie et c'était visiblement réciproque. J'avais tiré mes vêtements suspendus sur la tringle à rideau pour laisser passer le soleil et ouvert en grand les fenêtres ; dehors, il faisait frais et l'atmosphère était celle, paisible, du dimanche. Dans l'appartement flottait une odeur de sirop d'érable et de crêpes qu'il avait lui-même préparées ; du café fumant était posé sur le comptoir. Monsieur Pan s'était installé sur une des chaussures de ma Vie et semblait rassasié, ce qui était le cas, puisqu'il avait mangé, en plus de son repas, les myrtilles que j'avais plantées moi-même dans le jardin bio qui se trouvait sur le toit et que je cultivais depuis l'arrivée de ma Vie dans mon univers. Je les avais cueillies le matin même. Je portais alors un chapeau de paille entouré d'un ruban blanc et une robe en lin, blanche et transparente, que la légère brise soulevait de manière hypnotique pour le plus grand plaisir de la gent masculine alentour, qui se prélassait sur des transats, le corps enduit de lotion solaire et brillant comme une voiture dans un salon d'exposition.

OK, j'ai menti.

Ma Vie avait apporté les myrtilles. Nous ne possédions pas de jardin sur le toit. J'avais vu la robe dans un magazine et dans mon fantasme j'étais devenue miraculeusement blonde.

— Aujourd'hui, je voudrais juste rester au lit, ai-je ajouté en fermant les yeux.

— Vous devriez appeler votre mère.

J'ai ouvert les yeux.

— Pourquoi ?

— Parce qu'elle essaie d'organiser un mariage et que vous ne l'aidez pas.

— Je n'ai jamais rien entendu de plus ridicule. Ils sont déjà mariés, c'est juste un prétexte pour qu'elle puisse s'occuper. Elle a vraiment besoin de se remettre à la poterie. Et puis, Riley et Philip ne l'aident pas non plus. De toute façon, je ne peux pas la voir parce que l'entreprise de nettoyage vient aujourd'hui pour la moquette. Ils seront sans doute en retard. C'est toujours comme ça. En fait, je devrais annuler.

J'ai tendu le bras vers mon téléphone.

— Ne faites pas ça. J'ai trouvé un cheveu blanc sur une de mes chaussettes aujourd'hui et je suis certain qu'il ne m'appartenait pas. Je pense même qu'il n'est pas humain.

J'ai reposé le téléphone.

— Et vous devriez aussi rappeler Jamie.

— Pourquoi ?

— Il vous avait déjà téléphoné avant ?

— Jamais.

— C'est sans doute important alors.

— Ou bien il a trop bu et il a composé mon numéro de téléphone par erreur.

Ma Vie a eu l'air agacé.

— Il voulait sans doute s'excuser pour ce qui s'est passé hier soir pendant le dîner. Mais ce n'est pas nécessaire : il n'a rien fait de mal. Il était de mon côté.

— Eh bien, rappelez-le au moins pour le lui dire.

— Je ne veux plus en parler.

— Très bien, faites comme bon vous semble mais ne venez pas pleurer ensuite.

— Vous pensez que c'est plus important que je passe des coups de fil plutôt que de passer du temps avec ma Vie ?

Je croyais tenir un bon argument.

Il a levé les yeux au ciel.

— Lucy, vous faites fausse route. Je ne souhaite pas que vous deveniez une égoïste qui passe ses journées en tête à tête avec sa Vie. Vous devez trouver un équilibre. Prenez soin de vous mais également des gens pour qui vous comptez.

— C'est trop difficile ! ai-je gémi en couvrant ma tête avec un oreiller.

— C'est la vie. Pourquoi voulais-je vous rencontrer ?

— Parce que je ne faisais pas assez attention à ma Vie. Parce que je ne m'occupais pas de vous.

J'ai répété ces mots comme on récitait une leçon.

— Et qu'est-ce que vous faites maintenant ?

— Je m'occupe de ma Vie. Je passe chaque seconde avec vous au point que je peux à peine aller aux toilettes toute seule.

— Vous auriez votre intimité si vous aviez changé l'ampoule dans la salle de bains.

— C'est trop compliqué, ai-je soupiré.

— En quoi ?

— Eh bien, d'abord c'est trop haut.

— Prenez un escabeau.

— Je n'en ai pas.

— Alors, montez sur les toilettes.

— C'est trop fragile, je vais passer au travers.

— Alors, montez sur le rebord de la baignoire.

— C'est dangereux !

Il s'est mis debout.

— Bon. Levez-vous.

J'ai râlé.

— Allez, debout !

Je me suis finalement levée comme une ado grognon.

— Maintenant, allez chez votre voisine et demandez-lui si vous pouvez lui emprunter un escabeau.

Je me suis laissée tomber sur le canapé.

— Allez ! a-t-il répété sur un ton sévère.

Je suis allée de mauvaise grâce jusque chez ma voisine avant de revenir quelques minutes plus tard avec un escabeau.

— Vous voyez, ce n'était pas si pénible.

— Nous avons parlé de la météo, alors si, c'était pénible. J'ai horreur de parler pour ne rien dire.

Il a grommelé.

— Bon, maintenant mettez-le dans la salle de bains.

Je me suis exécutée.

— Montez dessus.

J'ai suivi ses instructions.

— Dévissez l'ampoule.

Il m'a éclairée avec la lampe torche pour que je puisse voir ce que je faisais. J'ai dévissé l'ampoule usagée, en maugréant comme une enfant qu'on aurait forcée à manger des légumes verts. Elle s'est finalement détachée et j'ai arrêté de me plaindre pour me concentrer. Je lui ai tendu l'ampoule.

— Faites comme si je n'étais pas là.

J'ai de nouveau râlé avant de me mettre à chanter :

— Je déteste ma Vie, je déteste ma Vie.

J'ai répété ces paroles en allant déposer l'ampoule usagée dans le lavabo, en prenant la nouvelle ampoule et en remontant sur l'escabeau pour la visser. Je suis ensuite redescendue pour allumer l'interrupteur et la pièce s'est remplie de lumière.

— Super ! ai-je dit en tendant la main pour toper.

Il m'a regardée comme si j'étais la personne la plus pitoyable qu'il ait jamais vue.

— Je ne vais pas taper dans votre main juste parce que vous avez changé une ampoule.

J'ai baissé la main, vaguement honteuse, avant de me ressaisir.

— Et si on se remangeait des crêpes ?

— Vous pourriez plutôt faire un bon ménage dans cette pièce à présent qu'il y a de la lumière.

— Oh, non ! ai-je protesté. Vous voyez, c'est exactement pour cette raison que je ne veux rien faire : une chose en entraîne toujours une autre.

J'ai replié l'escabeau et l'ai posé dans l'entrée, sous le portemanteau, à côté de mes bottes pleines de terre que j'avais portées lors du dernier festival d'été où je m'étais rendue avec Blake ; ce même festival où, perchée sur ses épaules, j'avais montré mes seins à Iggy Pop.

— Vous n'allez pas le laisser ici ?

— Pourquoi pas ?

— Parce qu'il va prendre la poussière et rester ici les vingt prochaines années exactement comme vos bottes couvertes de boue. Rendez-le à Claire.

J'ai obéi en traînant l'escabeau derrière moi jusque chez elle.

De retour dans le salon, je lui ai pris la main :

— Allez, blottissons-nous sur le canapé comme tout à l'heure.

— Non.

Il s'est écarté de moi avant de se mettre à rire.

— Je ne vais pas passer toute la journée ici, j'ai décidé de prendre du temps pour moi.

— Comment ça ? Où est-ce que vous allez ?

Il a souri.

— J'ai besoin de me reposer.

— D'accord, mais où est-ce que vous irez ? Où est-ce que vous vivez ?

J'ai regardé en l'air.

— Là-haut ?

— À l'étage du dessus ?

— Non ! Vous savez bien...

J'ai refait un petit mouvement de tête vers le haut.

— Le ciel ?

Il a éclaté de rire.

— Ah ! Lucy, vous êtes vraiment drôle !

Je me suis mise à rire également comme si j'avais sorti une bonne blague.

— Je peux vous donner des devoirs avant de partir si vous voulez, comme ça, je ne vous manquerai pas.

J'ai fait la moue. Il s'est dirigé vers la porte.

— Bon, d'accord, revenez vous asseoir.

J'ai tapoté le canapé. Soudain, je ne voulais pas me retrouver seule.

— À quoi rêvez-vous Lucy ?

— Super ! J'adore les conversations sur les rêves !

Je me suis détendue.

— La nuit dernière, j'ai fait un rêve érotique avec le beau mec du train.

— Je suis à peu près sûr que c'est interdit par la loi.

— Nous n'avons pas fait ça dans le train.

— Peut-être, mais il est très jeune et vous allez bientôt avoir trente ans, m'a-t-il taquinée. Mais ce n'est pas ça qui m'intéresse ; ce que je voudrais savoir c'est quels sont vos désirs, vos ambitions ?

— Oh ! je vois, ai-je répondu avec lassitude.

J'ai réfléchi un instant avant de répondre :

— Je ne comprends pas la question.

Il a soupiré et m'a parlé comme si j'étais une enfant :

— Qu'est-ce que vous voudriez vraiment faire si vous en aviez la possibilité ? Dans le domaine du travail, par exemple.

J'ai réfléchi un moment.

— Être juge dans *X Factor* pour pouvoir critiquer les concurrents s'ils sont mauvais, ou bien actionner une trappe qui les enverrait dans une cuvette remplie de haricots ou quelque chose dans le genre. Ça, ce serait génial. Toutes les semaines on me féliciterait pour mon élégance et Cheryl et Dannii me demanderaient : « Oh, Lucy, où est-ce que tu as déniché cette robe ? » Et je leur répondrais : « Ça ? C'est une bricole que j'ai trouvée sur ma tringle à rideaux. » Et Simon dirait alors : « Hé, les filles, vous devriez demander quelques tuyaux à Lucy, elle est… »

— OK, OK, OK, a fait ma Vie en se massant les tempes du bout des doigts. Pas de meilleurs rêves ?

J'ai de nouveau réfléchi à la question. C'était stressant.

— Ce que je voudrais vraiment, c'est gagner au Loto, comme ça, je n'aurais plus à travailler et je pourrais m'offrir tout ce que je veux.

— Ce n'est pas réaliste.

— Pourquoi ? Ça arrive à des gens. Et la femme de Limerick, alors ? Elle a gagné trente millions d'euros et vit maintenant sur une île déserte, je crois bien.

— Donc votre rêve serait de vivre sur une île déserte.

— Pas du tout. Ce serait ennuyeux et en plus je déteste les noix de coco. En revanche, je prendrais l'argent.

— C'est vraiment un rêve passif, Lucy. Avoir un rêve, c'est se donner les moyens de le réaliser. Aller chez son buraliste pour remplir une grille de Loto n'est pas très glorieux. Vous devriez plutôt vous dire : « Si j'avais du courage et que je ne me préoccupais pas de ce que les gens pensent, voilà ce que je voudrais vraiment. »

— Je suis quelqu'un d'ordinaire, qu'est-ce que vous voulez que je vous dise ? Que j'aimerais visiter la chapelle Sixtine ? Je me fiche complètement de voir une peinture qui n'aurait d'autre effet sur moi que de me coller un torticolis. Ce n'est pas un rêve pour moi, c'est un passage obligé pendant un séjour à Rome, que j'ai d'ailleurs effectué avec Blake quand il m'a emmenée là-bas lors de notre premier week-end à l'étranger.

Je n'avais pas pu m'empêcher de me lever et de hausser le ton. Le problème qu'il soulevait me semblait vraiment sans intérêt.

— De quoi peuvent bien rêver les gens à part ça ? De sauter en parachute ? Je l'ai fait et j'ai même donné un cours. Je pourrais vous emmener sauter n'importe quel jour de la semaine si vous en aviez envie. Voir les grandes pyramides d'Égypte ? Je l'ai fait. Avec Blake, pour mon vingt-neuvième anniversaire. La chaleur était insupportable et les pyramides sont aussi grandes et majestueuses que vous l'imaginez, mais est-ce que j'y retournerais pour autant ? Non. Un type bizarre a tenté de m'attirer dans sa voiture pendant que Blake était aux toilettes à côté du McDonald's. Nager avec les dauphins ? Je l'ai fait. Est-ce que je le referais ? Non. Personne ne vous dit qu'en réalité, de près, ils puent. Du saut à l'élastique ? Je l'ai fait, quand Blake et moi étions à Sydney. J'ai même plongé à l'intérieur d'une cage au milieu des requins au Cap, sans parler d'un voyage en montgolfière avec Blake une année pour la Saint-Valentin. J'ai vécu ce que la plupart des gens rêvent de vivre.

J'ai ramassé une des pages du journal que j'avais lues et me suis arrêtée sur un article :

— Un septuagénaire veut prendre une navette spatiale pour voir la Terre depuis l'espace. C'est déjà assez pourri vu d'ici. Pourquoi voudrais-je voir la terre sous un autre angle ? Qu'est-ce que cela m'apporterait ? Ces rêves sont des pertes de temps. C'est la question la plus idiote que vous m'ayez jamais posée. J'ai toujours été super active. Vous insinuez que je suis vide et sans désirs ! Ça ne vous suffit pas de juger ma vie insuffisante, vous voudriez aussi que mes rêves le soient ?

J'ai pris une profonde inspiration après cette tirade.

Il s'est levé et a attrapé son manteau.

— OK. C'était une question idiote.

J'ai plissé les yeux.

— Pourquoi l'avoir posée alors ?

— Si cette discussion ne vous intéresse pas Lucy, nous ne l'aurons pas.

— Elle ne m'intéresse pas, mais je voudrais savoir pourquoi vous m'avez posé cette question, ai-je répliqué sur la défensive.

— Vous avez raison, vous avez manifestement vécu votre vie à son maximum et il ne vous reste plus rien à faire. Vous pourriez aussi bien mourir.

Sa réponse m'a sidérée.

— Je ne dis pas que vous allez mourir, Lucy, m'a-t-il expliqué, agacé. Du moins pas encore. Mais cela arrivera.

J'étais sous le choc.

— À tout le monde.

— Oui, bien sûr.

Il a ouvert la porte et s'est retourné vers moi.

— La raison pour laquelle je vous ai posé cette question c'est que, malgré vos dires et tous vos mensonges, vous n'êtes pas heureuse. Quand je vous demande ce que vous désirez le plus au monde, vous me répondez gagner de l'argent au Loto et m'acheter ce que je veux.

J'étais embarrassée par ce qu'il venait de me dire.

— Je continue de penser que la plupart des gens répondraient « le Loto ».

Il avait l'air excédé.

— Vous êtes en colère contre moi. Je ne comprends pas pourquoi. Tout ça parce que mon rêve ne vous convient pas. C'est vraiment ridicule.

Il m'a répondu très gentiment, ce qui m'a d'autant plus énervée.

— Je suis en colère non seulement parce que vous n'êtes pas heureuse mais également parce que vous ne savez pas ce que vous voulez. Je trouve ça… triste. Pas étonnant que vous n'avanciez pas.

J'ai réfléchi à ce qu'il venait de me dire, à mes rêves, mes envies, mes désirs, à ce qu'il fallait faire pour me sentir mieux. Mais cela n'a rien donné.

— Réfléchissez-y. À demain.

Il a pris son sac à dos avant de quitter l'appartement. Après avoir magnifiquement commencé, la matinée ne pouvait pas plus mal se terminer.

Je n'arrêtais pas de repenser à ses paroles. Comme toujours. J'ai essayé de réfléchir à mes rêves, à la personne que je voulais être, à ce que je désirais vraiment. Et j'en ai conclu que la seule chose que j'aurais vraiment voulue c'est que ma Vie ne me contacte pas ; j'aurais continué ainsi de vivre comme avant. Ma Vie avait tout compliqué, il avait tenté de faire bouger les choses alors que je me trouvais très bien comme j'étais. À cause de lui, tout avait changé et c'était impossible de faire marche arrière. Je regrettais ma petite vie tranquille, elle me manquait et j'allais la regretter pour toujours.

Vers midi, j'avais mal à la tête et un appartement toujours aussi sale. L'équipe de nettoyage n'était pas encore arrivée, comme je m'y attendais. À midi et quart, elle n'était toujours pas là. Vers midi et demi j'ai commencé à me réjouir qu'ils ne viennent pas et ai réfléchi à différentes options pour profiter au mieux de mon après-midi, mais je ne savais pas quoi faire. Melanie était partie. De toute façon nous n'avions eu aucun contact depuis notre dernière rencontre et je savais que je n'étais pas la personne à qui elle aurait voulu parler en priorité. Après le dîner de la veille et vu le mal que mes amis pensaient de moi, je n'avais aucune envie de les revoir. Certes, j'avais changé après ma séparation avec Blake, ce qui pouvait expliquer la réaction de mes amis. Mais c'était quand même dur à avaler.

J'étais perdue dans mes pensées quand quelqu'un a frappé à la porte. C'était Claire, le visage défait et en pleurs.

— Lucy, je suis vraiment désolée de vous déranger un dimanche, j'ai entendu la télévision et... je me demandais si ça vous embêterait de garder Conor encore une fois. L'hôpital m'a appelée pour me demander de venir d'urgence et...

Elle a fondu en larmes.

— Bien sûr. Ça vous ennuie si je le garde chez moi ? On doit venir pour nettoyer la moquette et il faut que j'attende ici.

Elle a réfléchi à ma proposition. Elle n'avait pas l'air emballé mais elle n'avait pas vraiment le choix. Elle est retournée chez elle. Je me suis demandé si elle attendait dans un coin en comptant lentement jusqu'à dix avant de revenir ou bien si elle faisait semblant de le prendre et de le sangler dans la poussette. J'ai ressenti une profonde tristesse pour elle. Tout à coup, la poussette a fait son apparition dans mon appartement, les sangles attachées.

— Il dort depuis cinq minutes, a-t-elle murmuré. Il dort généralement deux heures dans la journée. Je devrais être rentrée quand il se réveillera. Il n'est pas très bien ces derniers temps, je ne sais pas ce qu'il a.

Elle a froncé les sourcils et observé la poussette vide.

— Il se peut donc qu'il dorme un peu plus longtemps que d'habitude.

— OK.

— Merci.

Elle a jeté un dernier coup d'œil à la poussette avant de sortir. Un homme attendait devant sa porte.

— Nigel, a-t-elle dit d'une voix émue.

Il s'est retourné.

— Claire.

C'était l'homme que j'avais vu sur les photos, autrement dit son mari, le père de Conor. Il a regardé le numéro sur la porte d'entrée de Claire, puis celui qui figurait sur la mienne.

— Ce n'est pas le bon appartement ?

— Ici, c'est chez Lucy, notre... ma voisine. Elle va garder le bébé.

Il m'a jeté un regard qui m'a donné envie de disparaître sous terre. Il pensait sans doute que j'essayais de profiter d'elle.

Mais qu'est-ce que je pouvais faire ? Dire à Claire qu'il n'y avait pas d'enfant ? Au plus profond d'elle-même, elle devait le savoir.

— Bénévolement, ai-je précisé pour qu'il ne m'en veuille pas trop. Et puis elle ne pourrait pas sortir autrement.

Il a hoché la tête avec compréhension avant de s'adresser à elle gentiment.

— Je te conduis là-bas, OK ?

J'ai refermé ma porte.

— Coucou, ai-je dit en m'adressant à la poussette vide. Maman et papa reviendront vite.

Je me suis assise au comptoir. Mon mal de crâne ne s'était pas calmé. Monsieur Pan m'a rejointe et j'ai senti son nez froid contre mon oreille. J'ai tenté une recherche Google pour connaître les désirs et les ambitions des gens mais ça m'a immédiatement ennuyée et j'ai donc refermé mon ordinateur portable. Vers midi quarante-cinq, j'ai eu une idée. J'ai pris une photo du visage de Gene Kelly et je l'ai envoyée à Don Lockwood accompagnée de ce message :

— J'ai vu ça et j'ai pensé à vous.

Ensuite j'ai attendu. D'abord avec anxiété, puis avec espoir. La déception l'a finalement emporté et je l'ai ressentie comme une profonde blessure. Je ne pouvais pas lui en vouloir : je lui avais fait comprendre de ne pas essayer de me rappeler même si j'espérais qu'il le fasse quand même. Quand l'espoir s'est évanoui je me suis sentie déprimée, seule, vide, et perdue. Ça ne faisait même pas une minute que j'avais envoyé mon message.

J'ai ouvert le réfrigérateur et ai constaté qu'il n'y avait rien à l'intérieur. Je suis restée plantée là un moment. Et puis mon téléphone a émis un bip. J'ai fermé le réfrigérateur avant de plonger sur le téléphone. Typiquement, au même instant, on a sonné à la porte. J'ai décidé d'aller ouvrir et de lire le texto plus tard. Un homme avec une casquette bleue se tenait en face de moi et portait sur ses vêtements le logo rouge de l'entreprise Magi-moquette. La visière de sa casquette lui cachait le haut du visage. Il n'avait ni matériel ni outils et personne d'autre ne l'accompagnait.

— Roger ? ai-je demandé en faisant un pas de côté pour le laisser entrer.

— Roger, c'est mon père, m'a-t-il répondu en entrant dans l'appartement. Il ne travaille pas le week-end.

— Ah, d'accord.

Il a promené son regard autour de lui avant de me dévisager.

— On se connaît ?

— Heu… Je ne crois pas. Je m'appelle Lucy Silchester.

— Oui, j'ai votre nom sur le…

Il a levé son bloc-notes sans terminer sa phrase. Il me dévisageait de nouveau, ce qui était gênant. J'ai regardé ailleurs et avancé vers la cuisine pour passer derrière le comptoir. Comprenant qu'il m'avait mise mal à l'aise, il a reculé de quelques pas, ce que j'ai apprécié.

— Où sont les autres ? ai-je demandé.

— Les autres ?

— L'équipe de nettoyage. Vous travaillez à plusieurs, non ?

— Non, juste mon père et moi. Mais il ne travaille pas le week-end comme je vous l'ai dit, alors…

Il a regardé autour de lui.

— Ça vous va s'il n'y a que moi ?

Sa question m'a mise en confiance.

— Oui, bien sûr.

— Mon matériel est dans la camionnette. J'étais juste venu jeter un coup d'œil avant de tout décharger.

— OK. Vous avez besoin d'aide pour monter quelque chose ?

— Non, merci. Et puis vous ne pouvez pas laisser le bébé tout seul.

Il m'a souri et de petites rides se sont dessinées au coin de ses yeux ; tout à coup, c'était le plus bel homme que j'avais jamais vu. Et puis j'ai pensé à Blake et soudain je ne l'ai plus trouvé aussi beau. Ça se passait toujours de cette façon.

J'ai jeté un coup d'œil à la poussette.

— Oh ! mais ce n'est pas la mienne. Enfin, je veux dire, ce n'est pas le mien. C'est à la voisine. Enfin, c'est le bébé de la voisine. Je le garde.

— Quel âge a-t-il ?

Il a souri avec tendresse, et s'est penché pour voir à l'intérieur de la poussette.

J'ai baissé la capote pour l'en empêcher.

— Oh, environ un an. Il dort, ai-je ajouté comme pour expliquer mon geste.

— Je vais essayer de faire le moins de bruit possible. Est-ce qu'il y a un endroit sur lequel je dois me concentrer en particulier ?

— Juste sur le sol.

Ma réponse l'a fait rire.

— À quel endroit sur le sol ?

— Juste là où c'est sale.

Nous nous sommes mis à rire tous les deux. Il était vraiment beau, même comparé à Blake.

— Ça veut dire presque partout, a-t-il conclu.

Il a inspecté la moquette et j'ai réalisé soudain qu'un bel homme se trouvait dans mon misérable petit studio. J'étais gênée. Il s'est agenouillé et a examiné un coin de la moquette en particulier. Il l'a frottée d'une main.

— Est-ce que c'est... ?

— Heu, oui, je l'ai écrit dessus pour ne pas l'oublier. Je n'avais pas de papier à ma disposition.

Il m'a fait un grand sourire.

— Vous avez utilisé un feutre indélébile ?

— Heu...

Je suis allée le chercher dans le tiroir de la cuisine avant de le lui montrer.

Il l'a examiné.

— C'est un feutre indélébile.

— Ah... Vous pouvez l'effacer ? Parce que si ce n'est pas le cas, mon propriétaire va me rouler à l'intérieur de la moquette et nous jeter ensuite dehors.

— Je vais essayer.

Il m'a regardée d'un air amusé.

— Je descends chercher le matériel.

Je suis retournée m'assoir au comptoir avec l'intention de passer le temps en harcelant Don Lockwood. J'ai lu son texto.

— *Tiens, vous revoilà. Comment s'est passée votre semaine ?*

— *Personne n'a braqué de pistolet à eau sur moi depuis mardi dernier. Comment va Tom ?*

J'ai entendu le bip d'un téléphone dans le couloir. C'était sans doute le gars de la moquette qui revenait. Cependant, il n'est pas rentré. J'ai jeté un coup d'œil dans le couloir et je l'ai vu qui regardait son téléphone.

— Excusez-moi, a-t-il dit en le fourrant dans sa poche.

Il a ensuite ramassé un engin qui ressemblait à un énorme aspirateur et l'a porté jusque dans mon appartement. Les muscles de ses bras ont gonflé d'au moins trois fois la taille de ma tête. J'étais subjuguée.

— Si vous avez besoin de quelque chose, si vous êtes perdu ou quoi que ce soit d'autre, je suis assise ici.

Il a souri avant d'examiner mon énorme canapé.

— Il vient d'un plus grand appartement, ai-je expliqué.

— Il est super.

Il l'a observé avec attention, les mains posées sur les hanches.

— Ça risque d'être difficile pour le bouger.

— Il se démonte. Comme tout ce qui se trouve ici.

Il a regardé autour de lui.

— Ça vous dérange si j'en mets une partie sur le lit et une autre dans la salle de bains ?

— Pas du tout. Mais si vous trouvez de l'argent en dessous, il sera pour moi. Le reste vous pouvez le garder.

Il a soulevé le canapé. J'étais vraiment fascinée par ses bras musclés.

— Je n'en aurai pas vraiment l'utilité, a-t-il dit avec un sourire en regardant par terre un soutien-gorge rouge poussiéreux.

Comme je n'avais rien de drôle à répliquer, je me suis levée pour le ramasser mais dans la précipitation je me suis cognée le gros orteil contre le comptoir et j'ai terminé ma course sur le canapé.

— Merde !

— Ça va ?

— Oui, ai-je gémi.

J'ai ramassé mon soutien-gorge et l'ai roulé en boule. Je me suis ensuite frotté l'orteil jusqu'à ce que la douleur disparaisse.

— Je suis sûre que vous n'aviez jamais vu un soutien-gorge avant ; heureusement que je me suis jetée sur le sol de façon spectaculaire pour le récupérer, ai-je dit en serrant les dents.

Ça l'a fait rire.

— Qu'est-ce qu'il a ce type pour que les filles l'aiment à ce point ? a-t-il demandé en passant devant l'affiche sur laquelle on voyait Gene Kelly.

— C'était un danseur qui ne faisait pas dans l'esbroufe, ai-je expliqué en me massant l'orteil. Rien à voir avec ce truc prétentieux que faisait Fred Astaire en queue-de-pie et haut-de-forme. Gene était quelqu'un de simple.

Après cette parenthèse, il est retourné à son travail et s'est concentré dessus. À un moment, comme je n'entendais plus de bruit, j'ai regardé ce qu'il faisait. Il se tenait debout au milieu de la pièce avec une partie du canapé dans les mains, l'air perdu : il n'y avait plus de place sur le lit et la salle de bains, baignoire incluse, était complètement encombrée.

— Vous pouvez poser ça dans le couloir, lui ai-je proposé.

— Ça va bloquer le passage.

— Peut-être dans la cuisine alors ?

Il y avait un petit espace occupé par la poussette que j'ai donc déplacée.

En se dirigeant vers moi, il s'est cogné le pied. Ce qu'il tenait lui a échappé des mains et est venu atterrir dans la poussette.

— Oh, mon Dieu ! a-t-il crié. Oh, mon Dieu !

— Tout va bien. Tout va bien, il n'y a rien...

— Oh, merde. Oh, mon Dieu ! a-t-il répété en essayant tant bien que mal de réparer sa faute.

— Du calme, tout va bien. Il n'y a pas de bébé à l'intérieur !

Il a marqué un temps d'arrêt et m'a regardée comme si j'étais la personne la plus bizarre de la planète.

— Il n'y a pas de bébé ?

— Non, regardez.

Je l'ai aidé à dégager la poussette.

— Vous voyez, c'est vide.

— Mais vous avez dit…

— Oui, je sais. C'est une longue histoire.

Il a fermé les yeux et a pris une profonde inspiration. Son front était en sueur.

— Eh bien dites donc…

— Je suis vraiment désolée.

— Pourquoi m'avez-vous…

— Je préférerais qu'on n'en parle pas, s'il vous plaît.

— Mais vous…

— Je préférerais vraiment que vous ne me posiez pas de questions.

Il m'a de nouveau regardée en attente d'une explication mais j'ai secoué la tête.

— Merde, a-t-il murmuré.

Il a jeté un dernier coup d'œil sur la poussette pour être certain qu'il ne l'avait pas imaginée puis a entrepris d'installer l'énorme aspirateur. Il a ensuite sorti son téléphone de sa poche pour écrire un texto. J'ai regardé Monsieur Pan en faisant la moue : nous allions être coincés ici toute la journée, s'il n'arrêtait pas avec son portable.

Il s'est finalement tourné vers moi.

— Alors, je vous explique le fonctionnement : d'abord je lave la moquette à l'eau chaude, ensuite je la traite et enfin je la désodorise !

— On dirait une pub. Vous en avez déjà tourné une ?

— Non, a-t-il grogné. Mais mon père oui. Il se prend un peu pour un acteur. Il rêverait que j'en tourne une un jour, mais plutôt mourir.

— Ça pourrait être drôle, ai-je dit en riant.

Il m'a regardée en écarquillant les yeux.

— Vraiment ? Vous accepteriez, vous ?

— Si vous me payez je suis prête à tout.

J'ai froncé les sourcils.

— Sauf ce que j'ai l'air de suggérer. Je ne ferai pas ça.

— Je ne le vous demanderai pas. Du moins pas pour de l'argent.

Il s'est mis à rougir.

— Heu... On peut changer de sujet ?

— Oui, s'il vous plaît.

Mon téléphone a émis un bip et nous en avons profité pour mettre fin à cette conversation embarrassante.

— *Foutu Tom. Il a rencontré une fille et emménage avec elle la semaine prochaine. Très bel homme au teint mat de trente-cinq ans trois quarts cherche colocataire pour partager le loyer.*

Je lui ai répondu.

— *Vous aussi vous cherchez quelqu'un ?! Je ferai passer le mot. Question personnelle : quel est votre rêve ? Ce que vous désirez le plus ?*

Le portable du laveur de moquette a fait un bip. J'ai ronchonné, mais il n'a pas entendu à cause du bruit de l'aspirateur. Il l'a éteint et a sorti son téléphone.

— Vous êtes très demandé aujourd'hui.

— Oui, je suis désolé.

Il s'est arrêté pour lire le message et a répondu. Mon téléphone a vibré.

— *Un café. J'en ai vraiment besoin.*

Je l'ai observé. Il ne travaillait plus avec la même efficacité ; il avait l'air complètement ailleurs. Je suis descendue du tabouret.

— Vous voulez un café ?

Il n'a pas réagi.

— Excusez-moi, ça vous dirait un café ? ai-je répété plus fort.

Il a levé la tête.

— Vous avez lu dans mes pensées. Je veux bien, merci.

Je lui ai donné une tasse de café, dont il a bu une gorgée avant de la poser sur le comptoir. Il est ensuite retourné travailler. De mon côté, j'ai relu les messages en attendant de recevoir une vraie réponse à ma question. Le gars de la moquette a de nouveau sorti son téléphone. J'ai vraiment eu envie de lui faire la remarque mais je n'ai rien dit. Il avait un petit sourire coquin en rédigeant son texto et j'ai immédiatement détesté la personne qui allait le recevoir. Il écrivait à une fille et ça me rendait jalouse.

— Est-ce que ça va prendre longtemps ? ai-je demandé sans amabilité.

— Pardon ?

Il a levé la tête de son téléphone.

— La moquette. Ça va prendre longtemps ?

— Environ deux heures.

— Bon, je vais aller promener le bébé.

Il a eu l'air déconcerté. Il pouvait l'être. Je l'étais moi-même.

Dans l'ascenseur, j'ai reçu la réponse de Don.

— *Mon rêve serait de gagner à la loterie. Je pourrais quitter mon boulot et ne plus jamais avoir à travailler. Mais ce que je voudrais vraiment, c'est vous rencontrer. OK ?*

L'ascenseur avait atteint le rez-de-chaussée mais j'étais si surprise que j'en ai oublié de sortir. Je n'en revenais pas que nous ayons le même rêve. Et surtout, cette dernière phrase me laissait songeuse : elle était peut-être banale, mais n'en restait pas moins adorable (un peu effrayante également).

L'ascenseur est remonté avant que j'aie le temps d'appuyer sur un bouton. Je me suis adossée contre la paroi en poussant un soupir. Il s'est finalement arrêté à mon étage. M. Magi-moquette se tenait sur le seuil.

— Tiens !

— J'ai oublié de sortir.

Il s'est mis à rire et a regardé dans la poussette.

— Alors, comment il s'appelle ?

— Conor.

— Il est mignon.

Nous avons ri.

— Vous êtes certaine qu'on ne se connaît pas ?

Je l'ai bien regardé.

— Vous n'avez jamais été agent de change ?

— Non, a-t-il répondu en riant.

— Vous n'avez jamais fait semblant d'en être un ?

— Jamais.

— Alors, non.

Je m'en serais souvenue si je l'avais déjà rencontré : sur « l'échelle de Blake » il était presque au sommet. Il m'était vaguement familier mais c'était peut-être parce que je l'avais espionné toute la matinée comme une vieille fille. J'ai froncé les sourcils et secoué la tête.

— Je suis désolée mais je ne connais même pas votre nom.

Il a pointé son doigt sur sa poitrine où on pouvait lire son nom : Donal.

— Ma mère l'a cousu ; elle trouve ça plus moderne. C'est elle aussi qui a eu l'idée de faire une pub. Un jour, elle a lu un bouquin de marketing sur Starbucks et maintenant elle se prend pour Donald Trump.

— Sans la coupe de cheveux, j'espère.

Ça l'a fait rire. Les portes se sont ouvertes et il m'a laissée sortir la première.

— Ouah ! me suis-je exclamée en découvrant sa camionnette une fois à l'extérieur.

Elle était jaune vif avec un logo « Magi-moquette » rouge. Sur le toit était posé un tapis en plastique plus grand que nature.

— Vous vous rendez compte ? C'est cet engin qu'on me force à conduire. Le tapis se met à tourner quand j'allume le moteur.

— Une idée piochée dans un livre par votre mère, j'imagine. Mais vous vous en servez uniquement pour le travail, non ? Ce n'est pas comme si vous deviez la conduire tous les jours.

À la façon dont il m'a regardée, j'ai compris que ma supposition était fausse. Alors j'ai formulé les choses autrement.

— Vous en auriez de la chance si vous pouviez la conduire tous les jours !

Il a ri.

— Ouais, un vrai piège à filles !

— Ça ressemble à une voiture de super-héros, ai-je ajouté tandis que j'en faisais le tour, et il s'est mis à considérer la camionnette d'un autre œil.

— Je n'avais jamais pensé à ça.

Il m'a de nouveau observée. J'ai eu l'impression qu'il voulait me demander quelque chose mais qu'il n'osait pas. Ça m'a donné la chair de poule.

— J'aurai terminé dans une heure environ, m'a-t-il dit finalement. La moquette sera mouillée. Je vous conseille de ne pas marcher dessus pendant quelques heures. Je reviendrai ce soir pour remettre vos meubles en place si vous voulez et pour voir avec vous si vous êtes satisfaite du résultat.

J'allais lui dire qu'il n'avait pas besoin de se déranger mais je me suis retenue, parce que je n'aurais pas pu soulever les meubles toute seule et que j'avais envie de le revoir.

— Pour la porte, vous n'aurez qu'à la fermer derrière vous.

— OK, super. Ravi d'avoir fait votre connaissance, Lucy.

— Ravie d'avoir fait la vôtre, Donal. À plus tard.

— Oh, mais c'est un rendez-vous, a-t-il dit, et nous avons ri.

Conor et moi nous sommes assis sur un banc dans le parc et quand il n'y a eu plus personne aux alentours, je l'ai posé sur la balançoire. Je savais qu'il n'existait pas, mais par compassion pour Claire et lui, je l'ai poussé jusqu'à ce que le soleil disparaisse derrière les arbres en espérant que sa petite âme, où qu'elle soit, y prenne plaisir tout comme la mienne.

Ce soir-là, après avoir rendu la poussette à Claire et retiré mes chaussures, j'ai installé un grand tabouret au milieu de la pièce pour regarder la dernière émission de Blake. Au moment où elle commençait, j'ai entendu un bruit de clé dans la serrure et ma Vie est entré vêtu d'une nouvelle veste.

— Où est-ce que vous avez eu la clé ?

— J'ai fait un double de la vôtre quand vous dormiez, a-t-il répondu en se débarrassant de sa veste et en posant ses clés sur le comptoir comme s'il vivait ici.

— Merci de m'avoir demandé la permission.

— Je n'en avais pas besoin, votre famille m'a donné son accord en signant les papiers.

— Ha, ha, ha ! ai-je fait tandis qu'il s'apprêtait à marcher sur la moquette. Retirez vos chaussures, elle vient d'être nettoyée.

Il a obéi.

— Qu'est-ce que vous regardez ? a-t-il demandé en voyant l'image figée d'un serpent sortant d'un panier sur l'écran de la télévision.

— L'émission de Blake.

Il a levé les sourcils et m'a observée avec perplexité.

— Vraiment ? Je croyais que vous ne regardiez jamais cette émission.

— Si, de temps en temps.

— C'est à dire ?

— Seulement le dimanche.

— Je crois bien que cette émission ne passe que le dimanche.

Il a installé un tabouret à côté de moi.

— La moquette n'a pas l'air vraiment plus propre.

— C'est parce qu'elle est encore mouillée. Elle s'éclaircira quand elle sera sèche.

— À quoi ils ressemblaient ?

— Qui ?

— Les gens pour la moquette.

— Il n'y avait qu'un homme.

— Et ?

— Il était très sympa et il a nettoyé la moquette. Vous pourriez arrêter de parler, je voudrais bien regarder l'émission.

— C'est bon, pas la peine de vous énerver.

Monsieur Pan a sauté sur ses genoux et nous avons regardé Blake, mal assis sur nos tabourets. Il était en train d'escalader une montagne. Il portait un débardeur bleu marine couvert de sueur qui mettait en valeur sa musculature, ce qui m'a rappelé le gars de la moquette. C'était vraiment inhabituel que Blake, l'homme le plus parfait de l'univers, me fasse penser à un autre homme. J'ai comparé la taille de leurs muscles.

— Est-ce qu'il fait des UV ?

— Chut.

— Et ses acrobaties, il les réalise lui-même ?

— Chut !

J'ai mis l'émission sur pause pour voir si cette fille était là. Mais non.

— Qu'est-ce que vous faites ?

— Taisez-vous.

— C'est quoi cette obsession pour Blake ?

— Je ne suis pas obsédée.

252

— Je veux parler d'hier soir. Je sais que vous ne voulez pas en parler mais je pense que nous devrions. Vous vous êtes séparés il y a trois ans ! C'est quoi leur problème à vos amis ? En quoi ça les concerne ce qui s'est passé entre vous et Blake ?

— Blake est leur centre de gravité, ai-je expliqué en le regardant grimper la paroi montagneuse à mains nues. Nous deux l'avons toujours été, croyez-le ou non. C'est grâce à nous que les autres se sont rencontrés. Nous organisions les repas, les fêtes, les vacances, les sorties, les voyages, ce genre de trucs.

J'ai mis sur pause pour étudier la scène avant d'appuyer sur lecture.

— Blake est plein de vitalité, il est comme une drogue, tout le monde l'apprécie.

— Pas moi.

— Vraiment ?

Je l'ai regardé avec surprise avant de me tourner rapidement vers la télévision pour ne pas en rater une miette.

— Vous n'êtes pas objectif, ça ne compte pas.

J'ai de nouveau appuyé sur pause avant de remettre sur lecture.

— Qu'est-ce que vous faites exactement ?

— Taisez-vous à la fin !

— Arrêtez de me dire de me taire, s'il vous plaît.

— Alors, faites en sorte que je n'aie pas à vous le répéter !

Il a regardé le reste de l'émission en lançant de temps à autre quelques remarques désobligeantes. Après la séquence dans le souk où l'on voyait Blake marchander et essayer de charmer des serpents (ma Vie s'est moqué de lui de façon puérile), il s'est installé dans un café à Jamaâ el-Fna, la plus grande place de la vieille ville, pour lancer sa conclusion.

— Quelqu'un a dit un jour : « Le monde est un livre et ceux qui ne voyagent pas n'en lisent qu'une seule page. »

Ma Vie a grommelé et fait mine de vomir.

— Quel ramassis de conneries.

Ça m'a étonnée : j'aimais plutôt bien cette citation.

Blake a terminé son discours sur un clin d'œil. J'ai savouré l'instant, en regardant avec attention son visage pendant les dernières secondes de la dernière émission de l'année. Après ça, je n'aurais de ses nouvelles qu'à travers la propagande pro-Blake véhiculée par mes amis, si je les revoyais un jour.

— Vous pensez qu'il pourrait vous avoir quittée parce qu'il est gay ?

J'ai serré la mâchoire et me suis retenue de le faire tomber de son tabouret. Mais ça n'aurait servi à rien. Et puis tout à coup mon existence a basculé. Des yeux non entraînés ne l'auraient sans doute pas remarquée, mais les miens si ; même mon œil le plus faible (depuis que Riley avait lancé dessus une boulette de papier à l'aide de son stylo quand j'avais huit ans) l'avait vue. Mes tendances paranoïaques n'étaient pas en cause. J'ai appuyé sur pause. Elle était là. Jenna. La garce australienne. Du moins je pensais que c'était elle. Ils se trouvaient dans un café très animé, assis en compagnie d'une douzaine d'autres personnes autour d'une table sur laquelle s'entassaient des quantités de nourriture. On aurait dit la cène. Je suis descendue de mon tabouret et me suis postée devant l'écran. Si c'était elle, ce serait effectivement son dernier repas.

— Hé ! Attention à la moquette ! a crié ma Vie.

— Je me fous de la moquette ! ai-je répondu sur un ton venimeux.

— Holà !

— La petite...

J'ai fait les cent pas devant l'arrêt sur image où on les voyait trinquer ostensiblement en se regardant droit dans les yeux.

— La garce ! ai-je finalement lâché.

J'ai rembobiné et me suis repassé la scène. J'ai étudié leur attitude : sans aucun doute possible ils se regardaient droit dans les yeux tandis qu'ils portaient un toast. Qu'est-ce que cela signifiait ? Était-ce un code entre eux qui voulait dire : ça te dirait qu'on trinque ensemble ce soir, comme la dernière fois au sommet de l'Everest ? Rien qu'à l'idée, j'ai eu envie de vomir. J'ai essayé ensuite de traduire leur langage corporel et ai même examiné ce qu'il y avait dans leur assiette. Ils avaient partagé ensemble quelques plats, ce qui a fini de me dégoûter. Mon sang n'a fait qu'un tour. J'aurais voulu entrer dans le poste de télévision pour pouvoir les séparer et enfoncer des boulettes de viande à la marocaine dans la gorge de cette garce.

— Qu'est-ce qui ne tourne pas rond chez vous ? a demandé ma Vie. Vous avez l'air d'une possédée et en plus vous êtes en train d'abîmer la moquette.

Je me suis retournée et l'ai fixé droit dans les yeux.

— Je sais pourquoi vous êtes ici.

— Pourquoi ? a-t-il demandé d'un air inquiet.

— Parce que je suis toujours amoureuse de Blake. Et je sais quel est mon rêve maintenant, ce que je voudrais vraiment si j'avais du courage et que je me moquais du qu'en-dira-t-on. C'est lui, c'est lui que je veux ! Je dois le retrouver !

17

— Il faut que je le voie, ai-je déclaré en marchant de long en large. Nous devons y aller ensemble.

— Certainement pas.

— C'est la raison pour laquelle vous êtes ici.

— Non... Je suis ici parce que vous vous faites des illusions.

— Je suis amoureuse de Blake, ai-je répondu en continuant de faire les cent pas tout en essayant d'échafauder un plan.

— Vous êtes en train d'abîmer la moquette.

— Je savais bien qu'elle voulait jeter son dévolu sur lui. Je l'ai compris le jour où je l'ai rencontrée et qu'elle lui a demandé s'il désirait des glaçons et du citron dans sa boisson. À la façon dont elle lui a demandé, j'ai tout de suite compris : « Des glaçons, vous voulez des glaçons avec ? »

— Holà, attendez, de qui parlons-nous maintenant ?

— D'elle.

J'ai arrêté de m'agiter dans tous les sens et ai pointé la télécommande vers la télévision comme s'il s'agissait d'une arme.

— Jenna. Jenna Anderson !

— Qui est-ce ?

— Son assistante. Je n'arrivais pas à savoir si elle travaillait dans les bureaux ou sur le terrain avec lui, mais maintenant je sais. Maintenant j'en suis sûre.

Je me suis remise à marcher de long en large.

— De quoi êtes-vous sûre ?

— Qu'elle est son assistante sur le terrain ! Vous suivez, oui ? Où est passé mon ordinateur ?

J'ai piétiné la moquette encore humide pour le récupérer dans le placard. Pendant que l'ordinateur se mettait en route j'ai dévoré un cookie. Ma Vie m'observait depuis son tabouret. Je suis allée sur la page Facebook de cette fille pour vérifier son statut. Et ce que j'ai découvert m'a coupé le souffle.

— Qu'est-ce qui se passe encore ? a-t-il demandé d'un air las.

— Son statut a été mis à jour.

— Qu'est-ce qu'elle est maintenant ? Gardienne de troupeaux ? a-t-il demandé en la voyant entourée d'hommes encapuchonnés sur l'écran de télévision.

— Non.

Mon cerveau fonctionnait à plein régime. Je savais bien que je devais faire confiance à ma paranoïa.

— Est-ce que son nouveau statut est précisé ?

— Non.

J'ai cherché un moyen d'accéder au contenu complet de sa page Facebook.

— Je parie qu'elle a des photos où on les voit ensemble là-dedans, accompagnées d'un tas de commentaires et de renseignements. Si je pouvais y accéder, je pourrais tout regarder et en avoir le cœur net.

— Il ne faut pas demander aux gens s'ils veulent être amis avec vous pour accéder à ce genre de choses ?

— Je lui ai déjà demandé. Elle a répondu non, la garce.

— Vous auriez dû changer de nom.

— Je l'ai fait.

— Alors vous auriez dû essayer avec votre vrai nom.

— Vous êtes dingue ? Est-ce qu'un espion se sert de sa véritable identité ?

— Ah, vous êtes une espionne maintenant. OK, 007, je pense que vous devriez vous calmer.

— Je ne peux pas me calmer ! Ils sont ensemble depuis peu de temps. De quand date l'émission ? Je peux encore les séparer, ai-je lancé remplie d'espoir.

J'ai couru de la cuisine à ma chambre.

— Oh ! là, là ! Faites attention à la moquette ! a-t-il crié.

— Je m'en fous de cette moquette ! ai-je répondu de façon théâtrale. C'est ma vie qui est en jeu !

J'ai attrapé une valise en haut de l'armoire et ai commencé à y fourrer des vêtements pris au hasard, rien qui puisse former une tenue complète, juste pour me défouler.

— Je suis votre Vie et je vous demande d'arrêter deux minutes pour réfléchir.

Je lui ai obéi, mais seulement parce que j'avais besoin de lui. J'étais en train de concevoir un plan dans lequel il devait jouer un rôle central.

— Vous ne faites quand même pas votre valise pour lui courir après... au Maroc !

— Je ne pars pas au Maroc. Je vais dans le Wexford.

— Pas très romantique. Les aventures de Thelma et Louise auraient été drôlement différentes si elles avaient décidé de passer dans ce coin.

— Son centre d'activités en plein air se trouve là-bas. Si je prends Sebastian pour m'y rendre maintenant, je pourrais y être dans la matinée.

— Cela me paraît peu probable que vous puissiez vous y rendre avec Sebastian. En plus, vous devez aller au travail demain matin.

— Je déteste mon boulot.

— Vous m'avez dit que vous l'aimiez.

— J'ai menti. J'aime Blake.

— Je croyais que vous aviez tourné la page.

— J'ai menti. Je déteste mon travail et j'aime Blake !

Il a poussé un soupir.

— Avec vous, c'est un pas en avant et deux pas en arrière.

— Je dois y aller, ai-je dit plus calmement. C'est pourquoi vous êtes ici. Je le sais. Quand vous êtes parti j'ai fait une recherche Google pour savoir ce dont les gens rêvaient. Parce que vous aviez raison, je n'avais pas de rêves, ce qui est plutôt triste.

— Je ne sais pas ce qui est le plus triste : ne pas avoir de rêves ou bien faire une recherche Google sur ceux des autres.

— C'était pour trouver une source d'inspiration. D'ailleurs, vous savez ce qu'une personne a écrit ?

J'étais tout excitée maintenant que cela s'appliquait également à moi.

— Elle a écrit que ce qu'elle voulait vraiment c'était être de nouveau avec l'amour de sa vie.

J'étais émue.

— C'est romantique, non ?

— Pas vraiment si l'amour de sa vie est un type égoïste au bronzage artificiel.

— Une fois que vous aurez fait sa connaissance vous changerez d'avis. Tout le monde l'apprécie.

— Il ne vous aime pas, a répliqué ma Vie sans ménagement. Il vous a quittée. Il y a trois ans. Qu'est-ce qui vous fait penser qu'il en sera autrement aujourd'hui ?

Ma gorge s'est serrée.

— Parce que j'ai changé. Vous m'avez transformée. Il m'aimera peut-être maintenant.

Ma Vie a levé les yeux au ciel et a finalement capitulé.

— Bon, d'accord, je vais venir avec vous.

J'ai sauté de joie avant de le prendre dans mes bras. Il n'a pas bougé.

— Mais vous devez me promettre que vous irez au travail demain. Vous êtes dans une situation délicate et cela n'arrangera rien si vous n'y allez pas. Et il faut que vous voyiez votre mère aussi. Vous pouvez aller retrouver Blake mardi, après le travail. Voyager de nuit pour pouvoir retourner au bureau mercredi.

— Je croyais que vous vouliez que je fasse attention à moi, ai-je protesté. Je croyais que le travail empêchait de s'occuper des choses qui comptent vraiment.

— C'est vrai. Mais ce n'est pas le cas cette fois. C'est même le contraire.

— Qu'est-ce que vous voulez dire ?

— Que maintenant, c'est Blake qui vous détourne de ce qui compte vraiment. Vous avez de telles œillères que vous ne reconnaîtriez même pas l'homme de vos rêves s'il se tenait juste à côté de vous.

J'ai écarquillé les yeux, ne comprenant pas très bien où il voulait en venir.

— Non, pas moi.

— Ouf !

— Il pourrait même se trouver derrière cette porte, a-t-il ajouté sur un ton mystérieux.

Et pile à ce moment-là, on a sonné. Je suis restée figée sur place avant de me ressaisir ; je ne croyais pas aux coïncidences, je ne faisais même pas confiance au GPS. Je me suis tournée vers ma Vie. Il m'a souri en haussant les épaules.

— J'ai entendu des pas dans le couloir, alors j'ai tenté le coup.

J'ai fait les gros yeux avant d'ouvrir la porte. C'était le type pour la moquette. Je l'avais complètement oublié.

— Désolé, j'ai été retardé sur un autre chantier ; j'aurais bien voulu vous appeler mais ma batterie est déchargée. Du coup, je vais être en retard pour mon prochain rendez-vous et mon père va piquer une crise. Est-ce que je pourrais vous emprunter un chargeur ou bien utiliser votre téléphone pour appeler...

Il est entré dans l'appartement et a vu ma Vie. Il a eu l'air un peu ennuyé, n'a pas continué son histoire et lui a fait un signe de tête.

— Bonjour.

— Salut, je suis un ami de Lucy, a dit ma Vie, en balançant ses jambes du haut de son tabouret. Nous ne sommes pas du tout ensemble.

— OK, a répondu Donal en riant.

— Maintenant que vous êtes ici pour vous occuper de cette jeune femme écervelée, je m'en vais.

Il s'est levé de son tabouret.

— Toutes ces traces sur la moquette sont de sa faute. C'est une folle furieuse qui ne tient pas en place.

Donal a examiné le sol avec attention.

— Mais qu'est-ce qui s'est passé ici ? Un tournoi de catch ?

— Métaphoriquement parlant, oui, a répondu ma Vie.

— Vous ne pouvez pas partir, il y a beaucoup de choses à régler, ai-je lancé à ma Vie, paniquée.

— Quoi, par exemple ?

— Le voyage !

Donal a déplacé la valise pour atteindre les meubles.

— Le comté de Wexford, a expliqué ma Vie à Donal sur un ton las.

— Où se trouve un centre de loisirs en plein air, ai-je précisé en insistant sur les mots.

— À Bastardstown précisément, a ajouté ma Vie en levant un sourcil.

— Ah oui, le centre de loisirs du type de la télé. J'ai vu une pub pour ça. Blake quelque chose.

— Blake Jones, ai-je dit avec fierté.

— Oui, c'est lui.

Donal a fait une moue qui suggérait qu'il n'aimait pas Blake.

— « Et n'oubliez pas, a-t-il déclaré en prenant un accent snob, la véritable sagesse, c'est de savoir qu'on ne sait rien. »

Ma Vie a éclaté de rire et a applaudi.

— C'est exactement ça ! N'est-ce pas Lucy ?

Je me suis renfrognée.

— C'est son ex-petit ami, a expliqué ma Vie à Donal dont le sourire s'est instantanément évanoui.

— Je suis vraiment désolé, j'aurais mieux fait de me taire.

— Ne vous inquiétez pas, a dit ma Vie en esquissant un geste négatif de la main. Comme dirait Blake : « Rien de ce qui est digne d'être connu ne peut s'enseigner. »

Donal s'est mis à rire avant de se reprendre par égard pour moi.

— Nous parlerons de notre grand voyage demain. En attendant, vous pourriez prêter votre téléphone à monsieur pour qu'il appelle son père.

— Ma batterie est faible, ai-je répondu à ma Vie.

Il m'a jeté un regard mauvais et m'a parlé sur un ton menaçant :

— Lucy, donnez-lui votre téléphone.

— La batterie est faible, ai-je répété lentement pour qu'il comprenne.

— D'accord, vous l'aurez voulu.

Ma Vie s'est adressé à Donal :

— Donal, je ne suis pas un ami de Lucy. Je suis sa Vie. Je l'ai contactée afin de remettre un peu d'ordre dans son existence. Je passe du temps avec elle parce qu'elle a besoin de moi en ce moment, même si à ce stade je commence à me demander si elle n'aurait pas besoin d'être soignée. À part ça, vous avez fait du très bon travail pour sa moquette.

J'étais estomaquée.

— Vous avez menti au sujet de la batterie de votre portable, a-t-il expliqué pour justifier ses paroles.

J'étais incapable de prononcer le moindre mot. J'ai fouillé dans ma poche et ai tendu à contrecœur mon téléphone à Donal.

J'ai ouvert la porte pour qu'il puisse aller téléphoner tranquillement dans le couloir. J'en ai profité pour dire à ma Vie sur le ton de la confidence :

— J'espère que vous ferez passer ça en note de frais. Je ne peux même pas payer ma propre facture, alors payer en plus les coups de fil des autres...

— Je vous donnerai cinquante centimes d'euros, a répondu ma Vie sur un ton insolent avant de disparaître dans le couloir.

Quand je me suis retournée, Donal me regardait avec une drôle d'expression comme s'il avait vu un fantôme.

— Quoi ? ai-je demandé, inquiète. Qu'est-ce qui s'est passé ?

— Où est-ce que vous avez eu cette photo ?

Il m'a montré la paire d'yeux de Don Lockwood que j'avais enregistrée comme fond d'écran sur mon téléphone.

— L'homme à qui ils appartiennent me les a envoyés, ai-je répliqué, perplexe. Pourquoi ?

— Ce sont les miens !

18

— Qu'est-ce que vous racontez ?

J'ai essayé de comprendre avant d'être submergée par la colère. OK, je ne connaissais pas Don Lockwood et j'étais tombée sur lui par erreur, mais j'avais été honnête avec lui, comme je ne l'avais jamais été avec personne d'autre, moi-même incluse, depuis au moins deux ans, voire davantage. Qu'il se soit joué ainsi de moi était très dur à avaler.

— Pourquoi aurait-il pris une photo de vos yeux pour me les envoyer ?

Il avait un grand sourire comme s'il riait intérieurement à une blague que je ne saisissais pas.

— Non, j'ai pris la photo. Je vous l'ai envoyée. Je suis Don, Lucy.

— Non, non, vous êtes Donal, c'est écrit Donal sur votre chemise.

Et une chemise ne mentait pas, ne pouvait pas mentir : c'était une chemise.

— C'est ma mère qui l'a cousu. Elle est la seule personne au monde à m'appeler Donal. Lucy...

Il a insisté sur mon prénom et a souri.

— Bien sûr, vous êtes Lucy.

Je l'ai dévisagé comme une idiote qui tentait vainement de comprendre quelque chose. Il a retiré sa casquette, a ébouriffé ses cheveux avant de me regarder. Et soudain, j'ai été frappée par ses yeux ; j'ai rejeté la tête en arrière comme si on m'avait donné un coup de poing. C'était les yeux que j'avais regardés toute la semaine et à présent ils étaient dans la même pièce que moi ; ils bougeaient, au-dessus d'un nez parfait et de petites rides séduisantes les soulignaient. Je ne sais pas si un autre être humain avait déjà vécu ça, mais je me suis sentie fondre.

— Vous avez enregistré mes yeux en fond d'écran, a-t-il dit en souriant avec fierté.

— J'ai trouvé qu'ils étaient jolis. Pas aussi jolis que vos oreilles, mais jolis tout de même.

Il a tourné la tête sur le côté et m'a montré fièrement son oreille gauche.

J'ai émis un sifflement admiratif qui l'a fait rire.

— Je le savais ! s'est-il exclamé. Je n'arrêtais pas de vous regarder, parce que je savais que je vous connaissais. Finalement, ce n'était pas un mauvais numéro.

— Quelquefois les mauvais numéros sont les bons, ai-je dit, répétant, surtout pour moi, la phrase qu'avait prononcée ma Vie.

J'avais pensé alors que c'était juste un trait d'esprit mais pour une fois c'était à prendre au pied de la lettre. Cependant, je cherchais encore à comprendre.

— Mais j'ai demandé aux renseignements de me connecter à l'entreprise, pas à votre portable.

— Vous avez téléphoné le week-end. Mon père ne travaille pas le week-end ; les appels vers le bureau sont transférés sur mon portable.

— Je suis vraiment stupide. J'ai entendu du brouhaha comme dans un pub et j'ai simplement supposé…

— Vous n'êtes pas stupide, m'a-t-il dit doucement. Vous êtes juste idiote.

Je me suis mise à rire.

— Nous nous sommes envoyé des textos toute la journée alors que nous étions à quelques mètres l'un de l'autre.

Quelle ironie : la personne à qui il avait envoyé des messages pendant tout ce temps et que j'avais fini par détester n'était autre que moi-même.

— Ce n'était d'ailleurs pas très professionnel de votre part, ai-je ajouté.

— Je ne pouvais pas m'en empêcher. Au fait, vous n'avez pas répondu à mon dernier texto, ce qui n'est pas très poli.

Il m'a rendu mon téléphone et j'ai relu la fin de son dernier message.

— *Mais ce que je voudrais vraiment, c'est vous rencontrer. OK ?*

Il a attendu que je lui donne une réponse mais plutôt que de la lui dire directement, je lui ai répondu par texto :

— *OK. On se retrouve dans cinq minutes pour prendre un café ?*

J'ai posé mon portable et suis allée prendre deux grandes tasses et du café soluble dans le placard.

— Qu'est-ce que vous faites ? m'a-t-il demandé.

J'ai fait mine de l'ignorer. Son portable a émis un bip. Je l'ai observé discrètement. Il a lu le message et m'en a renvoyé un. Il a fait ensuite comme si je n'étais pas là : il a enlevé les différents éléments du canapé qui encombraient mon lit avant de les remettre en place devant la télévision. Je l'ai regardé faire pendant que l'eau chauffait dans la bouilloire.

Mon téléphone a émis un bip à son tour.

— *Je finis mon travail et je vous retrouve dans cinq minutes.*

J'ai souri. Nous avons vaqué à nos occupations en silence : j'ai préparé du café, il a installé le canapé. Après quoi, il m'a rejointe dans la cuisine.

— Salut, Don Lockwood, a-t-il dit en me tendant la main.

— Je sais, lui ai-je répondu en lui tendant en retour une tasse de café. Comment s'est passé le travail ?

Il a regardé sa tasse avant de la poser sur le comptoir. Il a pris la mienne et l'a placée à côté de la sienne. Il s'est rapproché de moi, a mis sa main sur mon visage avec beaucoup de tendresse et m'a embrassée.

La dernière fois que j'avais embrassé quelqu'un aussi longtemps, c'était lors d'une boum en colonie quand j'avais douze ans. Gerard Looney et moi nous étions roulé des patins sans reprendre notre respiration pendant trois slows consécutifs. Je ne pouvais pas m'arrêter et je n'en avais aucune envie. Juste pour changer de décor, nous sommes passés automatiquement du linoléum à la moquette fraîchement lavée et légèrement humide avant de nous effondrer sur le lit.

— J'ai eu l'idée d'une pub pour ton entreprise, lui ai-je dit plus tard dans la soirée.

J'ai pris une voix de spot publicitaire :

— Votre moquette est sale ? Nous la nettoyons et faisons des cochonneries dans votre lit. Nous nettoyons vos moquettes et nous séduisons vos femmes pendant que vous êtes au travail !

Ça l'a fait rire et il ajouté sur le même ton :

— Vous voulez savoir si vos rideaux sont bien accordés à votre moquette ?

— Hé ! ai-je fait en faisant mine de le gifler. De toute façon, je n'ai pas de rideaux.

— Non, a-t-il répliqué en regardant la tringle d'un air amusé. Tu n'as pas vraiment de moquette non plus.

— C'est vrai.

— Bon, a-t-il repris sur un ton plus sérieux en se tournant vers moi. Parle-moi de ta Vie.

J'ai grogné.

— Ça y est, nous passons aux confidences sur l'oreiller.

— Non, je voudrais juste en savoir plus sur le type qui se trouvait dans ton appartement tout à l'heure. Qu'est-ce que tu t'imaginais ? Que tu m'intéressais ?

— J'espère bien que non ! J'espère que c'est juste mon corps qui t'intéresse.

— C'est le cas.

Il s'est rapproché.

— Est-ce que tu as déjà entendu parler de ça ?

— Oui, je sais que des gens sont contactés par leur Vie, qui leur donne un rendez-vous pour changer certaines choses. J'ai lu l'interview d'une femme dans un magazine à ce sujet, chez le dentiste.

— Est-ce qu'elle se tenait à côté d'un vase rempli de citrons jaunes et verts et qu'elle avait un brushing exagéré ?

— Je ne me souviens pas des détails, a-t-il répondu en riant. Juste qu'elle était plus heureuse après leur rencontre.

Il m'a regardée et j'ai attendu qu'il me demande si je me sentais malheureuse comme la plupart des gens, mais il n'en a rien fait ; probablement parce que je m'étais crispée et que j'étais aussi rigide que la planche à repasser à côté de lui.

— Je n'avais jamais connu personne qui ait rencontré sa Vie. Tu es la première.

— Ce n'est pas un motif de fierté...

— Peu importe. Mais tu ne devrais pas te sentir gênée.

Je me suis détendue.

— Est-ce que ça t'embête qu'on parle de ça ?

— C'est un sujet trop sérieux. Raconte-moi une blague scato ou autre chose.

— Je vais faire mieux que ça.

Il a bougé légèrement et j'ai senti une odeur répugnante.

Je n'ai pas pu m'empêcher de rire.

— Merci.

— À ton service.

Il m'a embrassée sur le front.

— C'est très attentionné de ta part. Nous sommes presque mariés maintenant.

— Non, si nous étions mariés, j'aurais remis ça.

C'était dégoûtant, mais j'ai trouvé ça drôle. J'aimais bien cette familiarité et le réconfort qu'il m'apportait, néanmoins j'étais inquiète. Cela faisait un moment que je n'avais pas couché avec quelqu'un d'aussi intéressant. D'ailleurs, cela faisait longtemps que je n'avais pas couché avec un homme : mon histoire avec l'agent de change qui flashait sur mes seins remontait à dix mois. Surtout, c'était la première fois que j'invitais un homme comme Don à rester chez moi. Il avait découvert où je vivais, il avait pénétré dans la bulle que je m'étais créée rien que pour moi. Mais même si j'avais apprécié ce moment et que je n'avais pas pensé une seule fois à Blake, je voulais à présent qu'il parte. Je pensais que j'avais commis une erreur. La poussée d'adrénaline que j'avais ressentie quand j'avais découvert mes véritables sentiments vis-à-vis de Blake quelques heures auparavant était de retour. J'ai repensé à Jenna, la salope australienne, et je me suis demandé s'ils avaient couché ensemble comme ça, nus et contorsionnés, et j'ai eu une drôle de sensation à l'estomac.

— Ça va ? a-t-il demandé avec précaution.

— Oui, ai-je répondu d'un ton brusque.

J'avais envie d'être seule mais nous étions dimanche et il était tard. Je ne savais pas s'il avait l'intention de rester ou s'il allait tout à coup bondir hors du lit et me remercier pour ce bon moment.

— Tu ne m'as pas dit tout à l'heure que tu allais être en retard à un rendez-vous ?

— Non, c'est bon, ça n'a plus d'importance maintenant.

— Je ne le prendrai pas mal, ai-je insisté. Si tu dois te rendre quelque part, ne te sens pas gêné de partir.

— J'étais censé dîner avec mes parents mais grâce à toi j'y ai échappé. Une aventure sexuelle avec une inconnue est bien plus excitante.

J'ai cherché un autre moyen de le faire partir (je n'avais qu'à lui demander de rester : en général, cela les faisait immédiatement déguerpir).

— À quoi pensais-tu il y a quelques minutes ?

— Quand ?

— Tu sais bien.

Je n'ai rien répondu.

— Je t'ai perdue, a-t-il dit avec tendresse tout en caressant mes cheveux sur un rythme hypnotique et relaxant.

J'ai lutté pour garder les yeux ouverts.

— Tu étais ici et puis tout à coup tu es partie.

Il me parlait si gentiment, si mélodieusement qu'il m'a tirée de mes pensées. Il s'est rapproché de moi et m'a embrassée.

— Ah, te revoilà, a-t-il murmuré avant de m'embrasser avec davantage de fougue.

Malgré mes hésitations et mes sentiments envers Blake, nous avons de nouveau fait l'amour.

Il n'a pas ronflé. Il a dormi si paisiblement que j'ai presque oublié qu'il était là. Sa peau était douce, pas moite comme celle de Blake. Il est resté de son côté du lit : pas un pied ni un genou ou un bras n'a franchi la ligne. Sa peau avait une odeur de guimauve et un goût légèrement salé. Et malgré toutes mes interrogations, j'ai profité de ce moment et ai passé mon bras autour de lui. Le dormeur à la peau douce et parfumée a pris ma main dans la sienne et je me suis endormie. C'est alors que ma Vie est entré dans mon appartement à l'aide de sa clé.

19

J'ai été réveillée par le bruit d'un trousseau de clés qu'on posait sur le comptoir de la cuisine. À côté de moi, Don a sursauté puis s'est assis, un peu désorienté.

— C'est rien, ai-je marmonné à moitié endormie, c'est juste lui.

— Qui ça, « lui » ? a-t-il demandé alarmé comme si je lui avais caché l'existence d'un autre homme dans ma vie.

En réalité, j'avais bien un autre homme, mais celui-ci ne risquait pas de débarquer chez moi sans prévenir en fredonnant *Earthsong* de Michael Jackson.

— Ma Vie, ai-je répondu en entrouvrant à peine la bouche pour ne pas lui souffler au visage mon haleine fétide.

J'ai souri pour m'excuser (de cette irruption de ma Vie, pas de mon haleine).

— À six heures du matin ?

— Il est du genre à bosser vingt-quatre heures sur vingt-quatre.

— Oui, évidemment, a-t-il répondu en souriant. Il ne va pas se mettre en colère en me voyant ?

Ma Vie a subitement arrêté de chanter. Je l'ai entendu poser ses sacs de courses.

— Est-ce que j'entends des voix ? s'est-il exclamé. Une voix d'*homme* provenant du lit de la petite Lucy ?

J'ai plongé sous la couverture en levant les yeux au ciel. Don a gloussé et tiré le drap jusqu'à sa taille.

— Oh, Lucyyyy ! On a fait des bêtises ? Salut, vous, a-t-il dit en approchant du lit. Bienvenue !

Ma Vie a poussé des petits cris de joie et je n'ai pas pu m'empêcher de sourire.

— J'en déduis que vous êtes content, a fait Don.

— Content ? Oh, que oui ! Est-ce que ça veut dire que vous n'allez pas lui facturer le nettoyage de la moquette ? Si oui, votre plan a fonctionné, Lucy. Si vous saviez ce qu'elle a fait au laveur de vitres...

J'ai émergé des couvertures.

— Je n'ai pas couché avec lui pour payer le nettoyage ! ai-je protesté, offensée, avant de me tourner vers Don. Mais ce serait un geste vraiment sympa, merci mille fois, Don !

Il s'est mis à rire. Ma Vie s'est assis au bord du lit. Je l'ai poussé à coups de pied et il s'est éloigné sans rien dire. Il est revenu avec un plateau qu'il a posé sur les genoux de Don.

— Je ne savais pas si vous préfériez la marmelade, la confiture ou le miel, alors j'ai pris les trois.

— Et moi, alors ? ai-je demandé.

Don a gloussé.

— C'est super ! Vous faites ça pour tous les hommes avec qui elle couche ?

Ma Vie s'est rassis au bord du lit.

— Don, il n'y a pas assez de pain sur cette terre pour rassasier tous les amants de Lucy.

Don a éclaté de rire.

— Ça ne te gêne pas qu'il soit là ? lui ai-je demandé, surprise.

— Eh bien, c'est une partie de toi, non ?

Il m'a tendu une moitié de toast. Ma Vie m'a regardée en haussant les sourcils. Il était aux petits soins ce matin, mais j'avais envie qu'il s'en aille. Et que Don parte aussi. Je devais aller retrouver l'homme de ma vie.

— Vous avez une sale tête, m'a dit ma Vie en mâchouillant son toast.

Et puis il s'est tourné vers Don :

— Vous devez un peu regretter, maintenant, non ? Pas de problème, je vous comprends. Mais Lucy n'est pas du matin, c'est tout. Ça s'arrange au fil de la journée, en général.

Don a éclaté de rire.

— Moi je la trouve belle !

J'étais mal à l'aise. Ma Vie n'a rien répondu, il s'est contenté de me regarder.

— Merci, ai-je dit en prenant un toast.

Mais je n'avais pas faim. Don était absolument parfait, mais il tombait pile au mauvais moment. Sa gentillesse me mettait mal à l'aise.

— Alors, est-ce que ça veut dire que notre petit voyage est annulé ? m'a demandé ma Vie sans détour.

J'étais fâchée qu'il parle de ça devant Don.

— Non, ai-je répondu. Est-ce que vous pourriez nous laisser tranquilles, maintenant ?

— Pas question !

— Si vous ne nous fichez pas la paix immédiatement, vous allez le regretter.

— C'est une menace ?

— Oui.

Il a mordu dans son toast sans bouger d'un millimètre.

— Très bien, ai-je dit.

J'ai repoussé les couvertures et je me suis dirigée vers la salle de bains, les fesses à l'air. Ma Vie a failli s'étrangler avec son pain et Don a sifflé.

J'ai pris une douche dans ma salle de bains désormais bien éclairée. J'étais embarrassée que ma Vie et mon amant d'une nuit soient assis à côté à bavarder. J'avais envie de rester sous le jet d'eau pour toujours même si mes doigts étaient déjà tout ramollis et qu'il y avait tellement de buée dans la pièce que je discernais à peine la porte. J'avais envie que l'eau emporte ma culpabilité. Je ne pouvais pas affronter Don. Mes sentiments envers Blake avaient beau être confus, ils étaient plus forts que ceux que j'avais pu éprouver pour Don la veille au soir. Tout en me shampouinant pour la troisième fois, j'ai pensé à quelque chose : peut-être que Don voulait simplement une nuit d'amour sans lendemain, finalement. Reprenant espoir, j'ai arrêté l'eau. Je ne les entendais plus parler, à côté. Je suis sortie de la baignoire. Ils ont repris leur conversation, mais je ne parvenais pas à comprendre ce qu'ils disaient. J'ai essuyé la buée du miroir et je me suis regardée : j'avais le visage tout rouge et gonflé par la chaleur.

— Bon allez, Lucy, me suis-je dit, finissons-en avec lui et allons retrouver Blake.

Cette idée m'effrayait un peu. Je me sentais désemparée parce que je ne savais pas ce que je voulais. Quand je suis entrée dans la cuisine (tout habillée, cette fois), ils se sont tus. Assis côte à côte au comptoir, ils étaient occupés à boire du café et à manger une omelette. Ils ont levé les yeux vers moi : Don m'a dévisagée avec affection, ma Vie m'a examinée de la tête aux pieds sans paraître très impressionné par mon allure. Depuis le rebord de la fenêtre, Monsieur Pan m'a regardée avec colère, comme je le faisais quand il pissait sur mon courrier ; comme s'il savait que j'avais mal agi.

— Je sais bien que vous étiez en train de parler de moi, ai-je lancé en me dirigeant vers la bouilloire.

— Je suis votre Vie, et il vient de passer la nuit avec vous, de quoi voulez-vous qu'on parle ? Il vous a mis 4 sur 10, d'ailleurs.

— Ne l'écoute pas, a protesté Don.

— Je ne l'écoute jamais.

— Il reste du café, a dit ma Vie.

— Vous me laissez du café, mais je n'ai pas droit à un petit déjeuner ?

— Ce n'est pas moi qui ai préparé le petit déjeuner, s'est-il défendu.

— Oh..., ai-je dit en regardant Don.

— Il est dans le four, a précisé ce dernier. Au chaud.

— Ah ! heu, merci.

Attitude peu habituelle pour un homme qui ne voulait plus jamais me revoir. Mais bon, je ne perdais pas espoir. Un peu gênée, j'ai ouvert la porte du four.

— Attention, l'assiette est chaude, m'a prévenue Don.

Mais le temps que l'information monte jusqu'à mon cerveau, c'était trop tard. J'ai saisi l'assiette et j'ai hurlé. Don a sauté de son tabouret et m'a pris la main.

— Montre-moi, a-t-il dit l'air inquiet.

Malgré ma douleur, je n'ai pas pu m'empêcher de remarquer à quel point il était beau. Il a passé ma main sous le robinet d'eau froide. Au bout de quelques secondes, j'ai voulu la retirer.

— Il faut la laisser au moins cinq minutes, Lucy, m'a-t-il sermonnée.

J'ai commencé à protester mais me suis ravisée.

— Comment avez-vous réussi à faire ça ? lui a demandé ma Vie.

— Quoi donc ?

— Lui couper l'envie de répondre ?

Don a esquissé un bref sourire puis, se concentrant de nouveau sur ma main, il a repris son air sérieux.

— Je crois qu'il va falloir amputer, a commenté ma Vie avant d'avaler une nouvelle bouchée d'omelette.

— Merci de vous inquiéter pour moi. Lui au moins, ai-je répondu en montrant Don, il ne fait pas semblant.

— Il vient de coucher avec vous, il est bien obligé de faire croire qu'il vous respecte.

Il plaisantait, mais je voyais bien qu'il était impressionné. Et heureux. Il portait un nouveau costume, bleu marine. Cela faisait ressortir ses yeux, qui paraissaient auparavant d'une couleur indéfinie mais étaient désormais très bleus. Il avait arrêté de renifler, ses dents étaient plus blanches, son haleine plus fraîche. Il avait bonne mine. Il me taquinait, mais avec plus d'affection que d'habitude. Cela aurait dû me rendre heureuse également, mais à vrai dire, ça m'inquiétait. Je ne savais pas sur quel pied danser. Quelque chose ne tournait pas rond.

— Pourquoi êtes-vous si chic ? lui ai-je demandé.

— Parce que je vais rencontrer vos parents ce soir.

Don m'a regardée avec un air compatissant, ce qui m'a fait plaisir.

— Pour être exact, nous allons dîner chez vos parents. Je les ai appelés hier, je suis tombé sur une femme charmante, Edith. Elle était ravie que nous venions tous les deux, elle m'a dit qu'elle allait immédiatement avertir vos parents et qu'elle préparerait un dîner spécialement pour nous.

J'ai eu une sorte de mini crise de panique.

— Est-ce que vous avez la moindre idée de ce que vous avez fait ?

— Oui, j'ai rappelé votre mère à votre place, vous devriez m'en remercier. Elle a besoin de vous et vous n'avez pas été là pour elle. Et elle a aussi besoin de vous, Don. Quelqu'un a renversé du café sur le tapis persan du petit salon, a-t-il expliqué en faisant mine d'être horrifié. Alors je lui ai donné votre numéro.

Voilà qui me mettait encore plus en colère que le reste. J'essayais de me débarrasser de Don et il allait se rendre dans la maison de mes parents. Aucun homme avec qui j'avais couché n'avait eu droit à ça.

— Vous ne comprenez pas à quel point vous avez tort. Elle n'a absolument pas besoin de moi. Elle serait tout à fait capable d'organiser son enterrement sans l'aide de quiconque. Quant à mon père... Oh, non, mais qu'est-ce que vous avez fait ? Il va vraiment faire votre connaissance ? Il n'aura rien à vous dire, rien du tout.

Je me suis aperçue que Don me tenait toujours la main et qu'il avait assisté à toute cette conversation. J'ai retiré ma main et brusquement changé de sujet.

— Il fait beau aujourd'hui, non ?

Ma Vie a secoué la tête à l'intention de Don. Sans bouger d'un millimètre, ce dernier m'a fait sentir, par sa simple présence, qu'il serait toujours là pour moi.

Peu après, nous étions dehors, dans l'air froid du matin. Nous nous trouvions en bas de mon immeuble et de l'autre côté de la rue, le soleil brillait au-dessus du parc. J'essayais désespérément de retenir ma robe que le vent soulevait. Même si Don m'avait vue dans mon plus simple appareil, c'était un peu différent à présent.

— J'ai ma camionnette de super-héros, je peux te déposer ? m'a-t-il demandé.

Il essayait de parler normalement, mais je voyais bien qu'il était gêné. Et pas seulement à cause de son véhicule ; nous venions de passer la nuit ensemble, il portait les mêmes vêtements que la veille, je me montrais distante. Je ne lui facilitais pas la tâche.

— Non, merci, je vais prendre ma voiture, j'en ai besoin pour aller chez mes parents ce soir, après le travail.

L'heure de nous dire au revoir était arrivée, et c'était embarrassant : est-ce qu'on allait se serrer la main ou s'embrasser ? M. Don Lockwood, merci beaucoup pour cette nuit torride, c'était un plaisir de vous rencontrer, vous et vos parties intimes, mais je dois filer dire à mon ex que je l'aime toujours. Ciao !

— Je ne travaille pas demain, si tu veux qu'on se voie. Pour déjeuner. Ou pour un café, un dîner, un verre.

— J'ai l'embarras du choix ! ai-je répondu gauchement en cherchant comment refuser tout en bloc sans paraître grossière. J'ai un rendez-vous demain et je rentrerai sûrement...

J'allais dire « tard dans la soirée », mais peut-être que Blake allait vouloir qu'on se remette ensemble sur-le-champ, auquel cas il ne me resterait plus qu'à déménager à Bastardstown, comté de Wexford. Cette perspective aurait dû me réjouir, mais en réalité, je n'avais pas envie de quitter mon petit studio. Est-ce que Blake allait accepter de venir y vivre avec moi ? Sûrement pas. Le Blake que je connaissais n'aurait jamais mis les pieds dans un studio, la cuisine était trop petite pour qu'il pétrisse sa pâte à pizza, et s'il la lançait en l'air, elle se collerait au néon. On se bagarrerait pour la tringle à vêtements (sa garde-robe était aussi fournie que la mienne) et il ne pourrait pas prendre de bain dans la minuscule baignoire, sans parler d'un bain tous les deux comme nous le faisions avant, le dimanche soir, avec une bouteille de vin. J'ai imaginé Jenna enrouler ses jambes autour de lui dans une baignoire, et mon cœur s'est emballé. J'étais perdue dans mes pensées et Don avait les yeux fixés sur moi.

— Mais oui, c'est vrai, a-t-il dit. Tu vas voir ton ex.

Comme je ne savais pas quoi répondre, j'ai gardé le silence.

Il s'est éclairci la voix.

— Ça ne me regarde pas, mais...

Il n'a pas terminé sa phrase, peut-être parce que j'avais tourné la tête. Son ton m'a surprise, il était plus dur, plus distant.

— Bon, eh bien, merci pour cette nuit.

Il a hoché la tête avant de s'éloigner. Il a fait un signe de la main à l'intention de ma Vie, a grimpé dans sa camionnette et puis il a démarré. Je n'avais pas envie que ça se termine comme ça, même si je n'avais rien fait pour empêcher cette situation. Je suis restée là à le regarder partir et j'ai eu l'impression d'être une vraie garce. Je me suis dirigée vers ma voiture.

— Hé ! a crié ma Vie en s'élançant derrière moi. Qu'est-ce qui s'est passé ?

— Rien du tout.

— Mais il est parti, vous vous êtes disputés ?

— Non.

— Il vous a proposé de vous revoir ?

— Oui.

— Et alors ?

— Je ne peux pas. Nous ne sommes pas là, demain.

J'ai essayé d'ouvrir ma portière, mais la clé refusait de tourner. J'ai insisté, sans succès.

— Nous serons rentrés demain soir. Vous aurez la soirée de libre.

— Oui, c'est possible.

— Comment ça, « c'est possible » ?

J'étais énervée par cette portière qui ne s'ouvrait pas, et agacée par ma Vie.

— Demain, je vais dire à l'homme de ma vie que je l'aime toujours. Vous pensez vraiment que je vais revenir le soir même pour un rendez-vous avec un type qui conduit une camionnette jaune avec une moquette magique sur le toit ?

Il a paru un moment désemparé. Puis il m'a pris la clé des mains, l'a doucement introduite dans la serrure, et la portière s'est ouverte.

— Vous ne dites rien ? ai-je demandé pendant qu'il se dirigeait calmement vers le siège passager.

Il a haussé les épaules.

— Pas de leçon de morale, pas de psychologie, pas de métaphores ? Rien ?

— Ne vous en faites pas, rien n'est plus parlant qu'une vie entière passée à regretter ses actions et à se détester.

Il est monté dans la voiture et a allumé la radio. *Someone like you*, chantée par Adele, s'est mis à retentir dans le véhicule. Il a monté le son. J'ai écouté quelques instants la chanteuse raconter ses amours malheureuses puis j'ai changé de station pour mettre les infos.

Il m'a regardée en fronçant les sourcils.

— Vous n'aimez pas la musique ?

— J'adore ça, mais je n'en écoute plus.

— Depuis quand ?

J'ai fait semblant de réfléchir à la réponse.

— Depuis deux ans, environ, ai-je répondu.

— Je dirais plutôt : depuis deux ans, onze mois et vingt jours, non ?

— C'est drôlement précis. Je ne sais pas.

— Si, vous savez très bien.

— Bon, d'accord.

— Vous ne pouvez plus écouter de musique.

— C'est faux !

Il a de nouveau changé la station, pour remettre la chanson d'Adele. Je me suis empressée d'éteindre.

— Ha ! s'est-il exclamé en me montrant du doigt. Vous ne *pouvez pas* écouter de musique !

— Très bien, ça me rend triste, d'accord ? Je ne vois pas ce qui peut vous réjouir là-dedans.

— Rien, je suis content d'avoir raison, c'est tout.

Nous avons chacun tourné la tête d'un côté, aussi vexé l'un que l'autre. Je sentais qu'aujourd'hui, je n'aimais pas ma Vie.

Je l'ai perdu à l'entrée de Mantic, au niveau des portiques de sécurité, et après l'avoir cherché partout, j'ai laissé tomber et je me suis dirigée vers le bureau. Il y était déjà ; assis dans le grand fauteuil de cuir, où la Souris lui posait une série de questions qu'elle lisait sur un papier. La Fouineuse avait la montre de Graham en main, réglée sur la fonction chronomètre. Le Clignotant observait la scène, souriant, son *mug* de « Meilleur papa du monde » à la main. Je me suis postée à côté de lui et j'ai observé ma Vie.

— En quelle année Lucy s'est fait tatouer un cœur un jour qu'elle avait trop bu ?

— 2000 ! a instantanément répondu ma Vie.

Je n'en revenais pas : il m'avait choisie comme sujet.

— Et où est-il tatoué ?

— Sur ses fesses.

— Soyez plus précis.

Ma Vie a agité les mains en tentant de réfléchir.

— Ah, je l'ai vu ce matin... euh... sur... la fesse gauche !

— Correct.

Graham m'a lancé un regard salace tandis que tout le monde poussait des cris de joie.

— À l'âge de cinq ans, Lucy a décroché un rôle dans *Le Magicien d'Oz*, quel personnage interprétait-elle ?

— Un lilliputien !

— Et qu'a-t-elle fait le jour de la représentation ?

— Elle a fait pipi dans sa culotte et a dû quitter la scène.

— Correct ! a répondu Mary en riant.

— Ah ! Lucy, tu es là, a dit le Clignotant qui ne m'avait pas remarquée. Je suis allé voir la cafétéria ce matin, au sujet de ta salade aux trois haricots.

Il m'a fallu un moment pour me souvenir de quoi il parlait.

— Je les ai informés qu'une de mes collègues avait acheté cette salade et que nous avions constaté qu'elle ne contenait que deux types de haricots. La personne a suggéré que ma collègue avait peut-être mangé le troisième type. Cette remarque m'a tellement vexé que j'ai demandé à voir le directeur. Enfin, bref, je te passe les détails, parce que j'ai parlementé très longtemps avec eux...

Les autres ont poussé de nouveaux cris parce que ma Vie venait de donner une bonne réponse. J'étais extrêmement touchée par l'intention du Clignotant, surtout après l'incident espagnol.

— ... ils ont vérifié les salades qui leur restaient et en effet, tout leur stock de salade aux trois haricots était comme la tienne. Il manque le haricot pinto, que personnellement, je ne connaissais pas. Alors j'ai dit au directeur : « Comment comptez-vous dédommager ma collègue qui n'a pas reçu ce qu'on lui avait promis ? C'est comme de proposer un hachis Parmentier sans pommes de terre ou un crumble aux fruits rouges sans les fruits. C'est tout bonnement inacceptable. »

— Oh ! Quentin, ai-je dit en mettant la main devant ma bouche pour m'empêcher de rire face à tant de sérieux. Merci.

— Pas besoin de me remercier...

Il s'est baissé et a pris un sac en papier dans son tiroir.

— Voilà pour toi : une salade aux deux haricots en dédommagement, ainsi qu'un ticket repas.

— Quentin ! me suis-je exclamée en le prenant dans mes bras. Merci !

Il a paru un peu gêné.

— Merci de m'avoir défendue.

Face-de-thon est entrée sur ces entrefaites, remarquant que Quentin et moi nous tenions à l'écart des autres.

— Je serai toujours là pour t'aider, Lucy, ne t'inquiète pas, a-t-il répondu juste au moment où Edna passait à côté de nous.

Celle-ci m'a regardée bizarrement : elle a dû penser que nous étions en train d'évoquer le fait que Quentin m'avait défendue face à l'inquisition espagnole.

— Excusez-moi, pouvez-vous répéter la question ? a dit ma Vie d'une voix forte pour attirer mon attention.

— Quelle langue, a répété Mary avec un grand sourire, Lucy prétend maîtriser sur son CV alors qu'elle n'en parle pas un mot ?

— Hé bien, vous connaissez tous la réponse, a répondu ma Vie. À trois. Un, deux...

— L'espagnol ! ont-ils tous crié en chœur avant d'éclater de rire.

Je n'ai pas pu m'empêcher de me joindre à eux. À ce moment-là, j'ai compris qu'ils m'avaient pardonnée.

20

— Alors comme ça, vous êtes la Vie de Lucy.

La Fouineuse était assise sur le bord du nouveau bureau que ma Vie s'était attribué, plus éloigné du mien. Elle observait ses moindres faits et gestes.

— Oui, a-t-il répondu en pianotant sur son ordinateur portable sans la regarder.

— C'est votre travail ?

— Oui.

— Vous êtes la Vie d'autres personnes, en même temps ?

— Non.

— Donc c'est juste une personne à la fois.

— C'est ça.

— Et si elle meurt, vous mourez ?

Il a arrêté de taper sur son clavier et a levé la tête. Il l'a regardée avec colère mais elle n'a rien remarqué.

— Pas si vous êtes dans la même voiture et que vous avez un accident. Je veux dire : si elle meurt et que vous êtes ailleurs, vous tombez raide mort aussi ?

Il s'est de nouveau concentré sur son ordinateur.

Elle a fait une bulle avec son chewing-gum qui a éclaté et s'est collé sur ses lèvres. Elle l'a gratté du bout de ses ongles manucurés.

— Vous avez une famille ?

— Non.

Je me suis tourné vers lui.

— Vous vivez seul ?

— Oui.

— Vous avez une copine ?

— Non.

— Vous avez le droit d'en avoir une ?

— Oui.

— Je veux dire, est-ce que vous êtes capable ? Est-ce que votre, vous savez...

— Oui, oui, l'a-t-il interrompue. Ça fonctionne.

— Mais vous n'en avez pas.

Il a soupiré.

— Une copine, ou une... ?

— Une copine ! a-t-elle répondu, horrifiée.

— Non.

— Alors vous vivez seul.

— Hé oui !

— Et votre vie tourne autour de Lucy.

— Exactement.

Tout à coup, je me suis sentie triste pour lui, coupable, même. J'étais tout ce qu'il avait, et je ne me montrais pas très sympa. Il a levé la tête, et j'ai fait semblant de me plonger dans mes papiers pour ne pas croiser son regard.

— Vous voulez venir à mon mariage ?

— Non.

Louise a fini par se lever pour aller embêter quelqu'un d'autre. Dès qu'elle est partie, il a arrêté de tapoter sur son ordinateur. Je lui ai jeté un coup d'œil discret. Il regardait fixement son écran en se mordillant la lèvre, perdu dans ses pensées. Il a vu que je le regardais.

— Est-ce qu'il a appelé ?

— Qui ça ?

— À votre avis ? M. Magi-moquette.

— Non, ai-je répondu en levant les yeux au ciel.

— Il a envoyé un texto ?

— Non plus.

— Salaud, a-t-il dit comme s'il se sentait insulté.

— Ça m'est égal, ai-je ajouté, amusée par sa réaction.

— Lucy, a-t-il repris en tournant son fauteuil vers moi. Croyez-moi, si ça ne m'est pas égal, alors à vous non plus. Regardez.

Il a pointé le doigt sur son menton.

— Beurk !

— Il est gros ?

Il avait un énorme bouton sur le menton.

— Super gros. Ça a l'air douloureux. Tout ça parce qu'il n'a pas téléphoné ?

— Non, parce que vous avez fait quelque chose qui l'empêche de téléphoner.

— Évidemment, c'est ma faute.

Graham, qui s'était arrêté de travailler, observait la scène, amusé. Et puis soudain, la porte d'Edna s'est ouverte. Nous avons tous levé la tête. Elle m'a regardée, puis ses yeux se sont posés sur le Clignotant.

— Quentin, je peux vous voir, s'il vous plaît ?

— Oui, bien sûr.

Il s'est levé, a remonté son pantalon, rajusté ses lunettes et lissé sa cravate avant de gagner le bureau d'Edna. Il ne nous a pas adressé un regard, ce qui était encore pire. Dès que la porte s'est refermée, j'ai bondi de mon siège.

— Oh non, je n'arrive pas à le croire !

— Quoi donc ? a demandé Mary, inquiète.

— Elle l'a convoqué !

Je l'ai regardée en écarquillant les yeux tout en pointant frénétiquement le doigt vers la porte, allez savoir pourquoi.

— Oui, et alors ? a fait Louise.

— Quoi ? Vous vous en fichez ?

J'étais étonnée. D'habitude, c'était moi qui faisais l'indifférente.

Ils ont haussé les épaules et ont échangé un regard.

— Et vous ? ai-je demandé à ma Vie.

Il était concentré sur son téléphone.

— Vous vous souvenez si je lui ai donné mon numéro ? Peut-être qu'il va m'appeler. Ou m'envoyer un texto. Oui, un texto, ce serait sympa après ce qui s'est passé cette nuit.

— Quentin va se faire virer à cause de moi ! me suis-je lamentée.

Ils se sont tous approchés pour en savoir plus, à part ma Vie qui ne s'est pas ému de la situation et s'est remis à scruter l'écran de son téléphone dans l'espoir que Don se manifeste.

— Je ne peux rien vous expliquer, ai-je dit en me tordant les mains. Nous n'avons pas de temps à perdre. Il faut que je trouve un moyen pour le tirer de là.

Je les ai regardés tour à tour. Ils avaient tous la mine terne et fatiguée. S'ils avaient eu une bonne tactique pour éviter les licenciements, il est évident qu'ils l'auraient déjà utilisée depuis longtemps, ou alors ils se la réservaient en cas d'urgence. Je faisais les cent pas en essayant de réfléchir à toutes les options.

J'ai regardé ma Vie, toujours obnubilé par son téléphone.

— Peut-être qu'on ne capte pas bien ici, a-t-il commenté en agitant son portable au-dessus de sa tête. Je vais essayer dans le couloir.

Il a ouvert la porte et est sorti.

— Je sais ce que je dois faire, ai-je fini par déclarer avec fermeté.

— Quoi ? a demandé la Fouineuse

Mais je ne pouvais pas lui répondre, je me dirigeais déjà vers le bureau d'Edna en préparant ce que j'allais dire.

J'ai ouvert la porte et suis entrée dans la pièce. Edna et Quentin ont levé les yeux.

— Virez-moi ! ai-je lancé catégoriquement en me postant en plein milieu de son bureau d'un air décidé.

— Pardon ? a fait Edna.

— Virez-moi ! Je ne mérite pas de travailler ici.

J'ai regardé Quentin en espérant qu'il allait me comprendre.

— Je suis comme les salades aux trois haricots : j'ai menti sur la marchandise, je ne mérite pas de travailler ici, je n'ai jamais aimé ce boulot excepté ces deux dernières semaines. Jusque-là, je me fichais totalement de ce travail et de mes collègues.

Edna avait l'air consterné, mais cela ne me suffisait pas : je voulais la mettre en colère afin qu'elle me vire moi, et non Quentin. J'ai pris mon courage à deux mains.

— Je donne des surnoms à tout le monde. Je préférerais ne pas les révéler, mais si vous insistez, je peux vous les dire. Le vôtre, ai-je continué en fermant les yeux, a un rapport avec un poisson. Je passe mon temps à perdre du temps, je fume à l'intérieur, j'aurais pu mettre le feu à l'immeuble, je suis un danger ambulant.

J'ai entendu Mary pousser un petit cri derrière moi. C'est là que je me suis rendu compte que je n'avais pas fermé la porte et qu'ils avaient tout entendu. Je me suis retournée. Ma Vie était revenu et il me regardait bouche bée. J'espérais qu'il était fier : je ne mentais pas, je me sacrifiais, je faisais ce qu'il fallait pour protéger un innocent.

— Jusqu'à la semaine dernière, je rêvais de quitter ce bureau, ai-je continué, revigorée par la présence de ma Vie derrière moi. Je voulais qu'on me vire. Aujourd'hui, je comprends que tout cela est injuste : des tas de gens se sont fait licencier alors que c'est moi qui aurais dû partir. Je suis désolée, Edna, et je m'excuse auprès de tous ceux qui ont été renvoyés, et auprès de Louise et de Graham et de Mary et de Quentin. Je vous en prie, ne le renvoyez pas, il n'a rien fait de mal. Il ne savait pas que je ne parlais pas espagnol, jusqu'à cet incident. Vraiment. S'il vous plaît, ne le punissez pas à ma place. Virez-moi.

J'avais terminé. J'ai baissé la tête.

Edna s'est éclairci la voix.

— Lucy, je n'étais pas en train de me séparer de Quentin.

— Quoi ?

J'ai relevé la tête. Sur le bureau étaient étalés des papiers, des diagrammes, des manuels.

— Nous discutions du mode d'emploi du nouveau radiateur. J'ai demandé à Quentin de traduire la partie espagnole.

J'ai fait un « oh » avec la bouche.

Quentin transpirait.

— Lucy, merci beaucoup d'avoir pris ma défense, m'a-t-il dit en clignant des yeux plus rapidement que jamais.

— Heu... de rien.

Je ne savais pas quoi faire à présent, alors j'ai reculé d'un ou deux pas.

— Je devrais peut-être...

Du pouce, j'ai indiqué la porte derrière moi.

— Oui, je crois, a dit Edna en élevant la voix. Étant donné tout ce que vous venez de dire et au vu des derniers événements, je crois que vous devriez...

Elle m'a laissée terminer pour elle.

— Partir ?

Elle a hoché la tête.

— Vous ne pensez pas que c'est plus raisonnable ?

J'ai réfléchi un instant. Je ne savais vraiment plus où me mettre. J'ai acquiescé et murmuré :

— Oui, heu… peut-être. Je vais prendre mes affaires. Vous vouliez bien dire : maintenant ?

— Je crois que c'est une bonne idée, a-t-elle répondu doucement.

Elle avait l'air à la fois gênée pour moi et soulagée de me voir régler le problème toute seule.

— D'accord… heu… au revoir, Quentin. C'était super de travailler avec toi.

Je me suis avancée et j'ai tendu le bras. Il m'a serré la main, visiblement perturbé, regardant tour à tour Edna et moi.

— Edna… merci. J'ai beaucoup apprécié notre collaboration… ai-je bafouillé. Je pourrai peut-être vous recontacter si jamais j'ai besoin d'une référence, ou quelque chose…

Elle a hésité à répondre et m'a serré la main.

— Bonne chance, Lucy.

J'ai tourné les talons et me suis retrouvée face à tous les autres. Ils étaient alignés vers la porte. Ma Vie n'était plus dans le bureau.

— Il attend dehors, m'a indiqué la Souris.

Nous avons tous échangé une poignée de mains. Pour la troisième fois en quinze jours, ils ne savaient pas si j'étais leur amie ou leur ennemie. J'ai emballé mes affaires ; je n'avais pas grand-chose, je n'avais jamais personnalisé mon bureau. D'un pas gauche, je me suis dirigée vers la sortie en leur faisant des petits signes d'au revoir, en les remerciant et en m'excusant tout à la fois. Enfin, j'ai refermé la porte derrière moi et j'ai inspiré profondément.

Ma Vie m'attendait dans le couloir. Dire qu'il paraissait furieux serait un euphémisme.

— C'était quoi ce cirque, bon sang ?!

— Pas ici, ai-je répondu à voix basse.

— Si ! Pourquoi avez-vous fait ça ? Vous aviez réussi à garder votre travail, comment, je l'ignore, mais vous l'aviez. Et qu'est-ce que vous avez fait ? Vous avez tout foutu en l'air. Délibérément. Pour-

quoi sabotez-vous volontairement votre propre vie ?
Vous cherchez vraiment à être malheureuse ?

Il criait très fort. Je n'avais pas seulement honte,
mais peur aussi.

— Non.

— Je ne vous crois pas.

— Évidemment que je ne veux pas être malheureuse !

— Arrêtez de vous soucier des autres une minute
et concentrez-vous sur moi ! a-t-il hurlé. Pour une
fois !

J'ai immédiatement levé les yeux vers lui. Il avait
toute mon attention désormais, ainsi que celle de
mes collègues qui travaillaient dans les bureaux
alentour.

— J'ai pensé que vous seriez fier de moi. J'ai pris
la défense du Clignotant, même si finalement il s'est
avéré qu'il n'en avait pas besoin. J'ai fait passer les
autres avant moi, et maintenant on a tout le temps
d'aller voir Blake et je vais pouvoir lui dire que je
l'aime. Tout marche... heu... comme sur des roulettes !

Il a baissé le ton, mais il avait du mal à contenir
sa colère.

— Le problème, Lucy, n'a jamais été votre capacité à faire passer les autres en premier, mais votre
incapacité totale à penser d'abord à vous. Et vous
avez beau essayer de déguiser ça en un acte de courage désintéressé, je n'y crois pas. Vous n'êtes pas
entrée dans ce bureau pour défendre Quentin, vous
y êtes allée pour abandonner une nouvelle fois.
Peut-être même pour pouvoir retrouver Blake un
peu plus tôt que prévu.

Je ne peux pas dire que ça ne m'avait pas traversé
l'esprit.

— Mais je l'aime, ai-je répondu faiblement.

— Vous l'aimez. Et est-ce que votre amour va payer
vos factures ?

294

— Vous parlez comme mon père.

— Non, je parle comme quelqu'un de responsable. Vous savez ce que ça veut dire ?

— Oui, ai-je dit avec fermeté. Ça veut dire que je devrais être malheureuse pour le restant de mes jours. Alors que là, je reprends le contrôle de ma vie.

— Vous le reprenez ? Et qui contrôlait votre vie jusqu'alors ?

J'ai voulu répondre à ça, mais j'ai préféré m'abstenir.

— Ça va, pas besoin de me faire culpabiliser, ai-je dit. Je trouverai un nouveau boulot.

— Et où ça ?

— Je n'en sais rien, il faut que je cherche. Je suis sûre que je peux trouver le travail qui me convient. Un travail qui me *passionne*.

Il a grogné en m'entendant prononcer ce mot.

— Lucy, rien ne vous passionne.

— Si. Blake.

— Ce n'est pas lui qui va payer vos factures.

— Peut-être qu'il le fera, si on se marie et qu'on a des enfants et que j'arrête de travailler.

Je plaisantais, bien sûr. Je crois.

— Lucy, vous aviez un bon travail, et vous venez de le perdre. Bravo. J'en ai marre de vous, quand allez-vous devenir adulte ?

Il m'a regardée d'un air extrêmement déçu avant de tourner les talons.

— Hé, où vous allez ?

Je lui ai emboîté le pas, mais il a accéléré. Je lui ai couru après et je l'ai rejoint dans l'ascenseur. Il y avait déjà quelqu'un à l'intérieur, si bien que nous n'avons pas échangé un mot. Il regardait droit devant lui. Quand les portes de l'ascenseur se sont ouvertes, il a foncé à toute vitesse. Nous nous sommes retrouvés dehors.

— Où allez-vous ? ai-je crié. On doit partir dans le Wexford ! Youhou ! Vous vous souvenez ? On va poursuivre un rêve ? Vous voyez ? J'ai des rêves !

Je trottais derrière lui comme un petit chien.

— Non Lucy, vous avez un dîner en famille prévu aujourd'hui.

— Vous voulez dire : *nous* avons un dîner.

Il a secoué la tête.

— J'abandonne.

À ce moment-là, un bus est arrivé, il a couru pour monter dedans et il a disparu.

En rentrant chez moi, j'ai préparé ma valise pour notre séjour dans le comté de Wexford en faisant tout mon possible pour ne pas prêter attention au lit défait. À quoi bon attendre le lendemain pour aller voir Blake si je ne travaillais plus ? Plus rien ne me retenait ici à part le dîner chez mes parents... et mon chat. J'ai frappé à la porte de ma voisine chez qui j'entendais la musique de *Dans le jardin la nuit*. Elle a ouvert. Elle avait l'air épuisé.

— Bonjour, Lucy.

— Vous allez bien ?

Elle a hoché la tête mais ses yeux se sont emplis de larmes.

— C'est votre mère ?

— Non.

Une larme a coulé le long de sa joue et elle n'a pas pris la peine de l'essuyer. Je ne suis même pas sûre qu'elle s'en soit rendu compte.

— Elle va mieux. C'est Conor... il n'est pas bien.

— Ah.

— Et je manque de sommeil. Mais qu'est-ce que je peux faire pour vous ?

— Vous savez quoi ? Vous avez assez de soucis comme ça, ce n'est pas grave, ai-je dit en reculant.

— Non, non, j'ai bien besoin de me changer les idées. Qu'est-ce qu'il y a ?

— Je dois m'absenter quelques jours et je me demandais si vous pouviez vous occuper de mon chat ? Le surveiller, peut-être l'emmener au parc quand vous sortez et lui donner à manger...

Elle m'a regardée avec colère.

— Quoi ? Qu'est-ce que j'ai dit ?

— Vous n'avez pas de chat, a-t-elle répondu d'un ton agressif.

— Oh, vous ne saviez pas ? Désolée. Je l'ai depuis des années, ai-je ajouté à voix basse, mais si ça se sait, on va me mettre à la porte. Ça ne vous dérange pas que j'aie un chat, si ?

— Je ne l'ai jamais vu.

— Il est là, juste derrière moi.

— Non, il n'y a rien. Lucy, je ne sais pas ce que vous êtes en train de faire, mais ce n'est pas drôle.

— Je ne fais rien du tout, de quoi parlez-vous ?

— Vous avez discuté avec Nigel ?

— Hein ? Qui ça ? Pourquoi ? Est-ce que j'aurais dû ?

— Mon mari, a-t-elle répondu furieuse.

— Non ! Je ne comprends pas ce que vous voulez dire. Qu'est-ce que...

Mais je n'ai pas pu terminer ma phrase parce qu'elle m'a claqué la porte au nez. Quand je me suis retournée pour savoir ce que Monsieur Pan avait bien pu faire à la pauvre Claire, j'ai compris. Il n'était plus là. Il s'était enfui à l'autre bout du couloir, si bien qu'elle avait cru que je lui demandais de s'occuper d'un chat invisible. Je suis partie à sa recherche et je l'ai trouvé aux pieds d'un voisin grincheux qui ne m'adressait jamais la parole.

— Oh ! Mon Dieu ! me suis-je écriée. Mais c'est un chat errant ! Comment a-t-il bien pu atterrir ici ? Ou peut-être que c'est une femelle ? Qui sait ? Laissez-moi vous débarrasser de lui.

J'ai pris Monsieur Pan dans mes bras et je me suis dépêchée de rentrer chez moi en marmonnant : « Sale bête, beurk, dégoûtant ! »

21

Assise à table, dans la salle à manger de mes parents, j'essayais de ne pas paraître anxieuse. Je n'avais pas encore trouvé le courage de leur annoncer que ma Vie ne viendrait pas et ce, non parce que je l'avais négligé comme d'habitude, mais parce qu'il m'avait quittée suite à une dispute. J'avais passé l'après-midi à essayer de le joindre sous prétexte de m'excuser, mais en réalité, je voulais lui demander d'annuler le dîner en famille. Il n'avait pas répondu à mes appels. Je n'avais laissé aucun message, faute de savoir quoi lui dire ; si j'avais voulu m'excuser platement, il ne m'aurait pas crue. Ce n'était pas une situation agréable. Négliger sa vie était une chose, mais que votre propre Vie vous tourne le dos en était une autre. S'il me laissait tomber, que me restait-il ?

Comme la soirée était trop fraîche pour dîner dehors, Edith avait dressé la table dans la salle à manger, la plus belle pièce de la maison, que mes parents utilisaient seulement lors des grandes occasions. J'étais persuadée qu'elle avait décidé cela dans le seul but de se venger de moi, parce que j'avais volé son bouquet pour l'offrir à ma mère. Toutefois, je voyais qu'elle était réellement enthousiaste à l'idée de recevoir un invité si particulier, et qu'elle voulait lui souhaiter la bienvenue avec tout le faste possible. Ma mère ne s'était pas ménagée elle non plus : elle avait disposé dans chaque pièce un vase en cristal de

Waterford rempli de fleurs et sur la table une nappe de lin blanc et l'argenterie la plus raffinée. Elle s'était fait un brushing et portait une robe Chanel rose et turquoise avec veste assortie, ainsi qu'une de ses innombrables paires de ballerines. La plupart des gens appelaient leur salle à manger « la salle à manger » ; chez nous, elle portait le nom de « salle en chêne ». Notre cher Écrivain Célèbre avait tapissé cette pièce de bois du sol au plafond et installé un lustre de cristal qui éclairait son hétéroclite collection de tableaux (laquelle mêlait peintures abstraites et représentations pittoresques des tourbières du Mayo).

— Je peux t'aider ? ai-je demandé à ma mère qui s'affairait autour de la table.

Elle portait un plateau en argent sur lequel étaient disposés davantage de condiments qu'un seul être humain aurait pu en ingurgiter au cours d'un même repas. Il y avait de minuscules bols de sauce à la menthe, de moutarde (fine ou à l'ancienne), d'huile d'olive, de mayonnaise et de ketchup, chacun doté de minuscules cuillers d'argent.

— Non, ma chérie, tu es notre invitée, a-t-elle répondu en passant la table en revue. Vinaigrette balsamique ?

— Maman, c'est très bien comme ça, vraiment, je crois qu'il y a tout ce qu'il faut.

— Une petite vinaigrette assaisonnerait à merveille la succulente salade aux deux haricots que tu as offerte à maman, Lucy, est intervenu Riley.

— Oui, a-t-elle commenté. Tu as raison. Je vais en chercher.

— Elle aime bien la salade ! ai-je protesté une fois ma mère partie.

— Et le fait qu'elle soit présentée dans une boîte en plastique avec l'étiquette de ta cantine d'entreprise la rend encore plus unique, a-t-il ajouté en souriant.

Je ne les avais pas prévenus que ma Vie ne viendrait pas, d'une part parce que je n'en étais pas complètement sûre, d'autre part, j'avais pensé assez bêtement que ça leur serait égal. Je croyais pouvoir inventer une excuse de dernière minute ; je ne m'attendais pas à ce qu'ils soient si heureux de le rencontrer.

L'atmosphère était festive, il y avait une sorte de nervosité dans l'air. C'est ça, ma mère était nerveuse. Elle courait dans tous les sens pour s'assurer que rien ne manquait. Edith aussi, ce qui m'étonnait. Techniquement, c'était à moi qu'elles essayaient de plaire et j'avais beau me sentir flattée par leurs efforts, je savais que je me trouvais dans une mauvaise posture. Elles n'allaient pas apprécier que ma Vie nous fasse faux bond, et plus j'attendais pour le leur annoncer, pire ça serait.

La sonnette a retenti et ma mère s'est immobilisée comme une biche surprise par les phares d'une voiture.

— Est-ce que ça va, ma coiffure ? m'a-t-elle demandé.

J'étais tellement étonnée par son attitude (les Silchester ne se mettaient pas dans tous leurs états) que je n'ai pas su quoi lui répondre. Elle a donc couru en direction du miroir accroché au-dessus de la gigantesque cheminée de marbre et, sur la pointe des pieds, a essayé de voir son reflet. Elle s'est léché le doigt pour remettre en place une mèche rebelle. J'ai regardé autour de moi : la table était dressée pour huit. Je me sentais de plus en plus nerveuse.

— C'est peut-être l'employé qui vient s'occuper du tapis, a dit Edith pour tenter de calmer ma mère.

— L'employé ? Quel employé ? ai-je demandé un peu inquiète.

— Ton ami m'a gentiment donné le numéro d'une entreprise spécialisée en moquette et tapis, il paraît qu'ils ont fait des merveilles dans ton appartement, a répondu ma mère. J'aurais quand même préféré qu'ils viennent après le dîner… Enfin, ça a été un plaisir de discuter avec lui au téléphone, je suis très impatiente de le rencontrer. Je suis sûre qu'il va me plaire !

Elle m'a adressé une petite moue complice.

— Le type de l'entreprise de moquette ?

— Mais non, ta Vie !

— Qu'est-ce qui est arrivé au tapis, Sheila ? a demandé ma grand-mère.

— On a renversé du café dessus. C'est une longue histoire, mais je dois absolument le faire nettoyer d'ici demain parce que Florrie Flanagan nous rend visite, a-t-elle ajouté en me regardant. Lucy, tu te souviens de Florrie ?

J'ai secoué la tête.

— Mais si. Sa fille Elizabeth vient d'avoir un petit garçon. Ils l'ont appelé Oscar, c'est mignon, non ?

Je me demandais pourquoi elle ne posait jamais ce genre de questions à Riley. Nous avons entendu des pas dans l'entrée. Ma mère a inspiré profondément et a souri tandis que je me demandais quelle attitude adopter si Don ou ma Vie se trouvait derrière cette porte. Mais c'est Philip qui est entré. Ma mère a poussé un soupir de soulagement.

— Oh ! c'est toi.

— Eh bien, merci de l'accueil ! a-t-il répondu.

Il était accompagné de Jemima, sa fille de sept ans, aussi sage qu'à son habitude. Elle a regardé calmement autour d'elle et en nous voyant, Riley et moi, n'a pas changé d'expression mais s'est contentée d'ouvrir grands les yeux.

— Jemima ! s'est écriée ma mère en la prenant dans ses bras. Quelle belle surprise !

— Maman ne pouvait pas venir alors papa m'a emmenée avec lui, a répondu la petite fille d'une voix douce.

Riley m'a lancé un regard complice en tirant la peau de sa joue et je me suis retenue de rire. Majella, la femme de Philip, s'était tellement métamorphosée ces dix dernières années que sa peau était uniformément lisse. Philip était chirurgien plastique, et il avait beau affirmer qu'il ne s'agissait que de chirurgie réparatrice, Riley et moi nous nous demandions s'il ne testait pas la chirurgie esthétique sur sa femme. J'avais toujours trouvé que Jemima avait un visage totalement dénué d'expression, à l'image de sa mère. Quand elle était contente, elle paraissait sereine ; quand elle était en colère aussi. Elle ne fronçait pas les sourcils, ne faisait jamais de grand sourire, ne plissait pas le front, comme sa mère. Jemima a fait le tour de la table pour me rejoindre, en tapant dans la main de Riley au passage. Ma grand-mère a émis un petit sifflement désapprobateur.

— Salut, mon petit canard ! lui ai-je lancé en la serrant contre moi.

— Je peux m'asseoir à côté de toi ?

Cela bouleversait le plan de table de ma mère, laquelle a commencé à réorganiser les noms en réfléchissant à voix haute. Elle a fini par dire oui, et Jemima s'est installée. Ma mère s'est mise à réajuster les couteaux et les fourchettes qui étaient déjà parfaitement en place. Elle paraissait distraite. Les Silchester n'étaient pas distraits.

— Est-ce que l'entreprise de nettoyage a précisé qui elle allait envoyer ?

— J'ai eu un certain Roger au téléphone. Il a dit qu'il ne travaillait pas le soir, mais que son fils allait passer.

J'ai eu un haut-le-cœur, suivi d'un second. Bizarrement, j'étais contente à l'idée de le revoir, mais je n'avais pas envie que ça se déroule ici.

Ma mère était toujours occupée à remettre les couverts en place.

— Comment se passent les préparatifs du mariage, maman ? a demandé Philip.

Quand ma mère a levé la tête, j'ai cru lire de la tristesse sur son visage, mais elle a disparu si vite que je me suis demandé si je n'avais pas rêvé.

— Tout se passe très bien, merci. J'ai commandé ton costume et celui de Riley. Ils sont magnifiques. Lucy, Edith m'a transmis tes mensurations, merci. J'ai choisi un très joli tissu, mais j'aurais vraiment voulu te le montrer avant.

Je n'avais pas donné mes mensurations à Edith, ma Vie avait dû s'en charger pour moi. Cela expliquait pourquoi je m'étais réveillée un matin avec un mètre autour de la poitrine. Cela m'ennuyait un peu, mais au moins, c'était une bonne chose de faite.

— Mais le couturier m'a dit que si je ne passais pas la commande avant lundi, la robe ne serait pas prête à temps, alors je lui ai donné mon feu vert... Est-ce que ça te convient ? Je t'ai appelée plusieurs fois pour te prévenir, mais tu étais occupée avec... comment doit-on l'appeler, d'ailleurs ?

— Tu n'as pas besoin de l'appeler... ai-je répondu évasivement. Merci pour la robe, je suis sûre qu'elle sera très jolie.

— Elle va tacher, a commenté ma grand-mère. Croyez-moi, ce tissu va tacher. Lucy, on ne peut pas recevoir un invité dont on ignore le prénom.

— Vous pouvez l'appeler Cosmo.

— Cosmo ? Il est cosmique son nom ! a commenté Riley.

Jemima a ri, mais son visage est demeuré impassible, comme par un miracle de la nature.

— Qu'est-ce que c'est que ce nom ? a fait ma grand-mère d'un air dégoûté.

— C'est le sien. Cosmo Brown.

— Oh, comme dans ce film... a dit ma mère en claquant des doigts pour se souvenir du titre. Le personnage interprété par Daniel O'Connor... heu... *Chantons sous la pluie* !

Elle s'est mise à rire, heureuse d'avoir trouvé. Puis redevenant tout à coup sérieuse, elle m'a demandé :

— Il n'est pas allergique aux noix, au moins ?

— Donald O'Connor ? Je n'en sais rien... je crois qu'il est mort il y a quelques années.

— Mort d'une allergie aux noix ? a fait Riley.

— Non, crise cardiaque, si je me souviens bien, a répondu Philip.

— Non, je voulais dire, ton ami Cosmo, a précisé ma mère.

— Oh ! non, non, il est toujours en vie.

Riley et Philip ont ri.

— Ne t'inquiète pas pour lui, ai-je ajouté. De toute façon, c'est déjà chouette qu'on soit tous rassemblés ce soir, qu'il soit là ou non.

Riley a déchiffré le message et s'est penché vers moi, mais j'ai volontairement évité son regard.

À ce moment-là, Edith est entrée, l'air affairé.

— Lucy, m'a-t-elle dit doucement. Je me demandais quand ton ami allait arriver. Parce que l'agneau est prêt et M. Silchester a un rendez-vous téléphonique à vingt heures...

J'ai jeté un œil à l'horloge. Ma Vie avait dix minutes de retard et mon père ne pouvait consacrer que trente minutes à ce dîner.

— Dites à M. Silchester qu'il n'a qu'à retarder son appel, a répondu ma mère d'un ton si brusque que nous avons tous été surpris. Et il mangera sa viande bien cuite, pour une fois.

Tout le monde a gardé le silence, même ma grand-mère, ce qui était inédit.

— Il y a des choses plus importantes, a ajouté ma mère en replaçant une nouvelle fois les couverts.

— Peut-être qu'on peut commencer et mon ami nous rejoindra. Ça ne sert à rien d'attendre, s'il est très en retard.

J'ai lancé à Edith un regard qui en disait long en espérant qu'elle comprenne mon message : « Il ne viendra pas, au secours ! »

Sur ce, la sonnette a retenti.

— Le voilà ! s'est exclamée ma mère.

Par la fenêtre, j'ai aperçu la camionnette jaune vif de Don avec son tapis rouge qui tournait lentement sur le toit. J'ai bondi de ma chaise et tiré les rideaux.

— Je vais l'accueillir ! me suis-je empressée d'annoncer. Ne bougez pas.

Riley m'a regardée attentivement.

— Je veux que ce soit une vraie surprise, lui ai-je expliqué avant de me précipiter vers l'entrée.

J'étais dans le couloir quand Edith est sortie de la cuisine pour me rejoindre.

— Qu'est-ce que tu mijotes ? a-t-elle demandé.

— Rien du tout, ai-je répondu en me rongeant les ongles.

— Lucy Silchester, je te connais depuis toujours et je sais que tu mijotes quelque chose. Je dois aller chercher ton père dans une minute, alors je préférerais savoir ce qui se passe.

— Très bien, je me suis disputée avec ma Vie aujourd'hui et il ne viendra pas ce soir.

— Doux Jésus, pourquoi tu ne leur as pas dit, tout simplement ?

— À ton avis ?

— Mais alors, qui est dehors ?

À l'extérieur, j'ai entendu la camionnette s'arrêter dans l'allée et le moteur se couper.

— Le type de l'entreprise de nettoyage.

— Et quel est le problème ?

— Le problème, c'est que j'ai couché avec lui.

Elle a poussé un soupir.

— Mais je suis amoureuse de quelqu'un d'autre.

Elle a produit un petit grognement.

— Enfin... je crois.

Elle a émis une longue plainte.

— Oh ! là, là, qu'est-ce que je vais faire ? Réfléchis, Lucy !

Et puis tout à coup, j'ai eu une idée.

— Lucy... m'a-t-elle dit sur un ton de reproche.

— Ne t'en fais pas !

Je lui ai pris la main en la regardant droit dans les yeux.

— Tu n'es au courant de rien, d'accord ? Personne ne t'a rien dit, tu n'es pas responsable, ça n'a rien à voir avec toi, c'est ma décision.

— Combien de fois dans ma vie t'ai-je entendue prononcer ces mots ?

— Et tout s'est toujours bien terminé, non ?

Edith a écarquillé les yeux.

— Lucy, c'est la pire bêtise que tu aies jamais faite !

— Ils n'en sauront rien, je te le promets, ai-je dit pour tenter de la calmer.

Elle est partie chercher mon père en gémissant.

Je suis sortie et j'ai immédiatement refermé la porte derrière moi. Don, qui descendait de sa voiture, m'a regardée d'un air surpris.

— Salut, bienvenue dans ma maison de campagne !

Il a souri, mais pas aussi franchement qu'avant. Il a gravi les marches jusqu'à moi et tout à coup, j'ai ressenti l'envie irrépressible de l'embrasser. Je ne savais pas quoi dire. Derrière la porte, j'ai entendu mon père sortir de son bureau et traverser le vestibule.

— Lucy est sortie pour l'accueillir, a annoncé Edith.

— Très bien, réglons ces idioties une bonne fois pour toutes, a-t-il répondu.

Don l'a entendu aussi.

— Je suis désolée pour ce matin, ai-je dit.

Et je le pensais vraiment.

Don m'a regardée avec attention pour savoir si je mentais ou non.

— Je t'avais dit que je ne savais pas où j'en étais. Ça n'excuse rien, mais c'est vrai. Je ne suis pas sûre de ce que je veux... je croyais le savoir, mais ma

Vie m'a prouvé le contraire. Il faut que je réfléchisse ; en tout cas, c'est ce que j'essaie de faire.

Il a hoché la tête.

— Tu aimes toujours ton ex ?

— Je crois. Mais je n'en suis pas sûre.

Il a gardé le silence un moment.

— Ta Vie m'a dit qu'il avait peut-être une nouvelle copine.

— Ma Vie a une copine ?

— Non, Blake. Il m'a dit ça pendant que tu étais sous la douche.

— Il y a de fortes chances pour que ce soit le cas.

Il a regardé autour de lui puis ses yeux se sont de nouveau posés sur moi.

— Je ne suis pas amoureux de toi, Lucy. Mais je t'aime beaucoup. Vraiment.

J'ai posé une main sur ma poitrine.

— C'est la plus belle chose qu'on m'ait jamais dite.

— Je n'ai pas envie qu'on joue avec mes sentiments.

— Je ne joue pas avec toi.

— Et je ne veux pas être le lot de consolation.

— Ça n'arrivera pas. J'ai simplement besoin de régler quelques petites choses, c'est tout.

Ma réponse a paru le satisfaire. Je n'avais rien d'autre à ajouter.

Il a admiré la maison.

— Est-ce que ça te stresse ?

— Complètement. Ça fait trois ans que je suis célibataire. Je commets toutes les erreurs possibles...

Il a souri.

— Non, je veux dire, est-ce que ça te stresse que ta Vie rencontre tes parents ?

— Ah ! Non. Stressée ? Tu parles ! J'ai juste très très envie de vomir.

— Ça ira, il va monopoliser la parole.

— Il n'est pas là, et je pense qu'il ne viendra pas. J'ai perdu mon boulot aujourd'hui et il ne me parle plus.

J'ai dégluti avec difficulté. J'étais vraiment au fond du trou.

Il a eu l'air ahuri.

— Je peux faire quelque chose pour t'aider ?

Tout le monde était installé à table quand j'ai passé ma tête par l'entrebâillement de la porte. À ma grande surprise, mon père ne présidait pas la tablée. Cette place m'était réservée.

— Je m'excuse de vous avoir fait attendre. Je sais que tu as un coup de téléphone important bientôt, ai-je dit à mon père, alors on ne te retiendra pas longtemps. J'aimerais vous présenter...

J'ai ouvert la porte et Don est entré.

— ... ma Vie. Voici ma famille.

Il a souri. Et puis il s'est mis à rire et j'ai pensé qu'il n'y arriverait jamais.

— Excusez-moi, a-t-il dit, c'est un tel honneur de vous rencontrer.

Il a salué Jemima.

— Salut, toi.

— Jemima, a-t-elle dit timidement en lui serrant la main.

— Enchantée de te connaître, mademoiselle.

Don a continué le tour de table et ma mère a bondi de sa chaise. Ma grand-mère, quant à elle, n'a pas bougé et s'est contentée de tendre la main.

— Victoria, a-t-elle dit.

— La Vie de Lucy, a-t-il répondu.

— Oui, a-t-elle ajouté en le regardant de haut en bas avant de retirer rapidement sa main.

— Moi c'est Riley, a fait mon frère en se levant. Tiens, j'ai exactement la même veste, je l'ai laissée sur le portemanteau dans l'entrée...

— Ça alors, quelle coïncidence, Riley ! ai-je dit en poussant rapidement Don vers ma mère.

Pendant que Don et ma mère se serraient la main, Riley a tiré les rideaux. Il a remarqué la camionnette de Don et m'a lancé un regard accusateur. J'ai soutenu son regard et il a secoué la tête avant de regagner sa place. Les autres étaient trop occupés à observer ou saluer Don pour avoir remarqué notre échange silencieux.

— Et voici le père de Lucy, M. Silchester, a fait ma mère.

Don a avancé vers mon père en me regardant. J'ai pincé les lèvres pour ne pas rire et il a fait de même. Enfin, il s'est assis en bout de table.

— Vous avez une maison magnifique, a-t-il commenté. C'est du chêne ?

— Oui, a répondu ma mère, tout excitée. On l'appelle « la salle en chêne ».

— On déborde d'imagination, ai-je remarqué.

Don a ri.

— Alors, dites-nous, comment vous entendez-vous avec Lucy ? a demandé ma mère.

— Lucy et moi... a commencé Don.

Mon cœur s'est emballé.

— ... Nous nous entendons à merveille ! Elle a de l'énergie à revendre. Alors il faut être en forme pour la suivre, mais... je l'adore, a-t-il conclu sans me quitter du regard.

— C'est formidable, a murmuré ma mère qui ne voulait pas l'interrompre. Formidable d'aimer sa Vie. Je vois bien qu'elle a changé.

— Oui, enfin bon, ai-je dit en rougissant. Maman, on peut peut-être parler d'autre chose.

— Eh bien, M. Silchester et moi nous allons renouveler nos vœux, a annoncé maman. N'est-ce pas, Samuel ?

Mon père a répondu « oui » d'un ton las et fatigué. Don, qui a pris cela pour une blague, a éclaté de rire. Mais comme mon père était parfaitement sérieux, sa réaction a été plutôt mal accueillie.

Ma mère a ajouté, un peu embarrassée :

— C'est notre trente-cinquième anniversaire de mariage cette année, et nous avons pensé qu'il fallait célébrer l'événement.

— Félicitations, a dit Don poliment.

— Merci. J'ai demandé à Lucy d'être ma demoiselle d'honneur. J'espère que vous vous joindrez à nous.

Il a paru amusé.

— Je suis sûr que Lucy est très impatiente.

— Excusez mon ignorance, mais combien de temps avez-vous prévu de rester parmi nous ?

— Un bon moment, je crois, a-t-il répondu en me regardant droit dans les yeux. Mais ça dépend de Lucy.

Riley m'a fait un clin d'œil et, malgré mes projets de retourner voir Blake, je n'ai pas pu m'empêcher de sourire.

Edith est entrée avec un plateau chargé de bols et d'une grande soupière. Elle a distribué les bols et commencé le service.

— Potage courgette et pois cassés, a-t-elle annoncé à l'intention de Don.

Puis elle m'a lancé un regard furieux pour bien me faire comprendre qu'elle refusait d'être mêlée à mes combines.

— Miam, ai-je fait de façon exagérée. Ma soupe préférée, merci Edith.

Elle m'a servie en dernier.

La sonnette a retenti une nouvelle fois.

— Ah, ça doit être l'entreprise de nettoyage, a dit ma mère. Edith ?

— Je vais le conduire au salon, a répondu cette dernière en me lançant un regard alarmé.

J'étais légèrement inquiète. Si ma Vie avait finalement décidé de venir, il n'allait pas être très content d'avoir à nettoyer le tapis ni de découvrir que j'avais raconté un énorme mensonge. Mais le mal était fait, maintenant. De toute façon, ça ne pouvait pas être lui puisqu'il m'avait laissée tomber et abandonnée à mon triste sort. À moins qu'il n'ait pressenti que je m'étais mise dans de beaux draps et qu'il ait choisi précisément ce moment-là pour refaire surface.

— Vous avez accompagné Lucy à son travail ? a demandé Philip.

— Oui, ai-je interrompu, et d'ailleurs, à ce propos, il y a du nouveau.

J'ai essayé de paraître optimiste afin d'embellir la réalité. Il fallait que je leur annonce la nouvelle avant que ma Vie arrive, sans quoi il me forcerait à tout déballer.

— Tu as eu une promotion ! s'est exclamée ma mère d'une voix suraiguë.

— Heu, pas vraiment, non... À partir d'aujourd'hui, je ne travaille plus chez Mantic.

Elle n'a pas su quoi répondre.

— Et tu travailles où, alors ? m'a demandé Riley qui voulait savoir quelle était la bonne nouvelle.

— Eh bien... heu... nulle part, pour le moment.

— Je suis désolé de l'apprendre, a dit Philip. Mais c'est vrai que depuis quelques années, ils licencient à tour de bras, tout le monde est sur la sellette.

Je l'ai secrètement remercié d'avoir dit ça.

— Ils t'ont proposé des indemnités, au moins ? a demandé Riley, inquiet.

— Non, en fait, parce que c'est moi qui suis partie. C'était ma décision.

Mon père a tapé du poing sur la table. Tout le monde a sursauté, y compris l'argenterie.

— Tout va bien, ma chérie, a dit Philip à Jemima qui avait les yeux écarquillés et semblait terrorisée.

Enfin, j'en ai déduit qu'elle l'était, parce que son visage n'exprimait rien. Seuls ses yeux trahissaient sa peur. J'ai mis mon bras autour d'elle pour la rassurer.

— C'est à cause de vous ? a demandé mon père à Don.

— Ce n'est peut-être pas le moment de discuter de ça, ai-je murmuré en espérant que mon père se calmerait.

— Au contraire, je crois que le moment est parfaitement bien choisi.

— Jemima, viens avec moi, a dit Philip.

Il l'a fait sortir de la pièce, ce que ma grand-mère a visiblement désapprouvé. Quand il a ouvert la porte, j'ai vu qu'Edith était dans l'entrée avec ma Vie. Celui-ci a tourné la tête et m'a aperçue juste au moment où la porte se refermait.

— Eh bien, répondez-moi ! a tonné mon père.

— On n'est pas au tribunal, ai-je rétorqué à voix basse.

— Je t'interdis de me parler sur ce ton !

Je n'ai pas réagi, je me suis contentée de manger ma soupe, mais tout le monde avait cessé de parler et de bouger. Il perdait rarement patience et ne se mettait pas souvent en colère, mais quand ça arrivait, c'était tonitruant. Je savais qu'il était sur le point de sortir de ses gonds, je l'entendais dans sa voix. Ma colère montait aussi, malgré mes efforts pour rester calme.

— Il n'a rien à voir là-dedans, ai-je répondu d'un ton posé.

— Comment est-ce possible ? Est-ce qu'il n'est pas responsable de tes décisions ?

— Non, parce qu'en réalité il n'est pas ma...

— Non, pas de problème, Lucy, est intervenu Don.

Il paraissait parfaitement calme, simplement un peu ennuyé.

— Quel est exactement votre rôle dans tout ça ? a demandé mon père.

— Mon rôle, a-t-il répondu en me regardant, est de la rendre heureuse.

— Quelles sottises !

313

— Et quand elle sera heureuse, elle trouvera la bonne voie. À votre place, je ne m'en ferais pas pour elle.

— C'est absolument ridicule. C'est de la folie. Si vous êtes censé lui montrer la bonne direction, n'avez-vous pas échoué ?

— Et comment jugez-vous votre capacité à assumer votre rôle de père ? a-t-il rétorqué avec de la colère dans la voix.

Il voulait me protéger, mais il ignorait à quoi il s'attaquait. Il savait à peine qui j'étais et pourtant, j'avais l'impression qu'il me connaissait mieux que tous ceux qui étaient réunis autour de cette table. J'avais du mal à croire ce que je venais d'entendre. Je me demandais ce que pensaient les autres.

— Comment osez-vous vous adresser à moi sur ce ton ? a crié mon père.

Il s'est levé. Une fois debout, il paraissait très grand.

— Samuel, a dit ma mère calmement.

— Lucy a quitté son travail parce qu'elle n'y était pas heureuse, a poursuivi Don. Je ne vois pas ce qu'il y a de mal à ça.

— Lucy n'est jamais heureuse de travailler. Elle est paresseuse. Elle ne ressentira jamais le besoin de s'appliquer à la tâche. Elle ne l'a jamais eu. Elle a tourné le dos à tout ce qui pouvait lui être utile dans la vie. Nous lui avons donné une bonne éducation et elle n'a rien trouvé de mieux à faire que la gâcher. Elle vit dans une porcherie de la taille de cette pièce. Elle nous a déçus et elle fait honte à sa famille. Et vous aussi, puisque vous êtes sa Vie.

Les Silchester ne pleurent pas. Ils ne pleurent pas. Non, non, non. Voilà ce que je me suis répété après chaque mot qu'il a prononcé. Je n'avais pas été parano : il disait haut et fort ce qu'il pensait de moi. Il le disait devant tout le monde et devant l'homme qu'il prenait pour ma Vie mais qui, en réalité, était quelqu'un pour qui j'éprouvais des sentiments.

C'était plus qu'humiliant, plus que blessant. Personne ne m'avait jamais dit de choses pareilles. C'était insupportable, pire que ma rupture avec Blake, pire que m'être fait virer.

— Je suis fatigué de ses échecs constants, de son incapacité à s'engager dans quoi que ce soit. Nous sommes issus d'une longue lignée de gens qui ont réussi. Ici même, à cette table, Philip et Riley ont prouvé qu'ils étaient compétents et travailleurs, alors que Lucy a échoué encore et toujours, elle s'est montrée incapable de réussir, malgré toutes les chances que nous lui avons données. Sheila, je t'ai laissée faire parce que cela te semblait une bonne décision. Mais il est clair que, quand on la laisse prendre sa vie en main, Lucy est incapable d'agir correctement, et que c'est à moi d'intervenir.

— Lucy n'est pas une enfant, a protesté Don. Elle est adulte. Je crois qu'elle est parfaitement capable de prendre ses décisions toute seule.

— Quant à vous, monsieur, a ajouté mon père en élevant la voix, vous n'êtes plus le bienvenu chez moi.

Silence. J'arrivais tout juste à respirer.

Don a poussé sa chaise et s'est levé.

— C'était un plaisir de vous rencontrer, a-t-il dit doucement. Merci de votre accueil. Lucy ?

Il me demandait de partir avec lui, et je n'avais qu'une envie : le suivre. Mais je ne pouvais pas lever la tête et affronter le regard des autres. Si je ne bougeais pas, ils allaient peut-être oublier mon existence. J'avais les larmes aux yeux, mais je refusais de pleurer devant eux, quoi qu'il advienne.

— Je vous raccompagne, a dit ma mère dans un murmure.

Elle s'est levée sans un bruit et a quitté la pièce. Quand elle a ouvert la porte, j'ai vu ma Vie dans l'entrée, le visage défait. Encore un que j'avais déçu.

— Lucy, dans mon bureau. Nous avons besoin de réfléchir à ton avenir, a ordonné mon père.

Je ne pouvais pas lever la tête.

— Ton père te parle, a signalé ma grand-mère.

— Je crois que tu pourrais permettre à Lucy de terminer de dîner et discuter après, a suggéré Riley.

— Edith le réchauffera. C'est important.

— De toute façon, je n'ai pas faim, ai-je dit à voix basse, les yeux toujours rivés sur mon assiette.

— Tu ne nous déçois pas, Lucy, a dit Riley. Il s'inquiète pour toi, c'est tout.

— Je pensais ce que j'ai dit, a commenté mon père en se rasseyant.

— Personne ne trouve que tu nous fais honte, a insisté mon frère. Lucy, regarde-moi.

Je ne pouvais pas. Ma mère est revenue, mais elle est restée debout, comme pour prendre la température de la pièce, hésitant à se rasseoir.

— Je suis désolée de vous avoir déçus, ai-je dit d'une voix tremblante. Edith, merci pour le dîner, pardon, mais je ne peux pas rester.

Je me suis levée.

— Assieds-toi, a dit mon père d'un ton sec comme un coup de fouet. Assieds-toi immédiatement.

J'ai hésité, puis je me suis dirigée vers la sortie. Je suis passée devant ma mère sans la regarder et j'ai refermé la porte derrière moi.

Ma Vie et Don m'attendaient dans l'entrée.

— Désolé d'être en retard, s'est excusé ma Vie. Le taxi s'est perdu. J'ai raté quelque chose ?

— Est-ce que je lui montre où se trouve le tapis persan ? a demandé Don.

Ils avaient tous les deux une petite étincelle dans les yeux et m'avaient parlé très gentiment. Ils essayaient de me remonter le moral. Finalement, ils ont réussi à me faire sourire.

22

— Don, je suis désolée, ai-je dit sans m'adresser
à ma Vie pour le moment. C'était une très mauvaise
idée. Je ne sais pas comment j'ai pu croire que ça
allait marcher.

J'étais encore secouée par ce qui s'était passé.

— Détends-toi, m'a-t-il répondu en me caressant
le dos. On enchaîne sur une petite visite à mes
parents pour que je te présente comme la petite
amie enceinte que je leur ai cachée depuis si longtemps. Non, je plaisante, a-t-il ajouté en voyant ma
tête. Mais ça les rendrait heureux, cela dit.

La porte de la salle en chêne s'est ouverte. Ma
mère est apparue, main posée sur la poitrine comme
si ce simple geste lui permettait de se contrôler,
d'aider son cœur à assumer ses fonctions vitales
sans céder à l'émotion.

— Lucy, ma chérie...

Puis, prenant conscience que nous n'étions pas
seules :

— Oh, bonjour, a-t-elle dit à ma Vie. Vous devez
être là pour le tapis.

Quelle ironie.

— En fait, c'est moi qui suis venu nettoyer le
tapis, a expliqué Don.

D'un geste, il a retiré la veste de Riley que je lui
avais fait enfiler en arrivant afin de dissimuler sa
chemise qui portait le logo de Magi-moquette.

— La Vie de Lucy, c'est lui, a-t-il ajouté.

— Oh ! a-t-elle fait, la main toujours posée sur la poitrine.

Bien qu'elle ait sans doute été gênée d'avoir confondu ma Vie avec l'employé de l'entreprise de nettoyage, elle ne l'a pas montré.

— Maman, je te présente Don, c'est un ami. Il a eu la gentillesse de remplacer notre invité au pied levé parce que je ne voulais pas vous décevoir. Maman, je suis désolée de ne pas t'avoir dit que ma Vie ne pouvait pas venir, tu avais l'air tellement enthousiaste.

— Je suis désolé de ce qui s'est passé, a ajouté Don, contrit.

— Non c'est moi qui m'excuse, ai-je insisté, c'était mon idée.

Je me sentais encore un peu bouleversée et j'avais envie de partir d'ici.

— Je vais vous préparer un thé, a dit Edith qui était soudain apparue à côté de moi et avait sans doute assisté à toute la conversation.

— Oui, bonne idée, a répondu ma mère avant de s'adresser à ma Vie. Je suis Sheila, la mère de Lucy. Je suis ravie de vous rencontrer. Quant à vous, Don, ça a été un plaisir de vous recevoir. Je suis désolée que l'accueil n'ait pas été aussi chaleureux que prévu, mais vous êtes toujours cordialement invité à notre cérémonie de mariage.

Ce bavardage bien élevé était insupportable. Edith est revenue avec du thé et une sélection de biscuits qu'elle a présentés à Don et ma Vie. Je voyais bien que ma mère se demandait qui allait nettoyer le tapis désormais. Puis elle s'est lancée dans une grande discussion avec ma Vie au sujet des fleurs à commander pour la cérémonie. Dans ma tête, j'entendais encore résonner les paroles qu'avait prononcées mon père.

Ma Vie s'est approché de moi.

— Vous avez raconté un très très gros mensonge.

— Je ne suis pas d'humeur, ai-je répondu calmement. De toute façon, quoi que vous disiez, vous ne pourrez pas empirer les choses.

— Je n'essaie pas d'empirer quoi que ce soit. J'essaie au contraire d'arranger ce qui peut l'être.

Ma Vie s'est raclé la gorge. Sentant qu'il allait se dire quelque chose d'important, ma mère a interrompu son bavardage avec Don et Edith.

— Lucy a l'impression de n'être jamais assez bien pour vous, a-t-il annoncé.

Il y a eu un silence gênant. J'ai rougi, mais je savais que je l'avais bien cherché. Un gros mensonge appelait une grande vérité.

— Il faut que j'y aille, ai-je dit.

— Oh ! Lucy... a murmuré ma mère.

Elle m'a regardée d'un air bouleversé puis s'est tout à coup ressaisie : le mode « Silchester » s'est enclenché automatiquement et elle m'a souri.

— Je te raccompagne.

— Vous ne méritiez pas ça, a commenté ma Vie alors que nous traversions les montagnes du Wicklow pour rejoindre l'autoroute.

Il n'avait pas ouvert la bouche depuis que nous étions montés dans la voiture quinze minutes plus tôt. En fait, nous étions restés silencieux tout ce temps. Il n'avait même pas essayé d'allumer la radio, pour mon plus grand plaisir parce qu'il y avait bien assez de vacarme dans ma tête. Je me répétais en boucle les mots qu'avait prononcés mon père ; je savais que nous avions atteint un point de non-retour. Il avait parlé sans difficulté, sans émotion. Certes, il était en colère, mais pas ce type de colère blessée qui pousse à dire des choses qu'on ne pense pas. Il pensait chaque mot qu'il avait prononcé et j'étais prête à parier qu'il assumerait ses paroles jusqu'à sa mort. On ne pourrait pas revenir en arrière. J'aurais préféré rentrer seule, mais ma Vie avait insisté pour m'accompagner. J'avais tellement envie de m'en aller que de toute façon, je n'avais pas eu la force de protester.

— J'ai eu ce que je méritais, j'ai raconté un mensonge.

— Non, je voulais dire : vous ne méritiez pas que votre père vous parle de cette façon.

Je n'ai pas répondu.

— Vous semblez perdue, là...

— S'il vous plaît, je ne suis pas d'humeur pour une grande explication psychologique.

— Une explication géographique, alors ? Vous avez raté la bretelle d'accès à l'autoroute.

— Oh !

— Je présume que nous allons dans le Wexford, maintenant.

— Non, on rentre à la maison.

— Et celle qui courait après son grand amour, alors, qu'est-ce qui lui est arrivé ?

— Elle a ouvert les yeux.

— C'est-à-dire ?

— Blake est passé à autre chose, et il faut que je fasse pareil.

— Alors vous allez rappeler Don ?

— Non.

— Ah, OK, alors maintenant vous ne méritez pas qu'on vous aime, c'est ça ?

Je n'ai rien répondu, mais je le pensais très fort.

— Ce que votre père a dit n'est pas vrai, vous savez.

Je n'ai rien répondu.

— OK, j'ai sans doute perdu un peu patience avec vous et j'ai peut-être dit des choses injustes.

Je l'ai regardé.

— Oui, bon, je vous ai vraiment dit des choses injustes mais je les pensais.

— Vous appelez ça des excuses ?

— Ce n'en sont pas. Vous n'auriez pas dû quitter votre travail avant d'en avoir trouvé un autre, voilà ce que je voulais vous dire. Quant à votre père, tout ce qu'il a dit est faux.

— Je ne peux pas payer mon loyer. Je ne sais même pas si j'ai les moyens de nous conduire jusqu'au Wexford dans ce tas de ferraille et je n'ai pas assez d'argent pour payer ce que je dois à Don. J'aurais dû garder mon travail par sécurité ou en chercher un autre avant de partir. Ç'aurait été la chose intelligente à faire.

Il n'a rien ajouté, ce qui signifiait qu'il était d'accord.

Je n'ai pas fait attention à la route et nous nous sommes retrouvés dans un coin que je ne connaissais pas. J'ai rebroussé chemin en regardant à gauche et à droite avant de me rendre à l'évidence.

— Je suis perdue.

Ma Vie a posé la main sur ma tête.

— Ne vous inquiétez pas Lucy, vous allez trouver le bon chemin. Je suis là pour vous aider.

— D'accord, mais vous avez une carte ? Parce que géographiquement parlant, je suis perdue.

Il a regardé à gauche et à droite.

— Vous avez l'air fatigué, m'a-t-il fait remarquer.

— Je le suis. Je n'ai pas beaucoup dormi cette nuit.

— Laissez-moi conduire.

— Non.

— Laissez-moi conduire. Allez vous allonger sur le siège arrière pendant que je nous ramène à la maison.

— C'est trop étroit pour que je puisse vraiment m'allonger derrière.

— Essayez de vous reposer au moins, de ne plus penser à rien.

— Vous savez conduire ?

Il a sorti un document de la poche intérieure de sa veste, me l'a tendu, mais je ne l'ai pas pris : je me sentais trop fatiguée pour lire.

— J'ai l'autorisation de conduire n'importe quel type de véhicule dans le cadre de ma mission auprès de vous.

— N'importe quel véhicule ?

— Oui.

— Même des motos ?

— Même des motos.

— Des tracteurs ?

— Même des tracteurs.

— Même des quads ?

— Oui, même des quads.

— Et les bateaux, vous pouvez les conduire également ?

Il m'a regardé d'un air fatigué.

— OK. Tous les véhicules, quoi, ai-je conclu.

J'ai quitté ma place pour aller m'installer à l'arrière.

Et ma Vie a pris le volant.

Je me suis réveillée avec un torticolis et un mal de tête dus aux vibrations de la vitre et aux heurts de la route. Mon cou me faisait souffrir là où la ceinture de sécurité avait frotté contre la peau. Il m'a fallu quelques secondes pour comprendre où je me trouvais : dans la voiture, avec ma Vie au volant qui chantait du Justin Bieber d'une voix aiguë qui aurait pu rivaliser avec celle d'un gamin de six ans après avoir reçu un coup dans les testicules.

Il faisait nuit, ce qui n'avait rien de très surprenant vu que nous avions quitté Glendalough à vingt heures et qu'une voiture capricieuse comme Sebastian mettait plus de temps qu'une autre. Cependant, à la fin juin, la nuit ne tombait pas avant vingt-deux heures, or il faisait déjà nuit noire ; nous devions donc rouler depuis bien plus d'une heure. Je ne voyais aucune lumière à part, de temps à autre, celle signalant un porche d'entrée ou une habitation au loin, ce qui signifiait que nous n'étions pas à Dublin.

Au bout d'un moment, nous nous sommes arrêtés mais le moteur a continué de tourner. Nous étions au beau milieu de nulle part. Ma Vie avait posé son iPhone sur le tableau de bord et il consultait le GPS. Une sonnerie a retenti et il a eu l'air satisfait. Nous nous sommes remis en route, en avançant à une vitesse modérée. Je me suis penchée pour lui glisser un mot à l'oreille :

— Où est-ce qu'on est ?

— Nom de Dieu ! a-t-il crié en sursautant et il a perdu un instant le contrôle du véhicule qui a viré vers la gauche.

Il a rapidement tourné le volant vers la droite, juste à temps pour éviter le fossé. Cependant, il est allé trop à droite et il nous a envoyés complètement de l'autre côté de la route. Malgré ma ceinture, j'ai été éjectée sur la gauche comme une poupée de chiffon avant d'être poussée contre le dossier du siège devant moi au moment d'atterrir dans le fossé.

Ensuite, il n'y a plus eu aucun bruit à part Justin Bieber qui chantait *Baby, baby, baby*.

— Aïe ! aïe ! aïe ! a dit ma Vie.

— Aïe ! aïe ! aïe ! ai-je répété en écartant la ceinture pour ne pas qu'elle risque de me blesser. Nous sommes coincés dans un fossé, au milieu de nulle part. Qu'est-ce que vous avez foutu ?

— Vous m'avez fait peur, a-t-il rétorqué, blessé dans son orgueil. Et puis nous ne sommes pas au milieu de nulle part, nous sommes quelque part dans le comté de Wexford.

Il s'est tourné vers moi.

— Surprise. Je vous aide à concrétiser votre rêve.

— Nous sommes coincés dans un fossé.

— Ironique, n'est-ce pas ?

Il a pris son téléphone d'une main maladroite.

J'ai bataillé avec la ceinture pour me libérer de la position inconfortable dans laquelle je me trouvais mais elle était bloquée.

— Vous pouvez nous sortir de là ? ai-je demandé, irritée.

La ceinture s'est débloquée tout à coup et je me suis écrasé le nez sur le repose-tête en face de moi. J'ai jeté un coup d'œil par la fenêtre et j'ai discerné les lumières d'une habitation au loin.

— On ne peut pas sortir d'un fossé. Du moins pas avec cette voiture. Je crois que le problème, c'est que j'ai quitté l'autoroute trop tôt. Voyons voir...

Il a marmonné tout en maniant gauchement le GPS.

J'ai tenté d'ouvrir la portière mais quelque chose à l'extérieur la bloquait en partie. J'ai baissé la vitre pour regarder. C'était un tas de branches et de feuilles d'un arbre renversé. J'ai agrippé le toit pour m'extirper de la voiture par la fenêtre. Je me suis tortillée pour essayer de sortir une jambe toute tordue mais cela s'est révélé compliqué. J'ai voulu insister en appuyant d'une main sur ma jambe mais ce faisant, j'ai perdu l'équilibre et je suis tombée à la renverse directement sur l'arbre ; ça été douloureux, beaucoup plus que tout ce que j'avais pu ressentir récemment. Les Silchester ne pleuraient pas, mais les Silchester juraient et criaient comme des damnés. J'ai entendu le bruit d'une portière se fermer et ma Vie est apparu en haut du fossé. Il m'a tendu la main.

— Ça va ?

— Non, ai-je grogné. Comment êtes-vous sorti de la voiture ?

— J'ai utilisé l'autre portière.

Je n'y avais pas pensé. J'ai attrapé sa main et il m'a tirée du fossé.

— À part les branches, il y a quelque chose d'autre de cassé ? a-t-il demandé en m'examinant sous tous les angles.

J'ai remué doucement pour vérifier.

— Je ne crois pas.

— Si vous pouvez bouger comme ça, c'est que tout va bien. Physiquement, du moins.

Les mains sur les hanches, il a examiné la voiture.

— Nous ne sommes pas loin du B&B que j'ai réservé. Nous n'avons qu'à marcher.

— Marcher ? Avec ces chaussures ? Et puis on ne peut pas laisser la voiture dans le fossé !

— J'appellerai une dépanneuse en chemin.

— Nous n'avons pas besoin d'aide, nous pouvons le faire nous-mêmes. Allez !

Je l'ai pris par le bras et l'ai motivé à pousser la voiture pendant que j'étais derrière le volant. Comme ça ne marchait pas, nous avons échangé les rôles mais sans plus de succès. Nous nous sommes donc mis à pousser tous les deux. En vain. Nous avons finalement récupéré nos bagages dans le coffre et avons marché péniblement le long d'une route de campagne en suivant les indications du GPS. Quand je dis une route, j'exagère un peu : c'était davantage un chemin ou une piste, une voie de passage pour des animaux de ferme ou pour des tracteurs, absolument pas prévu pour une femme portant des chaussures à semelles compensées et une robe, qui avait en plus mal au dos et des brindilles dans les cheveux.

Nous avons marché pendant quarante-cinq minutes avant de trouver le B&B que surplombait un complexe hôtelier flambant neuf au bord de l'autoroute. Ma Vie m'a regardée d'un air contrit.

Le B&B était un petit pavillon à la moquette et au papier peint surannés, qui sentait le désodorisant. La déco était démodée mais c'était propre. Comme je n'avais rien avalé d'autre de la journée que quelques cuillers d'une soupe à la courgette et aux pois cassés juste avant que mon père ne me coupe l'appétit, j'avais une faim de loup. La gérante du B&B a préparé en vitesse du thé et quelques sandwichs au jambon qui m'ont requinquée. Elle nous a proposé ensuite une assiette de biscuits ; je n'en avais pas vu de pareils depuis mes dix ans.

Plus tard, assise sur le lit avec des bigoudis dans les cheveux, je me suis peint les ongles des pieds. Les mots qu'avait prononcés mon père n'arrêtaient pas de s'entrechoquer dans ma tête qui me semblait vide et creuse ; j'avais l'impression que je ne pourrais jamais les oublier.

— Arrêtez de ressasser ce que votre père vous a dit.

— Vous lisez dans mes pensées ?

— Non.

— Parce que parfois vous dites exactement ce que je pense. Comment vous faites ?

— Ce doit être ce qu'on appelle l'empathie. Cela dit, c'était évident que vous pensiez à votre papa. Il n'a pas été tendre avec vous.

— Je ne l'appelle jamais « papa ».

— Vous voulez en parler ?

— Non.

— Donc vos parents sont riches, a dit ma Vie, pour lancer la conversation malgré tout.

— Aisés, l'ai-je corrigé de façon automatique.

— Pardon ?

— Ils ne sont pas riches, ils sont aisés.

— Qui vous a obligée à dire ça ?

— Ma mère. Quand j'avais huit ans, en colonie de vacances, les autres enfants n'arrêtaient pas de dire que j'étais riche parce qu'ils m'avaient vue arriver en BMW ou une voiture dans le genre. Je n'avais jamais réfléchi à la question avant : l'argent n'avait jamais été un problème. Je n'y pensais pas.

— Parce que vous n'en manquiez pas.

— Sans doute. Un jour, lors de notre repas annuel avec les Maguire pour le solstice d'hiver, j'ai prononcé ce mot ; j'ai dit que nous étions riches et mes parents m'ont regardée d'une telle façon que je n'ai plus jamais osé employer ce mot. C'était comme si j'avais juré. C'est grossier de dire qu'on est riche.

— Quelles autres règles vous ont-ils inculquées ?

— Beaucoup d'autres.

— Par exemple ?

— Ne pas mettre les coudes sur la table. Ne pas hausser les épaules ou faire un signe de la tête... Ne pas boire du *poteen* en compagnie de neuf hommes dans une grange.

Il a froncé les sourcils.

— C'est une longue histoire... Ne pas pleurer. Ne montrer aucune émotion ni aucun sentiment personnel. Enfin, vous voyez.

— Est-ce que vous les respectez toutes ?

— Non.

— Est-ce que vous les transgressez toutes ?

J'ai réfléchi à l'interdiction de pleurer, qui n'a jamais vraiment été une injonction, mais une habitude que j'ai fini par adopter. Je ne les ai jamais vus pleurer, même quand leurs parents sont morts : ils étaient aussi stoïques et calmes et bien comme il faut qu'à l'accoutumée.

— Seulement les plus importantes. Jamais je ne renoncerai à mon bon droit de boire du *poteen* avec neuf hommes dans une grange.

Le téléphone de ma Vie a émis un bip.

Il a lu le message, a souri, avant de répondre.

— Je suis inquiète pour demain, lui ai-je avoué.

Son téléphone a de nouveau sonné et il l'a consulté sans se préoccuper de mon grand aveu. Il a de nouveau souri avant de renvoyer un texto.

— C'est qui ? ai-je demandé, bizarrement jalouse qu'il ne m'accorde pas toute son attention pour une fois.

— Don, a-t-il répondu, concentré sur son texto.

— Don ? Mon Don ?

— Oui, madame la possessive psychotique, votre Don.

— Je ne suis pas psychotique, c'est juste que je l'ai rencontré la première, ai-je répondu, vexée.

J'ai essayé de jeter un coup d'œil sur son téléphone mais il l'a éloigné.

— Ça ne vous regarde pas !

— Pourquoi vous lui envoyez des textos ?

— Parce que nous nous entendons bien et que j'ai du temps. Nous allons boire un verre ensemble demain soir.

— Demain soir ? C'est impossible, vous ne serez pas rentré. Et puis, d'ailleurs, est-ce qu'il n'y a pas conflit d'intérêts ? Vous y avez réfléchi au moins ?

— Si vous faites référence à Blake, sachez que je ne m'intéresse pas à lui, et donc, il n'y a pas conflit.

Je l'ai observé. Son comportement avait changé : il s'était raidi et il marquait une certaine distance avec moi.

— Vous ne l'aimez vraiment pas, n'est-ce pas ?

Il a haussé les épaules.

— Qu'est-ce qui se passerait si nous nous remettions ensemble ?

Rien que d'y penser, les battements de mon cœur se sont accélérés et j'ai entrevu une nuée de papillons voler partout autour de moi. J'ai pensé à ses lèvres parfaites qui m'embrassaient.

— Comment vous le prendriez ?

Il a réfléchi à la question.

— Eh bien, si vous étiez heureuse, ça ne me dérangerait pas.

— Et donc vous aussi vous seriez heureux : parce que si je suis heureuse, vous l'êtes également, non ? En revanche, si j'étais avec lui et si ça ne vous rendait pas heureux, cela signifierait que je ne l'aime pas vraiment, n'est-ce pas ?

— Cela ne signifierait pas que vous ne l'aimez pas. Cela voudrait dire qu'il y a sans doute quelque chose qui cloche.

— Je suis anxieuse. J'ai un peu peur de le revoir : ça fait si longtemps que je ne l'ai pas vu à part dans ses émissions de télé ! Je ne l'ai pas croisé dans la rue et nous ne sommes pas tombés nez à nez dans un bar. Je n'ai pas entendu sa voix ni... Oh ! Mon Dieu ! Et s'il ne voulait pas me voir ? Et si en me voyant toute contente de le revoir il prenait la tangente ? Et s'il aimait vraiment cette fille et voulait passer le restant de ses jours avec elle ?

J'ai regardé ma Vie d'un air épouvanté, terrifié même par toutes ces nouvelles réflexions.

— Et si après tout ce temps, je n'étais toujours pas assez bien pour lui ?

J'ai eu les larmes aux yeux mais je me suis de nouveau retenue de pleurer.

— Lucy, m'a dit ma Vie gentiment, si ça ne marche pas, ce n'est pas parce que vous n'êtes pas assez bien.

J'ai eu beaucoup de mal à le croire.

23

Je n'ai pas très bien dormi cette nuit-là. Ma Vie n'a pas ronflé mais j'étais tellement travaillée par mes doutes, mes peurs, par tout un tas de questions sans réponses, que le résultat était le même. À l'heure où j'aurais dû me réveiller, j'étais arrivée à la conclusion que si rien ne marchait comme il fallait aujourd'hui, toutes les accusations de mon père seraient fondées. Me remettre avec Blake d'une façon ou d'une autre était devenu à mon sens le seul moyen de tout réparer. C'était de le perdre qui avait tout chamboulé ; donc si j'arrivais à le faire revenir, je pourrais reprendre le contrôle de ma vie.

Même si Blake n'avait pas un vrai travail, mon père l'avait toujours apprécié et si bizarre que cela puisse paraître aujourd'hui, il venait à certaines soirées que nous organisions dans notre minoterie reconvertie. Il appréciait le dynamisme de Blake, son énergie, son ambition : il savait que Blake était quelqu'un de curieux et qu'il ferait toujours tout pour réussir. Il appréciait qu'il se fixe des objectifs, qu'il escalade des montagnes, qu'il coure le marathon, qu'il accomplisse des exploits physiques. Et, s'il regrettait que je ne sois ni médecin ni avocate ou physicienne nucléaire, du moins aimait-il la personne que j'étais à l'époque. Mais j'ai changé, et les choses qu'il aimait chez moi ont disparu, et son amour avec.

Bien que j'aie passé la plus grande partie de la nuit éveillée, j'ai été la dernière à me lever et à me doucher. En descendant vers le hall, j'ai entendu des voix à l'arrière de la maison. Dans la véranda claire et spacieuse qui servait de salle à manger, ma Vie était attablé en compagnie de quatre autres personnes et avait devant lui un plateau bien garni.

— Bonjour, m'a-t-il lancé en fourrant dans sa bouche une fourchette de haricots.

— Ouah ! me suis-je exclamée en le voyant, et je suis restée figée sur place.

Il a regardé la tablée d'un air gêné avant de continuer son repas ; tout se trouvait en double dans son assiette.

J'ai pris une chaise et me suis assise à côté de lui en saluant tout le monde. Les trois garçons et la fille devaient avoir entre dix-sept et vingt ans et avaient l'air d'étudiants. Ils étaient du genre surfeur, les garçons avec les cheveux longs et la fille avec les cheveux courts. Ils se parlaient à cent à l'heure en s'envoyant des vannes ou en se traitant de tous les noms. Nous n'avions pas plus de dix ans d'écart mais j'avais l'impression que nous ne vivions pas sur la même planète.

Je me suis penchée vers ma Vie pour ne pas être entendue des autres.

— Qu'est-ce qui vous est arrivé au visage ?

Il m'a regardée d'un air agacé tout en terminant de manger.

— Pas seulement au visage, sur tout mon corps.

Il a tiré le col de son nouveau tee-shirt : il avait le cou couvert de boutons rouges.

— Ce sont des plaques, a-t-il dit.

— C'est pas vrai !

— Le stress. Vous vous êtes agitée toute la nuit, à cause de Blake et de ce moment que vous considérez comme capital.

— Eh bien dites donc...

J'ai observé son visage. En plus des boutons, il avait encore le gros furoncle sur le menton qu'il avait contracté à cause de Don.

— Certains sont même violacés.

— Vous croyez que je ne le sais pas ? a-t-il fulminé.

Pendant un instant, son visage est devenu encore plus rouge, comme s'il venait de s'étrangler.

— Tout ça à cause de Blake ?

— À cause de Blake, de votre père, de votre famille...

— Et Don ?

— Don est la seule personne qui me donne le sourire ; mais puisque vous avez décidé de le larguer, je me sens encore plus mal.

— Je ne l'ai pas largué.

Nous n'en étions pas encore là mais ma Vie ne l'a pas entendu de cette oreille.

— Non, vous l'avez simplement mis en attente pendant que vous prenez un autre appel comme si vous étiez une opératrice de standard téléphonique des années 1950 !

J'ai froncé les sourcils.

— Écoutez, vous n'avez qu'à sortir avec Don s'il vous rend tellement heureux.

— Mais c'est ce que je vais faire, a-t-il répliqué. Et pas plus tard que ce soir. Donc, vous feriez mieux d'avoir une conversation rapide avec Blake parce que je ne vais pas passer une nuit de plus ici.

— Ne vous inquiétez pas, je vais essayer de dissimuler vos boutons avec du fond de teint.

— Ça n'a rien à voir avec les boutons ! a-t-il explosé, et son visage est devenu tout violet.

Il était redevenu tel que je l'avais vu la première fois. De façon tragique, nous régressions. La gérante du B&B m'a demandé ce que je voulais manger. J'ai regardé avec envie l'assiette de ma Vie.

— Quelque chose de sain, ai-je finalement déclaré d'un air dédaigneux. Je prendrai du muesli, s'il vous plaît.

— Passé au micro-ondes ? a-t-il dit avec sarcasme.

— Je vais me remettre à cuisiner, me suis-je défendue.

Il a ronchonné.

— J'avais rempli votre réfrigérateur de fruits et de légumes frais ces derniers jours ; ils ont tous pourri et j'ai dû les jeter.

— Vraiment ?

— Vous auriez eu du mal à le remarquer : vous ouvrez seulement la porte du *freezer*.

— Est-ce que vous vous rendez également au centre ? a demandé la fille.

Ma Vie l'a ignorée d'une façon très impolie : il n'était pas d'humeur à parler.

— Oui, ai-je répondu en souriant, excitée à l'idée de voir Blake. Vous aussi ?

— Pour la deuxième fois ce mois-ci, mais c'est la première fois pour Harry.

Le blond assis à côté de moi est devenu tout rouge et j'ai compris que c'était de lui qu'ils parlaient. Ils lui ont ébouriffé les cheveux, ce qui lui a donné l'air encore plus débraillé.

— Harry a peur de l'altitude, m'a expliqué la fille avec un sourire éclatant. S'il saute, Declan a juré qu'il se raserait les sourcils.

— Et les poils des couilles, a surenchéri le rouquin, et c'est Declan qui a eu l'air embarrassé.

— Tu as pris des leçons ? ai-je demandé à Harry.

— En tout cas pour se toucher, a répondu le rouquin à sa place, il n'en a pas besoin !

Et ils se sont tous mis à rire, Harry également.

— On va faire un saut en tandem, a expliqué la fille.

— Qu'est-ce que c'est ? a demandé ma Vie qui s'attaquait à présent à un pain au chocolat.

Je lui ai lancé un regard désapprobateur mais il l'a quand même fourré dans sa bouche.

— Eh bien c'est tout simplement sauter à deux avec un seul parachute, lui ai-je expliqué. Vous avez juste besoin de vous entraîner une vingtaine de minutes avant de faire de la chute libre.

Ma Vie a fait une moue.

— Quelle personne saine d'esprit voudrait tenter pareille expérience ?

Harry semblait penser la même chose que lui.

— Nous le faisions tout le temps avant, ai-je dit avec un sourire en repensant à Blake et moi quand nous descendions ensemble à toute vitesse vers le sol et que nous n'avions qu'une seule idée en tête : recommencer.

— Comme c'est romantique, a déclaré ma Vie sur un ton sarcastique. Dommage que le parachute ait fonctionné.

Il a tendu la main pour prendre un muffin au chocolat dans la corbeille. Le regard que je lui ai jeté ne l'a pas arrêté.

— Quoi ? Je suis déprimé.

— Eh bien vous devriez vous calmer un peu parce que vous allez avoir besoin de toute votre énergie pour m'aider.

— Vous pouvez venir avec nous si vous voulez, a dit la fille. Nous avons le camping-car de la mère de Declan. Il y a de la place.

— Super ! Merci !

Le B&B se trouvait à cinq minutes du centre de loisirs. J'ai eu mal au cœur tout le trajet. Je ne me sentais pas très à l'aise et cela n'était pas seulement dû au fait que j'étais en équilibre précaire sur un tas de planches de surf, qui n'arrêtaient pas de bouger et menaçaient de s'écrouler malgré la conduite très prudente de Declan. D'ailleurs, ses amis le poussaient à accélérer. Harry, assis à mes côtés, était très pâle.

— Tout se passera bien. En plus, ça t'aidera à surmonter ta peur de l'altitude.

Il m'a regardée d'un air dubitatif. Il a profité que ses amis se moquaient de Declan et de sa conduite de petit vieux pour me demander :

— Et si j'ai envie de vomir pendant la descente ?

— Ça ne t'arrivera pas, lui ai-je répondu avec assurance. Un saut en chute libre est constant et ne provoque donc pas de mal de cœur comme quand on franchit une côte.

Il a hoché la tête et un moment plus tard il m'a posé une autre question.

— Et si le parachute ne s'ouvre pas ?

— Il s'ouvrira et en plus il y a deux parachutes. Chacun d'eux a été rigoureusement vérifié par un personnel hautement qualifié. Je connais l'homme qui dirige les lieux et il est parfait ; je veux dire, perfectionniste.

Il a eu l'air un peu plus rassuré mais pas complètement.

— Vous le connaissez bien ?

J'ai réfléchi un instant avant de répondre, sûre de moi :

— Je ne l'ai pas vu depuis près de trois ans mais je suis amoureuse de lui.

Harry m'a regardée comme si j'étais un phénomène de foire et a marmonné :

— Ouais d'accord, mais parfois les gens changent beaucoup en trois ans.

J'ai réfléchi à son commentaire pendant qu'il se moquait avec ses deux amis de la conduite prudente de Declan dans les virages.

— Il n'a pas tort, a dit ma Vie qui était assis sur une banane pneumatique à moitié dégonflée en face de moi.

Malgré sa mauvaise humeur il avait l'air en forme dans son nouveau jean, ses nouvelles baskets et son polo tout neuf. J'avais réussi à atténuer les rougeurs sur son visage en le recouvrant de fond de teint mais on voyait encore quelques plaques. J'avais l'impression qu'il voulait dire quelque chose.

— Qu'est-ce qu'il y a ?

— Oh, rien.

— Mais dites, enfin.

— C'est juste que le pauvre Harry est terrifié à l'idée de monter dans un avion et vous lui avez assuré que Blake était « parfait ».

Il a levé les yeux au ciel.

— Oui, et alors ? Blake est très pointilleux sur la sécurité.

— C'est aussi un menteur. Dommage que vous ne le lui ayez pas dit également.

J'ai fait mine de l'ignorer tout le reste du voyage.

Le centre était composé d'un bâtiment très modeste.

— On dirait des toilettes publiques, a dit ma Vie en sortant du camping-car pour me rejoindre.

— Ce ne sont pas des toilettes, ai-je répliqué, agacée, en jetant un coup d'œil aux lieux.

Cela ressemblait davantage à une baraque de chantier. En fait, il y en avait deux. L'une d'elles était visiblement le bureau d'inscription tandis que l'autre faisait office de vestiaire et de toilettes.

— C'est à ça que ressemblait votre rêve ?

Pas vraiment, mais je ne lui ai pas dit. Au moins Blake avait réalisé son rêve à la différence de la plupart des gens dans le monde. Moi y compris. J'étais anxieuse mais également remplie d'excitation. J'avais encore en tête l'image de Blake et Jenna en train de porter un toast au Maroc et je m'y accrochais coûte que coûte. C'était la raison de ma présence ici : les séparer, attirer son attention et lui faire comprendre qu'il m'aimait encore. J'avais beaucoup changé en deux ans, onze mois et vingt et un jours de séparation et je voulais le lui montrer.

J'ai suivi les quatre fantastiques surexcités, ou plutôt les trois têtes brûlées et Harry le craintif, dans le local. Il y avait un distributeur de friandises et de chips à l'intérieur, ainsi qu'un distributeur de boissons chaudes et des sièges le long des murs.

— C'est super, peut-être que je pourrais en profiter pour consulter le médecin au sujet de mes plaques pendant que je suis ici, a déclaré ma Vie avec ironie.

Les murs étaient recouverts de photos encadrées de Blake dont certaines en grand format. Elles avaient été prises sur les lieux de tournage de ses émissions. Il faisait penser à Ethan Hunt de *Mission impossible* : on le voyait en plein effort, tout en abdos et biceps et les fesses bien fermes. Blake sautant d'un avion, Blake faisant du rafting, Blake escaladant le Kilimandjaro, Blake aux muscles saillants tandis qu'il escaladait les Rocheuses, Blake prenant une douche sous une cascade. Je me suis attardée sur cette dernière photo pour admirer son incroyable corps, comme le faisaient toutes les filles ici. C'est à ce moment-là que j'ai remarqué que la plupart des autres personnes autour de moi étaient des femmes, surtout de jeunes femmes, belles, bronzées, sportives, de très belles femmes. Pendant quelques secondes, j'ai été décontenancée : toutes ces jeunes femmes se trouvaient ici pour voir Blake, la star de la télé. Ça devait lui arriver tout le temps, dans les bars, dans chaque village, dans chaque ville, dans tous les pays. Elles devaient toutes se jeter sur lui. Il n'avait qu'à choisir, il pouvait toutes les avoir en même temps et juste pour me faire du mal, je l'ai imaginé au milieu de tous ces jolis corps nus qui se contorsionnaient pour lui. Je devais avoir dix ans de plus qu'elles mais j'avais eu son corps pour moi toute seule quand je le désirais, et à cette pensée, je me suis sentie mieux.

Je parcourais du regard les photos de tous ses exploits quand je l'ai vue. Elle. Jenna. La salope d'Australie. Elle était assise derrière un bureau de fortune et triait les formulaires d'inscription, les cartes d'identité et encaissait l'argent.

Comme RoboCop, j'ai évalué ses points forts et ses points faibles. Cheveux : blonds naturels et tressés façon hippie. Corps : tonique, bronzé, jambes longues et fines, mais pas autant que les miennes et elle était plus menue. Yeux : noisette, grands et sincères, genre jeune chiot, que n'importe quel homme voudrait ramener chez lui, mais elle avait une petite cicatrice entre les sourcils. Vêtements : une veste blanche mettait en valeur son bronzage et son sourire, une paire de jeans et des baskets. J'étais habillée de la même façon sauf que j'avais choisi une veste bleu clair en souvenir de notre première rencontre, avec Blake. Il m'avait dit alors qu'elle faisait ressortir mes yeux ; leur couleur, pas vraiment mes yeux, ce qui arrivait seulement quand je mangeais des fruits de mer.

— Vous voulez sa photo ? m'a lancé ma Vie tout en ouvrant bruyamment un paquet de chips au vinaigre qu'il avait acheté au distributeur.

— C'est elle.

— La fille du Maroc ? a-t-il demandé.

— Oui, ai-je murmuré.

— Vraiment ?

Il a eu l'air surpris.

— Vous n'êtes peut-être pas si paranoïaque que cela finalement.

— C'est de l'instinct, ai-je déclaré, certaine à présent que toutes les fois où j'étais parano, comme à propos du gars dans mon immeuble dont j'étais persuadée qu'il était américain et bénéficiait d'un programme de protection des témoins, j'avais vu juste.

— Mais peut-être qu'ils ne sont pas ensemble, m'a-t-il dit en croquant dans une chips.

— Regardez-la, ai-je rétorqué avec amertume et dégoût, c'est exactement le genre de Blake.

— C'est-à-dire ?

Je l'ai regardée s'occuper d'un groupe : elle avait un grand sourire, de jolies fossettes, elle riait et faisait des plaisanteries, elle était attentionnée et rassurait ceux qui étaient inquiets.

— C'est-à-dire le genre sympa, ai-je répondu âprement. La salope !

Ma Vie a failli s'étrangler avec ses chips.

— Ça promet d'être drôle.

Elle a levé la tête, comme si son radar interne l'avait prévenue qu'un ennemi se trouvait à proximité, et m'a regardée droit dans les yeux. Son sourire ne s'est pas évanoui mais son regard s'est durci, a perdu un instant de son éclat, et j'ai su à ce moment qu'elle avait compris ce que j'étais venue faire ici. Je savais qu'elle avait des sentiments pour Blake, je l'avais su dès le début, depuis ce jour où nous nous étions rencontrées dans un bar de Londres, après que Blake avait signé son contrat pour la télé et qu'elle lui avait demandé s'il voulait un glaçon avec sa boisson. Une fille sait toujours, elle ressent des vibrations. C'était sans doute sa petite amie, mais maintenant j'étais là et elle savait pourquoi.

— Lucy ?

Elle s'est approchée de moi et a jeté un coup d'œil rapide à ma Vie qui se tenait à mes côtés et elle a eu l'air de se détendre un peu. Quelle erreur !

— Jenna ?

— Oui, a-t-elle répondu l'air surpris, je n'arrive pas à croire que tu te souviennes de moi, nous ne nous sommes rencontrées qu'une seule fois.

— À Londres.

— Oui. Ouah.

— Tu te souviens de moi ?

— Oui, c'est que j'entendais beaucoup parler de toi, a-t-elle dit avec un sourire.

J'entendais. Elle a utilisé l'imparfait.

— Heu, bienvenue, a-t-elle déclaré en regardant ma Vie timidement.

Elle était douce. J'allais l'anéantir.

— Je te présente mon ami Cosmo.

— Cosmo, c'est un super nom. Enchantée de vous rencontrer.

Elle lui a tendu la main qu'il a saisie après avoir essuyé ses doigts tout gras sur son jeans.

— Blake est dans le coin aujourd'hui ? ai-je demandé en regardant autour de moi.

— Oui. Il savait que tu venais ?

Traduction : C'était prévu ? Vous voulez vous remettre ensemble ? Je dois m'inquiéter ?

J'ai souri.

— Je voulais lui faire une surprise.

— Ouah. Super. Je suis sûre qu'il sera vraiment très content de te voir mais là tout de suite il est très occupé : il est sur le point de prendre en charge le premier groupe de parachutistes. Est-ce que vous en faites partie ?

— Oui, nous en faisons partie.

Ma Vie m'a regardée d'un air qui signifiait que jamais de la vie il ne sauterait en parachute mais il n'a rien dit, ce que j'ai apprécié.

— Depuis combien de temps tu travailles ici ?

— Un mois, depuis l'ouverture. Blake a été très sympa de m'offrir ce job. Après la dernière émission je n'ai pas eu envie de rentrer chez moi. J'aime bien travailler ici.

— Ça fait loin de chez toi.

— Oui, c'est vrai, a-t-elle répondu tristement. On verra bien.

— On ?

— Oui. On verra la suite. Bon, je dois aller voir si le groupe est prêt et puis apporter un café à Blake : il lui en faut un pour bien démarrer.

J'aurais pu lui citer une ou deux choses qu'il aimait bien pour démarrer la journée. J'ai souri et je l'ai regardée frapper dans ses mains pour attirer l'attention de tout le monde, donner poliment quelques recommandations et raconter une anecdote marrante. Après avoir expliqué à tous comment les choses allaient se passer, elle est sortie du local avec une tasse de café fumante dans les mains.

— C'est à vous de jouer, ma jolie, m'a lancé ma Vie en fourrant une autre chips dans sa bouche.

— Vous avez peur de sauter ?

— Bien sûr que j'ai peur, a-t-il répondu. Surtout si elle prépare votre parachute.

Il a ricané et est retourné voir des photos de Blake.

J'ai assuré à ma Vie qu'il n'était pas obligé de sauter, mais pour voir Blake je devais suivre le programme comme prévu. Il m'avait conduite jusqu'ici pour que je puisse accomplir mon rêve, il savait donc à quoi s'attendre. Je ne voulais pas poireauter pendant des heures pour voir Blake, je n'étais pas une groupie.

Non, je ne l'étais pas.

Ma Vie et moi avons suivi le groupe vers l'extérieur. Il n'était que dix heures du matin mais il faisait déjà chaud. Devant nous s'étirait une piste d'aviation sur environ trois kilomètres ; le hangar se trouvait à notre droite. Même si cela n'avait rien d'exceptionnel, j'étais fière que Blake ait réalisé son rêve. Je ressentais un peu d'amertume que cela se soit fait sans moi, que ce ne soit pas moi qui m'occupe des préparatifs, qui sois assise dans le local à classer les formulaires d'inscription et à accueillir les clients. Il était allé au bout de ses rêves, de nos rêves, mais sans moi. Je me retrouvais ici comme une simple spectatrice parmi un troupeau de filles qui attendaient de le voir comme s'il était une star, ce qu'il était en effet devenu. Du moins, d'après le magazine *L'Amour du voyage*, dont je partageais l'opinion. Nous étions neuf au total. Les quatre jeunes du B&B, trois fans de Blake, ma Vie et moi.

— Où il est ? a demandé une blonde à son amie avant de se mettre à glousser.

— Tu vas lui demander un autographe ?

— Non, je vais plutôt lui demander s'il veut bien que je sois la mère de ses enfants.

Et elles se sont remises à glousser.

Ma Vie m'a regardée d'un air narquois. Depuis notre arrivée ici il semblait avoir un regain d'énergie, mais je n'étais pas certaine que ce soit pour les bonnes raisons.

La porte du hangar s'est ouverte dans un grincement ; elle a glissé lentement vers l'arrière et, petit à petit, l'avion qui se trouvait à l'intérieur est apparu. Blake se tenait à ses côtés, vêtu d'une combinaison orange dont le haut pendait autour de sa taille, révélant ainsi un débardeur blanc très ajusté qui mettait en valeur sa musculature. Il était trop loin pour qu'on puisse voir son visage, mais son corps, sa silhouette était reconnaissable entre mille. Il avait l'air gonflé à bloc et prêt à l'action ; il était époustouflant. Il s'est dirigé lentement vers nous, comme dans une scène d'*Armageddon*. Il traînait derrière lui son parachute qui était si lourd que Blake semblait avancer par grand vent. De temps en temps, le parachute était soulevé par la brise, flottait un instant en l'air avant de retomber par terre.

— Oh ! Mon Dieu ! a lancé ma Vie qui s'était calmé sur les chips.

Je me suis sentie fière de Blake, et fière que ma Vie puisse le découvrir dans cette situation. Les gens étaient attirés par lui, il possédait une aura, c'était évident.

— Quel blaireau !

Je l'ai regardé d'un air surpris. Les trois garçons et la fille du camping-car ont éclaté de rire, ce qui m'a mise en colère.

Harry s'est tourné vers moi avec incrédulité :

— C'est ce type ?

J'ai fait mine de l'ignorer. Les autres filles du groupe ont poussé des cris de joie et ont tapé dans leurs mains, ravies de ce début. J'ai applaudi poliment, mais à l'intérieur de moi je poussais des hourras hystériques. Blake a souri et a baissé timidement la tête comme s'il était gêné par cet accueil triomphal. Il a ensuite détaché son parachute et s'est avancé vers nous, l'aine entourée d'un harnais, ce qui donnait l'impression que les attributs de sa virilité étaient emballés dans du papier cadeau. Il est finalement arrivé jusqu'à nous.

— Merci à vous, a-t-il lancé, radieux, en calmant les applaudissements d'un geste de la main.

Tout le monde a obéi et s'est tu.

Ma Vie a profité de ce moment pour terminer son paquet de chips avant de le froisser en boule. Blake s'est tourné vers lui quand il l'a fourré bruyamment dans la poche de son jeans. Puis il m'a regardée et son visage s'est fendu d'un large sourire. Mon cœur a fait triple salto, les gens tout autour ont poussé des grands cris et j'ai avancé jusqu'à la première marche du podium, accepté les fleurs, penché la tête pour recevoir ma médaille d'or et écouter l'hymne national pendant que le bronze et l'argent, l'air renfrogné, complotaient pour me briser les jambes.

— Lucy Silchester, a-t-il dit en souriant avant de se tourner vers le groupe, intrigué. Mesdames et messieurs, je vous présente l'amour de ma vie.

24

Du coin de l'œil j'ai vu Jenna retourner discrètement dans le local. Ça a été sans conteste l'un des
plus beaux moments de ma vie et j'aurais sauté en
l'air en faisant le V de la victoire si ce n'avait été
foncièrement ridicule. Blake a demandé au groupe
de l'excuser une minute avant de venir vers moi les
bras grands ouverts. Ma tête est venue naturellement se poser sur sa poitrine, ma joue droite collée
contre lui ; il m'a serrée dans ses bras et a posé un
baiser sur mon front. C'était comme avant, exactement comme avant : nous nous sommes emboîtés
l'un dans l'autre comme les pièces d'un puzzle.

Deux ans, onze mois et vingt et un jours que je ne
l'avais pas vu, depuis qu'il m'avait laissée tomber après
une dernière nuit d'amour. Avant de m'apprendre qu'il
me quittait, il m'avait apporté le petit déjeuner au lit,
s'était assis à côté de moi et avait commencé à m'expliquer qu'il était quelqu'un de très compliqué et à ce
souvenir, je me suis sentie envahie tout à coup par la
colère. Il avait eu l'air si gêné, si embarrassé, au point
qu'il n'avait pas osé me regarder en face, que j'avais
eu peur qu'il me demande en mariage. Finalement il
n'avait rien dit et j'aurais alors donné n'importe quoi
pour qu'il le fasse. Tandis que j'étais allongée au lit,
un lourd plateau de nourriture et de café posé sur les
genoux, il s'était planté devant la penderie, s'était gratté
l'arrière de la tête en se demandant quels vêtements

il allait mettre dans sa valise pour commencer sa nouvelle vie de célibataire. Mais peut-être voyait-il Jenna dans mon dos depuis le début du tournage de son émission ? Ce même jour, je m'étais soûlée et j'avais perdu mon travail ainsi que mon permis de conduire ; quelques jours plus tard, nous vendions l'appartement.

Il m'a serrée dans ses bras, deux ans, onze mois et vingt et un jours plus tard, et tout l'amour que je ressentais encore pour lui s'est évanoui au profit de la colère. J'ai ouvert les yeux et j'ai vu ma Vie qui m'observait ; il souriait et prenait plaisir à nous voir ainsi enlacés. Troublée par mes émotions contradictoires, j'ai relâché mon étreinte et me suis détachée de Blake.

— Je n'arrive pas à croire que tu es ici ! a-t-il dit, en me tenant les bras. Tu as l'air en forme ! C'est génial !

Il s'est mis à rire et je me suis détendue.

— Blake, je voudrais te présenter quelqu'un qui m'est très cher.

Il a mis du temps à détourner son regard de moi, il semblait un peu désorienté.

— Oui, bien sûr. Salut, ça va ?

Il a serré la main de ma Vie furtivement avant de s'adresser de nouveau à moi.

— Ça me fait vraiment plaisir que tu sois ici.

— Moi aussi, ai-je répondu avec un grand sourire.

— Tu es dans le coin pour combien de temps ?

— Je suis juste passée pour te dire bonjour. Je voulais voir ton projet abouti.

— Reste un peu et viens sauter avec nous.

— On serait ravis !

Il a eu l'air déconcerté par le « on ». Il a jeté un bref coup d'œil à ma Vie.

— Oh ! oui, bien sûr !

Puis il s'est tourné face au groupe et nous a montré les positions à adopter en chute libre. J'étais une experte en la matière.

— Je suis désolée, ai-je dit à ma Vie qui, assis par terre, répétait les différentes positions.

— Pas de problème. Il avait vraiment l'air content de vous revoir. C'est super, Lucy.

— Oui, ai-je répondu, quelque peu nerveuse. Bon, alors, vous allez faire le grand saut ?

— Non, a-t-il dit en adoptant une nouvelle position. Ce que je vois d'ici me suffit amplement.

J'ai regardé derrière lui la jolie blonde qui avait les fesses en l'air et j'ai fait une moue.

— Montez au moins dans l'avion.

— C'est hors de question.

— Vous avez aussi peur de l'avion ?

— Non, c'est de filer à toute allure vers le sol qui me terrifie.

— Vous n'êtes pas obligé de sauter. Écoutez, venez avec nous juste pour voir. Le vol ne dure qu'une vingtaine de minutes, vous profiterez d'une vue splendide et vous pourrez revenir avec le pilote.

Il a regardé vers le ciel avant de prendre sa décision.

— OK, ça marche.

J'ai suivi Blake dans le hangar pour l'aider à réunir le matériel.

— Ta petite amie ne vient pas avec nous ? lui ai-je demandé en essayant de paraître aussi peu concernée que possible alors que ma santé mentale et mon bonheur dépendaient entièrement de sa réponse.

— Ma petite amie ?

Il m'a regardée d'un air perplexe.

— Quelle petite amie ?

J'ai failli danser sur place.

— La fille qui s'occupe des tâches administratives, ai-je répondu, en omettant volontairement son nom de peur qu'il ne me prenne pour une déséquilibrée qui l'aurait suivie pendant des années. La fille qui travaille sur tes émissions. Elle, là-bas.

Nous avons regardé Jenna prendre en charge le groupe. Elle avait le sourire aux lèvres et a raconté quelque chose qui a fait rire tout le monde, y compris ma Vie, ce qui m'a quelque peu irritée.

— Oh ! elle. C'est Jen.

Jen, pas Jenna. Je l'ai détestée encore plus.

— Qu'est-ce qui t'a fait croire que c'était ma petite amie ?

— Je ne sais pas. C'est juste le genre de filles que tu aimes.

— Jen ? Ah ouais ?

Il l'a observée d'un air songeur et je n'ai pas aimé ce à quoi il pensait. J'ai voulu attirer de nouveau son attention mais à part claquer des doigts devant son visage, je ne savais pas trop comment m'y prendre. Je me suis placée en face de lui de façon désinvolte pour faire écran entre eux, ce qui a fonctionné puisqu'il s'est de nouveau concentré sur son travail. Nous sommes restés silencieux pendant un moment. J'espérais qu'il ne pensait pas à Jenna. Je cherchais désespérément quelque chose à dire pour le distraire de ses pensées mais il a parlé en premier :

— C'est ton petit ami ?

— Lui ? Non, ai-je répondu en riant. En fait, c'est plutôt bizarre.

Je devais lui dire la vérité, j'étais impatiente de lui dire.

— Ça va te plaire, toi qui aimes ce genre de choses. J'ai reçu une lettre il y a quelques semaines qui provenait de l'Agence de la Vie ; tu en as déjà entendu parler ?

— Oui.

Il a arrêté ce qu'il était en train de faire et m'a regardée.

— J'ai lu un article quand j'étais chez le dentiste à propos d'une femme qui avait rencontré sa Vie.

— Est-ce qu'elle se tenait à côté d'un vase rempli de citrons jaunes et verts ? ai-je demandé, tout excitée.

— Je ne me rappelle pas.

— Bon, mais peu importe. Il se trouve qu'il est ma Vie. Marrant, non ?

Je m'attendais à ce qu'il soit impressionné, c'était le genre de trucs qui le fascinait : il lisait énormément de livres sur l'épanouissement, la confiance en soi, la connaissance de soi et tout ce qui avait trait au développement personnel. Il parlait sans arrêt des différentes théories religieuses, de la réincarnation, de la vie après la mort, de ce qui tournait autour de l'âme humaine. Je savais qu'il allait adorer mon histoire : j'avais rencontré ma Vie en chair et en os. J'en étais tellement persuadée que j'en parlais avec passion, parce que c'était son truc ; je voulais qu'il sache que je m'y intéressais également, que j'avais changé, que je connaissais des choses qu'il ne connaissait pas, qu'il pouvait m'aimer.

— C'est ta Vie ?

— Oui.

— Pourquoi est-ce qu'il est ici ?

Même si ces questions pouvaient donner l'impression qu'il s'intéressait à ma Vie, son ton était agressif.

Ma gorge s'est serrée ; je voulais faire machine arrière mais c'était impossible. Ça aurait été irrespectueux envers ma Vie de ne pas le présenter correctement après tout ce qu'il avait fait pour moi.

— L'idée, c'est de passer du temps ensemble, pour apprendre à nous connaître. Parfois quand on est accaparé par son travail et ses amis ou par autre chose, on perd de vue ce qui compte. Apparemment, je ne prenais plus vraiment de temps pour moi.

J'ai haussé les épaules.

— Mais ce n'est plus le cas. Il m'accompagne partout et en plus il est drôle. Il va te plaire.

Il a fait un petit signe de tête avant de retourner à ses occupations.

— Tu sais que je prépare un livre de cuisine ?

C'était bizarre comme transition.

— Vraiment ? C'est super.

— Oui, c'est grâce à mon émission. Tu l'as vue au fait ? C'est vraiment le pied, Lucy, la meilleure chose que j'aie jamais faite. J'ai vu tellement d'endroits, j'ai découvert des tas de cultures différentes ! Les saveurs et les odeurs étaient si enivrantes qu'au retour de chacun de mes voyages j'ai cherché à recréer chez moi ce que j'avais goûté.

— C'est génial, tu as toujours aimé cuisiner.

— Oui, et je ne fais pas que reproduire ; je donne ma propre interprétation : c'est l'idée du livre. La « Blake Touch » ou le goût à la Blake. Je pense qu'on va l'appeler comme ça. *Le Goût à la Blake*. Les éditeurs adorent ; peut-être même qu'il y aura une autre émission télé basée sur les plats que je mange au cours de mes voyages.

Il était enthousiaste, animé, les mots fusaient ; il était si exalté qu'il arrivait à peine à les dire dans le bon ordre. Je l'observais, fascinée de le voir en chair et en os, fascinée de voir qu'il n'avait pas du tout changé, qu'il était toujours aussi passionné et énergique, aussi beau qu'avant.

— J'aimerais beaucoup que tu goûtes certaines de mes recettes, Lucy.

— Avec plaisir !

— C'est vrai ?

— Bien sûr, Blake, j'adorerais. En fait, j'aimerais bien me remettre à cuisiner moi aussi. J'ai perdu l'habitude. J'ai emménagé dans un endroit plus petit et la cuisine n'est pas aussi bien que celle que nous...

— Ah, ça, c'était une cuisine, mais tu devrais voir celle que j'ai maintenant. J'utilise ce four incroyable : c'est un four multifonctions PyroClean en acier inoxydable. Il possède quarante programmes différents pour aliments frais et surgelés ; tu n'as qu'à indiquer le poids de ce que tu veux mettre dans le four et il sélectionne automatiquement le meilleur mode de cuisson et il contrôle également...

— Le temps de cuisson, s'éteint quand le repas est prêt et recycle la chaleur résiduelle pour économiser de l'énergie.

Il a écarquillé les yeux.

— Comment est-ce que tu sais ça ?

— Je l'ai écrit, ai-je répondu fièrement.

— Je ne comprends pas, tu as écrit quoi ?

— Le manuel d'utilisation. Je travaille pour Mantic. Enfin, je travaillais encore pour eux hier. Je traduisais les manuels.

Il m'a observée d'une telle façon que je me suis retournée pour voir si c'était bien moi qu'il regardait.

— Qu'est-ce qu'il y a ?

— Et Quinn et Downing, alors ?

— Je n'y travaille plus depuis des années, ai-je dit en riant avant d'ajouter sur un ton plus sérieux : Adam ne t'a rien raconté sur moi ces dernières années ?

Je pensais en effet que tout ce que je faisais était rapporté à Blake, qu'il était au courant de tout tandis que moi je ne savais rien sur lui. Ces dernières années j'avais pris des décisions et élaboré des mensonges en pensant qu'ils revenaient aux oreilles de Blake ; en fait, il ne savait même pas ce qui s'était passé le premier jour, le jour où il m'avait quittée et où j'avais perdu mon travail.

— Adam ? Non, a-t-il répondu avant de se remettre à sourire. Enfin, bref, pour faire une tourte marocaine il te faut du...

— Il est persuadé que je t'ai trompé, l'ai-je interrompu.

Je n'avais pas du tout prévu de dire ça, même dans les différents scénarios que je m'étais racontés. C'était sorti sans prévenir.

— Hein ?

Il était sur le point de me parler cuisine mais ça lui avait coupé la chique.

— Ils le pensent tous.

J'ai essayé de parler le plus calmement possible malgré ma colère (elle voulait sortir mais j'ai lutté pour la contenir).

— Blake, a dit un type à l'entrée, il faut qu'on y aille.

— J'arrive ! Allons-y, m'a-t-il lancé en souriant.

Je me suis calmée et j'ai souri à mon tour.

L'avion pouvait contenir six personnes, c'est-à-dire trois groupes. Harry était attaché à Blake et la jeune femme qui voulait porter les enfants de ce dernier était attachée à un autre moniteur du nom de Jeremy, celui qui nous avait interrompus avant que je ne me mette vraiment en colère contre Blake. La jeune femme malchanceuse considérait Harry avec envie. Ma Vie portait une combinaison orange et des lunettes de protection ; il était assis par terre, entre mes jambes, le dos face à moi, et me jetait de temps en temps un regard plein de terreur et de dégoût.

Il s'est tourné de nouveau vers moi au moment du décollage.

— La vue sera splendide, a-t-il marmonné.

— Oui, ce sera très beau, ai-je insisté en souriant.

— Et vous pourrez revenir avec le pilote ! Vous m'avez roulé. Vous m'avez menti. C'est un très gros mensonge ! a-t-il fulminé.

— Vous n'êtes pas obligé de sauter, ai-je dit en essayant de paraître aussi détendue que possible bien qu'en réalité je sois inquiète.

Je n'avais aucune envie que ma Vie fasse une grande révélation sur mon compte. Pas ici, pas maintenant, pas avec Blake à proximité.

— Alors pourquoi suis-je attaché à vous par un cordon ombilical ?

— Vous n'avez qu'à faire semblant d'avoir une crise de panique. Nous pouvons redescendre si vous voulez ; j'avais juste envie de revivre ça avec lui encore une fois.

— Faire semblant ? Je n'ai pas besoin de faire semblant ! a-t-il lancé avant de me tourner le dos et de me bouder pendant le reste du voyage.

Harry avait l'air absolument terrifié et son visage était tout pâle. Il tremblait. Nos regards se sont croisés.

— Tu vas adorer. Imagine Declan sans sourcils.

Il a souri, a fermé les yeux et pris une profonde inspiration.

Blake et moi avons échangé un regard au moment où l'avion a décollé. Nous n'avons pas pu nous empêcher de sourire ; il a secoué la tête pour signifier qu'il n'en revenait toujours pas de me voir ici.

Nous avons volé pendant vingt minutes avant d'être prêts à passer à l'action. Blake a ouvert la porte et le vent s'est engouffré violemment à l'intérieur ; sous nos pieds s'étendait un patchwork de paysages.

Ma Vie a proféré une suite de jurons.

— Les femmes d'abord, a crié Blake en laissant la place pour ma Vie et moi.

— Non, non, vas-y en premier, ai-je répondu fermement. Nous sauterons en dernier.

J'ai essayé de faire comprendre du regard que ma Vie avait peur mais ce dernier s'est de nouveau tourné vers moi.

— Non, j'insiste, a dit Blake. Comme au bon vieux temps.

— Ce serait avec plaisir mais... il appréhende un peu ; je pense que ce serait mieux si on regardait dans un premier temps. OK ?

Ma Vie a eu l'air furieux.

— Je n'appréhende pas du tout ! Venez, allons-y !

Il s'est avancé sur les fesses jusqu'à la porte et je l'ai suivi. J'étais sidérée mais je ne voulais pas me disputer avec lui ; j'ai donc vérifié que notre harnais et le parachute étaient bien attachés. Je n'en revenais pas de ce que ma Vie était en train de faire, j'étais persuadée que nous allions redescendre avec le pilote. J'avais vécu l'ascension de l'avion avec une certaine déception et maintenant que je m'apprêtais à sauter je sentais monter l'adrénaline.

— Vous êtes prêt ? ai-je crié.

— Je vous déteste, m'a-t-il répondu d'une voix stridente.

J'ai lancé le compte à rebours. À trois, nous avons sauté et nous nous sommes précipités vers le sol à la vitesse de 200 kilomètres/heure en à peine dix secondes. Ma Vie a poussé un long hurlement de terreur pendant toute la descente ; moi, j'étais aux anges. J'ai crié de joie pour lui faire comprendre que tout allait bien, que c'était tout à fait normal que nous tournoyions comme des flocons de neige sans savoir dans quelle direction nous allions. Finalement, nous avons adopté la position pour la chute libre et nous avons fendu l'air pendant vingt-cinq secondes à vitesse grand V : le vent froid et bruyant a sifflé dans nos oreilles, soufflé dans nos cheveux ; c'était une expérience à la fois terrifiante et merveilleuse. Quand nous avons atteint environ 1 500 mètres d'altitude, j'ai déployé le parachute principal. Le bruit du vent s'est dissipé brutalement et tout est devenu paisible.

— Oh ! Mon Dieu ! a-t-il lâché à bout de souffle, d'une voix enrouée après avoir crié sans discontinuer.

— Ça va ?

— Si ça va ? J'ai failli avoir une crise cardiaque. Mais la vue vaut vraiment le coup, a-t-il ajouté en regardant autour de lui.

— Je vous l'avais bien dit.

J'étais ravie de partager ce moment avec lui. J'étais si contente que j'avais envie de pousser des cris de joie : je me sentais libre comme l'air.

— Quand j'ai dit que je vous détestais, je ne le pensais pas vraiment.

— Tant mieux parce que moi je vous aime beaucoup, ai-je répondu spontanément.

— Je vous aime beaucoup aussi, Lucy, a-t-il dit en souriant. Mais maintenant taisez-vous, vous m'empêchez de vivre à fond cette expérience.

Je me suis mise à rire.

— Vous voulez diriger le parachute ?

Il a pris les commandes et nous avons volé comme des oiseaux, embrassant le monde du regard, envahis par un sentiment d'osmose et de plénitude. Un grand moment de bonheur partagé. Nous avons volé pendant quatre minutes avant que je ne reprenne le contrôle du parachute pour l'atterrissage. Nous nous sommes mis en position : jambes levées et genoux serrés. J'ai ralenti le parachute et nous avons touché le sol en douceur.

Ma Vie s'est laissé tomber par terre en riant à perdre haleine.

Débarrassé de son parachute et des sangles qui nous maintenaient ensemble, il a sauté en l'air et s'est mis à courir en tous sens, riant et poussant des cris de joie comme s'il avait bu.

— C'était absolument incroyable ! Je veux le refaire, on y retourne, c'est possible ?

— Je n'en reviens pas que vous l'ayez fait ! ai-je dit en riant.

— Je ne voulais pas qu'il pense que j'ai la frousse, qu'est-ce que vous croyez ?

— De qui vous parlez ?

— De Blake. De qui d'autre ? Je n'allais pas me dégonfler devant cet imbécile. Je veux lui montrer que je me moque complètement de ce qu'il pense de moi, je suis plus fort qu'il ne le pense.

— Quoi ? Je ne comprends pas. Pourquoi essayez-vous de rivaliser avec lui ?

— Je n'essaie rien du tout, Lucy. C'est de sa faute. Il l'a bien cherché.

— Mais de quoi vous parlez ?

— De rien, ça n'a pas d'importance a-t-il ajouté en souriant avant d'esquisser quelques pas de danse.

J'étais heureuse de le voir ainsi mais demeurais perplexe quant aux raisons exactes de son euphorie. Pour que mon histoire redémarre avec Blake, il fallait absolument que ma Vie et moi soyons sur la même longueur d'onde, question sentiments. Je voulais que tout se passe bien pour tout le monde, qu'il n'y ait pas de rivalité ; mais peut-être que tout cela était naturel. Blake m'avait fait du mal, m'avait gâché la vie, et même si j'étais sur le point de lui pardonner et que j'avais sans doute une part de responsabilité dans notre séparation, ma Vie avait besoin de davantage de temps. Mais quelles en seraient les conséquences ? Pour Blake et moi ?

Généralement, après un saut en parachute je me sentais euphorique, exactement comme ma Vie, et tout devenait plus clair ; mais tout à coup mon mal de tête est revenu, celui-là même qui se manifestait quand j'avais des problèmes auxquels j'essayais de ne pas penser. Une Jeep s'est avancée dans notre direction. Une femme la conduisait : Jenna. J'ai eu une drôle de sensation dans le ventre comme toutes les fois que je pensais à elle, même si je savais à présent avec certitude qu'ils n'étaient pas ensemble.

— Vous avez un regard de tueur, a dit ma Vie après s'être calmé.

— Bizarre, ai-je murmuré en observant Jenna se rapprocher, les deux mains agrippées au volant et me fixant des yeux avec intensité.

Je me suis demandé si elle allait freiner.

— Lucy, doucement avec elle, c'est une chic fille. Et puis ne m'aviez-vous pas dit qu'ils n'étaient pas ensemble ?

— C'est vrai.

— Alors pourquoi continuez-vous de la détester ?

— Par habitude, j'imagine.

— De la même façon que vous continuez d'aimer Blake, a-t-il conclu avant de s'éloigner pour regarder ce dernier descendre du ciel comme un dieu et me laisser réfléchir à sa remarque.

25

Blake et moi nous tenions face à face dans la voiture. Il tournait le dos à ma Vie qui avait souhaité
monter à l'avant ; ce dernier parlait sur un ton animé
à Jenna qui conduisait. De temps à autre, Jenna jetait
un coup d'œil dans le rétroviseur pour vérifier que
j'étais bien sage ; à chaque fois nos regards se croisaient et elle faisait alors mine de regarder ailleurs.
Nous savions chacune à quoi nous en tenir : moi l'ex
et elle la prétendante, nous étions comme deux
rapaces tournant autour d'une même proie, nous sur-
veillant l'un l'autre en nous demandant lequel de
nous deux se jetterait en premier sur la victime.

Harry, qui avait retrouvé des couleurs, et la fille
qui voulait porter les enfants de Blake étaient surexcités et parlaient à cent à l'heure de leur récente expérience, passant en revue chaque seconde du saut en
parachute, chacun ponctuant les paroles de l'autre
d'un « moi aussi » trop enthousiaste. J'ai senti que
Blake venait de perdre toutes ses chances d'avoir une
mère porteuse, si tant est qu'il en ait eu besoin.
Jeremy, le second moniteur, regardait par la fenêtre,
indifférent à ce qui se passait à l'intérieur, à l'extérieur ou dans le voisinage de la Jeep. À part lui, tout
le monde était sur un petit nuage. Mon cœur battait
très fort, mais pas pour les mêmes raisons que les
autres : j'étais amoureuse, mais au lieu d'apprécier
cet instant, je n'arrêtais pas de me poser des ques-

tions sur ce que je ressentais. Ce moment passé en compagnie de Blake était précieux et essentiel et je l'avais attendu longtemps ; mais j'étais en train de tout gâcher en me posant de nouvelles questions auxquelles j'aurais eu tout le loisir de penser quand j'aurais été toute seule : j'avais passé des heures sur le canapé avec le chat, dans des clubs, au pub, au restaurant ou en famille à réfléchir au fondement et à l'authenticité de mon amour et je n'avais pas trouvé mieux que maintenant, *maintenant !* pour me poser des questions existentielles. C'était énervant, j'étais la personne la plus énervante du monde.

Blake et moi nous sommes regardés. Il avait un sourire éclatant, aussi éclatant que la lumière projetée par la nouvelle ampoule dans ma salle de bains. Cela peut sembler une comparaison misérable et peu romantique à première vue, mais quand on a passé un an dans le noir aux toilettes, une nouvelle ampoule est vraiment quelque chose d'agréable, de réconfortant et bien sûr, de très utile.

Jenna a dit quelque chose et ma Vie a ri aux éclats. Blake continuait de me sourire, ce qui promettait de beaux lendemains, ou du moins, une belle nuit que j'aurais été ravie de passer : je n'étais pas difficile. La complicité grandissante entre ma Vie et Jenna commençait à me taper sur les nerfs. Ses rougeurs répugnantes avaient disparu, il était euphorique et même si j'essayais de me convaincre qu'il s'agissait de l'effet Blake, la réalité était loin d'être aussi simple. Il s'entendait davantage avec Jenna qu'avec mon grand amour, même s'il avait fait des efforts : il aurait pu agir en vrai con avec Blake comme lors de notre première rencontre. J'étais vraiment contente que Blake ne l'ait pas vu sous un mauvais jour. Mais s'il détestait ma Vie ? Qui choisirais-je entre les deux ? Cette idée m'effrayait. J'avais envie de me mettre des claques. Arrête de penser, Lucy, ça n'a jamais fait de bien à personne.

— Comme au bon vieux temps, a déclaré Blake tout à coup.

Je me suis sentie contrariée. J'ai essayé d'en comprendre la raison, comme ma Vie m'avait appris à le faire, et je me suis rendu compte que ce n'était pas Blake qui était en cause, ni sa formule, ni sa façon de la dire, mais précisément ce sentiment : c'était en effet comme au bon vieux temps mais il restait tout un tas de non-dits entre nous, si importants qu'ils m'empêchaient d'y voir clair. Cependant, je n'avais pas envie de revenir en arrière et de farfouiller dans le passé. Je voulais profiter d'être ici dans cette voiture sur ce terrain d'aviation sans me poser plus de questions ; profiter de cette parenthèse où tout était calme et harmonieux, comme si nous flottions dans le ciel, attachés ensemble à un même grand parachute.

— Tu restes dans le coin ?

Je ne savais pas s'il s'agissait d'une invitation ou s'il me demandait si c'était ce que j'avais prévu : c'était délicat. Je n'ai pas pris de risque.

— Je dois rentrer aujourd'hui. Il a un rendez-vous.
— Qui ?
— Quelqu'un qui s'appelle Don, ai-je répondu, étonnée qu'il me demande ça et tout à coup j'ai compris qu'il avait oublié l'existence de ma Vie.
— Ma Vie, me suis-je reprise, ma Vie a rendez-vous avec quelqu'un qui s'appelle Don.
— Mais toi tu peux rester, non ?

Il m'a regardée avec un sourire malicieux, un de ses plus charmants, et je n'ai pas pu m'empêcher de sourire à mon tour.

— Allez, a-t-il lancé avec bonne humeur avant de se pencher en avant pour me chatouiller juste au-dessus du genou.

Jenna a jeté un coup d'œil dans le rétroviseur. Nos regards se sont croisés. Je n'ai pas pu m'empêcher de rire. Pas pour me moquer d'elle comme elle aurait pu le croire : simplement, Blake avait posé sa main sur l'endroit le plus chatouilleux de ma cuisse et je n'arrivais pas à garder mon sérieux.

— Jeremy fête son anniversaire ce soir, m'a-t-il appris en continuant de me chatouiller tandis que je m'agitais en riant. Il a trente ans.

— Si seulement, a dit Jeremy en regardant toujours par la fenêtre.

— Bon anniversaire, lui ai-je lancé, mais il n'a pas réagi.

C'était le genre de personne qui vous donnait le sentiment de ne pas exister à ses yeux et si par chance il arrivait qu'elle vous remarque, vous vous sentiez alors privilégié. Ce genre de personne qui, quand vous la rencontriez vingt ans plus tard, vous avouait qu'elle avait toujours eu le béguin pour vous mais qu'elle n'avait jamais eu le courage de vous le dire, ce à quoi vous répondiez : « Quoi ? Je pensais que je ne t'intéressais pas du tout ! », et elle de répliquer aussitôt : « Au contraire, mais je ne savais pas comment t'aborder ! »

C'est exactement ce qui s'était passé avec Christian Byrne qui m'avait fait ce genre d'aveu dans un bar quatre mois auparavant : quand j'avais quinze ans, c'était le gars le plus cool du camp de vacances que je fréquentais. Il avait embrassé pratiquement toutes les filles du dortoir à part moi. Malgré le temps passé et son aveu, je n'ai pas pu l'embrasser : il avait mis enceinte une fille avec qui il allait se marier, par principe. Ça ne l'avait pas empêché de se retrouver dans un club de strip-tease louche sur Leeson Street à quatre heures du matin et de confesser son amour à une fille qu'il n'avait pas vue depuis quinze ans. Je me trouvais dans ce club avec Melanie, si certains d'entre vous se posaient la question.

— On serait ravi de venir si ça ne pose pas de problèmes, ai-je dit à Jeremy.

Il n'a pas réagi. Jeremy n'avait pas entendu ou bien se moquait complètement de ce que je venais de lui dire. Il m'aimait en secret, il le découvrirait bientôt, mais trop tard parce que je serais alors de nouveau avec Blake. Leur amitié en souffrirait parce qu'il ne supporterait pas de voir son meilleur ami avec la femme qu'il aime ; il serait donc obligé de quitter son travail et chercherait quelqu'un d'autre mais sans succès. Il finirait tout de même par trouver quelqu'un mais qui ne serait pas son véritable amour. Ils se marieraient et auraient des enfants, mais à chaque fois qu'ils feraient l'amour, il resterait ensuite éveillé une grande partie de la nuit à penser à la femme qu'il avait laissée derrière lui à Bastardstown dans le comté de Wexford. Moi.

— Évidemment que ça ne le dérange pas, a répondu Blake à sa place. C'est au Bodhrán à dix-huit heures. Nous irons directement en sortant d'ici. Viens, a-t-il répété à plusieurs reprises tout en appuyant sur ma cuisse.

— OK, OK, ai-je dit en m'efforçant de bloquer sa main pour qu'il cesse de me chatouiller ; mais il était plus fort que moi et il m'a attrapé les mains.

Nous sommes restés assis comme ça, penchés l'un vers l'autre à nous regarder droit dans les yeux.

— Je viendrai, ai-je confirmé.

— Bien sûr que tu viendras.

Mon cœur a fait un bond de mécontentement dans ma poitrine.

— Nous ne pouvons pas y aller, a déclaré ma Vie.

Nous étions assis à l'arrière du camping-car en train de contempler le ciel bleu d'où nous étions tombés quelques minutes plus tôt. Le camping-car était toujours garé à sa place et nous attendions que Declan, Annie et Josh aient terminé leur saut. Harry était quelque part en train d'élaborer des stratégies pour convaincre la fille qui voulait porter les enfants de Blake de coucher avec lui.

— Pourquoi on ne peut pas y aller ?

— Don !

— Je m'en fous de Don ! ai-je répliqué en culpabilisant aussitôt mais j'étais énervée contre ma Vie qui ne comprenait rien.

— Ce n'est pas ce que vous pensiez l'autre nuit...

— Peut-être, mais Blake m'a invitée à sortir et c'est la raison pour laquelle nous sommes venus ici. Ça ne vous fait pas plaisir ?

Il a réfléchi à la question.

— Vous avez raison. Je suis très content pour vous. Vous avez ce que vous vouliez, alors restez ici et offrez-vous à Blake, l'homme qui vous a brisé le cœur, et je retournerai tout seul à Dublin pour voir Don, le type sympa avec qui vous avez passé la nuit et qui m'a invité à aller boire un verre.

— Allez le retrouver et passer la nuit avec si ça vous fait plaisir, ai-je rétorqué.

— C'est malin, a-t-il répondu calmement. Mais vous vous en êtes déjà occupée. Moi, c'est l'amitié qui m'intéresse. Nous avons rendez-vous ce soir à vingt heures au Barge ; c'est l'endroit où vous me trouverez si monsieur La Vertu décide de vous laisser tomber pour aller voir ailleurs.

— Vous ne croyez pas en nous, ai-je dit avec tristesse.

— C'est faux. Je ne crois pas en lui, mais qui suis-je pour vous mettre en garde ?

Il a réfléchi un instant.

— Ah, mais oui, c'est vrai, je suis votre Vie. Croyez-vous que la plupart des gens qui traversent une crise personnelle écouteraient leur Vie ou agiraient comme vous, en la traînant de comté en comté à la recherche d'un bonheur géographique ?

— Qu'est-ce que ça veut dire ce charabia ? Un bonheur géographique ?

— La plupart des gens recherchent le bonheur en eux. Vous, au contraire, vous vous rendez dans un autre comté en pensant que cela réglera les problèmes.

— Mais cette femme dans ce film, qui voyageait à travers le monde et priait, elle a bien trouvé le bonheur ! ai-je répliqué avant de pousser un soupir de lassitude. Je veux simplement que vous voyiez ce que j'aime en lui.

— J'ai vu ce que vous aimiez en lui, empaqueté dans un harnais bien serré.

— S'il vous plaît, sérieusement pour une fois.

— Sérieusement ? J'ai vu ce que vous aimiez en lui et je préfère aller boire un verre avec Don.

J'ai fait une autre tentative.

— Il y a quelque chose qui coince entre vous et Blake, que je n'arrive pas à comprendre. OK, il vous a fait du mal et maintenant vous essayez de vous protéger mais donnez-nous au moins une chance. Si vous ne le faites pas, vous n'arrêterez pas de vous demander s'il n'était pas celui qui aurait pu me rendre heureuse pour l'éternité et vous avec.

— Je ne crois pas au bonheur éternel, il y a juste quelques bons moments.

— Je sais que vous ne voulez pas laisser tomber Don, mais c'est juste l'affaire d'un verre. C'est quelqu'un d'adulte, il comprendra.

J'avais l'impression de l'avoir convaincu mais pour en être bien sûre, j'ai abattu ma dernière carte.

— En plus ma voiture est coincée dans un fossé et Dieu sait combien de temps il faudra pour la réparer. Il n'y a donc pas moyen de rentrer à la maison.

— OK, a-t-il répondu d'un air résigné. Je vais rester. J'appellerai Don, mais ce sera terminé. Il sait où je me trouve et il pensera que je préfère Blake et il ne voudra plus jamais me revoir.

Je lui ai donné une tape amicale.

Il est resté et nous avons regardé passer les nuages à travers le toit ouvrant.

Au bout d'un moment, les portes se sont ouvertes et Declan nous a montré ses testicules sur lesquels il n'y avait plus un poil, suite au pari.

Le *bodhrán* est un tambour irlandais. Il se compose d'un cadre de bois sur lequel est tendue une peau de chèvre. L'envers du cadre est creux pour pouvoir le tenir et contrôler la hauteur et le timbre, pendant que l'autre main frappe sur la membrane à l'aide d'un bâtonnet.

Le Bodhrán, en l'occurrence, était un pub qui se trouvait à cinq minutes du B&B. C'était un endroit bondé, même s'il n'était que dix-neuf heures. Il y avait un concert de musique traditionnelle à l'intérieur. Nous sommes arrivés en retard parce que des plaques rouges avaient fait leur apparition sur les parties intimes de Declan ; elles le démangeaient tellement que nous avons dû faire un détour pour nous rendre dans la pharmacie la plus proche afin d'acheter un baume et du talc. Declan en a ensuite versé dans son pantalon et s'est agité en tous sens pour que le talc atteigne bien les régions concernées.

Harry, qui avait remporté le pari, aurait dû prendre plaisir aux mésaventures de son ami, mais ce n'était pas le cas : il avait rendez-vous avec la fille qui voulait des enfants de Blake et craignait que quelqu'un d'autre s'approche d'elle avant lui. Sa crainte de perdre toutes ses chances à cause d'une vingtaine de minutes de retard m'a fait sourire mais tout à coup j'ai repensé à Jenna et j'ai joint ma voix à la sienne pour que Declan accélère et montre à tout le Wexford ce qu'il pouvait faire avec le camping-car de sa mère. Harry m'avait communiqué son exaspération qui s'était transmise à son tour à ma Vie, mécontent d'avoir dû annuler son rendez-vous avec Don. Ses plaques dégoûtantes avaient ressurgi et lui et Declan se passaient le talc à tour de rôle tandis qu'Annie et moi buvions chacune à notre tour du cidre. Josh était allongé à l'arrière en train de fumer du hasch et faisait des ronds de fumée. Je ne m'étais pas soûlée au cidre depuis que j'avais leur âge mais passer du temps avec eux était une véritable bouffée d'oxygène et m'avait redonné de l'énergie (même si ma Vie, lui, avait récolté une allergie). Cela faisait longtemps que je ne m'étais pas sentie aussi sereine. Ils ne savaient rien de moi, ils se moquaient de ce que j'avais bien pu faire et je pouvais être moi-même. Je n'avais pas été moi-même depuis longtemps.

Quand nous sommes finalement arrivés au pub, il faisait encore très beau et la terrasse était bondée. J'ai rapidement parcouru la foule du regard à la recherche de Blake. Harry, quant à lui, a regardé si la fille avec qui il voulait coucher était dans les parages, mais ne la voyant pas, a supposé qu'elle se trouvait à l'intérieur. Il est entré le premier et moi à sa suite. Il n'avait plus à s'inquiéter : elle avait gardé une place à côté d'elle. Sa copine lui a donné un coup sur la jambe quand elle nous a vus et l'autre a affiché un grand sourire en voyant Harry. J'ai regardé autour de moi si je ne voyais pas Blake. Le groupe chantait *I'll Tell My Ma* et tout le monde frappait dans ses mains en poussant des exclamations de joie tandis que je fendais la foule à sa recherche. Jenna était assise non loin de là et il y avait une chaise vide à côté d'elle. Les battements de mon cœur se sont accélérés. J'espérais que cette chaise n'était pas pour Blake, même si je savais qu'il n'y avait rien entre eux. C'était juste… l'habitude. Je l'ai finalement repéré au bar, entouré d'une bande de gars à qui il racontait avec talent une histoire drôle. Blake avait capté l'attention du public autour de lui et à la fin de l'histoire, tout le monde a explosé de rire, ma Vie également, à qui j'ai eu envie de dire en lui tapant sur l'épaule : *vous comprenez maintenant ?*

Blake m'a remarquée, s'est excusé auprès de son public avant de venir à ma rencontre. Jenna nous regardait.

— Tu es venue ! a-t-il dit en me prenant dans ses bras et en m'embrassant sur le front.

— Oui, ai-je répondu avec un grand sourire en espérant que Jenna continuait de nous observer. Tu te souviens de ma Vie, ai-je ajouté en faisant un pas de côté pour qu'ils se retrouvent face à face.

— Oui, bien sûr.

— Salut, a lancé ma Vie sur un ton décontracté. J'imagine que ça doit vous faire bizarre. Laissez-moi vous offrir un verre.

J'étais agréablement surprise par son attitude.

Blake l'a regardé avec méfiance, puis m'a regardée avant de se tourner de nouveau vers lui.

— Pour briser la glace, a ajouté ma Vie.

Blake a pris son temps pour répondre, ce qui m'a quelque peu agacée. Je n'arrivais pas à comprendre quel était son problème. Don avait pris son petit déjeuner tout nu entre ma Vie et moi. Ce dernier avait même retrouvé son caleçon que Monsieur Pan avait glissé dans son panier. Don avait pris son petit déjeuner avec ma Vie (il le lui avait même préparé) pendant que je me douchais. Je n'étais pas en train de comparer Don à Blake, non, simplement j'étudiais la réaction de chacun. À la décharge de Blake, (je devais essayer de justifier son attitude) il y avait eu une histoire entre lui et ma Vie. C'était plus compliqué qu'une affaire d'un soir : notre histoire d'amour avait duré cinq ans ; évidemment qu'il se sentait mal à l'aise. Mais, n'était-ce pas plutôt moi qui aurais dû me sentir mal à l'aise ?

— Bon, OK. Allons par là.

Nous nous sommes installés dans un coin plus tranquille du pub, derrière une cloison ornée d'un vitrail.

— C'est super ici, ai-je dit nerveusement tout en observant ma Vie qui avait été clairement insulté et qui recommençait à se gratter. Au moins, on peut parler tranquillement.

— Bon, qu'est-ce que vous prenez ?

— Une Guinness.

Je les ai observés : il se passait quelque chose entre eux que je n'arrivais pas à comprendre.

— Blake, c'est ma Vie. Tu le sais, non ? lui ai-je demandé calmement pendant que ma Vie était occupé au bar.

— Je sais, a-t-il répondu sur la défensive.

— Ce n'est pas un petit ami, ni un ex, ou qui que ce soit qui pourrait constituer une menace.

— Une menace ? Je ne me sens pas du tout menacé.

— Tant mieux, parce que tu agis d'une drôle de façon, ai-je dit en soupirant. Qu'est-ce qui se passe ?

— Comment les gens réagissent-ils habituellement à ce genre de choses ?

— Avec intérêt. D'habitude, les gens qui m'aiment sont intéressés par ma Vie. Ils sont heureux, enthousiasmés de faire sa connaissance. D'ailleurs, ils sont souvent plus intéressés par lui que par moi, sauf mon père.

— Tiens, au fait, comment va ton père ?

Encore une transition inappropriée mais j'ai fait comme si de rien n'était :

— On ne se parle plus.

— Pourquoi ? Qu'est-ce qui s'est passé ? Vous étiez si proches.

Tellement de choses avaient changé.

— Nous n'avons jamais été proches mais ce qui s'est passé c'est que j'ai changé et cela ne lui a pas plu. Lui, il est toujours le même et ça ne me plaît pas.

— Tu as vraiment changé ? m'a demandé Blake en plongeant son regard dans le mien.

Ma gorge s'est serrée. Son visage était si proche du mien ! Je n'ai rien répondu parce que je ne savais pas s'il souhaitait que j'aie changé ou non mais surtout parce que je ne connaissais pas la réponse. J'avais changé depuis que j'avais rencontré ma Vie, sans aucun doute, mais m'avait-il aidée à redevenir la personne que j'étais avant Blake, ou bien m'avait-il aidée à dépasser celle que j'étais devenue après Blake et fait de moi une toute nouvelle personne ? C'était difficile à dire et j'ai failli me lever pour aller m'entretenir sur ce point avec ma Vie. Mais je ne pouvais pas agir de la sorte parce que ça aurait paru bizarre et aussi parce que la bouche de Blake touchait presque la mienne et que je n'avais absolument aucune envie de bouger.

— C'est comme si c'était hier a-t-il dit, ça fait du bien.

Nos lèvres étaient si proches qu'elles se touchaient presque. Des frissons m'ont parcouru tout le corps.

J'ai senti tout à coup quelque chose de froid contre ma poitrine. C'était la Guinness qu'avait rapportée ma Vie.

— Votre pinte, a-t-il dit à l'attention de Blake. À la vôtre.

Il venait de gâcher ce beau moment.

— Alors ? a fait ma Vie qui tenait une bouteille de bière dans une main et me tendait de l'autre un verre de vin blanc.

Comme personne n'a saisi l'occasion pour lancer la discussion, il a ajouté :

— Ç'a vraiment été une journée extraordinaire ! Je n'ai jamais vécu une expérience pareille. Est-ce que les sensations sont toujours les mêmes à chaque fois que vous sautez ?

Il y mettait vraiment du sien.

— Oui, la plupart du temps, a confirmé Blake.

— Vous avez dû sauter combien de fois aujourd'hui ?

— Trois fois. Il y avait trois groupes.

— Ouah. J'aimerais beaucoup le refaire, vraiment. Je vais en parler à tout le monde autour de moi.

— Super. Merci.

Blake a fouillé dans sa poche arrière.

— Tiens, si tu veux nous faire de la pub.

Il lui a tendu sa carte de visite. Son visage était imprimé dessus. Ma Vie l'a examinée avec un léger sourire et j'ai croisé les doigts pour qu'il ne lui fasse pas une remarque désobligeante. Il n'a rien dit et s'est contenté de me sourire. Blake l'a remarqué. L'ambiance était si bizarre entre nous que j'avais envie que cela se termine. J'avais ma dose. Je me suis creusé la tête pour trouver quelque chose à dire mais je n'arrivais pas à penser alors que je n'avais fait que ça toute la journée. Nous sommes restés tous les trois silencieux, cherchant chacun de notre côté quelque chose à dire. Mais nous n'avions rien à nous dire.

— Tu veux que je te présente quelques amis ? a fini par demander Blake à ma Vie.

— Non, c'est bon, je connais quelques personnes ici.

Ma Vie a saisi cette occasion pour partir.

— Lucy, je reste dans le coin si vous avez besoin de moi.

— OK, lui ai-je répondu, à la fois ennuyée et mal à l'aise.

Le son de la musique est monté d'un cran et quand le groupe a entonné *Whiskey in the Jar* tout le monde s'est redressé et le bruit a redoublé. C'était impossible de s'entendre.

— Viens, a crié Blake en me prenant la main et en me conduisant à travers la foule.

Jenna nous regardait d'un air si malheureux que je me suis sentie légèrement coupable. Très légèrement. Le brouhaha s'est atténué quand nous nous sommes rapprochés du bar où se concentrait un public plus âgé qui observait les petits nouveaux. Nous sommes passés à côté des toilettes puantes puis derrière le bar où le carrelage rouge et noir avait perdu de son éclat et collait à cause des boissons renversées. Nous nous sommes dirigés ensuite vers une sortie de secours dont la porte était maintenue ouverte à l'aide d'un fût de bière. Une fois à l'extérieur, j'ai regardé autour de moi à la recherche des tables en plein air.

— Hé ! mais ce n'est pas...

Je n'ai pas pu finir ma phrase parce qu'il a collé sa bouche contre la mienne et a commencé à m'embrasser. Il a pris mon verre avant de poser ses mains sur mes hanches, puis sur ma taille, avant de les remonter vers ma poitrine, mon cou et mes cheveux. Sa chemise était ouverte presque entièrement, révélant de beaux pectoraux. J'ai caressé la peau douce de sa poitrine. C'était parfait, exactement comme je me l'étais imaginé les week-ends où je faisais la grasse matinée jusqu'à une heure de l'après-midi. Je sentais le goût de la bière sur sa langue, le parfum de son gel douche, et me suis souvenue de tous les bons moments que nous avions passés ensemble. Finalement, nous nous sommes écartés l'un de l'autre pour reprendre notre respiration.

— Mmm, a-t-il fait.

— Je sais encore m'y prendre ?

— *On* sait encore s'y prendre, a-t-il murmuré avant de m'embrasser de nouveau. Pourquoi on a attendu tout ce temps ?

Il m'a embrassée dans le cou et je me suis raidie.

Tout ce temps. J'ai voulu répondre quelque chose mais toutes les phrases qui me venaient à l'esprit étaient pleines d'amertume et de colère ; je n'ai donc rien dit et j'ai attendu de me calmer. Il a arrêté de m'embrasser, m'a conduite sur l'herbe au soleil où nous nous sommes assis. Nous nous sommes mis à rire, à propos de rien en particulier, juste parce que nous nous trouvions réunis ici, après toutes ces années.

— Pourquoi est-ce que tu es venue ? m'a-t-il demandé en me remettant une mèche derrière l'oreille.

— Pour te voir.

— Je suis content que tu l'aies fait.

— Moi aussi.

Nous nous sommes embrassés de nouveau, frôlant le record de durée que j'avais établi avec Don. Je me suis donné des claques mentalement pour les avoir comparés encore une fois.

— On était en train de parler de quelque chose avant d'être interrompus, non ? a-t-il demandé, faisant référence à notre discussion dans le hangar sur le terrain d'aviation.

Le moment était enfin venu de parler de tout ça. J'ai avalé une grande gorgée de vin. J'étais prête.

— Ça y est, je me souviens ! J'étais en train de te parler de ma tourte marocaine et du *Goût à la Blake*.

J'ai cru qu'il plaisantait mais ce n'était pas le cas. Il a commencé à me décrire l'ancienne recette avant de m'expliquer en détail comment il l'avait modifiée. J'étais tellement abasourdie que je n'arrivais plus à écouter ce qu'il disait ni même à réfléchir. Il a enchaîné sur une autre recette et m'a raconté comment il avait préparé et cuisiné à feu doux certains ingrédients pendant quarante jours et quarante nuits, ou quelque chose dans le genre.

— Donc ensuite tu prends le cumin et tu...

— Pourquoi tu m'as quittée ?

Il était tellement absorbé par ce qu'il racontait qu'il a été complètement pris de court.

— Pourquoi est-ce que tu veux parler de ça, Lucy ? a-t-il demandé sur la défensive.

— Parce que ça me semble approprié, ai-je répondu d'une voix tremblante tout en espérant qu'il n'y prête pas attention. Ça fait presque trois ans.

Il a secoué la tête pour signifier qu'il n'en revenait pas que cela fasse si longtemps.

— Je n'ai eu aucune nouvelle de toi et maintenant on est ensemble comme au bon vieux temps, comme si de rien n'était. Je pense qu'on devrait en discuter un peu. J'en ai besoin.

Il a regardé autour de lui pour être certain que personne n'écoutait.

— OK. Qu'est-ce que tu veux savoir ?

— Pourquoi tu m'as quittée. Je ne comprends toujours pas. Je ne comprends pas ce que j'ai fait de travers.

— Tu n'as rien fait de travers, Lucy. C'est moi. C'est peut-être idiot ce que je vais dire, mais j'avais besoin de faire mes propres trucs.

— Quels trucs ?

— Tu sais... mes trucs. Voyager et découvrir des endroits et...

— Coucher avec d'autres filles ?

— Quoi ? Non, c'est pas pour ça que je t'ai quittée.

— Mais j'ai voyagé partout avec toi, on a découvert des tas d'endroits ensemble. Je ne t'ai jamais empêché de faire ce dont tu avais envie ou d'être celui que tu voulais être. Jamais.

Je m'efforçais de rester calme afin de pouvoir discuter sereinement.

— Ce n'était pas ça le problème. C'était juste... moi, voilà tout. Quelque chose que j'avais besoin de faire. Toi et moi, on était si sérieux pour notre âge. Un appartement... Cinq ans ensemble...

À part moi, personne n'aurait compris ce qu'il voulait dire.

— Tu voulais être seul.

— Oui.

— Il n'y avait personne d'autre ?

— Mais non ! Lucy...

— Et aujourd'hui ? ai-je demandé en craignant d'entendre la réponse. Tu as encore besoin d'être seul ?

— Ah ! Lucy, a-t-il dit en détournant les yeux. Ma vie est compliquée, tu sais. Pas pour moi, pour moi c'est très simple, mais pour les autres c'est...

Une alarme a retenti dans ma tête. J'ai senti comme un fossé se creuser en nous.

— ... au jour le jour, passionnante, remplie d'aventures et j'ai besoin de découvrir, d'expérimenter de nouvelles choses. Il y a eu cette semaine quand je suis allé en Papouasie-Nouvelle-Guinée...

Et puis il est reparti dans son monologue.

Je l'ai écouté raconter sa vie pendant dix minutes et juste avant qu'il ne s'interrompe, j'ai compris pourquoi j'étais ici. J'étais assise sur la pelouse à écouter cet homme que je connaissais parler comme un parfait étranger et au bout de quelques minutes je l'ai considéré d'une tout autre façon. Je le voyais à présent comme quelqu'un d'autre, moins comme un dieu et davantage comme un ami ; un ami stupide et désorienté qui ne s'intéressait plus qu'à sa propre vie, pas à celle des autres et certainement pas à la mienne, que j'avais traîné jusqu'ici et qui buvait maintenant une bière tout seul en écoutant un concert de musique traditionnelle. Tout à coup, j'ai eu envie de le planter là pour aller rejoindre ma Vie. Mais je ne pouvais pas, pas avant d'avoir accompli ce que j'étais venue faire ici.

Il s'est arrêté de parler et m'a souri.

— Je suis vraiment contente pour toi, Blake. Je suis contente que tu sois heureux dans ta vie et je suis vraiment fière de tout ce que tu as accompli.

Il a eu l'air un peu déconcerté, mais satisfait.

— Tu dois y aller ou quoi ?

— Pourquoi tu me demandes ça ?

— Ça ressemblait à des paroles d'adieu.

— Peut-être bien, ai-je répondu avec un sourire.

— Oh, non ! Ça marchait bien entre nous.

Il s'est approché de moi et a essayé de m'embrasser.

— Ça ne marchera pas, Blake.

— Lucy...

— Non, non, écoute-moi. Ce n'est la faute de personne. Ce n'est pas la mienne. Je n'ai rien fait de travers, je le sais maintenant, c'est comme ça et puis c'est tout. Parfois les choses ne marchent pas. Ç'a marché un certain temps pour nous. Nous ne pouvons pas revenir en arrière, et franchement, je ne vois pas où ça nous mènerait. J'ai changé.

— C'est de l'avoir rencontré ? a-t-il dit en regardant vers le bar.

— Non. C'est parce que tu m'as quittée.

— Mais je suis ici maintenant et ça fonctionne tellement bien entre nous !

— Ça fonctionne tant qu'on ne parle pas des choses qui comptent, et ma Vie compte, Blake, ma Vie est importante pour moi.

— Je sais.

— Vraiment ? Parce que celui qui l'incarne boit un verre tout seul et je crois que tu t'en fiches pas mal. Tu ne m'as pas posé une seule question sur moi depuis que nous nous sommes retrouvés, pas une seule.

Il a froncé les sourcils pendant qu'il réfléchissait à ce que je venais de lui dire.

— Avant ça ne me posait pas de problèmes, mais maintenant si.

— Donc tu me laisses tomber.

— Non, non, ai-je répondu en lui jetant un regard sévère. N'inverse pas les rôles. Personne ne laisse tomber personne ; simplement, nous n'allons pas nous remettre ensemble.

Il y a eu un silence. Avant qu'il ne se lève et disparaisse à l'autre bout du monde, j'ai ajouté :

— Mais je suis vraiment contente qu'on ait éclairci tout ça parce que c'est la raison pour laquelle je suis ici.

— Comment ça ?

J'ai pris une profonde inspiration.

— J'ai besoin que tu dises à nos amis que c'est toi qui m'as quittée.

26

— Pardon ? Il faut que je fasse quoi ?

Je savais très bien qu'il avait compris ce que je venais de lui expliquer mais il n'avait tout simplement pas envie de le faire. C'est à partir de ce moment que les choses se sont compliquées entre nous, que notre pseudo-réconciliation a été mise à l'épreuve.

— Je voudrais que nos amis sachent que je ne suis pas à l'origine de notre rupture, ai-je répété sur un ton calme mais ferme.

— Donc ce que tu veux, c'est que je leur téléphone et que je leur dise : ah, en fait...

Il a terminé la phrase dans sa tête.

— Certainement pas.

Il semblait mal à l'aise.

— Tu n'es pas obligé de les appeler et de rentrer dans les détails. En fait, tu n'auras rien à leur dire du tout, parce que c'est moi qui vais le faire. J'ai trente ans dans deux jours et on va aller au resto ; je leur dirai à cette occasion, tout simplement, et s'ils ne me croient pas, ce qui sera probablement le cas, ils te passeront sans doute un coup de fil et tu pourras leur confirmer à ce moment-là.

— Non, a-t-il répondu aussitôt, le regard fixé droit devant lui. Ça fait des années, c'est de l'histoire ancienne, pourquoi revenir en arrière ? Crois-moi, tout le monde s'en fout. Je ne comprends pas pourquoi tu veux revenir là-dessus.

— C'est très important pour moi. Blake, ils pensent tous que je t'ai trompé, ils...

— Je leur dirai que ce n'est pas le cas, c'est ridicule. Qui a dit ça ?

— Tout le monde, à part Jamie. Mais ce n'est pas le problème.

Il a réfléchi, l'air tendu.

— Tu ne l'as pas fait ? Tu ne m'as pas trompé ?

— Quoi ? Mais non, pas du tout ! Blake, écoute-moi, ils pensent que je suis la méchante, que je t'ai brisé le cœur, que j'ai gâché ta vie et...

— Tu veux que je joue le mauvais rôle à ta place ?

— Non, bien sûr que non, je veux juste qu'ils sachent la vérité. C'est comme s'ils me reprochaient d'avoir bouleversé leur vie. Enfin, surtout Adam...

— Ne fais pas attention à lui, a dit Blake sur un ton plus posé. C'est mon meilleur ami, c'est le type le plus loyal que je connaisse, mais tu sais comment il est : excessif. Je lui dirai de te laisser tranquille.

— Il fait des remarques tout le temps. L'atmosphère est toujours tendue entre lui et moi, et avec Mary aussi, mais ça ne me dérange pas plus que ça. Il est vraiment pas sympa avec moi ; s'il savait qu'il était mal renseigné, il arrêterait. Et peut-être même qu'il s'excuserait.

— Tu veux des excuses ? C'est donc ça. Je lui parlerai, je lui dirai de se calmer, d'arrêter de monter sur ses grands chevaux, que tout s'est terminé naturellement entre nous, que tu as pris les choses en main, que j'étais d'accord, que...

— Non, non, non, ai-je protesté, ne voulant pas tomber dans un nouveau mensonge. Non. Je veux qu'ils sachent la vérité. On n'est pas obligé de tout leur raconter ; on leur dira que ça ne les regarde pas, un point c'est tout. Mais au moins ils sauront la vérité. D'accord ?

— Non ! a-t-il répliqué.

Il s'est levé et a frotté son jean pour enlever l'herbe.

— Je ne sais pas ce que vous êtes venus faire ici, lui et toi. Je ne vais pas endosser le rôle du méchant devant nos amis pour vous faire plaisir. Je ne tomberai pas dans votre piège. Hors de question. Le passé est le passé et il n'y a aucune raison de revenir en arrière.

Je me suis levée à mon tour.

— Attends, Blake. Tu te trompes. Ce n'est pas un piège. Pas du tout. Je veux clarifier les choses ou, plus exactement, mettre de l'ordre dans ma vie. Je pensais que pour ça, il fallait que je te retrouve. D'une certaine façon, j'avais raison.

J'ai pris une profonde inspiration.

— Il y a quelques années nous avons raconté un mensonge, que nous pensions être sans importance, à tort. Pour toi, c'est facile, tu es toujours en voyage, tu parcours le monde et tu n'as pas à vivre avec ça. Mais moi, je dois vivre avec ce mensonge tous les jours. Ils me demandent tout le temps pourquoi j'ai mis fin à notre histoire. Mais je n'en suis pas responsable. Le rêve s'est évanoui tout à coup. Après ça, je n'ai plus osé désirer quoi que ce soit de peur d'être déçue de nouveau. Je ne peux plus vivre avec ce mensonge. J'ai besoin d'avancer et pour ça il faut que tu m'aides. Je pourrais leur dire moi-même mais c'est important que cela vienne de nous deux. S'il te plaît, Blake, j'ai besoin de toi.

Il a réfléchi longuement, le regard perdu dans le vide. Il s'est baissé pour ramasser son verre et m'a lancé un coup d'œil.

— Désolé, Lucy, mais je ne peux pas. Essaie de passer à autre chose, OK ?

Il est rentré dans le pub.

Fatiguée, je me suis laissée tomber là où nous étions allongés quelques minutes plus tôt et j'ai repensé à notre discussion. Je ne regrettais aucune de mes paroles. C'était le crépuscule à présent, une heure à laquelle les formes et les ombres deviennent plus inquiétantes. Je me suis mise à frissonner. J'ai entendu des bruits de pas qui provenaient de la terrasse. Ma Vie a fait son apparition et s'est adossé au mur.

Je l'ai regardé d'un air sombre.

— Jenna va rentrer. On peut être au B&B dans cinq minutes si vous voulez.

— Quoi ? Et partir avant la fin ? Vous avez oublié ce que vous m'avez appris ?

Il m'a lancé un petit sourire complice.

— Jenna pense qu'elle va déménager.

— De ce coin ? Elle a raison.

— Non. D'Irlande. Elle va retourner en Australie.

— Pourquoi ?

— Les choses n'ont pas fonctionné comme elle l'espérait.

Il m'a regardée d'un air entendu.

— OK. Je serai prête dans cinq minutes.

Il s'est avancé pour s'asseoir à côté de moi et a gémi comme un vieil homme au moment de se baisser. Il a cogné légèrement sa bouteille contre mon verre.

— *Sláinte*, a-t-il dit avant de lever les yeux vers le ciel.

Nous sommes restés silencieux. J'ai ressassé les paroles de Blake dans ma tête. Ça ne servait à rien de rentrer dans le pub pour essayer de relancer la discussion, je savais qu'il ne reviendrait pas sur sa décision. Je me suis tournée vers ma Vie. Il regardait les étoiles, le sourire aux lèvres.

— Qu'est-ce qu'il y a ?

— Rien.

Un sourire s'est épanoui sur son visage.

— Allez ! Dites !

— Non. Il n'y a rien.

Il s'est efforcé de ne pas sourire.

Je lui ai donné un coup de coude dans les côtes.

— Aïe ! a-t-il dit en se massant. Je repensais juste à sa tête sur la carte de visite.

Il s'est mis à glousser comme une gamine.

Sur le moment ça m'a agacée et finalement, je l'ai imité.

— Oui, c'est un peu ridicule, c'est vrai.

Et nous nous sommes mis à rire de plus belle.

Ma Vie est monté à l'arrière de la Jeep, ce qui m'a obligée à m'asseoir à côté de Jenna. Elle était distante. Son grand sourire avait disparu ; cependant, elle restait courtoise. Elle n'était pas du genre à être impolie.

— La journée a été longue ? a demandé ma Vie pour rompre le silence.

— Oui, avons-nous répondu en même temps, sur un ton las.

Nous nous sommes regardées un instant.

— Il y a quelque chose entre vous et Jeremy, non ? a demandé ma Vie.

Jenna s'est mise à rougir.

— Il y a eu une soirée... Mais il ne s'est rien passé. Enfin si, il s'est passé quelque chose, mais rien d'important. Il n'est pas...

Elle s'est tue, visiblement émue.

— Ce n'est pas ce que je veux...

Ça expliquait son changement de statut sur Facebook. Nous avons parcouru le reste du trajet en silence. Elle s'est arrêtée dans l'allée du B&B et nous l'avons remerciée avant de sortir de la voiture. Elle a manœuvré pour faire un demi-tour et nous lui avons fait un signe d'au revoir.

Ma Vie m'a lancé un regard furieux.

— Quoi ?

— Allez lui dire un petit mot !

En soupirant, j'ai regardé cette petite chose blonde toute fragile dans cette grosse Jeep et finalement, j'ai couru jusqu'à la voiture et frappé à la vitre. Elle a freiné. Elle avait l'air fatigué.

— Il paraît que tu vas rentrer en Australie.

— Oui, a-t-elle répondu avant de détourner les yeux. Comme tu disais, ça fait loin.

J'ai hoché la tête.

— Je rentre chez moi demain matin.

— Ah, bon ?

— Oui.

— C'est dommage.

C'était une réponse polie mais guère convaincante.

— Je ne...

Je ne savais pas comment lui dire les choses.

— Je ne reviendrai pas, ai-je dit tout simplement.

Elle m'a regardée d'un air perplexe avant de comprendre.

— J'ai pensé que c'était important que tu le saches.

— OK.

Elle m'a souri en s'efforçant de contenir sa joie.

— Merci. Merci de me l'avoir dit.

Je me suis reculée de la voiture.

— Merci de nous avoir déposés.

Je me suis dirigée vers la maison et j'ai entendu le bruit des pneus sur le gravier. En me retournant, j'ai vu un sourire sur son visage. Avant de sortir de l'allée, elle a mis son clignotant pour retourner d'où nous étions venus.

Aussitôt après, j'ai poussé un grand soupir. Mon cœur s'est mis à palpiter et pendant quelques secondes j'ai paniqué. J'ai eu envie de lui courir après pour retirer ce que je venais de dire. J'ai eu envie d'aller retrouver Blake pour qu'on se remette ensemble. Et puis je me suis rappelé ce que m'avait dit ma Vie.

L'habitude.

27

Quand je me suis réveillée, ma Vie était assis dans un fauteuil, tout habillé et occupé à m'observer, ce qui m'a fichu la trouille. Il avait l'air soucieux.

— J'ai une mauvaise nouvelle.

— Nous sommes réunis aujourd'hui pour saluer la mémoire du défunt Sebastian, a annoncé ma Vie.

Nous étions à la casse, où ma pauvre voiture avait été transportée d'urgence.

— Vous le savez depuis quand ? ai-je demandé.

— Hier, mais je n'ai pas voulu vous le dire. Ce n'était pas le moment.

— Est-ce que je dois vraiment le laisser partir ? On ne peut pas le garder un peu plus longtemps ?

— Malheureusement, non. Les mécaniciens n'ont pas réussi à le ramener à la vie. Par ailleurs, avec tout l'argent que vous dépensez en réparations, vous pouvez vous acheter une voiture neuve.

— Je suis fidèle.

— Je sais.

Nous sommes restés silencieux un moment, puis j'ai caressé Sebastian sur le toit.

— Merci de m'avoir transportée partout et de m'avoir toujours ramenée à la maison. Adieu, Sebastian, tu m'as bien rendu service.

Ma Vie m'a donné une poignée de terre.

Je l'ai prise et l'ai jetée sur le toit. Nous avons reculé d'un pas tandis qu'une grue élevait Sebastian vers les cieux.

Et puis, dans un bruit de tôle froissée, il s'est écrasé au sol.

Le bruit d'un klaxon derrière nous m'a tirée de mes pensées. Harry a passé la tête par la fenêtre du van.

— Hé ! Declan a envie de rentrer. Sa mère a piqué une crise, elle a besoin du camping-car pour un festival de danse irlandaise.

Sur la route, Harry est demeuré silencieux et moi aussi. Il a passé tout le trajet à envoyer des textos. Pendant qu'il attendait une réponse, il relisait les précédents.

— Harry est amoureux, a dit Annie d'un ton moqueur.

— Félicitations !

Il a rougi légèrement en esquissant un sourire.

— Et alors, qu'est-ce qui s'est passé avec ton mec ? a-t-il demandé.

— Oh, rien, finalement.

— Je t'avais dit que les gens pouvaient changer en trois ans.

Je ne voulais pas lui laisser penser qu'à son âge, il connaissait mieux que moi l'évolution de l'âme humaine, alors j'ai souri en répondant sur un ton un peu condescendant :

— Mais il n'a pas changé, justement, il était exactement le même.

Il a froncé le nez, comme écœuré par l'idée que Blake avait toujours été comme ça.

— Alors c'est toi qui as changé, a-t-il conclu.

À la suite de quoi il a recommencé à envoyer des textos à la fille qui, maintenant, voulait des enfants avec lui.

Après ce bref échange, je n'ai plus dit grand-chose. J'avais beaucoup à penser. Ma Vie, en revanche, était un vrai moulin à paroles, mais quand il a compris le sens de mes réponses monosyllabiques, il m'a laissée tranquille. J'avais perdu beaucoup au cours de ce voyage : pas seulement l'amour que je croyais avoir et ma voiture chérie, mais aussi l'espoir de me faire pardonner un jour. J'avais cru naïvement pouvoir défaire le gros nœud de mensonges que j'avais tissé, mais je me rendais compte à présent que c'était irréaliste. Du moins, cela s'annonçait bien plus douloureux que je ne me l'étais figuré. Il me semblait que je ne possédais plus grand-chose ; pire, que je n'avais rien du tout. Pas de voiture, pas de travail, pas d'amour, une relation conflictuelle avec ma famille et mes amis, et, plus grave encore, avec ma meilleure copine. Tout ce qui me restait, c'était un studio en location, une voisine qui refuserait sans doute de m'adresser la parole dorénavant et un chat que j'avais laissé tout seul pendant deux jours.

J'ai tourné la tête. J'avais ma Vie.

Dès que nous sommes entrés dans Dublin, il s'est penché vers l'avant de la voiture.

— Est-ce qu'on peut descendre ici ?

— Pourquoi ici ? ai-je demandé.

Nous étions dans Bond Street, en plein quartier des Liberties, le cœur historique de la ville où la plupart des rues étaient encore pavées. Non loin de là, derrière des grilles noires, s'élevait la fumée de la brasserie Guinness où des chercheurs en blouse blanche travaillaient à parfaire ce qui constituait notre meilleur atout commercial.

— Suivez-moi ! m'a-t-il lancé fièrement.

Nous avons descendu la rue où de vieilles usines côtoyaient des immeubles délabrés ou récemment rénovés. Et puis, au lieu de me sortir un laïus sur la souffrance des autres, la pauvreté de ce quartier et la nécessité de relativiser mes problèmes, il a tiré un trousseau de clés. Il s'est arrêté devant la porte d'un immeuble de briques.

— Qu'est-ce que vous faites ? Où va-t-on ? ai-je demandé en regardant autour de nous comme si on risquait de se faire arrêter.

— Je veux vous montrer quelque chose. À votre avis, qu'est-ce que je faisais, toutes les fois où je vous faussais compagnie ?

J'ai froncé les sourcils. J'ai imaginé ma Vie qui me trompait avec une version de moi-même plus jeune et plus jolie. Je le voyais se balader avec elle, partager ses secrets et ses déjeuners de famille, suivre son quotidien et feindre de déjà tout savoir d'elle alors qu'en réalité, il voulait la draguer. En même temps, il culpabilisait de faire croire à une jeune fille parfaitement équilibrée qu'elle avait besoin de regarder sa vie en face et il s'en voulait de m'avoir laissée tomber. Il était fatigué de vivre une double vie.

Il a tourné la tête vers moi.

— Vous avez l'air en colère, à quoi pensez-vous ?

— À rien, ai-je répondu en haussant les épaules. Alors, dites-moi, on est où ?

Nous avons pénétré dans un vaste entrepôt reconverti, haut de plafond avec des murs de briques, encore tout poussiéreux du fait des récentes rénovations. Nous sommes montés dans l'ascenseur ; je m'attendais à être propulsée à travers le plafond et à m'envoler au-dessus des toits pendant que ma Vie, tel Willy Wonka, me montrerait l'étendue de mon royaume. Mais ce n'est pas arrivé. Nous nous sommes arrêtés au septième étage et il m'a conduite dans une pièce lumineuse encombrée de cartons, avec une fenêtre qui surplombait la ville. On voyait la cathédrale Saint Patrick juste en bas et le palais de justice au loin, avec son dôme. À l'horizon, du côté de la baie de Dublin, s'élevaient des tours et les hautes cheminées aux rayures rouges et blanches du Poolbeg. Je m'attendais à ce qu'il me fasse la leçon, mais non.

— Bienvenue dans mon nouveau bureau, a-t-il annoncé avec un grand sourire.

Il paraissait tellement heureux, tellement différent de l'homme que j'avais rencontré quinze jours plus tôt que j'avais du mal à croire qu'il s'agissait de la même personne.

J'ai jeté un œil aux cartons ; la plupart étaient encore fermés, mais certains étaient entrouverts et remplis de dossiers. Ils portaient des inscriptions au marqueur noir : « Mensonges, 1981-2011 », « Vérités, 1981-2011 », « Petits amis, 1989-2011 », « Liens avec la famille Silchester », « Liens avec la famille Stuart ». L'une des boîtes s'intitulait « Amis de Lucy » et contenait divers dossiers, notamment « École », « Université », « Masters », « Autres » ainsi qu'un dossier rassemblant les quelques amis que j'avais rencontrés au cours de mes différentes expériences professionnelles. Un carton était consacré aux « Vacances » et inventoriait les voyages que j'avais entrepris, suivis de la date. En parcourant tout cela des yeux, des souvenirs que j'avais complètement oubliés me sont revenus en mémoire. Ces cartons contenaient toute mon existence couchée sur le papier, toutes les personnes que j'avais pu rencontrer. Ma Vie avait établi un compte rendu pour chacune d'elles, il les avait analysées et décortiquées pour établir une éventuelle relation de cause à effet entre la victime d'un racket dans la cour de l'école et une histoire d'amour malheureuse vingt ans plus tard ; il avait enregistré chaque jour de travail ; tenté de comprendre s'il existait un lien entre une facture impayée à Corfou et un verre qu'on m'avait jeté au visage dans un club de Dublin (en l'occurrence oui, ceci avait tout à voir avec cela). Il me faisait penser à un scientifique qui passait ses journées dans son laboratoire à analyser ma vie et à échafauder des théories afin d'expliquer pourquoi j'étais devenue celle que j'étais, pourquoi j'avais commis telle ou telle erreur, pris telle décision, réussi à tel moment et échoué à tel autre. C'était ma vie. Et la sienne.

— Mme Morgan pense que je devrais jeter toute cette paperasse et compiler ça sur une clé USB, mais je ne sais pas, je suis vieux jeu, j'aime bien mes comptes rendus écrits. Ça leur donne de la personnalité.

— Mme Morgan ?

— Oui, vous vous rappelez ? L'Américaine à qui vous avez donné une barre de chocolat. Elle m'a proposé de m'aider à informatiser tout ça, mais l'Agence ne veut pas payer, donc il faudra bien que je m'y colle un jour ou l'autre. Enfin, ce n'est pas comme si j'avais autre chose à faire, a-t-il poursuivi en souriant. Comme vous le savez, beaucoup d'informations sont déjà dans l'ordinateur. Ah, au fait, vous serez contente d'apprendre que j'en ai un nouveau !

Il a passé la main sur un PC dernier cri posé sur un bureau.

— Mais… mais… mais…

— Vous aviez raison, Lucy, il me fallait du changement. Ça vous fait bizarre, on dirait.

— Non, mais je crois que je n'avais pas vraiment pris conscience avant ça… je suis vraiment votre travail ? Moi, et c'est tout ?

— Vous croyez que je m'occupe d'autres personnes en douce ? a-t-il demandé en riant. Non, Lucy. Je suis votre âme sœur, votre moitié, si vous voulez. Vous savez, on raconte toujours que chacun a sa moitié, quelque part dans le monde… eh bien, c'est moi. Hello !

Je ne comprenais pas pourquoi tout cela me semblait subitement si étrange. Après tout, j'avais lu un témoignage à ce sujet dans un magazine. Non contente de nous livrer les secrets de sa forme et de son nouveau régime alimentaire (accompagné de photos d'aliments pour ceux qui ne visualisaient pas vraiment les choses), l'interviewée décrivait en détail le fonctionnement de l'Agence de la Vie. J'étais donc au courant, je n'avais aucune raison d'être surprise, mais voir tout cela étalé sous mes yeux enlevait au processus une part de sa magie. Non que je croie à la magie, grâce à mon oncle Harold qui pendant toute mon enfance avait fait semblant de me voler mon nez alors que je voyais bien que c'était son pouce. Mon nez n'avait pas un ongle jaune et n'empestait pas la cigarette.

— Comment savez-vous que je suis la personne qui vous correspond ? ai-je demandé. Si ça se trouve, quelque part il y a un pauvre type qui s'appelle Bob et qui passe ses journées sur son canapé à se goinfrer de chocolat en se demandant ce que fabrique sa Vie, il vous attend et au lieu de ça vous êtes là avec moi et je ne suis pas la bonne personne...

— Je sais. Mais vous ne ressentez pas la même chose que moi ?

Je l'ai regardé droit dans les yeux et je me suis immédiatement radoucie. Je n'avais aucun doute. Comme quand je regardais Blake. Nous avions un lien. Chaque fois que je posais les yeux sur ma Vie dans une pièce bondée, alors que je me demandais ce que je faisais là, je savais qu'il pensait exactement comme moi. Je le savais. Je n'avais aucun doute.

— Et votre vie à vous, alors ? lui ai-je demandé.

— Elle s'arrange depuis notre rencontre.

— Vraiment ?

— Mes amis n'en croient pas leurs yeux. Ils pensent qu'on va se marier, même si j'ai beau leur répéter que ça ne fonctionne pas comme ça.

Il a ricané, puis un silence embarrassé s'est installé entre nous. J'avoue que c'est bizarre, mais j'avais l'impression de vivre une rupture amoureuse.

J'ai tourné la tête pour cacher ma confusion, mais j'avais le vertige. Ma vie était étalée devant moi. « Lucy et Samuel, 1986-1996. » Ce dossier-là était assez mince. À cette époque, mon père et moi avions une relation plutôt normale, c'est-à-dire que je le voyais un dimanche par mois quand je rentrais de l'internat. Les dossiers des années suivantes paraissaient un peu plus épais ; à quinze ans, j'étais devenue aussi têtue que lui et nous étions souvent en conflit. Puis, vers mes vingt ans, les dossiers diminuaient de nouveau : je n'étais jamais là, j'étudiais à l'université, il était satisfait. Le dossier relatif aux trois dernières années était de loin le plus important. Il y avait une pochette pour mes relations avec chacun des membres de ma famille. Je n'avais pas la moindre envie de découvrir ce qu'elles contenaient. C'était ma vie, je savais comment elle s'était déroulée et je préférais garder mes souvenirs tels qu'ils étaient, subjectifs et distordus par le temps. Ma Vie a continué à m'expliquer son travail avec enthousiasme, sans remarquer que j'étais mal à l'aise.

— Mais je vais quand même garder ces dossiers, après avoir tout transféré sur l'ordinateur. Je suis un peu sentimental. Alors, qu'est-ce que vous en pensez ? m'a-t-il demandé avec fierté, heureux de son nouveau bureau.

— Je suis ravie pour vous, ai-je répondu le cœur plein de tristesse. Je suis vraiment heureuse que tout aille bien pour vous.

Son sourire s'est lentement évanoui. Il a senti que j'étais triste, mais ce n'était pas mon intention. Je ne voulais pas me montrer égoïste, c'était à son tour d'être au centre de l'attention.

— Ah ! Lucy.

— Non, non, tout va bien, vraiment !

J'ai affiché un sourire forcé. Je savais bien qu'il n'était pas dupe, mais c'était mieux comme ça.

— Je suis vraiment heureuse pour vous, vous avez travaillé dur pour en arriver là. Mais si ça ne vous gêne pas, il faut que je file. J'ai... heu... un rendez-vous avec une fille que j'ai rencontrée à la gym et qui...

J'ai poussé un long soupir. Je ne pouvais plus mentir.

— En fait non, je n'ai pas rendez-vous, mais il faut que j'y aille, c'est tout.

Il a hoché la tête, son enthousiasme envolé.

— Je comprends.

Nous étions soudain mal à l'aise.

— Peut-être que vous pouvez aller boire un verre avec Don ce soir, ai-je suggéré.

Il s'est renfrogné.

— Non, je ne crois pas que ce soit une bonne idée.

— Pourquoi ?

— Pas après ce qui s'est passé hier.

— Vous ne pouviez pas vous libérer, ce n'est pas si grave.

— Pour lui, si. Vous avez choisi Blake, Lucy. Il le sait. Il ne s'agissait pas seulement d'aller boire une pinte avec lui. Vous aviez un choix à faire. Vous le savez bien.

— Ce n'est pas comme ça que je vois les choses, ai-je répondu la gorge serrée.

— Peu importe, a-t-il dit en haussant les épaules.

— Mais ça ne veut pas dire que vous ne pouvez pas être amis.

— Ah bon ? Pourquoi voudrait-il passer du temps avec moi alors que c'est vous qu'il désire ? Avec Blake, c'était le contraire : il ne voulait pas de votre Vie. Don, lui, ne peut avoir que votre Vie, pas vous. Ironique, quand même, non ?

— Oui... Bon, je ferais mieux d'y aller. Félicitations, en tout cas, je suis contente pour vous.

Je ne parvenais pas à dissimuler ma tristesse et mes paroles sonnaient creux, alors je suis partie sans rien ajouter.

J'ai acheté une boîte de pâtée pour chats et un hachis Parmentier surgelé dans la supérette au coin de ma rue. L'ascenseur s'est arrêté à mon étage et à peine sortie, j'ai eu envie de faire demi-tour immédiatement : ma mère était devant chez moi, appuyée contre la porte. Elle me tournait le dos, mais j'avais l'impression qu'elle était là depuis très longtemps. J'ai eu le réflexe de retourner dans l'ascenseur, mais j'ai senti que quelque chose clochait. Je me suis avancée vers elle.

— Maman.

Elle a levé la tête et mon cœur s'est serré en la voyant.

— Maman ! Qu'est-ce qui s'est passé ?

Le visage décomposé, elle a tendu les bras vers moi. Je l'ai serrée contre moi pour la réconforter en pensant que cela suffirait, mais je l'ai entendue renifler une fois, puis deux fois, puis elle a gémi et lâché un gros sanglot et c'est là que j'ai compris qu'elle pleurait.

— C'est mon père, c'est ça ?

Elle a sangloté de plus belle.

— Il est mort ? Il est mort ?! ai-je demandé paniquée.

— Mort ? a-t-elle répété entre deux sanglots. Qui t'a dit ça ?

— Hein ? Personne, c'était une supposition. Tu pleures, ça ne t'arrive jamais…

— Oh, non ! il n'est pas mort, a-t-elle annoncé avant de tirer de sa manche un mouchoir mouillé. Mais c'est fini ! Tout est fini !

Sur ce, elle s'est effondrée de nouveau.

Déconcertée, j'ai passé un bras autour de ses épaules tout en fouillant dans mon sac pour trouver mes clés. Je l'ai fait entrer chez moi. Mon appartement sentait bon et je me suis félicitée d'avoir une moquette propre et une nouvelle ampoule dans la salle de bains. Monsieur Pan, qui avait entendu nos voix à travers la porte, nous attendait impatiemment. Il s'est précipité vers nous, tout content.

— Il est absolument insupportable ! s'est écriée ma mère.

Elle s'est avancée dans le studio et c'est seulement à ce moment-là que j'ai aperçu qu'elle transportait un petit sac de voyage. Sans prêter attention à l'appartement, elle s'est laissée tomber sur un des tabourets de la cuisine et, accoudée au comptoir, a mis sa tête entre ses mains. Monsieur Pan a sauté sur le canapé et de là, sur le comptoir, puis il a lentement avancé vers elle. Elle a machinalement tendu la main pour le caresser.

— Alors, c'est fini... le mariage ? ai-je demandé dans l'espoir de comprendre qui était cette étrangère qui avait pris possession de ma mère.

— Non, non. La cérémonie est annulée.

— Mais vous ne divorcez pas ?

— Bien sûr que non ! a-t-elle répondu horrifiée.

— OK, alors si je comprends bien, il est tellement insupportable que tu ne veux pas renouveler tes vœux mais tu restes mariée avec lui ?

— J'ai épousé cet homme une fois, pas deux ! a-t-elle annoncé fermement avant de s'effondrer sur le comptoir.

Elle a relevé la tête subitement.

— Lucy, tu as un chat.

— Oui. Je te présente Monsieur Pan.

— Monsieur Pan, a-t-elle répété en souriant. Bonjour, toi. Tu l'as depuis quand ?

— Deux ans.

— *Deux ans* ?! Mais pourquoi tu ne nous as rien dit ?

J'ai haussé les épaules en me frottant les yeux, puis j'ai marmonné :

— Bah ! ça paraissait plus simple comme ça, à l'époque.

— Oh ! ma chérie, je vais nous préparer du thé.

— Non, non, assieds-toi, je m'en occupe. Installe-toi sur le canapé.

Elle a examiné le canapé en question, en forme de L, qui occupait tout l'espace.

— Je me souviens de ce canapé, a-t-elle commenté.

Elle a tourné sur elle-même comme si elle venait juste de s'apercevoir qu'elle voyait mon appartement pour la première fois. Elle m'a regardée en souriant.

— Comme c'est douillet ici ! Tu as bien raison : ton père et moi nous sommes perdus dans notre grande maison.

— Merci.

J'ai rempli la bouilloire et son téléphone s'est mis à sonner. Elle a fermé son sac à main pour ne plus l'entendre.

— C'est lui. Il me harcèle.

— Est-ce qu'il sait où tu es ? ai-je demandé en tentant de dissimuler mon amusement.

— Non, et je ne compte pas lui dire.

Elle a avancé vers la fenêtre pour contourner le canapé mais, voyant qu'il était collé contre le mur, a fait demi-tour pour se faufiler de l'autre côté.

— Maman, qu'est-ce qui s'est passé ?

Une fois parvenue à l'autre extrémité, elle s'est aperçue qu'il était collé au comptoir de la cuisine. Alors elle a fait ce que n'importe qui, à part elle, aurait fait : elle a enjambé le dossier pour pouvoir s'asseoir.

— J'ai épousé un égoïste, voilà ce qui s'est passé. Et tu peux rire, je sais que tu nous considères comme deux vieux cons, mais je peux t'assurer que comme vieux con, il est coriace !

Elle a retiré ses chaussures et a replié ses jambes sous elle.

— Je n'ai plus de lait, ai-je annoncé piteusement.

J'étais embêtée : d'habitude, ma mère servait le thé sur un plateau d'argent, dans sa porcelaine la plus délicate. Ce n'était pas très correct.

— Ça m'ira très bien comme ça, a-t-elle répondu en empoignant son *mug*.

J'ai enjambé le dos du canapé et me suis assise sur l'autre partie du L, en vis-à-vis. J'ai étendu mes jambes sur la table basse. C'était la première fois que je faisais ça avec elle.

— Alors, raconte-moi ce qui s'est passé.

Elle a soupiré puis a soufflé sur son thé.

— Il y a eu une multitude de petites choses, mais son attitude l'autre soir avec toi a vraiment été la goutte d'eau qui a fait déborder le vase. Comment ose-t-il parler à ma fille sur ce ton ? Et à ton invité aussi. Je lui ai dit, d'ailleurs.

— Maman, il me parle toujours comme ça.

— Non, non, pas comme ça. Pas à ce point. Jusqu'à maintenant il se comportait comme un vrai con, certes, a-t-elle ajouté sans que je puisse en croire mes oreilles. Et je m'en accommodais. Mais là, non, c'était trop. C'est à cause de cette foutue cérémonie de mariage ! J'ai voulu l'organiser pour nous rapprocher, recréer un lien entre nous. Je voulais qu'il prenne le temps de réfléchir à ces trente-cinq années passées ensemble, à notre mariage. Au lieu de quoi, c'est devenu une réception ostentatoire pleine de gens que je n'aime même pas, pour être honnête.

Je n'arrivais pas à y croire. Elle me faisait révélation sur révélation ; j'étais bien plus préoccupée par son état d'esprit que par l'état de leur mariage, franchement. J'étais adulte, je savais bien que leurs trente-cinq ans de vie commune n'avaient pas été une sinécure.

— Et sa mère ! a-t-elle poursuivi. Cette bonne femme est encore pire que le jour de notre mariage.

Elle se permet de donner son avis sur tout, et vraiment, son avis, j'en ai rien à foutre !

Rien à foutre ?

— Honnêtement, Lucy, elle est d'une grossièreté ! Et toi, tu es très drôle avec elle, a-t-elle continué en posant une main sur mon genou. Si seulement je pouvais avoir ton culot ! L'autre jour, quand tu as fait cette remarque au sujet de l'allaitement, oh ! Mon Dieu ! je n'avais jamais rien entendu d'aussi drôle. J'ai cru qu'elle allait en perdre son dentier ! Le jour où je me suis mariée, je me suis juré de ne plus rien organiser ; elle a mis son grain de sel partout, comme ma mère. Mais cette fois, je voulais que la cérémonie soit exactement selon mon goût. Je voulais qu'elle soit à moi. Seulement pour moi. Un beau souvenir à partager avec mes enfants.

Elle m'a pris la main.

— Oh, ma fille chérie ! Lucy, je suis désolée de t'embêter avec mes soucis.

— Pas du tout, lâche-toi donc ! Ça me plaît !

Elle a paru surprise.

— Je trouve ça incroyable que tu me dises tout ça. Tu es tellement calme, d'habitude.

— Je sais. Je sais…, a-t-elle dit comme si elle se sentait coupable.

Elle s'est pris la tête dans les mains avant de se redresser de nouveau.

— Justement, a-t-elle continué avec fermeté. Voilà ce que je veux être à partir de maintenant : différente de celle que j'ai été. J'ai été moi-même toute ma vie. Il est temps que je change, que je prenne exemple sur toi, Lucy.

— Pardon ?

— Tu es tellement fonceuse ! Tu sais ce que tu veux et tu te fiches de l'avis des autres. Tu as toujours été comme ça, même petite, il faut que je m'inspire de toi. Tu vois, je n'ai jamais su ce que je voulais être… je ne le sais toujours pas. Tout ce que je savais, c'est que j'étais censée me marier et avoir des enfants, comme ma mère et mes sœurs, et j'en avais envie. J'ai rencontré ton père, je suis devenue son épouse. Puis j'ai eu mes enfants, a-t-elle ajouté en me prenant la main une nouvelle fois pour que je n'interprète pas ses paroles d'une mauvaise façon. Et je suis devenue mère. Voilà qui je suis : une épouse et une mère, mais je ne sais pas vraiment à quoi je sers. Les garçons et toi, vous êtes grands maintenant, alors qu'est-ce que je suis ?

— J'ai toujours besoin de toi ! ai-je protesté.

— C'est gentil, a-t-elle commenté en me caressant la joue. Mais ce n'est pas vrai.

— Et tu es une merveilleuse grand-mère aussi.

— Oui, bien sûr, et c'est formidable, crois-moi, vraiment. Mais tu vois, je fais des choses pour les autres, j'occupe une place en fonction d'eux : je suis la grand-mère de Jackson, Luke et Jemima ; je suis ta mère et celle de Philip et Riley ; je suis la femme de Samuel. Mais qui suis-je pour moi ? Il y a des gens qui ont toujours su pour quoi ils étaient faits. Mon amie Ann a toujours voulu enseigner, et elle l'a fait, elle a déménagé en Espagne, épousé un homme et maintenant elle enseigne, elle boit du vin et mange de la charcuterie en admirant le coucher de soleil tous les jours. Mais moi je n'ai jamais su ce que je voulais être, a-t-elle soupiré. Ce pour quoi j'étais faite. Je ne le sais toujours pas.

— Ne dis pas ça, tu es une mère unique.

Elle a souri tristement.

— Ne sois pas vexée, chérie, mais je veux être plus que ça.

— Tu es en colère, ça se comprend. Je ne peux pas passer trois minutes en compagnie de mon père, alors trente-cinq ans... Mais peut-être que, quand tu seras calmée, tu seras contente d'organiser la cérémonie.

— Non, a-t-elle répondu d'un ton décidé. On annule tout. C'est sérieux.

— Mais c'est dans un mois seulement. Les invitations sont envoyées, tout a été réservé.

— Et on peut encore tout annuler, nous avons le temps. Il faudra peut-être en payer une partie, mais on pourra toujours réutiliser les robes et les costumes pour une autre occasion. Ça m'est égal. J'enverrai un mot à tout le monde pour le leur annoncer. Je n'épouserai pas ton père une seconde fois. Je suis une personne responsable, j'ai toujours fait ce qu'il fallait, mais pour célébrer ma vie, mes trente-cinq ans de mariage et mes trois enfants, je ne veux pas d'une réception à la mairie avec tous les collègues de ton père. Cela ne représente pas ce que j'ai accompli, moi, dans la vie.

— Qu'est-ce qui te ferait plaisir alors ?

Elle m'a regardée avec surprise sans répondre.

— Tu ne sais pas ?

— Non, ce n'est pas ça, c'est juste que personne ne m'a jamais demandé...

— Je suis désolée de ne pas t'avoir donné un coup de main. J'ai été très égoïste.

— Pas du tout. Tu as vécu plein d'aventures passionnantes avec ta Vie, c'est important, crois-moi. Comment ça avance, d'ailleurs ?

— Oh ! ai-je soupiré. Je n'en sais rien.

Elle attendait que je développe. Après tout ce qu'elle venait de me révéler, je ne pouvais pas lui mentir.

— J'ai perdu mon travail, ma voiture est à la casse, j'ai blessé un amant proche de la perfection, Melanie ne m'adresse plus la parole, ni les autres d'ailleurs, ma voisine me croit méchante, je suis allée dans le Wexford annoncer à Blake que je l'aimais mais je me suis rendu compte une fois là-bas que ce n'était plus le cas, et maintenant ma Vie poursuit son chemin sans moi. Voilà, quoi, en résumé.

Elle a posé la main sur sa bouche. Un sourire s'est dessiné sur son visage. Elle a laissé échapper un petit cri aigu. Puis elle s'est mise à rire.

— Oh ! Mon Dieu, Lucy !

Elle ne pouvait plus s'arrêter.

— Je suis ravie que ça t'amuse, ai-je dit avec bonne humeur tandis qu'elle se tordait de rire sur le canapé.

Ma mère a tenu à dormir chez moi, parce que c'était mon anniversaire le lendemain et que de toute façon, elle ne voulait pas déranger Riley et son « petit ami », même si je lui ai répété encore et encore qu'il n'était pas gay. Pendant qu'elle prenait sa douche, j'ai dissimulé Monsieur Pan dans un grand sac et je l'ai emmené au parc. Prendre l'air me ferait sans doute du bien, et j'espérais que cette promenade me changerait les idées. Claire, ma voisine, était assise sur un banc devant le bac à sable, la poussette posée à côté.

— Ça vous ennuie si je m'assois ? ai-je demandé.

Elle a secoué la tête. Je me suis installée avec Monsieur Pan sur les genoux. Claire a baissé la tête vers lui.

— Je suis désolée, je croyais que vous...

— Je sais, l'ai-je interrompue. Pas de problème.

Il s'est mis à gigoter, alors je l'ai laissé sortir.

Nous sommes restées silencieuses.

— Il adore la balançoire, a-t-elle commenté. Je ne l'ai jamais entendu rire aussi fort que quand il est sur la balançoire.

— Moi aussi, j'adorais ça.

Nous sommes redevenues silencieuses.

— Comment va-t-il ? ai-je fini par demander.

— Pardon ? a-t-elle fait, soudain tirée de sa rêverie.

— Conor. Hier, vous m'avez dit qu'il était malade. Comment va-t-il aujourd'hui ?

— Ça ne s'arrange pas...

— Vous avez consulté un médecin ?

— Non.

— Il vaudrait peut-être mieux le faire.

— Vous croyez ?

— S'il ne va pas bien.

— C'est juste que... je déteste les médecins. Et les hôpitaux encore plus, mais je suis obligée d'y aller vu que ma mère est malade. Je n'y suis pas retournée depuis...

Elle n'a pas fini sa phrase. Elle est retombée dans le silence avant d'annoncer :

— Ma mère va mieux.

— C'est super.

— Oui. C'est drôle, il a fallu tout ça pour nous rapprocher.

— L'autre jour, chez moi, c'était votre mari ?

Elle a hoché la tête.

— Il n'est pas vraiment malade, a-t-elle ajouté.

— Votre mari ?

— Non, Conor. Il n'est pas malade, il est simplement différent.

— Comment ça ?

— Il est plus calme, a-t-elle dit en tournant vers moi ses yeux remplis de larmes. Il est beaucoup plus calme. Je ne l'entends presque plus.

Nous avons de nouveau observé les balançoires immobiles et je me suis mise à penser à Blake. Mes souvenirs avec lui s'éloignaient eux aussi, comme mes sentiments, qui semblaient peu à peu déserter mon cœur.

— Peut-être que ce n'est pas si mal, Claire.

— Il adorait la balançoire.

— Oui, ai-je dit en remarquant son usage du passé. Moi aussi, j'adorais ça.

28

— Maman, tu dors ?

Il était minuit. J'avais pris le canapé et laissé mon lit à ma mère. J'avais les yeux grands ouverts.

— Non, ma chérie, a-t-elle répondu immédiatement.

Elle a allumé la lampe de chevet et nous nous sommes assises.

— Pourquoi tu n'organises pas la cérémonie à la maison ? Tu pourrais inviter les amis proches et la famille, tu n'aurais pas besoin de décommander les fleurs ni le traiteur.

Ma mère a réfléchi un instant avant de taper dans ses mains.

— Lucy, quelle excellente idée ! Le problème, c'est qu'il me faudra quand même épouser ton père une seconde fois.

— C'est vrai. Là-dessus, je ne peux pas t'aider.

Elle a éteint la lumière et nous sommes restées silencieuses un moment, chacune perdue dans ses pensées. J'ai pris mon téléphone posé sur la table basse pour observer mon fond d'écran. Les yeux de Don étaient toujours là. Je n'arrêtais pas de penser à lui. J'avais envie de le contacter pour m'excuser mais je ne savais pas quoi lui dire. Je m'étais vraiment mal conduite, j'avais choisi Blake et laissé ma Vie l'annoncer à Don. J'ai reposé mon téléphone.

Comme si elle avait lu dans mes pensées, ma mère m'a demandé de but en blanc :

— Qu'est-il arrivé à ton petit ami ?

— Blake ?

— Non, pas lui, le jeune homme qui est venu dîner lundi.

— Ah, Don ! C'est pas exactement mon petit ami.

— Ah bon ? Tiens, il y avait une telle alchimie entre vous. J'ai beaucoup apprécié qu'il prenne ta défense devant ton père. C'était courageux, non ?

— Oui... ai-je répondu avant d'ajouter : qu'est-ce que tu veux dire quand tu parles d'alchimie ?

— Votre façon de vous regarder. Vous aviez l'air complètement sous le charme.

Mon cœur a fait un bond.

— Ton père et moi, on était comme ça aussi, enfin, c'est ce que disaient les gens. Tu sais, nous nous sommes rencontrés au cours d'une des soirées de papa. J'étais lycéenne et lui était stagiaire chez papa.

— Je sais, tu me l'as déjà dit.

— Mais est-ce que je t'ai raconté comment il m'a draguée ?

— Mon père t'a draguée ?

— Bien sûr. J'étais venue avec une copine et quand elle m'a laissée toute seule pour aller aux toilettes, j'ai vu ce jeune homme à moustache, austère, sérieux, s'avancer vers moi. Il avait un verre d'eau à la main et il m'a demandé : « Aimeriez-vous un peu de compagnie ? »

— C'est ça que tu appelles de la drague ?

— Eh oui ! Mais ça a marché : à partir du moment où il s'est assis à côté de moi, je ne me suis plus jamais sentie seule.

J'ai dégluti avec difficulté, et mes yeux se sont emplis de larmes. Je me suis tournée sur le côté pour regarder une nouvelle fois la photo de Don.

Tout à coup, j'ai su ce que j'avais à faire. Le moment était venu de révéler quelques vérités.

Le lendemain matin, ma Vie est arrivé un peu plus tard que d'habitude. Il est entré vers midi, presque complètement dissimulé derrière un énorme bouquet de ballons qui proclamaient « Joyeux anniversaire ».

— Mais qu'est-ce qui se passe dans cet immeuble ? Comme ça sent... Oh ! Mon Dieu !

Il s'est arrêté net et a regardé autour de lui.

J'ai continué à faire ce à quoi j'étais occupée : pétrir de la pâte. J'avais des crampes dans les bras et des gouttes de sueur qui perlaient sur mon front, mais jamais je n'avais eu les idées aussi claires. Tout me paraissait désormais limpide. Plus je pétrissais la pâte, plus mon destin m'apparaissait clairement.

— Vous faites une crise de nerfs ? m'a demandé ma Vie en feignant l'inquiétude. Parce que si c'est le cas, il faut que je retourne au bureau remplir des formulaires. Alors que je viens juste de classer votre dossier « dépression nerveuse ». Typique.

— Non, bien au contraire ! J'ai eu une révélation !

— Oh ! vous avez encore lu des livres, c'est ça ? Je vous avais dit qu'il ne fallait pas. Ça donne tout un tas d'idées.

J'ai continué à travailler ma pâte.

— Eh bien, joyeux anniversaire pour vos trente ans ! a-t-il repris en m'embrassant sur la tête. Je vous ai apporté des ballons, mais mon vrai cadeau, c'était de vous laisser une matinée de tranquillité, sans moi. Inestimable.

— Merci, ai-je répondu en jetant un bref coup d'œil aux ballons.

— Vous allez vous arrêter un jour ou vous êtes devenue folle ? m'a-t-il demandé en mordant dans un muffin.

Je me suis interrompue pour regarder autour de moi ; il n'avait pas tort. Chaque centimètre carré disponible était occupé par des gâteaux et des tartes. Sur la cuisinière, un mélange pomme-rhubarbe mijotait. J'avais confectionné des muffins aux myrtilles, une tarte aux pommes, des bouchées caramel et noix de pécan. Après avoir passé une partie de la nuit à prévenir tout le monde par texto, j'étais allée au supermarché de bonne heure pour acheter à ma mère de quoi petit-déjeuner. Je n'avais pas mis les pieds dans un supermarché depuis quelques années, un vrai supermarché, pas la supérette de quartier qui me dépannait en plats préparés depuis deux ans. Je me suis dirigée sans hésiter vers le rayon pâtisserie, où mon esprit a tout à coup trouvé l'inspiration, comme après une longue hibernation. J'ai décidé de me confectionner un gâteau d'anniversaire au chocolat, mais dès que je m'y suis mise, impossible de m'arrêter. On aurait dit que faire de la pâtisserie me soignait et m'éclaircissait les idées.

— Plus je pétris, plus je comprends ce dont j'ai besoin, ai-je lancé à ma Vie tout en malaxant furieusement ma pâte. Il faut que je pétrisse !

Il m'a regardée, amusé.

— Mais il faut aussi que j'aie une conversation avec mes amis, que je parle à Don, que je trouve un travail. Un vrai travail, que j'aimerais bien, pour lequel je serais qualifiée. J'ai besoin d'avancer, quoi.

J'ai poussé vers lui un crumble pommes et mûres avant de jeter un œil à mon téléphone. Tout le monde m'avait répondu, sauf Don.

— Ouah ! « Illumination », c'est un euphémisme ! Alors vous êtes prête à affronter le changement ?

— « Changement », c'est mon deuxième prénom ! ai-je rétorqué tout en continuant de pétrir comme si c'était une question de vie ou de mort.

— En réalité, c'est Caroline, mais je vois ce que vous voulez dire.

Le menton appuyé sur la paume de sa main, il me regardait d'un air songeur, mais je savais qu'au fond, il était tout aussi excité que moi. J'étais en train de changer, les choses bougeaient autour de moi.

— J'ai reçu votre texto à minuit, a-t-il commenté.

— Parfait, ai-je répondu en soulevant délicatement ma pâte du comptoir pour la déposer dans un moule.

— Je suppose que vous avez envoyé le même à tous vos amis ?

— Oui.

— Ils savent que c'est votre anniversaire ? Ils ne vous ont rien organisé ?

— Ils ont voulu, il y a quelques mois, mais je leur ai dit que je serais à Paris avec ma mère.

— Est-ce que tout le monde viendra au dîner pour votre annonce surprise ?

— Oui, jusqu'à maintenant, tout le monde a répondu présent, sauf Don.

— Et est-ce que je peux savoir ce que vous allez nous annoncer ?

— Non.

Ça n'a pas eu l'air de le contrarier.

— Mais alors, qu'est-ce que vous allez faire de tous ces gâteaux ?

— Je peux en donner aux voisins.

Il s'est tu un instant.

— Vous avez regardé ce film, hier soir, c'est ça ? a-t-il finalement demandé.

— Quel film ? ai-je dit en feignant de ne pas comprendre.

— Lucy, m'a-t-il grondée en se levant calmement de son tabouret. Qu'est-ce que vous allez faire, ouvrir un magasin de gâteaux ? Comme la fille dans le film ?

J'ai légèrement rougi.

— Pourquoi pas ? Ça a marché pour elle.

— Oui, parce que c'est un film, Lucy ! Ils prennent en vingt secondes des décisions qui bouleversent le cours de leur vie ! Vous, c'est *votre* vie. Vous n'avez pas la moindre idée de comment monter une entreprise, vous ne disposez d'aucun apport financier, aucun banquier ne voudra vous prêter de l'argent. Tout ce qui vous plaît, c'est de vous amuser avec votre glaçage rose et d'en foutre partout.

— Vous avez dit « foutre », me suis-je moquée puérilement.

Il a levé les yeux au ciel.

— Bon, eh bien, peut-être que j'irai les vendre le long du canal tout à l'heure, ai-je repris sérieusement.

J'ai sorti ça comme si je venais subitement d'y penser, mais honnêtement, l'idée m'avait traversé l'esprit un peu plus tôt. Je me prenais en main, j'allais créer moi-même mon entreprise, c'est ce que tout le monde conseillait de faire ces temps-ci, alors ma Vie allait sans doute en être fier.

— C'est une excellente idée, a-t-il dit avec un sourire sarcastique. Vous avez un numéro d'entrepreneur ? Vous êtes inscrite au registre du commerce ? Vous répondez aux normes sanitaires ? a-t-il ajouté en regardant mon intérieur. Hmm... je n'en suis pas sûr. Vous possédez un étal ? Vous avez réservé votre emplacement pour aujourd'hui ?

— Non... ai-je répondu à voix basse.

Il a tiré de son sac un journal qu'il a lancé sur le comptoir.

— Redescendez sur terre. Lisez ça.

Le journal était ouvert à la page des offres d'emploi, mais tout ce qui m'importait était le fait qu'un coin de page trempait dans la crème. Il a plongé un doigt dans le bol de glaçage et l'a léché. Son visage s'est illuminé.

— Miam, vous pourriez peut-être ouvrir une pâtisserie, à la réflexion.

— Vous croyez ? ai-je fait, pleine d'espoir.

— Non. Mais j'emporte ça avec moi.

Il a soulevé un plateau de *cupcakes* et s'est installé sur le canapé.

— Oh ! et au fait, ai-je demandé, est-ce que Don vous a appelé ?

— Non, désolé.

— Pas de problème. Vous n'y êtes pour rien.

Ma Vie dégustait ses gâteaux en bougonnant devant le *Jeremy Kyle Show* quand quelqu'un a frappé à ma porte. Je suis allée ouvrir puis j'ai refermé immédiatement. Ma Vie a éteint la télévision.

— Qu'est-ce qu'il y a ?

Paniquée, j'ai indiqué la porte en essayant de mimer en langue des signes le mot « propriétaire », mais il n'a rien compris. J'ai bondi sur Monsieur Pan qui a cru que je voulais jouer à cache-cache, pendant que mon propriétaire cognait de plus en plus fort à la porte. J'ai fini par mettre la main sur le chat et je l'ai enfermé dans la salle de bains. Ma Vie m'observait, immobile, un gâteau à moitié mangé à la main.

— Je suis le prochain sur la liste ? Si vous voulez être un peu seule, il suffit de le dire.

— Mais non !

J'ai ouvert la porte pour accueillir mon propriétaire furieux de mon attitude.

— Charlie ! Désolée de vous avoir fait attendre, mais j'avais des affaires qui traînaient un peu partout. Des affaires personnelles du genre intime et... personnel.

Il m'a regardée d'un air suspect.

— Je peux entrer ?

— Pourquoi ?

— C'est mon appartement.

— Oui, mais vous ne pouvez pas débarquer comme ça sans prévenir. J'habite ici. J'ai des droits.

— Il paraît que vous avez un chat.

— Un chat ? Moi ? Non ! Je suis complètement allergique aux chats, ça me file des boutons, des démangeaisons, non, non, j'ai horreur de ces bestioles. Je leur fais la guerre ! ai-je ajouté en lui montrant mes muscles.

— Lucy...

— Quoi ?

— Laissez-moi donc jeter un œil.

J'ai hésité un instant avant d'ouvrir grande la porte.

— D'accord, mais vous ne pouvez pas accéder à la salle de bains.

— Pourquoi ?

Il a pénétré dans le studio en inspectant chaque recoin.

— Sa mère a la diarrhée, a déclaré ma Vie depuis le canapé. Elle n'apprécierait pas trop que n'importe qui vienne la déranger.

— Je ne suis pas n'importe qui ! Je suis propriétaire de cet appartement ! Et qui êtes-vous, d'abord ?

— Je ne suis pas un chat. Je suis sa Vie.

Charlie lui a lancé un regard perplexe.

Heureusement, l'odeur de pâtisserie avait recouvert celle du chat, que personnellement je n'avais jamais remarquée parce que j'y étais habituée, mais qu'un chasseur de bêtes aurait immédiatement reniflée. C'est alors que je me suis souvenue de l'existence de la litière et du lit de Monsieur Pan.

— Qu'est-ce qui se passe ici ? a demandé Charlie en voyant les gâteaux dispersés un peu partout.

— Oh, ça ? Je faisais un peu de pâtisserie, c'est tout. Goûtez-en !

Je l'ai attiré dans le coin cuisine et lui ai tendu une cuiller en le laissant se servir. Comme il tournait le dos au reste de la pièce, j'ai foncé vers la fenêtre pour planquer le lit de Monsieur Pan sous le mien. Il s'est retourné ; il était moins une. Il m'a de nouveau lancé un regard accusateur en pointant sa cuiller vers moi.

— Qu'est-ce que vous fabriquez ?

— Rien, pourquoi ?

— Vous avez un permis pour tout ça ?

— Pourquoi j'aurais besoin d'un permis ? Je fais juste des gâteaux.

— Ça représente une énorme quantité de nourriture, à qui allez-vous la donner ?

— Elle veut ouvrir une pâtisserie, a répondu ma Vie.

— Ah oui, j'ai vu ça dans un film hier, a repris Charlie. Ça se passait à New York, moi je n'irais jamais travailler là-bas. Et puis, si ce type voulait vraiment qu'elle revienne, il aurait dû le lui dire avant que son affaire commence à avoir du succès, au lieu de tout lui déballer devant les clients, non ? J'ai trouvé ses motivations un peu douteuses.

— Ah oui ? ai-je embrayé en m'asseyant sur le canapé pour poursuivre la discussion. Parce que moi je trouvais qu'ils étaient faits l'un pour l'autre et le fait que leurs amis respectifs s'entendent aussi bien, ça montrait vraiment que...

Monsieur Pan s'est mis à miauler dans la salle de bains. Sur ces entrefaites, ma mère est apparue comme une fleur à la porte de l'appartement, et là, j'ai su que j'étais foutue.

— Mais d'où vient cette odeur délicieuse ? Oh, Lucy, c'est fantastique ! Si jamais je décide d'épouser ton crétin de père, est-ce que tu voudras bien faire le gâteau ? Ce serait super, non ?

Elle a remarqué la présence de Charlie et, pensant qu'il s'agissait d'un de mes mystérieux amis, elle lui a tendu la main.

— Oh, bonjour, je suis la mère de Lucy. C'est un plaisir de vous rencontrer.

Il m'a regardée avec curiosité.

— Mais alors qui est enfermé là-dedans ?

Ma mère a retiré sa main comme s'il lui avait fait mal.

— Enfermé où ?

— Dans la salle de bains.

— Oh... c'est... ai-je balbutié.

Je venais de mentir devant ma Vie, je ne pouvais pas recommencer. Je n'ai pas eu besoin de me torturer l'esprit plus longtemps puisque Monsieur Pan a miaulé de nouveau, de façon parfaitement audible.

— Enfin, mais c'est Monsieur Pan ! s'est exclamée ma mère. Comment a-t-il pu s'enfermer là ?

— C'est un ami de la famille, a lâché ma Vie en mordant dans un gâteau.

— D'ailleurs, regardez ce que je viens de lui acheter, a ajouté ma mère en tirant de son sac un petit tutu rose. Je ne sais pas pourquoi, mais je trouve qu'il ressemble à une fille, toujours assis dans tes chaussures !

— Un ami de très petite taille, a complété ma Vie.

— Donc vous avez bien un chat, a conclu Charlie avant d'avaler une part de tarte.

— Oh... a fait maman qui venait de comprendre sa bourde.

J'ai jeté l'éponge.

— Débarrassez-vous de lui, Lucy. Les animaux domestiques ne sont pas admis dans l'immeuble, vous le savez. J'ai reçu des plaintes.

— Je ne peux pas me débarrasser de lui, ai-je protesté. C'est mon ami !

— Je me fiche de ce qu'il représente pour vous, c'est un chat. Débarrassez-vous de lui ou déménagez. Ravi de vous avoir rencontrée, madame Silchester, et..., a-t-il hésité en regardant ma Vie. Quant à vous, Lucy, je vous préviens, je reviendrai vérifier.

Sur ce, il est parti.

— Bon, génial. Joyeux anniversaire... ai-je marmonné.

Ma mère m'a regardée avec désolation. J'ai ouvert la porte de la salle de bains pour laisser sortir Monsieur Pan. Il a levé la tête comme s'il savait qu'il était arrivé quelque chose.

— Pas de boulot, pas de copain, pas d'amis, plus d'appart. Vous avez vraiment fait des miracles, ai-je lancé à ma Vie.

— J'ai pensé que vous aviez besoin d'un nouveau départ, a-t-il répondu avant de rallumer la télévision. Regardez-moi ce type, il leur parle comme à des idiots. Je devrais prendre des notes.

— Tu n'as pas besoin de déménager, m'a rassurée ma mère. Je vais prendre Monsieur Pan, ce sera un plaisir. Imagine tout l'espace qu'il aura.

— Mais il va me manquer, ai-je rétorqué en le prenant dans mes bras.

Il a sauté pour se dégager, comme si ce geste d'affection le dégoûtait.

— Ce sera une raison de plus pour nous rendre visite !

— Ce n'est pas un argument très convaincant, ça, Sheila, est intervenu ma Vie. De toute façon, Lucy, c'est la seule solution, puisque vous n'avez pas envie de déménager.

— C'est vrai, j'adore mon appartement. J'ai réussi à te cacher pendant deux ans et sept mois, mon petit Monsieur Pan.

Ma mère a eu l'air d'autant plus coupable.

— Manifestement, c'est aujourd'hui que tous les secrets sont révélés, a commenté ma Vie.

Ma mère a tapé dans ses mains avec enthousiasme.

— Chic, alors allons nous préparer !

Ma mère s'est changée dans la salle de bains tandis que je me déshabillais devant ma Vie.

— Qu'est-ce que vous allez mettre ? m'a-t-il demandé.

J'ai passé en revue la tringle à rideaux.

— Celle-là ?

Il a froncé le nez.

— La rose ?

Il a secoué la tête.

— La noire ?

Il a haussé les épaules.

— Essayez-la pour voir.

J'ai grimpé sur le rebord de la fenêtre en petite tenue pour décrocher la robe.

— Alors, ça vous fait quoi d'avoir trente ans ?

— Rien de particulier.

— Je ne vous crois pas.

— Bon, d'accord, c'est faux, ai-je concédé. Hier soir, j'ai eu une révélation, qui s'est confirmée au supermarché ce matin. Je devrais vraiment sortir plus souvent, vous savez. Dès que j'ai vu les raisins secs, j'ai su ce qu'il me restait à faire. Mais ça n'a aucun rapport avec mes trente ans.

— Non, c'était la magie du supermarché.

— C'est peut-être dû à l'organisation des rayons. Tout est tellement structuré, cohérent, fonctionnel. Les fruits d'un côté, les légumes de l'autre. La glace au rayon frais, avec les autres produits surg...

— Lucy, m'a-t-il interrompue.

— Oui.

— Cette robe vous boudine.

— Oh.

Je l'ai enlevée.

Il était allongé sur le lit, vêtu d'un élégant costume estival, appuyé contre des oreillers, les bras derrière la tête.

J'ai essayé une autre robe.

— Votre mère a l'air tout excitée par la soirée.

— Je sais. Elle croit que je vais révéler que je suis championne olympique. Elle ne sait pas ce qui l'attend.

— Qu'est-ce que vous lui avez dit ?

— La même chose qu'aux autres.

— Que vous aimeriez les réunir tous pour « célébrer la vérité », a-t-il dit en lisant mon texto sur son téléphone. « P.-S : si vous voulez me faire un cadeau, donnez-moi du liquide, bisous, Lucy. » Charmant.

— Ben quoi, ça ne sert à rien de tourner autour du pot. J'ai besoin d'argent.

— C'est votre nouvelle personnalité. Cette robe est transparente, je vois vos seins, a-t-il commenté.

— Croyez-le ou non, il y a des hommes qui ont envie de voir mes seins, ai-je répondu en ôtant la robe.

— Pas moi.

— Vous devez être gay.

Nous avons éclaté de rire.

— En parlant de gaieté, comment Blake va-t-il réagir à ce petit dîner, à votre avis ?

— Je pense que quand il l'apprendra, il sera très en colère, ai-je dit en choisissant une nouvelle robe.

Après avoir bataillé avec le vêtement, j'ai finalement réussi à l'enfiler. Les cheveux tout ébouriffés, je me suis tordu le cou pour essayer de tirer le zip.

— Je vais vous aider, a-t-il dit en se levant enfin du lit.

Il a remonté ma fermeture Éclair, lissé mes cheveux, ajusté le col et m'a reluquée de la tête aux pieds. Je m'attendais à ce qu'il me conseille d'investir dans la chirurgie esthétique.

— Magnifique, a-t-il commenté. Allez, la vérité vous libérera.

Et il m'a pincé les fesses.

Pour la première fois depuis deux ans, onze mois et vingt-trois jours, je suis arrivée la première au Bistrot à Vin. Ma Vie était assis à ma droite et le siège à ma gauche était libre, parce que je n'avais pas perdu espoir. Ma mère s'était installée à côté de la place vide. Riley est arrivé avec un bouquet de fleurs, un paillasson, une salade aux deux haricots et une enveloppe. Ce clin d'œil m'a fait rire et j'ai immédiatement ouvert l'enveloppe. Sans même lire la carte, j'ai compté les billets : deux cents euros ! J'ai poussé une exclamation de joie, au grand déplaisir de ma Vie.

— Vous n'êtes vraiment pas discrète.

— Et alors ? Je suis fauchée, j'ai pas de fierté.

Riley a salué ma Vie par une petite courbette et un baisemain.

— Maman, je ne savais pas que tu serais là, a-t-il dit en se dirigeant vers le siège vide entre elle et moi.

— J'attends quelqu'un, ai-je précisé en posant la salade de haricots sur la chaise.

— Oui, je loge chez Lucy, a répondu ma mère toute guillerette en lui faisant signe de prendre place de l'autre côté.

— Ah oui ? a fait Riley en pensant que c'était une blague.

— Oui. Ton père est un con, a-t-elle ajouté avant de mordiller la paille de sa vodka orange.

Riley l'a regardée horrifié avant de se tourner vers moi :

— Tu lui as fait un lavage de cerveau ?

J'ai secoué la tête.

— Alors ça veut dire qu'il ne vient pas ?

Ma mère a poussé un petit grognement.

— Et Philip ?

— Il doit faire une intervention sur un petit garçon qui a eu un accident, ai-je répondu automatiquement.

— Oh, je vous en prie ! a lâché ma mère. On sait tous que Philip refait des nichons !

Nous l'avons tous les deux dévisagée avec surprise. Ma Vie a éclaté de rire, très amusé de ce petit spectacle.

— Madame, qui êtes-vous et qu'avez-vous fait de ma mère ? a demandé Riley.

412

— Ta mère avait besoin d'un repos bien mérité, a-t-elle répondu. Mais Sheila, en revanche, est prête à reprendre du service !

Elle a gloussé et s'est tournée vers moi :

— Bien dit, non ?

— Super, maman.

Je me suis levée pour accueillir Jamie et Melanie qui venaient d'arriver. Comme Melanie se tenait légèrement en retrait, j'ai d'abord embrassé Jamie.

— Joyeux anniversaire, m'a-t-il dit en me serrant très fort contre lui. Melanie a mon cadeau, nous avons groupé nos efforts et fusionné nos idées.

— Tu as oublié, c'est ça ?

— Complètement.

— Désolée de ne pas t'avoir rappelé la semaine dernière.

— Pas de problème, vraiment, je voulais seulement savoir si tu allais bien. Melanie vient de me dire que ce type était ta Vie ? C'est dingue ! J'ai lu un truc comme ça dans un magazine un jour. Attends de voir la réaction d'Adam quand il va l'apprendre. C'est pour ça que tu nous as réunis, non ? Bon, je m'assois où ? À côté de vous, madame Silchester ?

J'ai entendu maman glousser derrière moi.

Melanie a écarquillé les yeux.

— Ta mère est là ?

— Il s'est passé beaucoup de choses depuis la dernière fois qu'on s'est vues.

— Désolée de ne pas avoir donné de nouvelles.

— Non, je le méritais. Melanie, je te demande vraiment pardon.

Elle s'est contentée de hocher la tête.

— J'ai vendu la mèche à propos de ta Vie, a-t-elle dit en indiquant Jamie, mais tu sais, les secrets et moi... Oh ! d'ailleurs, à ce propos, Jamie m'a avoué qu'il était toujours amoureux de Lisa ! Merde, j'ai encore café ! a-t-elle dit en plaquant la main sur sa bouche.

Le temps que j'enregistre cette information, David et Lisa sont entrés à leur tour. À quelques semaines seulement de son accouchement, Lisa avançait avec difficulté. Les gens ont poussé leurs chaises pour la laisser passer tandis qu'elle essayait de se faufiler entre les tables de profil, ce qui n'arrangeait rien puisqu'elle était encore plus large dans ce sens-là. Ils avaient l'air un peu mal à l'aise, mais nous nous sommes quand même salués chaleureusement et Lisa m'a tendu une enveloppe cachetée qui m'a réjouie.

David a rejoint la table et s'est assis à côté de Jamie, qui s'est levé.

— Lisa, tu es ravissante.

David l'a regardé avec colère et Melanie a fait semblant de s'étrangler pour attirer l'attention. Tout le monde s'est occupé d'elle, jusqu'au moment où j'ai suggéré qu'on emploie la manœuvre de Heimlich. Puis Chantelle est arrivée accompagnée d'un inconnu.

— Salut, la reine de la soirée ! m'a-t-elle lancé en me tendant une enveloppe. Bonsoir tout le monde, je vous présente Andrew. Andrew, voici tout le monde.

Les joues écarlates, presque autant que ses cheveux, Andrew a adressé un petit signe maladroit à l'ensemble de la table. De sa voix forte et assurée, Chantelle s'est mise à lui débiter le nom de chaque convive comme s'il était malentendant. Il était clair qu'il ne pourrait pas se souvenir de tous les prénoms. Finalement, Adam et Mary ont fait leur entrée ; elle, maussade et toute en noir et lui, l'air plus vindicatif que jamais. J'étais impatiente de dire toute la vérité, même si avouer que j'avais constamment menti ces deux dernières années n'était pas vraiment un motif de fierté. Ils m'ont donné une enveloppe et une plante en pot que je n'ai même pas fait semblant de trouver jolie ; je savais d'avance que l'enveloppe ne contenait qu'une carte sans le moindre billet en vue.

Je me suis dirigée vers le serveur prétendument français pour lui donner le gâteau que j'avais apporté.

— Salut ! ai-je dit en souriant.

Il m'a à peine regardée.

— C'est mon anniversaire aujourd'hui.

— Mmm.

— Et j'ai apporté ce gâteau, c'est moi qui l'ai fait. Vous pourriez le donner à la cuisine pour qu'on puisse l'avoir en dessert ?

Il m'a pris le plat des mains avec un air profondément ennuyé avant de tourner les talons.

— Je suis désolée, ai-je ajouté et il s'est retourné pour m'écouter. Je suis désolée de vous avoir parlé en français. Je ne vous ai pas dit de méchancetés, d'ailleurs, juste des phrases au hasard et je savais que vous ne compreniez pas.

— Je suis français, a-t-il répondu sur un ton agressif, au cas où quelqu'un surprendrait notre conversation.

— Ne vous en faites pas, je ne dirai rien à personne. Je ne suis pas parfaite non plus, j'ai raconté plein de mensonges moi aussi. Mais ce soir, je dis la vérité.

Il a jeté un œil vers le groupe et s'est penché vers moi en disant, avec un accent irlandais :

— Ils ne recrutaient que des Français, c'était précisé dans l'annonce.

— Je comprends.

— Il me fallait ce travail.

— Je comprends très bien. J'ai besoin de travailler moi aussi, et je parle français. Ils recrutent, en ce moment ?

— Alors maintenant vous essayez de me piquer ma place ?

— Non, non ! Pas du tout ! Non, je pourrais devenir votre collègue.

Au regard qu'il m'a lancé, j'ai compris qu'il préférerait plutôt mourir dans d'atroces souffrances.

Quand j'ai rejoint la tablée, les conversations se sont tues. La chaise à côté de la mienne était toujours vide. J'ai regardé ma montre ; il restait encore du temps. J'étais assise en bout de table, tous les regards braqués sur moi. Je les comprenais : je les avais conviés ici en leur envoyant un texto mystérieux accompagné d'une demande d'argent. Mon tour était venu. Il était temps de parler. Le serveur s'est avancé vers nous et a commencé à nous servir l'eau. Je voulais attendre qu'il s'en aille mais il prenait volontairement son temps, alors je me suis lancée.

— D'abord, merci à tous d'être venus. Il n'y a rien de grave, mais ça compte beaucoup pour moi. Il m'est arrivé quelque chose et ma vie a changé, et puis quelque chose d'autre est arrivé et ma vie a changé de nouveau...

Chantelle n'avait pas l'air de comprendre. Andrew, qui me voyait pour la première fois, semblait très mal à l'aise, mais Mary, elle, hochait la tête comme si elle voyait très bien ce que je voulais dire.

— Et pour que je puisse avancer dans la vie, j'ai besoin de vous dire ça, ai-je continué avant de prendre une profonde inspiration. Voilà...

Sur ces paroles, la porte du restaurant s'est ouverte et mon cœur s'est serré, en espérant que ce soit lui... mais c'est Blake qui est entré.

29

— Blake, ai-je murmuré.

Ils m'ont tous entendue et se sont retournés d'un même mouvement. Blake a parcouru le restaurant des yeux avant de nous voir. Nos regards se sont croisés : le sien était animé par la colère, le mien réclamait de la compréhension.

— Alors c'est pour ça qu'il y a une place vide ! s'est exclamée Melanie. Vous vous êtes remis ensemble !

Un murmure de surprise et d'excitation a parcouru la tablée, puis la porte s'est ouverte une deuxième fois et Jenna est entrée. Tout le monde s'est tourné vers moi sans comprendre. J'ai regardé Adam avec colère en pensant qu'il avait invité Blake sans me prévenir, mais il semblait tout aussi étonné. Son ami ne lui avait rien dit. Ils se sont tous levés pour saluer Blake. Leur héros était arrivé.

— Tu ne m'avais pas dit que tu venais, lui a lancé Adam sur un ton de reproche.

— Je suis là pour la soirée seulement. Adam, je te présente Jenna.

Jenna paraissait un peu perdue et très mal à l'aise de se retrouver au dîner de mes trente ans. Elle m'a regardée à la fois désolée et triomphante et m'a souhaité joyeux anniversaire en s'excusant de ne pas m'avoir apporté de cadeau.

— Je suis désolée, a-t-elle murmuré. J'ai cru qu'il entrait juste pour dire bonjour à quelqu'un.

— Ah oui, ai-je répondu avec un sourire forcé même si j'étais sincèrement navrée pour elle. Ça lui arrive souvent.

Dès qu'elle est partie saluer les autres, j'ai senti qu'on me tirait par la manche.

— Ne fais pas ça, a dit Blake à voix basse.

— Blake, tu ne sais même pas ce que je m'apprête à faire.

— Tu veux monter nos amis contre moi en me faisant passer pour un sale type. Je sais très bien ce que tu mijotes. Écoute, ne fais pas ça. On peut réfléchir à un autre moyen de leur dire.

— Blake, il ne s'agit pas d'eux ! C'est de moi qu'il s'agit !

— Oui, et ça me concerne aussi alors c'est normal que j'aie mon mot à dire, non ?

J'ai soupiré.

— On dirait qu'il nous faut deux chaises supplémentaires, a déclaré Riley pour détendre l'atmosphère.

J'ai de nouveau regardé ma montre. Don avait une demi-heure de retard, il ne viendrait plus.

— Non, c'est bon, rajoutes-en une seule, on peut prendre celle-là.

Tout le monde s'est décalé si bien que ma mère s'est retrouvée assise à côté de moi.

Blake était en bout de table, pile en face de moi. Jenna était installée entre lui et Andrew, et ils ressemblaient à deux pièces rapportées qui se tenaient compagnie.

— Eh bien, c'est comme au bon vieux temps, a commenté Chantelle. Enfin, excepté lui, a-t-elle ajouté en désignant Andrew. À l'époque je sortais avec Derek.

Elle a fait semblant de vomir et Andrew est devenu cramoisi.

— Alors, quoi de neuf ? a demandé Blake à la ronde.

— Rien pour l'instant, a répondu David d'un ton las.

— Lucy s'apprêtait à partager quelque chose d'important avec les autres, a expliqué ma Vie. Quelque chose de très important pour *elle*.

— Non, c'est bon. Ça n'a pas d'importance.

— OK, a embrayé Blake, parce que j'ai moi aussi une nouvelle importante à annoncer.

Toutes les têtes se sont tournées vers lui comme si nous assistions à un match de tennis.

— Je viens de signer un contrat pour un nouveau livre de cuisine et une émission de télé !

Il y a eu une exclamation collective émanant de nos amis ; ma famille et ma Vie n'ont pas débordé d'enthousiasme à cette nouvelle, mais ils ont été polis (sauf ma Vie qui a crié « bouh », mais personne ne l'a entendu). Le reste du groupe n'a pas non plus témoigné une joie débordante, mais je ne crois pas que Blake s'en soit aperçu. Il s'était lancé dans un exposé sur sa nouvelle recette, à base de sardines qu'il avait goûtées en Espagne, cuites sur une pierre brûlante sous un soleil de plomb. L'irruption de Blake avait l'air de contrarier Adam. Seule Jenna paraissait fascinée. Les autres écoutaient poliment, à part Lisa, qui elle, semblait sur le point d'exploser. J'ignorais si c'était dû à sa grossesse ou au fait que Blake ne parlait que de lui. Jamie, qui avait arrêté d'écouter, fixait son attention sur les énormes seins de Lisa.

— Mon Dieu, a murmuré ma mère en se tournant vers moi. Il n'a absolument pas changé, hein ?

J'ai compris qu'il ne s'agissait pas d'un compliment, ce qui m'a surprise parce que j'avais toujours pensé qu'elle était en admiration devant sa personnalité et ses histoires. Peut-être faisait-elle simplement preuve de politesse. Des conversations parallèles avaient démarré autour de la table au fur et à mesure que les invités se désintéressaient de l'interminable récit de Blake. Finalement la seule à l'écouter encore était Lisa, laquelle n'était pas d'humeur.

— Blake, a-t-elle dit en bâillant. Je suis désolée, tu peux arrêter s'il te plaît ?

Toutes les conversations se sont tues.

— Je ne veux pas être méchante, mais je m'en fiche, a-t-elle repris. Je suis mal assise, je me sens grosse et j'ai aucune patience alors je vais simplement dire ce que je pense. Avant que tu arrives, Lucy allait nous annoncer quelque chose d'important et ça nous intéresse tous parce qu'elle ne nous dit plus jamais rien d'important. Ne sois pas vexée, Lucy, mais c'est vrai. Tu ne nous as même pas raconté qu'il y avait un détraqué dans ton bureau qui t'a mis un pistolet sur la tempe. C'est Belinda la Connasse qui me l'a dit, tu sais, elle habite à côté de chez moi. Mère célibataire avec trois enfants de trois pères différents, elle a la gueule toute fripée et c'est bien fait pour elle. Ne me regardez pas comme ça, madame Silchester, elle le mérite, je vous jure, si vous saviez ce qu'elle nous a fait quand on était à l'école... Bref, elle m'a dit qu'il t'avait pointé un pistolet sur la tempe, et je n'étais même pas au courant ! Elle ne nous raconte rien, rien du tout !

— C'était un pistolet à eau, ai-je dit pour les faire taire parce que chacun y allait de sa petite histoire qu'il avait entendue quelque part et que je ne leur avais jamais racontée.

Blake écoutait tout ça, fasciné.

— Silence ! a crié Lisa.

Dans le restaurant, tout le monde s'est tu et s'est tourné vers elle.

— Non, pas vous, seulement ma table, a-t-elle précisé. Laissez Lucy parler.

Le serveur est revenu remplir mon verre en m'adressant un petit sourire. Il a pris son temps et a commencé à remplir un deuxième verre. Je l'ai

regardé et il a fini par poser la carafe sur la table
et s'en aller.

— Bon, alors. Blake, ça t'embête pas si je...

— Tu n'as pas besoin de demander sa permission ! a protesté Chantelle. On a assez entendu parler de sardines pour ce soir.

Jamie a souri.

Blake a croisé les bras, nerveux sous ses airs
confiants.

— Je veux d'abord dire que je fais ça pour moi,
pas pour dénigrer qui que ce soit. Blake a joué un
rôle dans tout ça, mais j'assume l'entière responsabilité de ce qui s'est passé. C'est moi qui ai voulu ça.

Blake a paru satisfait de mon explication.

— Alors pas besoin de l'accuser, ai-je ajouté. Bon.
Ce n'est pas moi qui ai rompu avec lui. C'est lui
qui m'a quittée.

Ils sont restés bouche bée. Ils accusaient le coup.
Puis ils ont tous regardé Blake.

— Hé ! oh ! c'est pas sa faute, OK ? ai-je rappelé.

Ils se sont tous retournés de nouveau vers moi.
Sauf Adam. Il attendait des explications et comme
son meilleur ami évitait son regard, la colère était
visible sur son visage.

— J'étais très heureuse avec lui. Très amoureuse.
Je pensais que nous n'avions pas de problème, mais
apparemment je ne m'en rendais pas compte, parce
que Blake, lui, n'était pas heureux. Il m'a quittée,
pour des raisons qui lui appartiennent, ce qui est
son droit le plus strict, ai-je ajouté pour tenter de
calmer la tablée.

— Pourquoi tu as dit qu'elle t'avait quitté ? lui a
demandé Melanie.

— Nous avons décidé ça d'un commun accord,
parce que j'étais gênée, ai-je répondu à sa place.
Parce que je ne savais pas quoi faire, et que j'avais
peur de ce que les autres allaient penser et qu'en
prétendant simplement que je n'étais pas heureuse,

ça simplifierait les choses. Blake a fait ça pour m'aider. Pour m'arranger.

Il a eu la décence de paraître mal à l'aise.

— Et qui a eu cette idée ? a demandé Jamie.

— Je ne sais plus, ai-je répondu rapidement, ça n'a pas d'importance. Ce qui compte, c'est que cela a déclenché une série d'événements dans ma vie qui...

— Mais qui l'a suggéré en premier ? a répété Mary.

— Ça n'a pas d'importance, ce qui compte maintenant, c'est moi, ai-je répliqué égoïstement. J'ai pensé que ce serait plus simple comme ça, mais c'était une erreur. Au final, vous avez tous cru que je l'avais trompé. Je vous assure que c'est faux.

— Et toi ? lui a demandé Melanie sur un ton agressif.

— Hé ! je vous ai demandé de ne pas vous en prendre à lui ! C'est moi que ça concerne !

Mais plus personne ne m'écoutait.

— Est-ce que tu te souviens qui y a pensé en premier ? lui a demandé Jamie.

— Écoutez, a répondu Blake en posant les coudes sur la table. Il se peut que ce soit moi qui en aie eu l'idée, mais ce n'était pas pour me défiler, je voulais vraiment rendre les choses plus faciles pour Lucy...

— Et pour toi, a complété ma mère.

— Maman, s'il te plaît, lui-ai-je dit à voix basse, honteuse que tout cela se déroule comme Blake l'avait redouté.

— C'était donc ton idée ? a demandé Riley.

— Oui, je crois bien..., a soupiré Blake.

— Bien. Continue, Lucy, a dit Riley en mettant fin au débat.

— Bon alors, ce jour-là, quand il... quand nous avons rompu, on a préféré vous dire que c'était ma décision. Je ne savais plus où j'en étais. J'étais très triste et complètement perdue. J'avais un jour de congé, je l'avais posé parce qu'on devait aller cueillir des framboises avec ta nièce, Blake, tu te souviens ?

Je l'ai regardé et il avait l'air sincèrement peiné.

— Enfin, bref, j'étais chez moi et j'ai un peu bu. Un peu trop, même.

— Ce qui se comprend ! a commenté Lisa en lançant un regard de reproche à Blake.

— J'ai reçu un coup de fil du travail pour aller chercher un client à l'aéroport. J'y suis allée.

Ma mère a fait une mine horrifiée.

— Papa est au courant, au fait. C'est pour ça qu'on s'est disputés. Et Riley, tout ce que t'a raconté Gavin à ce propos est vrai. Et juste pour rétablir la vérité : il ne trompe pas sa femme avec un homme. Donc, j'ai perdu mon boulot, on m'a retiré mon permis et je ne pouvais rien dire à personne.

— Mais pourquoi ? a voulu savoir Melanie.

— Parce que… eh bien, en fait, j'ai essayé d'en parler. Chantelle, tu te souviens ?

Chantelle a ouvert des yeux ronds comme des soucoupes.

— Quoi ? Non !

— Je t'ai appelée pour te dire que j'avais vraiment beaucoup bu la veille parce que j'étais triste et tu m'as dit que je n'avais aucune raison puisque c'était moi qui avais quitté Blake.

Chantelle a posé la main sur sa bouche.

— Lucy, tu sais bien qu'il ne faut jamais m'écouter. Alors c'est de ma faute ?

— Non. Non, vraiment, pas du tout. Mais c'est là que j'ai compris que j'étais coincée dans ce mensonge et que j'allais devoir l'assumer. J'ai vendu ma voiture et j'ai commencé à me déplacer à vélo. J'avais besoin d'un travail et tout ce que j'ai trouvé, c'était ce poste à Mantic, mais il fallait parler espagnol alors j'ai fait croire que c'était le cas. Après tout, un petit mensonge de plus ou de moins… Sauf qu'ensuite j'ai eu besoin de Mariza pour pouvoir garder ma place, et je ne pouvais rien dire à personne. J'ai loué un studio de la taille de cette table où je ne vous ai jamais invités parce que j'avais honte de ma vie merdique alors que vous réussissiez tous super bien. Au départ, j'étais simplement embarrassée et puis peu à peu, je me suis mise à aimer ma petite vie, ma petite bulle où j'étais la seule à connaître la vérité. Et puis un jour, ma Vie m'a contactée, cet homme assis à ma droite. Il m'a aidée à voir que je m'étais enfermée dans un gros nœud de mensonges et que le seul moyen de m'en sortir était de dire la vérité pour pouvoir enfin passer à autre chose. Comme tous les mensonges étaient reliés les uns aux autres, j'avais préféré ne plus rien vous dire du tout. Je suis désolée. Et Blake, pardon de t'avoir mêlé à ça, mais j'étais obligée. Je n'avais pas l'intention de te mettre tout sur le dos, j'ai fait ça pour moi, pour que tout redevienne normal.

Il a hoché la tête pour indiquer qu'il comprenait ; il avait l'air triste et confus.

— Je ne savais pas, Lucy, je suis désolé, a-t-il dit. J'ai vraiment pensé, à l'époque, que c'était la meilleure solution.

— Pour toi, a insisté ma mère.

— Maman, ai-je rouspété.

— Autre chose ? a demandé ma Vie.

J'ai réfléchi un instant.

— Je n'aime pas le fromage de chèvre, ai-je avoué.

Lisa a poussé un cri.

— Je sais, Lisa, je suis désolée.

— Mais je te l'ai demandé cinq fois !

Elle faisait référence à un dîner qu'elle avait donné deux mois plus tôt où elle m'avait accusée de bouder le fromage.

— Mais pourquoi tu ne l'as pas dit ?

Je crois que tout le monde autour de la table comprenait pourquoi je n'avais rien dit. Même une chèvre se serait forcée à le manger. Lisa m'aurait tuée si j'avais boudé le fromage. Toutefois, cela n'expliquait pas pourquoi je m'étais forcée à en commander au restaurant à chaque fois depuis, dans le but de lui prouver qu'elle avait tort. Résultat, je détestais encore plus le chèvre.

— Autre chose ? a redemandé ma Vie.

J'ai réfléchi profondément.

— J'ai gardé le bébé invisible de ma voisine ? C'est ça ? Non ? Ah. Ah oui : j'ai un chat. Depuis deux ans et demi. Il s'appelle Monsieur Pan, mais il préfère Julia ou Mary.

Ils m'ont tous regardée avec effarement et nous sommes restés silencieux pendant un long moment.

— Voilà, c'est tout. En gros. Qu'est-ce que vous en pensez ? ai-je demandé nerveusement, craignant qu'ils s'en aillent ou me jettent leurs boissons au visage.

Adam s'est tourné vers Blake.

— Alors c'est toi qui as quitté Lucy ? a-t-il demandé furieux.

J'ai soupiré en poussant ma salade. J'avais perdu mon appétit.

— Qu'est-ce qui ne va pas ? a demandé Melanie. Tu as menti sur la salade aussi ? Tu n'aimes pas ça en fait ?

Elle a souri et nous avons échangé un petit rire complice pendant que les autres se tournaient vers Blake pour lui adresser tous les reproches qu'ils m'avaient faits pendant presque trois ans.

— Pardon, est-ce que vous pourriez vous taire, s'il vous plaît, est intervenu Jamie. Je crois que ça va sans dire, mais qu'il vaut mieux le dire quand même : je peux parler au nom de tout le monde, ou presque... parce qu'il est clair qu'Andrew, tu n'as jamais aimé Lucy ! a-t-il plaisanté en faisant rire toute la table. Je n'arrive pas à croire, Lucy, que tu n'aies pas osé nous en parler plus tôt. Ça n'aurait rien changé à ce qu'on pense de toi. On sait tous que tu es irrécupérable, de toute façon.

Tout le monde a éclaté de rire.

— Non, sérieusement, on est tes amis quels que soient le boulot que tu fasses ou la taille de ton appartement. Tu sais bien que pour nous, tout ça n'a aucune importance.

Il semblait réellement insulté.

— Oui, je crois que je le savais, mais ce mensonge avait pris de telles proportions... J'avais peur de vous perdre le jour où vous apprendriez que j'étais une horrible menteuse en série !

— Et c'est tout à fait compréhensible, a dit Jamie. Mais ça ne risque pas d'arriver.

— Je confirme, a renchéri Melanie.

Tous les autres ont acquiescé, sauf Andrew, Jenna et Blake bien sûr qui était bien trop embarrassé pour se préoccuper de moi. Ma Vie observait la scène en silence, prenant des notes dans sa tête pour un futur dossier. Nos regards se sont croisés et il m'a fait un clin d'œil. Pour la première fois depuis deux ans, onze mois et vingt-trois jours, je me suis détendue.

— Bien, passons aux choses sérieuses, est intervenu Riley. Ça n'a choqué personne d'autre ? Lucy, tu as une voisine qui a un bébé invisible ? Est-ce qu'elle ne s'appellerait pas...

— On s'en fout ! l'a interrompu Lisa. Le plus grave, c'est qu'elle n'aime pas le fromage de chèvre !

Sur ce, tout le monde a éclaté de rire. Au bout d'un moment, Lisa s'est jointe à eux.

Riley a déposé maman à Glendalough. Elle avait trop bu pendant le dîner et l'émotion aidant, elle avait appelé mon père pour lui dire ses quatre vérités. Il avait exigé qu'elle revienne immédiatement parce qu'il avait honte qu'elle s'exhibe dans cet état en public (et, qui pis est, en ma compagnie). Les autres avaient insisté pour me traîner au club de Melanie afin de célébrer mes trente ans et mes aveux. Mais tout cela m'avait épuisée ; j'avais juste envie de rentrer chez moi et de passer du temps avec ma Vie et mon chat. Quand j'ai annoncé ça à Melanie, elle a rétorqué que je n'étais même pas capable de rester jusqu'à la fin de ma soirée d'anniversaire. J'en ai déduit qu'elle me reprochait toujours cette mauvaise habitude de partir systématiquement plus tôt. Blake s'était éclipsé avant le dessert avec Jenna, manifestement soulagée. Il revenait donc à ma Vie de me raccompagner chez moi.

Je pensais que nous resterions éveillés jusqu'à l'aube pour analyser la soirée dans ses moindres détails. C'était un grand événement pour moi, et mon secret désormais révélé avait laissé un grand espace vide dans ma tête. Quand je suis sortie de mes pensées, je me suis rendu compte que je marchais toute seule. Ma Vie s'était arrêté sous un lampadaire à quelques mètres de l'entrée de mon immeuble. Je me suis retournée et immédiatement, l'espace vide de mon cerveau a été occupé par une nouvelle inquiétude. Il a mis les mains dans ses poches. Son attitude avait tout d'un adieu et soudain, mon cœur s'est mis à battre plus fort et à me faire mal. Je n'avais pas envisagé de me séparer de lui une fois que tout serait réglé, d'une part parce que je me croyais incapable de régler quoi que ce soit, d'autre part, j'imaginais mal passer un jour sans lui.

— Vous venez ? ai-je demandé en essayant de paraître désinvolte.

— Nan, a-t-il répondu en souriant. Je vais vous laisser un peu tranquille.

— Je n'ai pas envie d'être tranquille, venez. J'ai une vingtaine de gâteaux, il faut que vous m'aidiez à les manger.

— Vous n'avez pas besoin de moi, Lucy.

— Bien sûr que si ! Vous ne pensez pas que je vais m'enfiler tout ça !

— Ce n'est pas ce que je voulais dire.

427

Et là, il m'a lancé ce regard. Ce fameux regard. Celui qui signifiait : « Au revoir, mon amie, je suis triste, mais faisons comme si nous étions heureux. »

J'ai senti ma gorge se serrer et je me suis efforcée de retenir mes larmes. Ce n'est pas parce que ma mère avait enfreint toutes les règles des Silchester que j'allais craquer, sans quoi nous risquions tous de nous effondrer comme des dominos ; le monde avait besoin de gens qui contrôlent leurs émotions, c'était impératif pour notre survie.

— Si j'ai bien besoin de quelqu'un, c'est de vous.

Il a senti mon désespoir et a fait ce qu'il fallait : il a détourné le regard pour me permettre de me reprendre. Il a levé la tête vers le ciel en respirant profondément.

— La nuit est magnifique, non ?

Je n'avais pas remarqué ; s'il m'avait dit que nous étions en plein jour, je l'aurais cru. Je l'ai regardé avec attention et sa beauté m'a frappée. Avec lui, je m'étais toujours sentie forte et confiante. Il avait été là pour moi à chaque instant. J'ai ressenti une envie irrésistible de l'embrasser. J'ai levé le menton et me suis approchée.

— Non, a-t-il dit en posant un doigt sur mes lèvres.

— Je n'allais rien faire, ai-je protesté, gênée.

Nous sommes restés silencieux.

— Enfin, bon, d'accord, peut-être... Mais vous êtes tellement beau, et vous avez été si patient avec moi... ai-je dit avant de prendre une profonde inspiration. Je vous aime vraiment.

Il a souri et ses fossettes se sont creusées.

— Vous vous souvenez de notre rencontre ?

J'ai fait une grimace en hochant la tête.

— Vous me détestiez ce jour-là, non ?

— Plus que n'importe qui. Vous étiez répugnant.

— Donc j'ai gagné. Mission accomplie. Vous ne pouviez pas supporter de vous trouver dans la même pièce que votre Vie, et aujourd'hui, vous m'appréciez.

— J'ai dit que je vous aimais.

— Et moi aussi je vous aime, a-t-il dit, et mon cœur s'est serré. Alors on devrait être heureux.

— Mais je suis en train de vous perdre.

— Vous venez à peine de me trouver.

Je savais qu'il avait raison. Mais je savais aussi qu'à ce moment précis, il représentait tout pour moi ; cela n'avait rien de romantique, ce n'était pas physique et c'était complètement impossible. Cela aurait donné une interview totalement différente.

— Est-ce que je vais vous revoir ?

— Oui, bien sûr, la prochaine fois que vous aurez un problème. Ce qui, vous connaissant, arrivera dans peu de temps.

— Dites donc !

— Je plaisante. Je viendrai prendre de vos nouvelles de temps en temps, si ça ne vous dérange pas.

J'ai secoué la tête, incapable de prononcer le moindre mot.

— Et vous savez où se trouve mon bureau, hein ? Vous pouvez me rendre visite quand ça vous chante.

J'ai acquiescé. J'ai pincé les lèvres, sentant les larmes sur le point d'arriver.

— Je suis venu pour vous aider, et c'est ce que j'ai fait. Si je restais, je deviendrais encombrant.

— Non, ai-je murmuré.

— Mais si, a-t-il insisté doucement. Entre vous et le canapé, il n'y a pas de place pour moi dans cet appartement.

J'ai essayé de rire sans y parvenir.

— Merci, Lucy. Vous m'avez aidé aussi, vous savez.

J'ai hoché la tête mais je ne pouvais pas le regarder. Si je le regardais, j'allais pleurer, et pleurer, c'était mal. J'ai fixé mon attention sur ses chaussures. Ses chaussures neuves et cirées qui ne correspondaient pas à l'homme que j'avais rencontré au départ.

— Alors ce n'est pas un au revoir. Il n'y a pas d'au revoir.

Il m'a embrassée longuement sur le sommet de la tête, la seule partie de moi qu'il pouvait voir. Puis j'ai appuyé mon visage contre sa poitrine et j'ai senti que son cœur battait aussi vite que le mien.

— Je ne pars pas avant que vous soyez rentrée. Allez.

J'ai tourné les talons et je me suis éloignée, chacun de mes pas résonnant dans la nuit. Une fois parvenue à la porte, je n'ai pas pu me retourner, il fallait que je regarde droit devant moi. Les larmes étaient là, elles allaient arriver.

Quand je suis entrée, Monsieur Pan m'a regardée d'un air ensommeillé avant de se rendormir. J'ai pensé que c'était la fin de la vie telle que nous l'avions vécue tous les deux dans notre petit cocon. Soit il partait, soit nous partions ensemble. Cela m'a rendue triste, mais c'était un chat et je refusais de pleurer pour ça. J'ai ravalé mes larmes et je me suis sentie fière de moi. Je les avais combattues. Pleurer signifiait qu'on avait pitié de soi et ce n'était pas mon cas. Tout ce dont j'avais envie, c'était me coucher sous ma couette et ne plus penser à cette soirée, mais c'était impossible, parce que je n'arrivais pas à enlever ma robe. C'était ma Vie qui avait fermé mon zip quand je l'avais enfilée, et j'avais beau me contorsionner dans tous les sens, je ne parvenais pas à l'atteindre. Je transpirais et j'étais furieuse de ne pas pouvoir ôter cette fichue robe. J'ai regardé autour de moi pour trouver de l'aide. Il n'y avait rien. Personne. C'est alors que je me suis rendu compte que j'étais bel et bien seule.

Je me suis couchée tout habillée. Et j'ai pleuré.

30

Je suis restée au lit pendant une semaine ; enfin, c'est ce qui m'a semblé, mais en réalité, ça n'a pas dû durer plus de quatre jours, ce qui n'était déjà pas mal. Le matin après ma soirée d'anniversaire, je suis allée demander à Claire de m'aider à retirer ma robe. C'est son mari qui m'a ouvert, en caleçon, les cheveux en bataille, ce qui voulait tout dire : j'en ai déduit qu'elle aussi avait tourné la page et qu'elle était prête à célébrer la mémoire de Conor.

Ma Vie n'a pas débarqué sans prévenir, aucune enveloppe n'est apparue sur ma moquette toute propre. J'ai reçu de nombreux messages de la part de mes amis me proposant de sortir, me donnant rendez-vous, s'excusant, essayant de rattraper le temps perdu ou de profiter de ma nouvelle sincérité. Je ne les ai pas envoyés balader, je ne leur ai pas menti, mais je n'ai pas donné suite pour autant. Je leur ai dit que j'avais besoin d'être seule, besoin de profiter encore un peu de mon petit cocon, et pour une fois, c'était vrai. Ma mère avait emporté Monsieur Pan à Glendalough et même s'il me manquait, je savais qu'il était mieux là-bas. Si je l'avais gardé, nous aurions été chassés de chez nous et condamnés à vivre sous les ponts, et je ne crois pas qu'il y aurait eu assez de place dans mon Caddie de clocharde pour mon canapé marron en forme de L. Tout cela n'avait pas été si difficile, après tout.

C'était comme un grand nettoyage de printemps : j'avais fait le ménage dans ma vie. Et dès que j'avais commencé à jeter deux ou trois choses, tout le reste avait suivi.

À un moment, au cours de ma retraite de quatre jours, je suis sortie faire des courses pour acheter de vrais aliments qu'il fallait préparer et cuisiner. Comme je n'avais plus l'habitude, j'avais oublié qu'un vrai repas nécessitait un peu d'organisation et qu'il fallait y réfléchir avant d'avoir faim. J'ai nettoyé la boue collée sur mes bottes en caoutchouc depuis trois ans et j'ai découvert qu'en collectionnant les points de fidélité au supermarché, je pouvais gagner un tapis. Il allait me falloir au moins un an pour en accumuler suffisamment, mais c'était un bon objectif. J'ai acheté des citrons jaunes et verts que j'ai mis dans un petit vase transparent en clin d'œil à mon amie du magazine. Je n'avais pas trouvé de travail qui me passionne (même si ce mot me donnait toujours la nausée) en dehors de mon aspiration à devenir pâtissière, mais j'étais en bonne voie. J'allais trouver quelque chose qui ne m'ennuierait pas trop et qui paierait les factures. C'était un progrès. Toutefois, l'argent de mon anniversaire ne durerait pas longtemps, en fait il allait seulement me permettre de payer le loyer du mois suivant, donc il fallait que je trouve un boulot rapidement.

J'ai pris une douche, je me suis habillée et me suis fait une bonne tasse de café avant de m'attabler au comptoir de la cuisine pour jeter un œil au journal que m'avait apporté ma Vie le jour de mon anniversaire. Je ne l'avais pas consulté à ce moment-là, trop préoccupée par le fait qu'une des pages trempe dans la crème de mon gâteau. J'ai commencé à regarder les annonces, mais je n'y comprenais rien. L'une d'elles avait été encerclée en rouge, par ma Vie, sans doute. Je pensais qu'il s'agissait d'une proposition pour un travail sérieux, mais en fait, c'était une annonce de colocation. Cela m'a ennuyée que ma Vie me suggère de déménager de cet endroit que j'aimais. Je m'apprêtais à froisser la page pour la jeter à la poubelle quand quelque chose m'a arrêtée. Il ne me demanderait jamais de quitter mon appartement. J'ai relu l'annonce une deuxième fois. Puis une troisième fois. Et là, quand j'ai compris de quoi il s'agissait, un sourire est apparu sur mon visage et j'ai eu envie de faire un gros bisou à ma Vie. J'ai déchiré la page et sauté de mon tabouret.

Je suis descendue du bus d'un pas énergique avant d'hésiter ; l'espace d'un instant, je me suis demandé où je me trouvais, jusqu'à ce que j'aperçoive la camionnette de Don avec sa moquette magique sur le toit. J'ai esquissé un sourire ; la voiture de super-héros. J'ai sorti mon miroir de poche, je me suis arrangée, et puis j'ai sonné.

— Oui ? a répondu Don, essoufflé, à l'interphone.

— Bonjour, ai-je fait en dissimulant ma voix, je viens pour le rendez-vous.

— Le rendez-vous ?

— Au sujet de la colocation...

— Oh. Attendez... je ne sais pas de... qui êtes-vous ?

— On s'est parlé au téléphone.

— Quand ça ?

J'ai entendu un bruit de papier en fond.

— La semaine dernière.

— Ça devait être Tom. Vous avez eu un certain Tom ?

Je me suis retenue de rire en l'imaginant pester contre Tom.

— C'est le type qui emménage avec sa copine ?

— Oui. Et vous, comment vous appelez-vous ?

— Gertrude, ai-je répondu en souriant.

Il y a eu un long silence.

— Gertrude comment ?

— Guinness.

— Gertrude Guinness. Je ne vous vois pas sur l'écran de l'interphone.

— Ah bon ? Pourtant je suis pile devant, ai-je répliqué, en dissimulant l'écran avec ma main.

— OK, prenez l'ascenseur jusqu'au troisième.

La porte s'est ouverte.

Dans l'ascenseur, j'ai enfilé mon bandeau et l'ai posé sur mon œil. J'ai vérifié dans le miroir que toutes mes dents étaient noircies sauf celle du devant. Et puis j'ai pris une profonde inspiration en sachant que tout allait se jouer dans quelques secondes. Les portes de l'ascenseur se sont ouvertes. Il m'attendait adossé au mur, bras croisés. Quand il m'a vue, j'ai su qu'il avait envie de se mettre en colère, mais il n'a pas pu s'empêcher de sourire, puis d'éclater de rire.

— Salut, Gertrude.

— Salut, Don.

— Vous devez être l'affreuse femme édentée et borgne mère de dix enfants avec qui j'ai parlé au téléphone.

— Ton mauvais numéro. C'est moi.

— Tu es folle, a-t-il ajouté doucement.

— De toi, ai-je répondu niaisement.

Il a esquissé un sourire qui s'est évanoui aussitôt.

— Je croyais que Blake et toi vous étiez de nouveau ensemble…

J'ai secoué la tête.

— Tu n'as pas eu mon invitation à dîner la semaine dernière ? J'avais envie de te parler.

— Si, je l'ai eue. Mais… je te l'ai dit, je ne veux pas être le lot de consolation, Lucy. S'il n'a pas voulu de toi…

— Si, si, il voulait bien. Mais je me suis aperçue que ce n'était pas ce dont j'avais envie. Ce n'était pas avec lui que j'avais envie d'être.

— C'est vrai ?

— Je ne mens plus. C'est fini. Et pour reprendre l'une des plus belles choses qu'on m'ait jamais dites : « Je ne t'aime pas. »

Il a souri, et cela m'a encouragée à continuer.

— Mais je crois que cela pourrait arriver très vite, et que ça arrivera très probablement. Même si je ne peux rien promettre. Tout cela pourrait très bien se terminer par des larmes.

— Comme c'est romantique.

Nous avons ri.

— Je suis désolée de t'avoir mené en bateau, Don. C'était la première fois, et sans doute la dernière que ça m'arrive.

— Sans doute ?

— On ne sait jamais ce que la vie nous réserve, ai-je répondu en haussant les épaules et il a ri.

— Alors tu es vraiment venue pour te proposer comme future colocataire ?

— Oui. Nous nous sommes rencontrés trois fois maintenant et on a couché ensemble une fois. Je crois qu'il est temps qu'on franchisse le pas et qu'on emménage ensemble.

Il a légèrement pâli.

— Mais non, enfin ! J'adore mon petit taudis et je n'en bougerai pas. De toute façon, je ne suis absolument pas prête à vivre avec quelqu'un.

Il a paru soulagé.

— Je suis venue pour toi.

Il a fait semblant de réfléchir, du moins j'espérais qu'il ne faisait que semblant.

— Viens là, toi, a-t-il dit en me prenant les mains et en m'attirant vers lui.

Il m'a donné un long baiser, ce qui lui a laissé la bouche barbouillée d'eye-liner, que j'avais utilisé pour me noircir les dents. J'ai préféré ne rien lui dire, c'était plus drôle.

— Tu sais, en fait on a couché ensemble deux fois. Ce qui est un horrible chiffre. Deux.

— Berk, ai-je surenchéri.

— Mais trois, s'est-il écrié, trois est un chiffre qui me plaît. Et quatre ? Quatre est un chiffre génial.

J'ai ri pendant qu'il essayait de me retirer mon bandeau sur l'œil.

— Non, je le garde, je l'aime bien.

— Tu es folle ! a-t-il dit avec gentillesse. Très bien. À une condition.

— Laquelle ?

— Tu gardes le bandeau sur l'œil, mais tu enlèves tout le reste.

— D'accord.

Nous nous sommes embrassés de nouveau. Et puis il m'a attirée à l'intérieur avant de claquer la porte.

Épilogue

Le samedi 6 août, il faisait un temps radieux à Glendalough, comme l'avait prévu la météo. Une centaine de personnes, amis et famille de nos parents, déambulaient sur la pelouse, une coupe de champagne à la main, profitant du soleil en attendant le début des festivités. Le jardin avait été aménagé pour l'occasion : une centaine de chaises étaient disposées de part et d'autre d'une allée qui menait à une arche de fleurs blanches. Non loin de là, un chapiteau abritait dix tables de dix personnes et, plus loin, on voyait les collines verdoyantes de Glendalough. Chaque table était garnie d'une rose blanche. Au bout du chapiteau, une photo grand format montrait la cérémonie de mariage originale, trente-cinq ans plus tôt, avant que Riley, Philip et moi n'arrivions.

En contournant le chapiteau, j'ai aperçu mon père dans son costume de lin blanc en pleine conversation avec Philip. Je me suis cachée derrière un buisson pour espionner. Je pensais assister à un moment de complicité entre père et fils, et puis je me suis souvenue que nous étions dans la vraie vie, pas dans le film avec la fille qui ouvrait une pâtisserie et se réconciliait avec son père. Au même moment, Philip s'est éloigné, l'air furieux, et il est venu dans ma direction. Mon père ne l'a pas regardé mais s'est contenté de siroter son verre de vin blanc qu'il tenait par le pied, entre le pouce et l'index. Quand Philip est arrivé à ma hauteur, je l'ai attiré dans le buisson.

— Oh ! bon sang, Lucy, mais qu'est-ce que tu fabriques ? a-t-il demandé d'un ton agressif avant de se détendre. Pourquoi tu te caches ?

— J'essayais de surprendre un moment de complicité entre un père et son fils.

— Tu parles ! Il vient de me dire que j'avais embarrassé la famille.

— Quoi ? Toi aussi ?

Il a secoué la tête puis s'est mis à rire.

— C'est à cause des seins en silicone ? ai-je demandé.

— Oui.

— Je crains que Majella, dans cette robe, ait trahi ton secret.

Il a éclaté de rire avant d'ôter une feuille de mes cheveux.

— Oui, mais ça valait le coup.

— Un cadeau qui lui a plu à elle autant qu'à toi... ai-je commenté et il a ri de plus belle.

Je lui ai donné des petits coups de poing dans le bras et il a posé la main sur sa bouche. Je me sentais comme quand on était enfants et qu'on se cachait pour échapper à une sortie familiale ennuyeuse au musée ou chez des amis de nos parents. Nous avons tous les deux tourné la tête vers notre père qui regardait au loin, évitant la foule d'invités réunis en son honneur.

— Il ne le pense pas, tu sais, ai-je dit à Philip pour le rassurer.

— Oh, si ! Il pense tout ce qu'il dit, et tu le sais bien. C'est dans sa nature : il faut qu'il soit méchant et qu'il juge tous ceux qui l'entourent, excepté lui-même.

Son commentaire m'a surprise.

— Ah ? Je croyais qu'il me réservait exclusivement ce traitement.

— Ne te crois pas aussi spéciale, Lucy ! Je suis né avant toi, je lui ai donné quelques années supplémentaires de déception.

J'ai essayé de me rappeler la dernière fois que j'avais vu mon père déçu par Philip, mais rien ne m'est venu.

— Si tu agis comme il veut, ça va, mais dès que tu dévies un tout petit peu… a-t-il soupiré. Il veut ce qu'il y a de meilleur pour nous mais ne se rend pas compte que ce qu'il considère comme tel est bien différent de ce qu'on souhaite, nous.

— Donc Riley est définitivement le chouchou, ai-je grommelé. Il va falloir s'en occuper.

— C'est fait. J'ai dit à notre père qu'il était gay.

— Qu'est-ce que vous avez, maman et toi ? Riley n'est pas gay !

— Je sais bien ! Mais ce sera amusant de voir comment il arrive à se débrouiller.

— Je l'ai déjà mis au défi de caser les mots « éléphant transcendant » dans son discours. Le pauvre !

Nous avons ri de bon cœur.

— Bah ! il s'en sortira, comme toujours, a conclu Philip avec bonne humeur avant de s'extirper du buisson. Tu ne devrais pas rejoindre maman, maintenant ?

J'ai jeté un œil à mon père.

— Oui, j'y vais dans une minute.

— Bonne chance, a-t-il ajouté.

Je me suis avancée vers mon père en faisant du bruit pour ne pas le surprendre.

— Je t'ai vue dans le buisson, a-t-il commenté sans se retourner.

— Oh.

— Mais je ne chercherai pas à savoir ce que tu y faisais. Dieu sait que ce n'est pas là que tu trouveras un emploi.

— Oui, à ce propos…, ai-je entamé en sentant la colère monter en moi.

J'ai essayé de me contenir en allant droit au but.

— Je suis désolée de t'avoir menti sur la façon dont j'ai perdu mon travail.

— Tu veux dire sur la façon dont on t'a licenciée ? m'a-t-il corrigée en me regardant par-dessus ses lunettes juchées au bout de son nez.

— Oui, ai-je admis à contrecœur. J'avais honte.

— Et c'est normal. Ton attitude a été déplorable. Tu aurais pu te retrouver en prison. Et ils auraient eu raison de t'y envoyer, tu sais.

Il laissait un grand blanc après chaque phrase comme s'il formulait à chaque fois une nouvelle pensée qui n'avait rien à voir avec la précédente.

— Et je n'aurais rien pu faire pour t'aider.

J'ai hoché la tête en comptant jusqu'à cinq pour contenir ma colère.

— Le problème, ce n'est pas vraiment que j'aie conduit en état d'ébriété, hein ? Ton problème, c'est moi, c'est ça ?

— Pardon ? Je n'ai aucun *problème*, Lucy, a-t-il protesté, furieux que je mette le doigt sur une de ses faiblesses. J'aimerais simplement que tu relèves des défis, que tu te montres responsable, que tu fasses quelque chose de ta vie au lieu d'être... oisive... de t'obstiner à n'être rien.

— Ce n'est pas du tout ce que je recherche.

— Eh bien, tu y arrives rudement bien quand même !

— Papa, tu ne comprends pas que quoi que je fasse, tu ne seras jamais content, parce que tu voudrais que je sois celle que *tu* imagines, et non celle que je veux être, moi, ai-je répondu la gorge serrée.

— Mais qu'est-ce que tu racontes ? Je veux seulement que tu sois une personne décente !

— C'est ce que je suis.

— Quelqu'un qui offre quelque chose à la société, a-t-il continué comme si je n'avais rien dit.

Il s'est lancé dans un monologue sur le devoir et la responsabilité, en commençant chacune de ses phrases par « quelqu'un qui… ».

Dans ma tête, j'ai compté jusqu'à dix et ça a fonctionné ; ma colère et ma douleur se sont estompées et, après ma discussion avec Philip, je prenais moins à cœur son manque de confiance en moi. Même si je croyais à l'évolution du genre humain, je savais qu'il ne changerait jamais d'avis sur moi ; et, dans la mesure où il ne serait jamais satisfait, l'avenir nous réservait de nombreux conflits. Toutefois, j'allais essayer de ne plus lui déplaire, mais personne ne peut prédire comment fonctionne notre subconscient. Tout à coup, je me suis sentie légère, à mesure que je défaisais le dernier mensonge qui demeurait en moi. Mon père et moi ne serions jamais amis.

J'ai de nouveau fixé mon attention sur son monologue :

— … alors si tu n'as rien d'autre à ajouter, nous ferions mieux de nous en tenir là.

— Je n'ai rien de plus à dire.

Il s'est éloigné et a rejoint mon oncle Harold qu'il méprisait et qui ne pouvait détourner les yeux de la poitrine de Majella.

Ma mère se préparait dans sa chambre quand je suis entrée. Elle était debout devant la psyché et s'est retournée.

— Ouah, maman tu es superbe !

— Oh, je suis ridicule, Lucy, j'ai le trac ! a-t-elle dit les larmes aux yeux. Enfin, qu'est-ce qui peut bien arriver ? Je sais qu'il ne va pas me faire faux bond !

Nous nous sommes mises à rire.

— Tu es toute belle, a-t-elle dit.

— Merci. J'adore cette robe, elle est parfaite.

— Oh, tu dis ça pour ne pas vexer la vieille mariée !

Elle s'est assise devant sa coiffeuse. J'ai sorti un mouchoir et lui ai tamponné les yeux pour ne pas que son maquillage coule.

— Crois-moi, maman, je ne mens plus.

— Est-ce que Don est là ?

— Il est dehors, il bavarde avec oncle Marvin qui m'a demandé, devant papa, s'il ne m'avait pas vue dans un spot publicitaire pour Magi-moquette ! Il a failli avoir une crise cardiaque.

— C'est ce que tu as fait de mieux, a dit maman en feignant la fierté.

— C'est tout ce que j'ai fait ces derniers temps...

— Tu vas trouver quelque chose.

J'ai hésité avant d'ajouter :

— Don m'a demandé de lui donner un coup de main.

— Pour nettoyer des moquettes ?

— Son père a des problèmes de dos. Don a dû travailler tout seul ces deux dernières semaines, il a besoin d'aide.

Elle a d'abord paru soucieuse, sans doute préoccupée par ce que les gens allaient penser, puis elle s'est ressaisie et a souri.

— Eh bien, ce sera utile, non ? D'avoir une fille qui peut nettoyer derrière elle, pour une fois ! Est-ce que tu vas accepter ?

— Mon père ne va pas être content.

— Est-ce que tu as jamais fait quoi que ce soit qui puisse lui plaire ? a-t-elle rétorqué en jetant un œil par la fenêtre. Regarde-le. Je ferais mieux d'aller le secourir.

— Non, laisse-le donc poireauter dix minutes de plus.

Elle a secoué la tête.

— Vous deux...

Puis elle s'est levée et a pris une profonde inspiration.

— Maman, avant que tu descendes, je voudrais te donner un cadeau. Un vrai cadeau, cette fois. Tu te rappelles, tu m'as dit que tu ne t'étais jamais sentie douée pour quoi que ce soit, que tu n'avais jamais su pour quoi tu étais faite ?

D'abord un peu gênée, elle a fini par l'admettre.

— Oui, je me souviens.

— Eh bien, ça m'a fait réfléchir. En plus d'être la meilleure maman du monde et de réaliser le meilleur pain du monde, je me suis rappelé que tu nous dessinais des formes à colorier. Tu t'en souviens ?

Son visage s'est illuminé.

— Tu te souviens de ça ?!

— Bien sûr ! Grâce à toi, on avait toujours plein de cahiers de coloriage. Tu avais un vrai talent pour ça.

Je suis sortie sur le palier et suis revenue avec un chevalet et ses accessoires entourés d'un grand ruban rouge.

— Je t'ai apporté ça. Tu représentes beaucoup pour beaucoup de gens, maman, et quand j'étais petite, j'ai toujours pensé que tu étais une artiste. Alors peins.

Ses yeux se sont une nouvelle fois emplis de larmes.

— Non, tu vas abîmer ton maquillage. Je préférais quand tu ne pleurais pas !

Je lui ai tendu un autre mouchoir pour qu'elle s'essuie les yeux.

— Merci, Lucy.

Riley a frappé à la porte.

— Vous êtes prêtes, mesdames ?

— Oui, pour la cérémonie et les trente-cinq prochaines années ! Allons-y !

Quand j'ai avancé vers l'autel, derrière ma mère qui marchait au bras de Riley, j'ai eu le sentiment de vivre un moment unique, rempli de bonheur. Au bout de l'allée nous attendaient Philip et mon père, que je n'avais jamais vu aussi fier. À cet instant-là, j'ai aperçu en lui le jeune stagiaire gauche qui avait promis à ma mère de ne plus jamais la laisser seule, et qui avait tenu parole.

Dans l'assistance, Melanie m'a lancé un clin d'œil et, à côté d'elle, Don a fait une grimace. À ma grande surprise, j'ai eu le plaisir de découvrir, non loin de ma grand-mère qui reluquait ma mère de la tête aux pieds, ma Vie, assis au premier rang, l'air en bonne santé, élégant, beau, et surtout, heureux. Il m'a souri fièrement et je me suis sentie à la fois tout excitée et émue de sa présence. Un mois à peine s'était écoulé depuis que nous nous étions dit au revoir (jusqu'à la prochaine crise, du moins) et même si j'avais Don, il me manquait. Quand les vœux ont été prononcés, je n'ai pas pu m'empêcher de lancer un regard complice à ma Vie, comme si c'était nous qui prononcions cette promesse : pour le meilleur et pour le pire, dans la santé comme dans la maladie, jusqu'à ce que la mort nous sépare.

Votre vie est là, avec vous. Alors, en plus d'offrir de l'amour et de l'affection à vos époux, épouses, parents, enfants et amis qui vous entourent, n'oubliez pas d'en faire autant pour votre vie, parce qu'elle vous appartient, elle est ce que vous êtes, elle est toujours là pour vous encourager, vous remonter le moral dans les moments où vous ne vous sentez pas à la hauteur. J'ai négligé ma vie pendant quelque temps, mais j'ai découvert que, même quand cela nous arrive, *surtout* quand cela nous arrive, notre vie ne nous laisse jamais tomber. La mienne ne l'a pas fait. Et nous allons continuer notre chemin ensemble jusqu'à la fin, jusqu'au moment de se dire : « Merci d'être resté jusqu'au bout. »

Et c'est la vérité.

Remerciements

Merci à David pour son soutien inébranlable et sa confiance en moi, sans quoi je n'aurais pas éprouvé autant de plaisir à écrire ce livre. Robin, tu es la plus mignonne et je t'adore ; c'est le seul livre sur lequel tu as le droit de gribouiller, profites-en. Minnie, Terry, papa, Georgina, Nicky, Rocco et Jay, merci pour votre amour et votre soutien.

Merci à mon agent Marianne Gunn O'Connor pour ses conseils et ses encouragements : elle fait partie des gens qui rendent ma vie plus exaltante. Merci à mon éditrice Lynne Drew pour ses conseils et son talent à améliorer n'importe quelle histoire. Merci à HarperCollins, une grosse machine composée de gens extraordinaires et travailleurs. Je suis honorée de collaborer avec vous. Un grand merci à Pat Lynch et à Vicki Satlow. Merci à Aslan pour m'avoir autorisée à utiliser les paroles de *Down on Me*.

Je voudrais aussi remercier toutes mes copines. Pour éviter que le monde sombre dans le chaos, je ne citerai pas de noms, mais merci à toutes pour votre amitié et, surtout, pour avoir partagé avec moi vos petites histoires jusque tard dans la nuit. J'y ai puisé toute mon inspiration pour ce livre. Mais non, détendez-vous, je plaisante... je n'écoute jamais ce qu'on me dit de toute façon.

Enfin, je voudrais remercier ma Vie. J'ai été ravie qu'on se rencontre, et il faudra me promettre de ne plus jamais me quitter.

10292

Composition
NORD COMPO

Achevé d'imprimer en Slovaquie
par NOVOPRINT SLK
le 4 mars 2013.

Dépôt légal mars 2013.
EAN 9782290059814
L21EPLN001334N001

ÉDITIONS J'AI LU
87, quai Panhard-et-Levassor, 75013 Paris

Diffusion France et étranger : Flammarion

LA VIE ET MOI

Un soir, en rentrant du travail, Lucy Silchester trouve une enveloppe cachetée sur son tapis. À l'intérieur, une invitation, un rendez-vous avec la Vie. Sa Vie. Une vie qu'elle a perdue de vue depuis longtemps et qu'elle va rencontrer... en personne, sous les traits d'un vieil homme malheureux, reflet de l'existence chaotique et désespérée de Lucy qui déteste son travail, délaisse ses amis et fuit sa famille. Mais, qu'elle le veuille ou non, Lucy Silchester a un rendez-vous qu'elle va bien devoir honorer.

CECELIA AHERN *est née en 1981 à Dublin.*
Son premier roman, P.S. I Love You, *a été adapté au cinéma avec Hilary Swank et Gerard Butler. Ses romans, notamment* Merci pour les souvenirs *et* Un cadeau du ciel, *sont traduits dans quarante-six pays et vendus à plus de treize millions d'exemplaires dans le monde.*

ISBN : 978-2-290-05981-4

Texte intégral

Traduit de l'anglais (Irlande)
par Perrine Chambon et Arnaud Baignot

Illustration de couverture :
Ericka O'Rourke © Éditions J'ai lu

9 782290 059814

www.jailu.com

PRIX FRANCE
7,20 €